Memórias de
um antissemita

Gregor von Rezzori

Memórias de
um antissemita

Romance em cinco contos

introdução
Péter Nádas

tradução e posfácio
Luis S. Krausz

todavia

Uma obra-prima do olhar sem disfarces
Péter Nádas 7

Skutschno 15
Juventude 102
Pensão Löwinger 190
Fidelidade 255
Pravda 355

O destino judaico de um antissemita
Luis S. Krausz 403

Uma obra-prima do olhar sem disfarces

Péter Nádas

"Meu pai odiava os judeus e o fazia sem qualquer exceção. Até mesmo os velhos humildes. Tratava-se de um ódio antiquíssimo, enraizado, transmitido de geração em geração, para o qual não era mais necessário apresentar qualquer tipo de justificativa. Qualquer motivo, até mesmo o mais absurdo, bastava para lhe dar razão. É evidente que ninguém mais acreditava que os judeus tivessem a ambição de dominar o mundo porque esse domínio lhes teria sido prometido, muito embora eles de fato estivessem se tornando cada vez mais ricos e cada vez mais poderosos, segundo se dizia, especialmente nos Estados Unidos. Mas histórias a respeito de uma terrível conspiração, tal qual, supostamente, aquela que é descrita no livro *Os protocolos dos sábios de Sião*, eram consideradas lorotas, assim como aquelas histórias que diziam respeito ao roubo de hóstias e ao assassinato ritual de crianças inocentes, apesar do desaparecimento nunca esclarecido da pequena Esther Solymossian. Isso eram lendas que se contava às empregadas domésticas quando elas diziam que não aguentavam mais trabalhar em nossa casa e que preferiam ir trabalhar para uma família judia, onde eram mais bem pagas e mais bem tratadas. Em ocasiões assim, porém, lembrávamos a elas, de passagem, que afinal os judeus tinham crucificado o nosso Salvador. Mas, para nós, isto é, para as pessoas cultas, era desnecessário mencionar argumentos tão consistentes quanto estes para considerar os judeus como pessoas de segunda categoria. Simplesmente não gostávamos deles e isso era tão óbvio quanto gostar menos de gatos do que de cachorros, ou menos de percevejos do que de abelhas. E nós nos divertíamos em apresentar, para esse ódio, as mais absurdas justificativas."

Eis aí uma descrição ao mesmo tempo rude, repugnante e muito precisa de um ódio entranhado, formulada num momento no qual, diante dos mortos e da destruição, preferia-se proferir frases genéricas a respeito da guerra e do genocídio, como se o ódio assassino não tivesse sido, desde sempre, um assunto pessoal e familiar. Gregor von Rezzori foi capaz de preservar seu incomum senso de realidade e de transpô-lo do período anterior para o período posterior à Segunda Guerra Mundial. Suas *Memórias de um antissemita* são uma obra-prima do olhar realista. Um livro agradabilíssimo, escrito quase com deleite, e ao mesmo tempo inquietante e desagradável, para o qual não se encontram semelhantes na literatura alemã do pós-guerra, no qual o autor liga, uns aos outros, cinco contos longos, de caráter autobiográfico, que constituem um romance. Publicado pela primeira vez em 1979, este livro teve várias edições posteriores, podendo, com justiça, ser considerado um livro de sucesso. Ainda assim, seu valor literário é visivelmente subestimado no mundo das letras alemãs.

Memórias de um antissemita é um romance tendencioso, um romance ideológico, ainda que nos contos não se encontre nem um rastro de tendenciosidade, ideologia ou mesmo de responsabilidade. Trata-se, se quisermos dizer assim, da história do desenvolvimento de uma criança mimada, de um adolescente inconsequente e cheio de vitalidade, de um jovem ousado. É evidente que o herói de cada um desses contos poderia, também, vir de uma família diferente. Pois o julgamento moral, aliás, o gesto de responsabilizar-se, na realidade, não aparece como tema dos contos, e sim na estrutura e na maneira como os diferentes contos se ligam uns aos outros para constituir uma estrutura coerente. Assim, Rezzori permite que os cinco contos se tornem uma totalidade, de maneira a formar algo que também poderia ser considerado como um romance a respeito de qualquer tipo de desenvolvimento espiritual. Tomados isoladamente, os contos são regidos pelo princípio goethiano da "afinidade eletiva" e do querer e do dever condicionados. Mas, na estrutura do todo, predomina uma ideologia que marcou, com seu selo impessoal, o século XX e todos aqueles que nele viveram. Poder-se-ia até mesmo dizer que a "afinidade eletiva" é marcada pela ideologia — e que a ideologia é marcada pela "afinidade eletiva". Meu ódio é um ódio individual, mas o que está em funcionamento é o aparelho impessoal do ódio.

Os procedimentos literários de Rezzori são únicos no que diz respeito tanto à sua forma de narrar quanto ao tratamento que ele dá a seu tema. O tom de sua narrativa não é o de alguém que está procedendo a um autoexame e tampouco é o tom de quem pretende justificar-se. Antes, ele se recorda, simplesmente, com graça e com elegância, de um mundo desaparecido. Gregor von Rezzori não é o único a relatar e a trazer para o presente o que foi esse mundo desaparecido, destruído, calcinado e transformado em cinzas e em escombros, esse mundo que se encontrava nas antigas fronteiras do velho Sacro Império Romano-Germânico, no qual rutenos, romenos, ucranianos, alemães, húngaros e judeus conviviam, em meio à miséria, e onde foram escritos os capítulos mais sangrentos da história do século XX. Mas é o mais incomum dentre todos os que se dedicam a isso. Ele também se inclui naquela tradição literária que é conhecida, no universo da literatura alemã, como literatura do *shtetl*, nutrida pelo multilinguismo, pela fé, pelas lendas e pelas fábulas populares, e que preserva o caráter sensual de suas formas de representação. Dessa região, igualmente ligada, de maneira tão profunda, à consciência histórica húngara, provêm os grandes predecessores literários de Rezzori: Ivan Olbracht, Karl Emil Franzos, Joseph Roth e Alexander Granach. Se ainda houvesse lugar no mundo para algo que poderia ser denominado consciência literária geral, certamente o conhecimento de algumas das obras-primas desses autores faria parte de tal consciência. E, se assim fosse, nós também saberíamos algo a respeito da origem do amor humano — e do ódio humano. Rezzori se distingue destes e de outros autores apenas pelo fato de ter começado a escrever sobre esse mundo, cuja cartografia literária é tão abundante, num momento em que ele já não existia mais, isto é, muito provavelmente como o último de todos os seus mensageiros. A singularidade de seu olhar, porém, está no fato de que ele não disfarça sua falta de consciência anterior com seu conhecimento atual. Ele escreve a respeito dessa ninhada humana como se nada tivesse acontecido. Ele não reorganiza os fenômenos de sua vida passada sob a influência de abalos posteriores, e por isso sua representação desse passado, que se empenha em reconstruir seus aspectos palpáveis, não é marcada pelos sentimentos de vergonha e de culpa tão característicos da literatura alemã do pós-guerra. É como se ele nunca tivesse ouvido falar das atividades do Grupo 47 e como se a famosa frase de Adorno jamais tivesse chegado aos seus ouvidos. Ele não tem consciência de culpa, está isento do auto-ódio, mas é justamente a partir dessa enorme lacuna moral que provém o ensinamento moral nunca expresso deste livro. Ele posiciona sua lente de aumento sobre aquelas manifestações e sobre aquelas contingências dos aparelhos do ódio e do auto-ódio que, por causa de nossa ética e nossa estética cultural, continuam proibidas ao nosso olhar, mesmo depois do grande incêndio. Ele torna visível o que é pré-cultural e o que é subcultural. Ele escreve em alemão, num alemão incomum, pois, como escritor da Bucovina, sua consciência se alimenta do multilinguismo, e por esse motivo ele contempla as ideias religiosas bárbaras e pagãs daqueles que caíram em tentação, e que foram condenados por vontade própria, de forma imparcial, e até mesmo com prazer. É como se estivéssemos contemplando uma terrível dança ritual, uma cerimônia de iniciação pagã que nossa cultura cristã carrega consigo como um segredo mantido a sete chaves.

Frívolo, irônico, ambicioso, exagerado, original, atrevido, forte, triste, onírico, resignado, heroico. Tudo isso poderia ser dito a respeito de Gregor von Rezzori. Não se trata de características propriamente harmônicas. E, evidentemente, correspondem às características de uma cultura que não é propriamente harmônica. Rezzori não leva em consideração, em suas histórias, a chamada grande história. Não diz quase nada sobre a cultura. Dirige seu olhar para manifestações vitais de caráter elementar e observa como elas se acumulam, umas sobre as outras, obedecendo a um caráter que se cristaliza a partir de determinadas características. Por meio dessas observações, tornam-se visíveis os tipos de ideologias prontas que um indivíduo humano precisa incorporar para que seus traços de caráter não possam ser prejudicados por ninguém, e de que maneira uma ideologia assim constituída é capaz de se tornar parte dos fenômenos elementares de sua vida, sem que o indivíduo tenha consciência disso. Torna-se visível o que o indivíduo precisa distorcer, em sua forma de ser, conforme suas características: de onde, para onde e por quê. Torna-se visível em que pontos e de que maneira o pequeno ódio particular se associa ao grande aparelho do ódio impessoal, mesmo que a pessoa não considere desejável semelhante associação. Rezzori não se mostra interessado no antissemitismo histórico. Ele não o investiga e não o explica e, por isso, tampouco se perde no labirinto de causas e de motivos. O que lhe interessa é o antissemitismo cotidiano, que se revela como o resultado de fenômenos vitais elementares, que está diretamente relacionado aos afetos e aos sentimentos do indivíduo, e é por esse motivo que ele deixa de levar a ideologia em consideração. Ele entende a ideologia do antissemita como um sistema constituído por expressões de sentimentos e de afetos de caráter pessoal e geral, individual e convencional, interligadas umas às outras. Seu romance também pode ser lido como uma ilustração do estudo de István Bibó sobre "as origens e a história da histeria política alemã".

Quem é capaz de reconhecer a si mesmo em seus fenômenos vitais, quem sabe o que são as causas e o que são as consequências, não necessita de ideologias só para enobrecer, por meio do estabelecimento de uma infeliz comunidade, seus afetos incompreensíveis e seus sentimentos exaltados. Mas, seja como for, uma pessoa assim poderia dizer que cometeu, para com os outros, tantas injustiças quantas teve que cometer para consigo mesma, com o objetivo de preservar a integridade de sua própria maneira de ser diante dos demais. Mas aqueles que, por falta de autoconhecimento, defendem uma integridade pessoal inexistente, ligando-se a uma ideologia impessoal, são vistos como ridículos por Rezzori. Em vez de apontar para outros, ele olha para si mesmo e se apresenta ao leitor como o mais ridículo de todos os personagens. Não anuncia que era antissemita e que não o é mais, mas descobre, em si mesmo, com considerável deleite estético, a falibilidade do entendimento humano. Considera a filiação ideológica de almas carentes como uma espécie de curto-circuito da autoconsciência, como uma espécie de ejaculação. Por outro lado, no livro de Rezzori temos um homem que fala no idioma convencional da ideologia antissemita e que, sob o domínio do terror e da barbárie, tendo regredido a um estágio pré- ou subcultural, ao grau zero da humanidade, aprendeu a falar a respeito de si mesmo. Ele foi obrigado a isso, pois, para o aparelho impessoal do ódio, o indivíduo não é sagrado. Não foram a compaixão, a vergonha ou a culpa que moveram Rezzori, e sim sua sensibilidade extremamente refinada ao voltar-se sobre si mesmo. Ao menos, é isso o que ele diz. "E assim vi manifestar-se, em mim mesmo, aquela mesma disposição de espírito irônica e arrogante que eu considerava cínica e tipicamente judaica. Mas, para meu grande espanto, sabia que meu pai não teria me desprezado por esse motivo. Tenho certeza de que até mesmo o ódio que ele tinha pelos judeus teria recuado diante do que se passava ali, no instante em que aquilo começava a se tornar antiestético." A sensibilidade excessivamente refinada é o pseudônimo de sua autoconsciência reencontrada e de sua coragem de opor-se a uma irmandade equivocada. "A única dignidade que poderia existir naquela época era pertencer ao grupo das vítimas."

Skutschno

Para Claudio Magris

Skutschno é uma palavra russa que dificilmente poderia ser traduzida para o alemão. Significa, mais do que o vazio do tédio, um vazio da alma, um sorvedouro cujo efeito é semelhante ao de uma saudade indeterminada, porém violenta e cortante.

Quando eu tinha treze anos, isto é, a idade que era denominada pelos educadores da época de "idade do atrevimento", meus pais não sabiam mais o que fazer comigo. Vivíamos na Bucovina, uma província cuja distância, hoje, tornou-se astronômica, no sudeste da Europa — mas o que eu conto aqui me parece estar tão longe, não só no espaço mas também no tempo, que é como se tivesse sido apenas um sonho. E, no entanto, esta narrativa começa como um livro de história universal.

Eu tinha sido excluído por um *consilium abeundi** das escolas do antigo Reino da Romênia, do qual tínhamos nos tornado cidadãos depois do colapso da Monarquia austro-húngara, ao fim da Guerra Mundial. E a tentativa de harmonizar os desequilíbrios de meu caráter por meio da disciplina rigorosa de um internato na Áustria, que meus familiares ainda entendiam como nosso lar cultural, quase levou a esse mesmo tipo de final desastroso. Só um afastamento supostamente voluntário dessa instituição de ensino, na hora certa, foi capaz de evitar minha

---

* O *consilium abeundi*, conceito proveniente das instâncias jurídicas das universidades europeias dos séculos XVIII e XIX, é a recomendação de expulsão de um estudante como forma de punição por mau comportamento. [Esta e as demais notas chamadas por asterisco são do tradutor.]

exclusão irrevogável daquele grupo de privilegiados, para os quais se encontravam abertos os caminhos para a educação superior. Eu era, ainda conforme diziam na época aqueles sobre quem recaíra a missão de alta responsabilidade de transformar crianças em "membros úteis da sociedade", um "caso quase perdido". Meus pais, incapazes de perceber até que ponto as contradições de minha personalidade eram decorrentes das tensões causadas pelas diferenças entre suas respectivas formas de ser, concordavam com os mestres das escolas que uma tal mistura entre sensibilidade neurótica e tendências violentas, capacidade perceptiva e incapacidade de aprendizado, necessidade de amparo e incapacidade de adaptação, só poderia levar à formação de um criminoso. E essa opinião logo se tornou uma unanimidade incontestável. Era simplesmente assim: meu destino inescapável era, mais cedo ou mais tarde, a prisão. Eu mesmo já praticamente não tinha mais dúvidas a esse respeito.

Dentre os provérbios triviais que minha geração deve ao livro *A piedosa Helena*, de Wilhelm Busch,* encontra-se o seguinte: "Quando a fama já está arruinada, então pode-se viver com toda a liberdade". Porém, essa alegação otimista corresponde mais ao âmbito dos pensamentos e dos desejos do que à experiência prática. Quanto a mim, se alguém, àquela época, tivesse me perguntado como eu me sentia, eu certamente teria respondido, com um suspiro profundo: "*Skutschno!*". Pois, muito embora, na verdade, não faltassem em mim ímpetos de rebeldia, eu vivia me arrastando. Ou melhor: eu me deixava arrastar por minha existência vazia no ritmo de lesma dos dias, nunca livre do fardo de um sentimento de culpa, que não poderia ser atribuído às causas que se costumava alegar, muito

---

* Publicado pela primeira vez em 1872, *A piedosa Helena* é um livro satírico ilustrado, e um exemplo da postura anticlerical de Busch, cujas obras combatem a Igreja católica e ironizam, entre outras coisas, o costume das peregrinações.

embora seus motivos verdadeiros tampouco estivessem longe daqueles que eram alegados. Se eu tivesse sido capaz de explicar a sutil e complexa diferença entre essas duas coisas, muitos dos problemas teriam sido resolvidos. Mas eu simplesmente era incapaz de fazê-lo.

Vejo meu retrato daquela época como se ele estivesse num instantâneo feito por uma daquelas câmeras de mecanismos refinados, cheias de parafusinhos e de alavancazinhas, cujas lentes de olhos arregalados e cujos foles dobráveis, feitos de couro preto e de pantógrafos de níquel reluzente, eram produzidos por aquele *esprit du temps* ainda próximo do universo das carroças, assim como os automóveis angulosos e de rodas imensas daquele tempo, que excitavam minha fantasia de menino de forma passional. Eu invejava meus colegas bem-comportados que tinham permanecido nos internatos quando, como recompensa pelos seus sucessos nos estudos, ganhavam, de presente de aniversário e de Natal, máquinas fotográficas como aquelas, muito embora não desse muita importância às fotografias que às vezes eles me davam de presente. Vejo um instantâneo diante dos meus olhos: um menino cujo rosto ainda tem contornos arredondados, inchados de desprezo pela própria infância violentada, que em breve terá sido completamente assassinada, e cuja força de vontade e decisão se voltam, exclusivamente, sobre o próprio ser, parecendo, também, um pouco ridículo por disfarçar as sérias necessidades da adolescência que, em seu desamparo, ele tampouco é capaz de expressar. É um dia nublado. Estou sentado à beira de um prado, trajado com uma vestimenta típica da época, uma jaqueta com cinturão militar e com grandes bolsos, feita de linho grosso, rijo e impermeável, como aquelas que eram usadas pelos partidários das mais diferentes facções políticas da época — desde as de extrema esquerda até as de extrema direita — mas que, em meu caso, estava, evidentemente, distante da expressão de qualquer tipo de visão de mundo, servindo apenas para me abrigar durante as longas e solitárias caminhadas que eu costumava empreender em todas as minhas horas vagas, percorrendo, sem rumo certo, a paisagem em torno da cidade — aquela paisagem com o horizonte distante que, nas épocas ensolaradas do ano, era tão linda quanto um parque e que, sob o céu do inverno, pelo qual esvoaçavam os corvos, não ostentava nada além da tristeza dos torrões negros de suas terras de cultivo reviradas e, mais longe, para além das fronteiras da neve, nas baixadas daquela paisagem ondulada, os contornos negros das grandes florestas, que se alastravam até as montanhas que se estendiam, quase invisíveis em suas tonalidades crepusculares de azul, junto às bordas de vidro leitoso da abóbada celeste. Eram justamente esses dias de fim de inverno que melhor correspondiam à minha disposição de espírito de *Skutschno*.

Tenho a cabeça descoberta, meu cabelo está desgrenhado pelo vento, mas, liso como uma foca, meu bassê Max está sentado aos meus pés e me olha, reverente: meu único companheiro de brincadeiras, meu cúmplice, meu amigo, meu consolador, junto a quem eu encontrava, se não compreensão, ao menos o amor incondicional e a concordância com tudo o que eu fazia.

É preciso dizer logo que essa fotografia não existe, pois, naquela época, eu era tão solitário que, simplesmente, não havia ninguém que teria sido capaz de tirar uma fotografia assim. E os colegas de escola, dos quais eu falei, encontravam-se bem longe de mim nessa época a respeito da qual estou contando. Max e eu percorríamos aquela região como dois bandidos. Do ponto de vista moral, nosso comportamento também era bastante independente. Estabelecera-se, entre nós, o consenso tácito de que qualquer galinha-d'angola que tivesse a ousadia de se afastar um pouco mais do que convinha do seu galinheiro receberia de nós o mesmo tratamento que dispensávamos àqueles gatos que passavam seus dias caçando ratos nos sulcos abertos dos campos de cultivo. Era sobre esses gatos que se voltava, especialmente, minha atenção, pois, para minha grande tristeza, Max, apesar de todos os seus traços de caráter louváveis, não era um cão feroz. É verdade que ele partia para o ataque com decisão, quase com histeria, mas, tendo alcançado a caça, recuava, uivando, depois do primeiro arranhão no focinho, para esconder-se atrás dos meus calcanhares, onde, então, sentindo-se seguro, punha-se a latir, de forma bastante vergonhosa. Eu me consolava dizendo que o cão ainda era jovem e que talvez eu estivesse exigindo demais dele. Seja como for, sempre levava comigo, no bolso da minha jaqueta de militante político, um estilingue possante e um punhado de bolinhas de chumbo. E meus disparos eram certeiros, quase como os de um artista de circo. Até mesmo o mais valente dos gatos cambaleava e, tendo sido atingido no crânio, bem no meio do crânio, pelo meu projétil do tamanho de um feijão, as tarefas que cabiam a Max tornavam-se muito mais fáceis.

Hoje os cachorros e os gatos convivem em paz na minha casa. Mas, àquela época, eu considerava a inimizade entre eles como uma das leis da natureza e, sendo amigo dos cachorros, era evidente que eu fosse inimigo dos gatos. Eu era o filho de um homem para quem caçar era tudo na vida. A necessidade do extermínio dos predadores era, para mim, algo tão firmemente estabelecido quanto o imperativo categórico para os professores de gramática — e todos sabem que os gatos são as piores pragas que existem no campo. Quanto às galinhas-d'angola, tratava-se de uma transgressão deliberada, de um gesto de revolta. Eu, que tinha sido educado de acordo com as mais severas regras de decência dos caçadores, sentia uma satisfação dolorosa em roubar galinhas. Eu desobedicia, deliberadamente, ao código de conduta dos caçadores e, com isso, conspurcava, em certa medida, o nome de meu pai. Pois, do maço de castigos, concebidos com sensibilidade e com inteligência, que me foram impostos para que eu me desse conta do meu fracasso como pessoa, fazia parte também, infelizmente, o fato de que eu já não podia mais acompanhar meu pai em suas caçadas.

Desde a infância, era-me permitido acompanhar meu pai em suas excursões, durante a prazerosa temporada de caça da primavera e do verão. Nas férias da Páscoa, eram as caçadas aos faisões e aos maçaricos e, nas férias de verão, aos cabritos selvagens. Mais tarde, quando eu já era mais forte, às vezes também me era permitido acompanhá-lo na caça aos cervos, no outono, e aos javalis, no inverno. Agora, porém, eu escapava da cidade e errava sem rumo pelos campos para fugir da perseguição de pensamentos que, em casa, se tornavam insuportáveis. Naquele ano, não me seria permitido compartilhar da atmosfera das florestas de montanha, onde meu pai caçava, e onde logo soavam os cacarejos dos tetrazes e onde logo os maçaricos grasnavam, bordejando a floresta, e onde, quando tudo estava novamente verde, os cabritos selvagens saltitavam em meio ao calor dos dias de verão, em cujo ar as nuvens de mosquitos dançavam.

Sob os meus pés, os campos de cultivo de batatas e os campos tomados pelos tocos remanescentes das colheitas do ano anterior ainda estavam molhados pela neve, que mal acabara de derreter. Mas, nas ravinas ao longo dos córregos, os brotos já reluziam e já se podia contar nos dedos os dias que ainda seriam necessários para que a folhagem da primavera começasse a surgir, como gatinhos peludos. O céu voltaria a se tornar azul, percorrido por nuvens brancas e úmidas, e logo o canto dos cucos seria ouvido em toda parte — mas eu permanecia acorrentado à minha culpa. Carregava comigo o fardo de todos os meus sucessivos malogros escolares como um condenado acorrentado a uma bola de ferro. Pois não eram só os meus malogros morais que precisavam ser reparados. Eu sabia — porque era o que me repetiam diariamente, como uma ladainha — que, se fosse aprovado numa prova de recuperação, no outono, ainda poderia ser salvo, mais uma vez, ou seja: ainda havia uma última possibilidade de reabilitação escolar para mim. E muito embora eu também estivesse ciente de que isso apenas significaria mais um ano de exílio no internato, mais um ano longe de casa, mais um ano longe da terra amada, das caçadas e do meu bassê Max, estava disposto a fazer tudo o que estivesse ao meu alcance para passar na prova.

Só que minhas forças estavam visivelmente dispersas. Lá fora, o vento que soprava derretia a neve e o gelo, sibilando sobre os galhos das árvores, ainda desnudos e transparentes, que se erguiam, num emaranhado, em direção ao céu cinzento. Eu podia ouvir o esvoaçar assustadiço dos melros, ao entardecer, e as gotas de chuva que caíam no chão das florestas, sobre a folhagem morta, e o ruído dos camundongos — todos esses ruídos ínfimos que por pouco não assustam um caçador à espreita de sua caça... e, enquanto isso, permanecia sentado na sala, diante dos meus livros escolares, sem absorver uma só palavra do que eu lia. Não era capaz de compreender nem mesmo a mais simples das tarefas. Mas, como forma de compensação pelas caçadas em companhia de meu pai, das quais tinha sido privado, eu me lançava, com a paixão de uma fantasia voraz, sobre a literatura de caça e, quase sem perceber, tornara-me capaz de ler com bastante fluência o francês de Gaston de Foix.

Não que semelhante conquista tenha me rendido elogios ou ao menos reconhecimento. Ao contrário: servia como prova de que era por pura maldade, e não por falta de entendimento, que eu não cumpria minhas obrigações escolares. Isso, evidentemente, me amargurava a tal ponto que abri mão da decifração de antigos textos franceses e agora só vagava a céu aberto, tomado pelo *Skutschno*.

A mecânica dessas sinucas pedagógicas é bem conhecida. Os casos se assemelham excessivamente uns aos outros, de maneira que é desnecessário narrar maiores detalhes. Minha salvação veio por meio de parentes, de um casal mais velho, que não tivera filhos, e que deu um fim provisório às lamentações de meus pais pela impossibilidade de me educar, ao oferecerem-se para me hospedar em sua casa durante o verão.

    O tio Hubert e a tia Sophie já desde cedo se preocupavam comigo e com os progressos, aliás, com os malogros do meu desenvolvimento — e suponho que esse seu interesse não estivesse totalmente isento de preocupações concernentes à herança, pois eles não tinham nenhum parente próximo e eram ricos. Eles viviam no campo ou, mais precisamente, viviam como senhores feudais numa daquelas cidadezinhas minúsculas e apartadas do mundo, cujos nomes são impronunciáveis e que, estando representadas nos mapas do sudoeste da Europa, emprestam àquelas regiões que se estendem de ambos os lados de rios como o Prut e o Dniester as aparências de uma paisagem cultural há muito tempo estabelecida, quando, na verdade, seria preciso levar bem em consideração as ambivalências desse tipo de cultura, que, além do mais, nem sempre está profundamente enraizada, assim como a circunstância de que, em muitos lugares, a imensa vastidão daquela paisagem permanece intocada pela mão do homem. Mas é nessa parte do mundo que eu nasci e cresci e, portanto, não imaginava encontrar uma cidadezinha em meio ao campo, cercada por muralhas, cheia de portais e de arcos, cuja praça central, diante da Câmara Municipal, tivesse uma fonte dedicada a Roland, sob um arco de pedra decorado com folhagens. Assim, é preciso advertir que as pessoas aqui qualificadas como senhores feudais não devem ser imaginadas como o cavaleiro e a nobre senhora que habitam um castelo medieval, cuja torre central tem as paredes cobertas de hera. A pequena localidade onde meus parentes viviam como os mais importantes empregadores locais era um assentamento, um posto avançado em terras coloniais no continente europeu, erguido como uma duna de cultura e depois esquecido. Principalmente à noite, quando a gente se aproximava da cidadezinha, vindo pela estrada, chamava a atenção a que ponto ela parecia perdida sob o céu estrelado. Viam-se, ali, um punhado de luzes espalhadas sobre uma colina achatada junto à curva de um rio, cuja única ligação com o mundo eram os trilhos da ferrovia, que brilhavam sob uma luz lunar que parecia feita de leite de cabra. A incomensurabilidade do firmamento que se estendia sobre a cidadezinha correspondia à colossal extensão de terra que se acumulava à sua volta, cuja escuridão profunda era desafiada por esses sinais de presença humana com uma coragem que dificilmente poderia ser considerada sensata. Esta era uma visão que cativava os sentimentos como alguns dos quadros de Chagall. Com *Skutschno* no coração, era possível considerá-la de uma beleza dilacerante.

Durante o dia, porém, aquela localidade via-se privada de semelhante poesia. Consistia em uma estação de trem rural e em algumas ruelas de terra batida, ladeadas por casebres, alguns dos quais eram cercados por jardins, como é costume nas aldeias, enquanto outros se encontravam em terrenos desnudos, cobertos por telhados de folhas de flandres. A altura de suas paredes mal superava a de um homem. Junto aos valos abertos prosperavam plantas espinhosas e umas camomilas raquíticas. Bandos de pardais piavam nos ramos das aveleiras, junto às cercas, e disputavam entre si os restos de forragem caídos diante dos portões de entrada dos estábulos, e as marcas deixadas pelas rodas dos pesados carros de bois na lama ou na poeira, dependendo da época do ano, tinham a profundidade de uma braça. Essas ruelas confluíam para um quadrado onde castanheiras rodeavam a praça do mercado, cujo solo era coberto de pedregulhos, e lá, de frente para a rua principal, erguia-se a Câmara Municipal, cujas paredes, desde os primeiros degraus da escada até as calhas junto ao telhado, eram tomadas por todos os tipos de anúncios e de convocações. Ali encontrava-se, igualmente, o estereotípico edifício da Prefeitura, com uma torre obtusa acima do frontão, em cuja janelinha uma bandeirinha oscilava nos dias de feriados nacionais. Em torno da praça, três lojinhas permaneciam à espreita de compradores, enquanto nos dias de feira uma estalagem, na qual também havia uma padaria, ficava lotada de camponeses que tinham trazido dos campos suas carroças cheias de porcos, de vitelas, de aves e de verduras. Havia também uma farmácia, em cuja fachada uma cruz vermelha enfiada no interior de uma ampola de vidro se oferecia às pedradas dos moleques de rua. Porém, ao final da rua principal, no ponto de fuga de sua curta perspectiva, encontrava-se uma propriedade cercada. Por trás de um bosquezinho de buxos, negligenciado por décadas e décadas, no qual cochilavam dúzias daqueles gatos vadios que se via em toda parte, erguia-se uma construção de tijolos de um tom chamativo de vermelho graciosamente dispostos: um edifício surpreendente e louco, provido de torres, ameias, sacadas cobertas por arcos, com um telhado de folha de flandres bordejado por uma calha em forma de massa de torta, em cujos cantos havia escoadouros em forma de cabeça de dragão, e ornamentado, em toda sua extensão, por bandeirolas, pontas de lança e cata-ventos. Era o casarão do médico, o dr. Goldmann, uma obra representativa do romantismo arquitetônico dos anos 90 do século XIX, e que era apresentada como curiosidade pelo tio Hubert e pela tia Sophie a todos os que vinham visitá-los pela primeira vez. Além da igreja dos católicos armênios, de arquitetura muito simples, que parecia um caixote feito de pedras, e da despretensiosa cúpula da sinagoga, a única outra atração do local era a bonita e antiga igreja com cúpulas em forma de cebola do mosteiro ortodoxo russo, que ficava em meio a um bosque de cedros, no topo de uma colina suave. Tudo isso convivia, por assim dizer, livre de vergonhas, sob um único céu que, indiferente às vaidades humanas, se estendia em direção ao Oriente, para muito além das estepes do Quirguistão e do Tibete. Durante os dias de semana mal se via gente por lá, exceto por uns bandos dispersos de crianças judias cheias de piolhos aqui e ali, que corriam atrás dos pardais pela poeira da rua.

No verão, o sol muitas vezes ardia sem misericórdia sobre os telhados calvos, e o ar estremecia acima deles, como se fosse um véu. No inverno, uma geada pungente aprisionava o mundo com suas garras brancas, estalactites de gelo gradeavam as janelinhas das casas, e junto às margens do rio as árvores se erguiam como se fossem feitas de vidro. Às vezes, quase sempre de forma inesperada, irrompia alguma cena pitoresca: um enterro de judeus, por exemplo, ocasião em que, como se fossem estranhas flores escuras, figuras de homens trajados com longos caftans pretos, as cabeças cobertas por gorros ruivos de pele de raposa, pareciam brotar do solo, por entre as lápides inclinadas e um tanto afundadas, uns meio encurvados, cuja voz baixa parecia uma tossezinha, com longos cachos pendendo junto às orelhas e com barbas brancas ou castanhas, outros com olhos arregalados, as cabeças lançadas para trás emolduradas pelos gorros de pele de raposa, com corpos abaulados e vozes altas. Ou quando, no aniversário do Santo, que jazia num ataúde de prata todo trabalhado no interior da igreja ortodoxa, o pátio interno do mosteiro e todo o bosque à sua frente se enchiam de camponeses e de camponesas trajando camisas com bordados coloridos e casacos de pele de ovelha, calçados com escarpins e levando cravos presos atrás das orelhas ou entre seus dentes brancos e fortes. O canto polifônico dos monges alternava-se com o cantarolar dos estudantes do Talmude da escola dos judeus.

A casa do tio Hubert e da tia Sophie parecia uma casa de fazenda, e ficava às bordas do vilarejo. Embora houvesse um grande portão gradeado na entrada, ele permanecia sempre aberto e o caminho que levava à casa, sombreado por acácias, ficava desimpedido. Havia um pátio interno amplo, circundado por tílias, que separava a residência das demais construções, do estábulo e de uma pequena cervejaria que funcionava ali, juntamente com o plantio e a criação de animais. Mais atrás, num amplo parque que se perdia de vista e que desembocava nos campos abertos, ouvia-se o farfalhar das faias e dos amieiros, dos cedros e das bétulas e das tramazeiras.

Eu conhecia o lugar desde a infância e ali me sentia tão em casa quanto na casa e no jardim de meus pais, na capital da província, ou na cabana de caça do meu pai, nos Cárpatos, aonde já não mais me era permitido ir. Como em quase todas as vezes que pude passar temporadas ali, junto com meus parentes, estava de férias, exceto por uma vez em que passei vários meses ali porque os médicos tinham anunciado que minha mãe precisava ficar de repouso — uma época excepcional, de qualquer forma, que, na infância, sempre é involuntariamente percebida como festiva. Eu gostava muito de minhas temporadas na casa do tio Hubert e da tia Sophie. E, para eles, minhas visitas esporádicas eram suficientemente raras e suficientemente curtas para que continuassem a se alegrar com a minha presença. Quando vinha à tona o assunto das dificuldades com minha educação, o tio Hubert e a tia Sophie expressavam seu espanto, sem tentar disfarçá-lo, e esse espanto não estava isento de uma discreta sugestão relativa ao fato de que deveria ser levada em consideração a insuficiência dos métodos pedagógicos empregados, quando não a falta de capacidade dos próprios educadores. "Mas isso é incompreensível. Conosco o menino é tão adorável e tão bem-comportado e tão divertido, uma criança naturalmente tão sensata e de tão boa índole e tão obediente. Algo assim nunca poderia acontecer entre nós."

Não espanta, portanto, que os seios muito fartos da tia Sophie, devidamente sustentados pela confiabilidade de suas blusas esportivas e de suas jaquetas de tweed grosso, significassem, para mim, de maneira muito mais íntima, a noção de uma maternidade calorosa do que a intocabilidade elegante, envolta por um halo de poesia e de sentimentalismo, mas infelizmente nervosa demais, de minha frágil mãe. E também o tio Hubert representava em minha infância algo incomparavelmente mais estável, diretamente voltado para o mundo concreto, e por isso mesmo mais tranquilizante, do que o espírito fantasioso, um tanto mais decepcionado, um tanto mais arruinado, de meu pai, que se refugiava do mundo, cada vez mais, em sua paixão obsessiva pela caça.

Certamente, o tio Hubert e a tia Sophie também viviam num mundo marcado por ambivalências. A localidade distante, na região fronteiriça do Oriente da antiga Monarquia habsburga — e portanto, na verdade, do Sacro Império Romano-Germânico —, na qual, de certa forma, eles desempenhavam o papel de preservadores de uma cultura, encontrava-se no ponto de corte — ou, se quisermos, no ralo — entre duas civilizações. Uma delas, a ocidental, não perdurara suficientemente para conceder às pessoas e às terras mais do que, como se diria hoje em dia, uma infraestrutura voltada para a colonização técnica — que, aliás, logo se dedicou a destruir o pouco que havia de sólido por lá. A outra, oriental, que ali se encontrava exposta, sem qualquer tipo de proteção, aos ventos que sopravam do Leste por sobre a estepe, contrapunha o espírito de entrega fatalista à vontade do Destino e, com isso, também, infelizmente, todas as tendências à negligência, à leviandade e ao desleixo. Ainda assim, o tio Hubert e a tia Sophie pareciam feitos na mesma fôrma: eram os protótipos dos nobres de província, como se encontram, igualmente, no País de Gales, no Auvergne, na Jutlândia e na Lombardia. Em nada obtusos ou carentes de cultura, de certo ponto de vista eram surpreendentemente esclarecidos, ainda que, em decorrência de seu estilo de vida acomodado, em meio a circunstâncias seguras e a um ambiente natural, e sempre comprometidos com deveres previsíveis e com tarefas repetitivas, houvessem se tornado de uma tal simplicidade em sua maneira de falar e em seu comportamento que, num julgamento superficial, facilmente poderiam parecer simplórios. Mas bastava um olhar um pouco mais atento — pelo menos no caso de meus parentes — para constatar uma cordialidade calorosa e discreta e uma sensibilidade humana que nem sempre se encontram entre pessoas mais distintas.

É evidente que nem uma única palavra deles me lembrava de minha obrigação de estudar para minha prova de recuperação. Silenciosamente, pressupunha-se que eu o faria por minha própria vontade, por meu próprio bom senso e por minha própria ambição. Quando e como, era um assunto que cabia a mim decidir. Em primeiro lugar, eu me encontrava oficialmente em férias e, portanto, podia dormir o quanto quisesse e passear por onde eu quisesse. Tinham me dado permissão de levar comigo meu bassê Max, e o tio Hubert falava com tantas expectativas e com tanta alegria da temporada de caça às codornas e às narcejas, que começaria um pouco mais adiante, no verão, que eu não tive nem sombra de dúvida de que me seria permitido acompanhá-lo. Havia uma só circunstância que poderia ser compreendida como uma delicada advertência — e mesmo esta tinha sido concebida para incrementar minha alegria: em vez de, como nos anos anteriores, ser abrigado ao lado do quarto de dormir da tia Sophie, de seu *boudoir*, eu poderia dormir junto com Max na chamada "torre". "Lá você estará mais tranquilo", foi dito, aparentemente sem que, com isso, se quisesse dar a entender algum outro tipo de coisa.

Meu aposento na "torre", evidentemente, era menor. O que se chamava assim era uma sala de comando acima do prédio da cervejaria, à qual se chegava, a partir do jardim, subindo por uma escada íngreme, e nela ficavam abrigados os hóspedes estrangeiros à época das grandes caçadas, no inverno — especialmente os amigos mais íntimos do tio Hubi: uns solteirões de extraordinária habilidade na caça e impressionante resistência ao álcool. Durante a maior parte do ano, a "torre" permanecia vazia. Os três cômodos adjacentes que ficavam naquele sótão, onde se instalara o cheiro de poeira característico dos aposentos raramente usados e quase nunca arejados, tinham uma fama lendária. Falava-se à boca pequena de acontecimentos aos quais, diante de uma criança, era melhor apenas fazer alusões, muito embora, evidentemente, todos soubessem que, em sua maior parte, se tratava de exageros cheios de humor. Mas, ainda assim, esses acontecimentos sempre voltavam a ser mencionados, ainda que como provas da compreensão da tia Sophie e da tolerância camarada e do relacionamento supostamente exemplar dela e do tio Hubert.

Eu me sentia como se, de um dia para outro, tivesse crescido um palmo. Ao me instalar na "torre", me tornara um homem. Finalmente, me livrara dos cuidados torturantes de minha mãe e da tutela das governantas e das preceptoras, cujo prolongamento, em direção ao âmbito coletivo, tinha sido a tão odiada disciplina do internato. Aqui hospedavam-se homens livres, soberanos, que decidiam sobre seu próprio destino, conhecedores de armas: os últimos guerreiros. Eu me acostumava aos ares de seu mundo rude.

Em meio ao cheiro de poeira daqueles aposentos na mansarda sentia-se também o odor de pontas de cigarros, e não era preciso muita fantasia para imaginar todo o resto: a escuridão das manhãs de inverno em que estalava a lenha na lareira, e o movimento matutino na casa e no pátio, os uivos inquietos dos cães e o aroma de café forte, de torradas, de ovos fritos com toucinho anunciavam o dia de caçada. Era um dia longo, vivido com intensidade, durante o qual as pessoas se esqueciam de si mesmas, era um dia cheio de tensão, de nervosismo e de surpresas, de instantes da mais ansiosa espera, de decisões rápidas, de acontecimentos oníricos... provocantes alternâncias entre triunfos e decepções, a respiração ofegante que voa com os segundos que colorem o transcurso de um dia inteiro, desde a madrepérola rosada da qual brota a luz da manhã que surge, até o banho de sangue do crepúsculo... A caçada terminou, os pulmões estão repletos de ar fresco e pungente, volta-se para casa a bordo de trenós que gemem: um frio incandescente nas bochechas e um bem-estar nos membros envoltos em roupas impermeáveis, a noite derruba seu pano negro sobre as belezas do mundo, preenche a floresta com sua escuridão e a torna gigantesca ao longo do caminho pelo qual os cavalos respiram, ofegantes, soltando nuvens de vapor, e eles galopam, erguendo os cascos, e das rosetas desparafusadas dos seus ânus despencam bolas mornas e úmidas que, jazendo fumegantes, no meio das pistas dos patins do trenó, proporcionam alimento às aves famintas. É um mundo misterioso de frio sideral e de morte prematura: hoje sua mão semeou a morte e por isso você sente que está vivo... Retorno estrepitoso à casa, festivamente iluminada, o copo de grogue queima nos dedos, refinadas saudações à graciosa feminidade da dona da casa, brutais beliscões no traseiro da criada que traz água quente, delicioso relaxar dos membros no banho, o prazer da roupa branca limpa, dos sapatos leves calçados com a roupa da noite, a grande ceia, os muitos vinhos, a caça: rapina rija, peluda, coberta por crostas de sangue, que há poucas horas ainda estava viva, um silencioso jogo de sombras, pupilas sem brilho, sobre as quais brilham as tochas, os sons das cornetas de caça, que ecoaram no frio vapor da noite, e então o conhaque no copo bojudo, a conversa dos homens, a rememoração dos acontecimentos, as piadas, os gracejos, as gargalhadas retumbantes... tudo isso esperava por mim, tudo isso, em breve, determinaria o meu estilo de vida, o meu ser e a minha forma de agir.

E eu me sentia ainda mais feliz porque a esse mundo masculino se apegava, evidentemente, um certo tom de exagero, que punia as mentiras como se, saindo de uma infância sonhadora e cheia de maravilhas, todos tivéssemos crescido, pobres de nós, e ingressado, definitivamente, no mundo das pessoas sérias, das tarefas e das incumbências pesadas, que tornam a vida dos adultos sóbria e que a oneram com responsabilidades. Mas para mim era como se, finalmente, eu tivesse, graças a meus próprios esforços, ingressado na terra prometida da liberdade, da igualdade entre iguais, da fraternidade despreocupada, livrando-me dos sofrimentos do tédio juvenil, das coerções torturantes e dos sofrimentos infindáveis. Na "torre" ficava armazenado tudo aquilo que se tornara supérfluo na casa ou que, por questões de bom gosto, tinha sido descartado de antemão. Tudo o que eu via à minha volta — dos ornamentos feitos de chifres de veados até um tapete estampado, colorido e engraçado, do cinzeiro que ostentava uma falsa ponta de cigarro e um falso leque de cartas feito de porcelana, até um crânio de marfim que servia como peso de papéis, sobre a escrivaninha —, tudo eram paródias da decoração habitual da morada, como as que encontramos em ateliês de artistas e nos quartos de estudantes. Ainda que servissem às suas funções, os objetos aludiam a outros sentidos, de maneira cômica, e seu caráter decorativo era exagerado até a ironia, desde a gigantesca pele de urso com o crânio empalhado diante da lareira, diante da qual havia uma vitrine com uma coleção de raríssimas borboletas tropicais, até as canecas de cerveja inglesas na forma de homens sentados numa taverna ou o mancebo de ferro fundido que, como um troféu clássico de militar de alta patente, reunia todas as ferramentas de caça, como as espingardas, as bolsas, as cornetas, as armadilhas e as redes, com elas formando um emblema. A mim, de qualquer forma, tudo parecia apontar na direção de um impulso lúdico vivido com serenidade, que, na verdade, expressava a verdadeira disposição de espírito daqueles adultos, algo que revelava a essência verdadeira de suas existências, apenas mal disfarçada pela gesticulação alusiva a um comportamento sério, onerado por tarefas, consciente de seus deveres e preocupado com o bem-estar. Pois esse impulso lúdico era sempre levado às raias do perigo, às raias da própria morte.

Antes, quando eu ainda tinha meu quarto ao lado do *boudoir* da tia Sophie, o drama da existência, isto é, da existência infantil, me fora apresentado aos olhos por meio das gravuras sentimentais de *Paul et Virginie*. Frequentemente, eu emprestara vida àquelas cenas isoladas, vivenciando sua dramaticidade. Tratava-se, porém, de uma dramaticidade literária. As aventuras de Paul e Virginie eram acontecimentos que eu bem era capaz de imaginar em minha fantasia, mas a respeito dos quais eu sabia que jamais teriam lugar na realidade. Ali, na "torre", as paredes estavam repletas das lendárias obras de arte de cavalaria do conde Sandor (a respeito de quem nunca se deixava de dizer que tinha sido o pai da princesa Pauline, a nora do chanceler Metternich). Aquilo era algo que se podia experimentar de maneira imediata, eu poderia ir ao estábulo, mandar selar um cavalo de montaria e tentar imitar o que estava retratado. E a dramaticidade daquelas cenas não era em nada inferior à das cenas de *Paul et Virginie*. As ameaças não eram menos fatais do que as existentes no caminho de sofrimentos de Paul e Virginie. Porém, essas ameaças tinham sido voluntariamente escolhidas e, desse modo, tinham sido transformadas em brincadeiras. Pois, quando o destemido conde conduzia seu cavalo até o peitoril da janela de uma dama e o levava a pousar graciosamente ali um dos seus cascos, enquanto ele, o cavaleiro, conversava despreocupadamente com a beldade que se inclinava para fora da vidraça, o risco de ele quebrar o pescoço era tão grande quanto o risco corrido por aquele outro cavaleiro, igualmente descrito no mesmo livro, que saltava sobre uma barreira, cavalgando, e cuja sela, enquanto o animal saltava, se desprendia da montaria, de maneira que o cavaleiro permanecia corretamente acomodado sobre a sela, com os pés apoiados nos estribos, porém sem nada que a sustentasse, como se fosse o barão de Münchhausen sobre a bala de canhão que voava pelos ares. Tudo isso se combinava muito bem com as lembranças da Primeira (e, àquela época, única) Guerra Mundial, que se encontravam espalhadas por toda parte, os cartuchos vazios e os estilhaços de granadas e os pesados sabres, assim como o quepe militar do Pelotão de Ulanos do tio Hubert, que, durante as batalhas na Galícia,* tinha sido atravessado por um tiro enquanto estava sobre sua cabeça — uma circunstância que proporcionava a seus amigos um pretexto para intermináveis gracejos, muito embora estes tivessem uma motivação de seriedade absoluta: se a bala o tivesse atingido apenas meio centímetro abaixo, em vez de apenas chamuscar sua cabeleira e seu couro cabeludo, teria atravessado seu cérebro.

Quando eu alegava que estava trabalhando, enquanto, na verdade, não raro permanecia, ao longo de meia hora, imóvel num dos aposentos da torre, escutando o silêncio, era provável que eu fosse proibido de permanecer ali, como castigo por ter mentido de forma tão desavergonhada. Mas, na verdade, as coisas se davam da seguinte maneira: durante aqueles intervalos, eu estava trabalhando para me tornar um homem, e o fazia de modo intensivo, à maneira dos místicos, ao tentar incorporar os objetos à minha volta, que continham a aura da forma

---

* O Reino da Galícia e da Lodoméria, que corresponderá à região sudoeste da Polônia, foi conquistado pelos Habsburgo na Primeira Partição da Polônia, em 1772, e anexado ao território do Império Austro-Húngaro. Invadido pelos russos durante a Primeira Guerra Mundial, foi parte de sangrentos massacres e batalhas. Hoje esse mesmo território se encontra dividido entre a Polônia e a Ucrânia.

de ser masculina e que, portanto, necessariamente deveriam conter, igualmente, algo da sua substância.

Diante dos guaches que retratavam escaramuças entre os ulanos e os cossacos, nos primeiros anos da guerra na Galícia, aquilo não era algo difícil de fazer. Toda aquela movimentação era algo que se podia imitar com facilidade. Mas, penetrar no mistério que tornava inconfundivelmente masculina uma peça de mobiliário qualquer — por exemplo, um espelho com um pedestal de madeira, uma assim chamada *Psyché*, uma peça que, afinal, era quase idêntica àquela que, no quarto de dormir da tia Sophie, produzia um efeito também inconfundivelmente feminino, muito embora fosse feita com o mesmo rigor neoclássico do estilo império —, ou seja, penetrar no Ser e, portanto, na essência de uma tal masculinidade, era algo que exigia uma atividade espiritual tão intensa e uma tal mobilização dos sentidos que, nessas horas, eu com frequência me sentia possuído e estranhamente assustado comigo mesmo, e então era obrigado a fugir dali.

Algo mais, ali, revelou-se, para mim, de uma maneira muito surpreendente: a época de solteiro do tio Hubi. Aquilo surgiu diante dos meus olhos não só como uma nova dimensão do próprio tio Hubi, mas também como uma nova dimensão do próprio mundo. E o que mais me provocava reflexões era o fato de que a adolescência e a juventude do meu parente casado, cujas lembranças se encontravam abrigadas ali, e cujas atmosferas eram, de certa forma, perpetuamente presentificadas por meio daqueles objetos, tinham sido, embora claramente masculinas, também marcadas por uma sensibilidade e por uma poesia femininas que, não obstante, não contradiziam a rudeza do "último dos guerreiros". O símbolo disso eram duas espadas cruzadas, envoltas por uma fita de duas cores, verde como uma maçã e vermelha como um pêssego, sobre as quais pendia, do ponto onde ambas se cruzavam, uma boina sem aba, nas mesmas cores, ornamentada por um bordado dourado, que representava o emblema de uma corporação estudantil: tratava-se de um arabesco rebuscado, que terminava de maneira enfática, com um ponto de exclamação, e no qual estavam reunidas as iniciais da corporação de estudantes à qual o tio Hubi pertencera, que eram as do lema "*Vivat, crescat, floreat!*".* Aquilo era também a chave musical para o segredo da atmosfera espiritual associada àquela realidade jovial e viril, da qual os objetos reunidos ali eram, a um tempo, símbolos e testemunhos.

Naquele instante ocorreu-me qual era, afinal, o sentido de algumas alusões irônicas e de alguns gracejos que, até então, eu não tinha compreendido e tampouco percebido com muita clareza, mas que eram comuns nos diálogos entre o tio Hubi e seus parentes e amigos. Muito embora ex-austríaco e inimigo declarado dos prussianos, que desprezava solenemente todas as antigas terras da coroa habsburga que se tinham dignado a formar um novo reino híbrido, sob a coroa dos Hohenzollern, o tio Hubi tinha estudado em Tübingen, fora ativo numa corporação de estudantes e, supostamente com a concordância de seus irmãos de corporação, ainda que contrapondo-se à obrigação tradicional das corporações de estudantes de não tomar parte na vida política, subscrevera, em seu entusiasmo juvenil, a ideia do pangermanismo. Mais ainda: o tio Hubi — o jovem tio Hubi do final da década de 80 do século XIX — trouxera consigo, de volta para a Áustria, suas ambições políticas e, também em Graz, onde deveria concluir seus estudos superiores, tinha participado do movimento pangermanista, atuando como antissemita e wagneriano, além de ter sido seguidor entusiasmado de seu ídolo político, Georg von Schönerer, que, por causa da invasão violenta da redação do *Neues*

---

* Em latim, "Viva, cresça, floresça!", saudação frequentemente usada em instituições de ensino superior ou ligadas à vida espiritual.

Wiener Tagblatt — o "jornal dos judeus" divulgara, em março de 1888, a falsa notícia da morte do kaiser Guilherme I —, tinha sido condenado a uma longa pena de prisão e privado de seu título de nobreza. Em casa, eu ouvira falar a respeito daquele acontecimento. Meu pai, em seus ocasionais acessos de humor cáustico, não perdia uma oportunidade de lembrar o tio Hubi daquilo — e os resultados nunca tardavam a se manifestar. Passadas décadas, o tio Hubi continuava a ostentar aquela mesma dureza que, quando ele tinha dezoito anos de idade, quase o levara às barricadas. E, como era de costume, a tia Sophie também o amparava: "Porque quando o Hubi não suporta alguma coisa, é porque se trata de uma injustiça. Isso é algo que vocês têm que entender!".

O que eu entendia agora, ou melhor, percebia, com atraso, era a juventude do tio Hubi. Compreendia, de forma quase física, a que ponto aquela sua paixão, despertada pelo espírito de uma época, se inflamara em sua intimidade, de maneira a destruir completamente todos os fundamentos de sua educação e de sua formação, todo o ceticismo altamente civilizado da velha Áustria e toda a repulsa austríaca ao exagero e à indisciplina, todo seu amor à tradição e toda a sua fidelidade respeitosa ao Estado, assim como destruíra também tudo aquilo que se encontrava, por assim dizer, em seu sangue, por causa da paisagem em meio à qual ele nascera e crescera: a astúcia balcânica e seu humor capaz de atenuar tudo, a equanimidade oriental e fleumática. Tentei encontrar o desencadeante de semelhante paixão e o encontrei num livro cujo título simples, mas nem por isso menos ambicioso, era *A Bíblia*.

Evidentemente, não se tratava das Escrituras Sagradas do Velho e do Novo Testamento, e sim de um livro de cânticos da corporação de estudantes: uma coleção de textos de canções dos quais, junto com o espírito do século XIX alemão, emanava tudo aquilo que era entendido como essencialmente alemão por todos aqueles que, como eu e meus familiares, viviam numa localidade distante da Europa oriental, como descendentes dos colonizadores do antigo Império. E aquilo me atingiu como uma fogueira trazida pelo vento.

A primavera já estava bem avançada quando eu cheguei à propriedade do tio Hubert e da tia Sophie. A água do degelo escorria por toda parte, fazendo os córregos transbordarem sobre as ravinas, e me parece que, durante aqueles dias, eu também me portava de maneira um tanto transbordante. Na página inicial da *Bíblia* via-se um medalhão colorido, que representava um grupo de alegres estudantes descendo o Reno a bordo de uma canoa. Eles ostentavam uniformes dos membros das corporações de estudantes, iguais aos que, ainda hoje, são usados pelos estudantes incorporados em solenidades: uma jaqueta preta de veludo, com galões, calças brancas justas, botas de cano alto e, sobre a cabeça, um barrete ou uma boina de estudante. Um deles estava reclinado na popa da embarcação, o outro estava em pé, na proa, cantando, enquanto os demais remavam. As colinas, na margem oposta do rio, eram coroadas pelas ruínas de um castelo.

A atmosfera romântica e serena dessa imagem me cativou de tal forma que não havia nada que me parecesse mais desejável do que perambular trajado com o uniforme de uma corporação de estudantes. A tia Sophie, que sempre fora muito compreensiva em relação às minhas extravagâncias infantis — um inesquecível presente de Natal que ela me dera alguns anos antes tinha sido uma linda roupa de índio, cheia de franjas, juntamente com um mocassim, ornamentado com fantasiosos bordados à mão feitos por ela mesma —, a bondosa tia Sophie revirou todos os caixotes de quinquilharias que havia no depósito em busca de algo que fosse suficientemente parecido com a jaqueta de veludo com galões do uniforme da corporação de estudantes, para que pudesse, depois de uma pequena reforma, servir-lhe de substituto. Felizmente, o velho criado Geib se lembrou que um irmão falecido de seu cunhado, que trabalhava como ferreiro na cervejaria, tinha sido minerador numa jazida de manganês em Bistriz e que talvez a viúva ainda possuísse sua jaqueta de trabalho.

Eu me dava bem com esse ferreiro, cujo nome era Haller. Gostava muito de remexer em sua oficina e, principalmente, de fundir o chumbo de antigos projéteis, transformando-o em bolinhas para meu estilingue. As capas de cobre desses projéteis eram usadas como ponteiras para minhas setas, que eu disparava de um arco. Com admiração e inveja, eu observava Haller retirar os projéteis incandescentes do fogo, usando um grande alicate, derramar chumbo derretido e então deixar as cápsulas vazias rolarem rapidamente sobre a pele calejada de sua mão, sem se queimar. Certa vez, tentando imitá-lo, fiquei com umas bolhas horríveis. Seja como for, Haller gostava de mim e falou com a viúva do seu irmão. E assim recebi a jaqueta de trabalho do mineiro, da qual emanava um cheiro forte de naftalina, e que era grande demais para mim, mas a tia Sophie, que sempre dava trabalho a umas costureiras, num quartinho nos fundos da casa, mandou ajustá-la nas costuras de tal maneira que me servisse razoavelmente. Era bem parecida com o uniforme dos estudantes e, além disso, tinha pequenas ombreiras.

Até aqui, tudo corria bem. Mais difícil era conseguir a parte inferior do uniforme dos estudantes: as calças brancas justas e as botas de cano alto que chegavam acima dos joelhos. Eu me recusava terminantemente a vestir uma ceroula de algodão do tio Hubi, mas acabei aceitando, não sem uma certa resistência interior, uma calça de seda que a tia Sophie tinha usado, em dias longínquos de esbeltez juvenil, por baixo de seus trajes, por ocasião de algum baile à fantasia. Um par de botas de borracha, que tinham sido esquecidas por algum convidado para uma caçada, só chegavam até a altura das minhas panturrilhas e eram muito frouxas, mas, em compensação, a tia Sophie conseguira, efetivamente, encontrar uma verdadeira boina de veludo vermelho, que foi envolta por uma extravagante e ruiva cauda de raposa legítima, como no orgulhoso quepe do major de uma corporação de estudantes. Quando, por fim, assim paramentado, me postei diante do espelho no quarto de dormir da tia Sohpie (a *Psyché* em estilo império classicista), a empregada romena Florica, que ajudara a tia Sophie nos preparativos, juntamente com a velha camareira Katharina, começou a gargalhar com tal intensidade que teve de ser expulsa do aposento.

Depois, voltei a examinar-me várias vezes, cuidadosamente, diante do espelho mais masculino, na "torre". Quando se tem treze anos de idade, não é difícil postar-se diante de um espelho com umas penas de galinha enfiadas nos cabelos e ver ali a imagem do Chefe Chifre de Búfalo, com sua pintura de guerra e com o nariz de águia de um nobre selvagem. E ainda muito mais fácil é imaginar, no rosto redondo de um menino, algumas belas cicatrizes de ferimentos causados por golpes de espada, um cachimbo comprido e fumegante entre os lábios energicamente fechados e, no pequeno punho cerrado, uma caneca de cerveja espumante. Mas o que eu tentava vivenciar e experimentar naquela imitação realmente muito engraçada de um uniforme que tinha sido a expressão moderna de uma disposição de espírito era, antes de qualquer coisa, o caráter arquigermânico dos jovens estudantes.

Certamente aquilo era algo que correspondia a meu próprio estado de espírito, a minha disposição no momento: uma impressão constituída por aqueles mesmos elementos sentimentais que me deixavam inquieto e tenso, uma saudade cortante e sem objeto definido ou, antes, uma saudade cortante de algum objetivo — um *Skutschno* germânico, para resumir tudo com uma só palavra. As canções do livro de cânticos provinham das mais diversas épocas, mas todas elas tinham em comum a mesma intranquilidade, a mesma atmosfera de partida, sabe-se lá para onde, e, ao mesmo tempo, o mesmo amargor de quem já sabe que tudo é em vão.

Tinha pedido à tia Sophie para tocar no piano aquelas canções da *Bíblia* que mais me agradavam porque eram capazes de expressar com maior clareza aquela atmosfera. Ela tocava piano muito bem e, ainda jovem, tivera o sonho de vir a tornar-se pianista. O pobre tio Hubi não tinha ouvido musical, mas sua ajuda era indispensável sempre que não conhecíamos uma ou outra daquelas melodias de sua juventude, das quais ele alegava ainda lembrar-se muito bem. Como acontece com frequência entre os que não possuem o dom da música, ele mesmo era incapaz de perceber a que ponto cantava errado, e tentava sempre compensar com o páthos e com um volume excessivo tudo aquilo que, inconscientemente, ele sabia estar errado em sua interpretação. Da maneira mais simples, ele se colocava na postura de um cantor wagneriano, gesticulando impetuosamente enquanto cantava, e não parava mais, nem mesmo quando a tia Sophie tampava com as mãos os próprios ouvidos e gritava: "Pelo amor de Deus, Hubi, pare com isso! Parece o urro de um animal sendo abatido!", e nem mesmo quando nós dois, ela e eu, nos abraçávamos, rindo convulsivamente, perdíamos o fôlego e lacrimejávamos. Ele era bondoso demais, e bem-humorado demais, para levar aquilo a mal e, assim, nossa "arqueologia musical", como ele chamava aqueles experimentos, se transformou numa espécie de ritual, durante o qual me era permitido apresentar-me trajando meu uniforme improvisado de membro de uma corporação de estudantes. Nos debruçávamos, os três, sobre a *Bíblia*, escolhíamos as canções que mais nos agradavam, ou escolhíamos aquelas canções que os esforços empreendidos pelo tio Hubi não tinham sido suficientes para fazer renascer satisfatoriamente, e tentávamos recuperar suas formas, supostamente originais. Assim, constelava-se uma intimidade familiar. Sentia-me muito feliz durante aqueles dias e acho que o tio Hubert e a tia Sophie também se sentiam assim, à sua maneira: por fim, ainda que tarde, eles tinham encontrado o filho que lhes fora negado.

Essa harmonia com o ambiente onde eu me encontrava, e que considerava como a harmonia finalmente estabelecida com o mundo como um todo, influenciou consideravelmente o entusiasmo que ardia em mim pela nossa recém-descoberta germanidade. Até então eu vivera sob o ceticismo da velha Áustria, ao qual se somou, depois do colapso da Monarquia Real e Imperial, a resignação. Eu sempre estivera cercado por pessoas que eram muito mais velhas do que eu, por gente que nascera nos tempos antigos. O caráter altamente civilizado do ambiente no qual eu vivia, especialmente aqui, numa região situada às margens da civilização, e onde essa civilização era desgastada por outra civilização, não correspondia à minha idade. Pois o caráter sempre cortês e contido de quem cedia diante de quem quer que fosse, o caráter reflexivo e autoirônico e a consciência de que se vivia num mundo em decadência, assim como a resignação diante desse fato, encontravam-se, por assim dizer, em contradição fisiológica com a minha juventude e acabavam despertando a hostilidade alheia. Foi o que descobri por meio de uma antipatia por um sujeito chamado Stiassny, que vivia, havia décadas, como hóspede de meus parentes.

Stiassny era uma espécie de gênio malogrado, com uma cultura enciclopédica, doutor em todos os tipos de ciências ocultas, alguém que gostava de revirar escombros e de colecionar fragmentos, um "herdeiro da decadência", como ele mesmo dizia. Era originário de Praga e vinha de uma família que fora muito rica. Em seu quarto, repleto de objetos estranhos e de livros raros, encontrava-se, também, o catálogo do leilão no qual, pouco tempo depois de 1919, todos os bens de sua família, dentre os quais utensílios domésticos, móveis, carroças, librés de empregados domésticos, além da valiosa e importante coleção de obras de arte de seu pai, foram vendidos. Dentre as peças mais interessantes encontravam-se, sem dúvida, uma Madonna de Rafael e a espaçosa carruagem na qual os Stiassny costumavam viajar antes de perderem sua fortuna. Um dos seus irmãos suicidou-se após o leilão.

Stiassny não via nesse infortúnio dos seus familiares nenhum tipo de ação do destino. "Trata-se apenas de um acontecimento parcial em meio à dissolução geral", dizia ele, com um sorriso cinzento. O fato de que, por essa razão, ele caíra na mais absoluta pobreza, ficando doravante obrigado a abrigar-se "ali onde essa dissolução ainda não ocorreu, ou pelo menos ainda não se tornou visível", parecia-lhe uma consequência tão natural quanto lógica. Nas casas de famílias ainda que só relativamente ricas em nossa região não era incomum alguém passar anos e décadas como hóspede, quando algum acontecimento desastroso lançava esse alguém em circunstâncias que o obrigavam a aceitar uma hospitalidade ilimitada. A Rússia se encontrava a uma distância que podia ser percorrida a pé, na outra margem do rio Dniester, e a Revolução de 1917 provocara ondas de refugiados, que vinham se abrigar entre nós. Famílias inteiras eram acolhidas por parentes e por amigos generosos. Stiassny, porém, exigia o amparo que lhe era concedido como se fosse seu direito, e frequentemente o fazia de maneira um tanto desavergonhada. Ele criticava a administração doméstica por meio das observações sarcásticas e dos comentários que fazia a todo instante, criticava sempre a comida, a maneira como eram servidas as refeições, o comportamento das pessoas, a formação cultural insuficiente, o caráter provinciano de seus hospedeiros e de seus convidados, ralhava com os empregados e os insultava, mas, ao mesmo tempo, divertia-se em se portar de maneira ironicamente submissa, o que lhe rendeu o apelido de "Stiassny-quem-sou-eu". Era como se mostrar naturalmente humilde, agindo como alguém que apenas era tolerado nesta existência, lhe proporcionasse um prazer masoquista. Ele começava uma em cada duas de suas frases com a expressão "Quem sou eu para esperar..." ou "Quem sou eu para me permitir..." como introdução para alguma maldade de finíssima perfídia ou para alguma denúncia que apenas surgia gradativamente, mas cujos efeitos, por isso mesmo, se tornavam ainda mais destrutivos. "Quem sou eu para poder dizer que não amo meus semelhantes", costumava ele dizer. "Devo a minha própria vida, em todos os sentidos, à generosidade dos outros. Isso começou com a minha própria criação — um ato totalmente inesperado de generosidade entre os membros de um velho casal, que se sentiam repelidos um pelo outro, e que não costumavam se dedicar a esse tipo de atividade juntos, muito embora concedessem, com muito afinco, tais graças a outros."

Preciso confessar que tinha medo dele, assim como se tem um medo secreto de um feiticeiro que faz caretas sinistras demais. Porém, creio que o sentimento ambíguo de repulsa e de admiração que eu tinha por ele era compartilhado por todos — exceto, é claro, pela tia Sophie, que o abrigava, assim como fazia com todos os que precisavam de sua proteção, fosse uma gralha com a asa quebrada, fosse um velho cavalo exausto depois de puxar carroças por anos a fio, e que já deveria ser levado ao matadouro, fosse o filho retardado do jardineiro que, ainda assim, era capaz de prestar alguns serviços úteis na cozinha, como descascar batatas ou carregar lenha. Meu pai, por sua vez, não tinha nenhuma simpatia pelo jeito ambíguo de Stiassny e não tentava disfarçar o desprezo que sentia por ele. Portanto, tratava-o mal nas visitas ocasionais que fazia à casa, e muito embora eu entendesse que o culpado fosse o próprio Stiassny, aquilo sempre me causava algum sofrimento.

Se Stiassny vivia discretamente, recolhido em casa, no mundo exterior ele se portava sempre de maneira exuberante.

Normalmente ele não era visto por ninguém. Permanecia sentado em seu quarto, debruçado sobre seus livros e sobre todos os tipos de estudos estranhos — ele costumava, por exemplo, fazer os mapas astrais de todos os membros da criadagem doméstica e então explicava à tia Sophie que suas falhas de caráter eram consequências de constelações desfavoráveis. Ou trabalhava na construção de um aparelho que deveria anular os efeitos nocivos dos raios telúricos debaixo da cama de casal da tia Sophie e do tio Hubert. Dizia-se, também, que ocasionalmente interrogava os espíritos dos finados e, de qualquer forma, ele era sempre capaz de citá-los. Tudo isso acontecia em meio ao mais estrito segredo, um segredo que chamava a atenção de todos e que fazia dele uma presença constante, ainda que abstrata. Mas, à hora das refeições, Stiassny surgia pessoalmente, sempre com uma pontualidade impressionante. Por menor e por mais improvisada que fosse uma refeição — um lanche rápido antes da partida para um passeio prolongado, ou uma xícara de chá e uns pãezinhos para os que chegavam tarde à casa —, Stiassny encontrava-se, infalivelmente, ali, à espera, como se estivesse ligado a tudo o que é comestível da mesma forma que o garfo e a faca pertencem ao conjunto dos talheres, da mesma forma que um copo é necessário para beber.

Com seu olhar baixo, que lhe dava ares de padre, e com as mãos juntas, vestindo seu terno escuro, muito bem cortado, mas já horrivelmente manchado, e uma camisa já puída nas mangas e no colarinho, e com uma gravata torta e mal atada, ele, ainda assim, tinha uma elegância inegável. Seu porte alto e seu esqueleto bem-proporcionado, sua cabeça marcante com sua cabeleira branca e reluzente, e sua boca muito bem formada, de lábios vermelhos, eram tão atraentes quanto eram repugnantes seus dentes horrivelmente deteriorados, seus dedos manchados de marrom-escuro por causa de seu hábito de fumar ininterruptamente, e suas carnes pálidas, flácidas e gordas, inchadas por seu perpétuo sedentarismo. Quando seus olhos azuis quase transparentes se voltavam para a mobília já bem conhecida da sala de refeições e para a mesa normalmente abundante, eles se cobriam de uma expressão de ironia e de desprezo. Mas bastava que seu olhar cruzasse o do dono da casa, o da dona da casa ou o de algum dos demais hóspedes para apagar-se completamente, tornando-se como o olhar de um cego, muito embora não houvesse dúvida de que ele continuava a observar tudo com a mesma precisão de antes. Seu rosto voltava a cobrir-se, imediatamente, com aquela mesma expressão de submissão e de humildade, como se ele estivesse prestes a dizer: "Quem sou eu para ousar expressar a menor crítica ao que aqui é oferecido com tanta generosidade! Mas, se alguém teve a impressão de que eu seria capaz de fazer algo assim, peço não levá-la em consideração…".

Durante as refeições, Stiassny se sentava à ponta da mesa, isto é, normalmente ao meu lado, ou perto de mim. Comia com uma voracidade que também já se tornara proverbial na casa de meus parentes: "Ele devora a comida como Stiassny", por exemplo, era algo que se dizia a respeito de algum cavalo que, tendo estado doente e tendo desprezado seu alimento, agora começava a se recuperar. Ainda que esse apetite desmesurado me parecesse repelente, eu não era capaz de me abster de observá-lo à mesa com o canto dos olhos. Ver como seu perfil, de feições nobres, bem formado, sensível e mimado devorava, com voracidade animal e às vezes até compulsivamente, como que mecanicamente, quantidades inacreditáveis de todos os tipos de comida, propiciava-me um prazer sombrio, semelhante ao que é proporcionado pelos quadros de alguns maneiristas que, juntamente com o belo, oferecem às nossas vistas também o seu avesso apavorante. Stiassny era sensível demais para que meus olhares secretos e enviesados lhe passassem despercebidos. Com inescapável regularidade, ele me surpreendia quando eu menos esperava, e então se voltava para mim e me encarava, como se estivesse oferecendo ao meu olhar, frente a frente, sua própria repugnância. E o fazia com um sorrisinho de concordância pérfida, como se soubesse muito bem que eu era cúmplice de seu comportamento pecaminoso, mas generoso, se desse por muito satisfeito com essa simples observação, sem enfatizar o fato de que, quando se trata de uma mesma baixeza, há uma diferença hierárquica entre aquele que comete um pecado de forma irrestrita e aquele que apenas deseja cometê-lo, isto é, aquele que peca só em pensamento. E, enquanto me fitava assim, seus olhos transparentes permaneciam a tal ponto sem expressão que me parecia que ele estava tentando ocultar, sob a máscara da maldade evidente, todos os aspectos vantajosos de sua pessoa, a aura de sua espiritualidade, sua enorme sabedoria, sua alteza diante da mediocridade dos demais, sua suposta fragilidade e talvez, também, sua bondade e sua necessidade de amor.

Evidentemente, olhares assim me perturbavam. Passava dias inquieto, como se tivesse sido derrubado da segurança da sela de minha autoconsciência, na qual, não sendo, de maneira nenhuma, um dos sucessores do conde Sandor, eu não me sentia tão firme assim. Stiassny parecia saber exatamente tudo isso, e às vezes eu tinha a impressão de que ele provocava deliberadamente, em mim, esse constrangimento de efeitos tão tenazes. Desde que eu chegara à casa de meus parentes, ou melhor, desde que passou a ser obrigado a observar como eu me sentia cada vez mais à vontade em casa e confiante ali — "como uma epifania", dizia ele, com um sorriso que desnudava completamente a feiura dos seus dentes deteriorados —, ele passara a me tratar com uma cortesia exagerada demais para deixar de transmitir a impressão mais evidente da mais consumada ironia. "Vejam! O Príncipe Herdeiro!", ele costumava dizer, levantando-se, cerimonioso, quando eu adentrava a sala, e esperando que eu me sentasse para voltar a se acomodar, então inclinando-se, diligentemente, em minha direção, como se aguardasse, com grande expectativa, o que eu tinha a dizer. Isso me perturbava tanto quanto o fato de que ele, inevitavelmente, me tratava de "senhor", muito embora a tia Sophie já várias vezes o tivesse proibido expressamente de fazê-lo. Foi só quando o tio Hubi o proibiu de falar assim, dizendo, energicamente, "o senhor está se comportando como um lacaio", que isso acabou. Mas, então, ele passou a se dirigir a mim de forma respeitosa, porém impessoal, mas, evidentemente, nem por isso menos irônica: "Hoje estamos com uma aparência digna de um quadro de Philipp Otto Runge!* Nem é preciso perguntar se dormimos bem!".

Eu não tinha a menor ideia de quem era Philipp Otto Runge, mas, evidentemente, percebia a maldade que havia naquelas palavras, ainda que a maldade talvez estivesse simplesmente no fato de que Stiassny sabia muito bem que eu não era capaz de decifrar o que ele estava dizendo. Da mesma forma, ele sabia com que grau de rigor eu tinha sido educado para me portar sempre com deferência e cortesia para com os adultos. Para mim, era impossível deixar de lhe responder ou de retribuir imediatamente sua cortesia com uma cortesia ainda maior. Assim, acabavam ocorrendo verdadeiras competições de amabilidades entre nós que, às vezes — por exemplo, na clássica situação diante de uma porta, junto à qual cada um insiste para que o outro passe primeiro —, adquiria contornos grotescos, e que, afinal, tinham que ser interrompidas pelo tio Hubi ou pela tia Sophie que, irritados, exclamavam: "Agora já chega dessas cerimônias! Vocês já estão parecendo um galo e uma galinha no cio!".

---

* Philipp Otto Runge (1777-1810) foi um pintor do romantismo alemão, contemporâneo e amigo de Caspar David Friedrich.

Quando Stiassny me viu, pela primeira vez, trajado com meu uniforme improvisado de estudante, seus olhos pálidos faiscaram, por uma fração de segundo, muito divertidos, mas imediatamente voltaram a apagar-se. Ele fez uma reverência, um gesto de grande respeito. "Oh! Vejo que estamos revivendo a flor da idade do honorável tio, do nosso generoso anfitrião. Que belo gesto! Um gesto de verdadeira devoção familial! A repetição de uma exaltação coletiva — isso é muito digno, no melhor sentido da palavra. Uma bandeira que é transmitida de geração em geração: nos sentimos alemães! É claro que, com nossa generosidade inata, vamos ter que desconsiderar o fato de que a mãe do senhor tio era húngara, e de que nas veias da senhora tia Sophie, se não me engano uma prima da família, corre tanto o sangue irlandês quanto o sangue romeno. E também que, por parte do pai, será preciso dirigir-se à Sicília para então desvelar as raízes da própria germanidade. Mas quem sou eu para lembrá-lo disso! Nós todos, austríacos, somos mestiços, principalmente nós, os chamados austro-alemães: somos filhos de um império de muitos povos, raças e religiões. E se, por ironia, mesmo agora, mesmo depois do desaparecimento daquele império lendário, nós não continuássemos a nos sentir como austríacos, teríamos que admitir que somos americanos... mas para isso falta-nos a habilidade política... Assim é, infelizmente: o pensamento é frequentemente substituído pelas atmosferas. As atmosferas são mais duradouras, resistem melhor ao tempo, e o fazem tanto mais e tanto melhor quanto mais irracionais forem. Por exemplo, a saudade que toma conta da Alemanha — a saudade de um Império, do desaparecido Sacro Império Romano-Germânico de Carlos, o Grande, diante do qual o kaiser Barbarossa, em sua fortaleza de Kyffhäuser, adormeceu tão profundamente que sua barba acabou crescendo através da mesa de pedra na qual ele está apoiado...* Reconstruir esse Império, restituir seu poder místico e seu esplendor — sim, esse é o propósito da juventude de língua alemã, já há mais de um século, e esse é, ainda hoje, o seu sonho e o seu desejo, apesar de que essa juventude de língua alemã, de pensamento alemão e de sensibilidade alemã que vive em torno do Reno talvez tenha, em boa parte, origens núbias e líbias, que remontam à época de Armínio, o chefe dos Queruscos, e de seus inimigos romanos, enquanto aqueles que vivem a leste do Elba, especialmente naqueles territórios que constituem o novo mapa deste império concebido por Bismarck, tenham, sobretudo, origens bálticas, finlandesas e eslavas. Ao mesmo tempo, nas terras ao longo do rio dos Nibelungos, que nós amamos com tanta devoção, essas mesmas origens estão na Boêmia e na Eslavônia... Mas, em uma palavra, essa juventude alemã se sente alemã, pertence ao Império Alemão, à Grande Alemanha, não é verdade? Ela sonha, tomada por desejo, sob o tremular da grande flâmula negra, vermelha e dourada — esta que é a mais jovem de todas as flâmulas, cujo negro pressente a proximidade da morte, cujo vermelho alude ao sangue derramado e cujo dourado representa a promessa tão sonhada... Confesso que estou verdadeiramente comovido! Pois quem sou eu para ainda desejar viver esses tempos! Um jovem alemão, um adolescente imaturo, se me for permitido falar assim, ainda não um jovem, mas um menino — e já porta, assim com tanto orgulho, os trajes dos lutadores pela liberdade e dos impetuosos seguidores da sempre sonhada e sempre malograda revolução alemã! Aqui dá-se testemunho da ânsia pela Grande Alemanha, aqui, na

---

* Stiassny refere-se, aqui, a um monumento ao kaiser Guilherme, inaugurado em 1896 na região montanhosa de Kyffhäuser, em cuja base há uma escultura em pedra do lendário Barbarossa, que parece ter acabado de despertar.

terra de origem dos voivódios romenos, entre os rios Prut e Seret, em meio aos romenos, aos rutenos, aos poloneses, aos lipovenos e aos judeus galicianos, já se porta, orgulhosamente, esse traje, não obstante o fato de que talvez pudéssemos parecer ridículos, trajados assim com uma fantasia que lembra o Gato de Botas — e quão bela é essa fidelidade ao tesouro das lendas germânicas! Não, não, não é preciso envergonhar-se, estamos com a razão em todos os sentidos. Até mesmo este Reino da Romênia, no qual hoje vivemos, é, afinal de contas, uma muda e um broto do Grande Império Único. Pois, à sua frente, afinal, está um monarca da casa Hohenzollern-Sigmaringen, um príncipe alemão... Permita-me expressar minha admiração irrestrita diante de uma manifestação política tão espontânea, capaz de deixar de lado todas as dúvidas mesquinhas próprias do tato político! Não há nada que me pareça mais legitimamente alemão do que a insistência com a qual, justamente aqui, tentamos manter o tom certo perante os erros ensurdecedores do senhor tio, enquanto entoamos, acompanhados pelo piano tão habilidosamente tocado pela senhora tia, hinos como 'Oh! Antigo esplendor juvenil' e 'Deus que criou o ferro'. Tenho certeza de que, nesses instantes, somos tomados pelos mesmos calafrios sagrados que comoveram os sentimentos daqueles que entoaram tais hinos pela primeira vez, aqueles jovens alemães que viveram três ou quatro gerações antes de nós e que, por meio de canções como essas, se reconheceram uns aos outros como irmãos, e que, na comunidade dos irmãos, reconheceram a nação, e na nação a promessa da liberdade... Mas tenho certeza de que sentimos, igualmente, toda a dor e toda a amargura, toda a revolta e toda a ânsia que se abatem sobre a juventude com o entusiasmo dos sentimentos: nos reconhecemos, supostamente, nos encontramos nas tempestades primaveris dessa disposição de espírito e talvez também nos vejamos entristecidos pelo fato de que esse novo broto facilmente poderá ser destruído sob uma nova geada. Mas, ao mesmo tempo, nos sentimos dispostos ao sacrifício, somos capazes de achar graça em nossa situação desesperada, no reconhecimento de nossa própria fragilidade, encontramos força em nossa revolta, dizendo: 'Ainda assim!' — e também em nosso clamor desesperado... Sim, isso sempre foi assim: os jovens contagiam os jovens e a juventude é vivenciada tanto como vida pulsante quanto como sofrimento e, ao cantar pelo mundo afora, expressa tudo o que sente, sempre voltando a despertar, nos espíritos de seus semelhantes, o mesmo clamor, em toda parte e sempre renovadamente, a mesma ânsia pela flâmula unificadora, pela flâmula engrandecedora, pela flâmula libertadora... Se tivéssemos a bondade de me visitar em meus míseros aposentos, que me foram concedidos como morada graças à nobreza de nossos anfitriões, eu me permitiria apresentar um pequeno objeto de minhas modestas coleções: nada além de um pedacinho de cerâmica queimada, esmaltada, azul-turquesa, que, no entanto, tem alguns milênios de idade e provém do mais antigo Egito. Esse pequeno objeto despretensioso tem a forma de um esquadro, com uma aresta longa e a outra muito curta — a forma da letra grega 'tau', como sabemos, evidentemente... Bem, para resumir, trata-se do hieróglifo que representa o conceito Deus, isto é, trata-se de uma representação abstrata da própria divindade... E, na verdade, não é nada além de uma representação de uma haste, à qual está preso um fiapo de palha, que oscila ao vento — é a primeira flâmula, por assim dizer..."

Percebi a perfídia desse discurso antes mesmo de compreender suas palavras. Ainda assim, as alusões à imaturidade e, sobretudo, à imagem do Gato de Botas me ofenderam e me marcaram. Tenho certeza de que foi essa referência ao ridículo de meus trajes que me levou, certo dia, a sair, pelo portão, orgulhosamente, trajando meu uniforme de estudante, calçado com aquelas botas de borracha largas demais para mim e com a cabeça coberta pelo quepe de major, envolto por uma cauda de raposa, do âmbito confinado e seguro da torre e da casa, do jardim e do pátio, para passear pelo lugarejo. Eu sabia muito bem que, no mínimo, haveria de chamar a atenção e, muito embora não contasse com hostilidades abertas, estava também preparado para elas. É verdade que não ousei escolher na parede uma das espadas do tio Hubi, atando-a à minha cintura, muito embora esse tipo de arma, na verdade, fizesse parte da indumentária típica dos membros das corporações de estudantes. Mas meu bassê Max estava comigo, assim como o meu estilingue, além de um bom punhado de bolinhas de chumbo, que eu levava no bolso. Como era de esperar, mal tinha dado uma dúzia de passos e já me vi cercado por um bando de crianças judias curiosas, que, à medida que acorriam outras e outras, aumentava e aumentava, até se tornar um enxame cada vez mais tumultuoso.

Eu seguia adiante, de cabeça erguida, pela rua que levava à praça do Mercado. Não era preciso que eu mostrasse o desprezo que sentia pelos moleques de rua, que saltitavam à minha volta, gritando com alegria cada vez maior. Eu os ignorava assim como o fazia quando, junto do tio Hubi ou da tia Sophie, ou de ambos, me encontrava acomodado na carruagem e via como eles saltavam para os dois lados, diante dos cascos dos cavalos ou, ainda mais, como fugiam da buzina do grande Daimler para então sair correndo, em perseguição, em meio à nuvem de poeira que se erguia das rodas, tentando pendurar-se nas malas que iam atadas à parte posterior da carroceria do automóvel. Diante do casarão do médico dr. Goldmann, com suas estranhas torres e ameias, um deles se colocou à minha frente. Tinha mais ou menos a minha idade, embora fosse um pouco menor e um pouco mais magro do que eu. Era visivelmente mais bem-vestido e mais bem-educado do que os demais, mas, ainda assim, era um judeu, inconfundivelmente. Seu rosto, envolto pela penugem ruiva da barba e pelos cachos acobreados, de fios armados, que lhe desciam junto às orelhas, era tomado por sardas — era como se um jovem carneiro estivesse olhando de perto para uma fogueira flamejante ("É o sol", disse Stiassny mais tarde, "é o sol o que os filhos do clã de Levi observam!"). Porém, ainda mais inesquecível do que os traços desse rosto, o que me marcou foi a expressão de segurança e de desprezo que havia ali.

"O que é isto? Purim?", perguntou ele, piscando os olhos, quando parei diante dele, bem perto, para — como eu imaginava — obrigá-lo, por meio de meu olhar, a sair do meu caminho. Eu sabia que Purim é uma espécie de Carnaval judaico, uma festa em que todos usam máscaras e fantasias. Aquela pergunta me pareceu desavergonhada, mas considerei que dar-lhe qualquer tipo de resposta estava abaixo de minha dignidade.

Sem o menor constrangimento, ele ergueu a mão e tocou a cauda de raposa que envolvia meu quepe, perguntando: "Quem é você? Um rabino hassídico?".

Era chegada a hora de mostrar a ele quem eu era: empurrei a mão dele para o lado. E como se os outros apenas estivessem esperando por esse sinal, começaram a me atacar, por todos os lados. Num instante, o lindo quepe de raposa de major tinha sido arrancado da minha cabeça, desaparecendo em meio a um tumulto de mãos erguidas, para logo ser estraçalhado em meio a uivos de triunfo. Senti como uma das mangas de minha jaqueta de mineiro se separava da costura na axila, sob as ombreiras, enquanto eu era atingido por alguns golpes, mas eu revidava, com precisão e com raiva, e com menos misericórdia do que aquele ataque desordenado, que na verdade era mais uma brincadeira, poderia exigir. Mas o que me enfurecia era a vergonhosa incapacidade do meu bassê Max. Em vez de me defender e de desferir mordidas à sua volta, como um mastim, ele se escondeu atrás de mim, uivando, e boa parte dos golpes e dos pontapés dirigidos contra mim acabou por atingi-lo. Mas, para minha grande surpresa, ainda que meu primeiro golpe o tivesse atingido bem no meio do rosto, o menino ruivo lançou-se sobre o cachorro, para protegê-lo. "Parem com isso, seus miseráveis! O *keilev** não fez nada!"

E, quase que no mesmo instante, cessou o tumulto. Palmas sonoras dispersaram o bando. Haller, o ferreiro, estava vindo da cervejaria para almoçar em casa. As palmas de suas mãos calejadas soavam como tiros. Num instante, a rua esvaziou-se. Haller fez um gesto de cabeça para me encorajar e seguiu adiante. O menino ruivo ficou parado ali, à minha frente. Ele segurava nos braços o meu bassê. Max abanava o rabinho, com ternura, tentando lamber-lhe o rosto. "Vejam que bichinho adorável", disse o menino, acariciando a cabecinha enrugada de Max.

Eu estava prestes a dizer: "É um covarde!". Mas não queria denegrir a imagem do meu cachorro diante daquele moleque judeu. Então eu disse: "Ele ainda é jovem demais para ser realmente feroz".

"Você diz isso porque ele não se dispõe a enfrentar dez?", perguntou o menino ruivo. "Ele teria que ser tão burro quanto um gói — talvez como você." E então ele ergueu o lábio superior, tateando os dentes com a ponta da língua, como se quisesse certificar-se de que todos estavam em seus devidos lugares. Fazendo assim ele parecia ainda mais ofuscado pelo fogo do que antes. "Eu acho que você arrancou um dos meus dentes", disse ele. "Se ele cair, você vai ter que me pagar um novo, de ouro. Pois, coitados, eles não voltam a crescer."

---

* A palavra hebraica *kelev* significa "cachorro". Era pronunciada *keilev* pelos antigos judeus da Europa centro-oriental. Esse vocábulo hebraico, como tantos outros, foi incorporado à língua iídiche, que era a língua corrente dos judeus dessa parte do mundo.

"Ponha o cachorro de volta no chão", disse eu. "Não quero que ele se transforme num cachorrinho de colo."

Ele colocou o bassê cuidadosamente no chão, porém Max imediatamente se pôs a saltar nele, pedindo para continuar a ser acariciado. O menino o acariciou na cabeça. "E o que você quer que ele seja?", perguntou ele.

"Um cão de caça."

"Para caçar o quê? Borboletas?"

"Sim, borboletas", respondi eu. "Poderia lhe mostrar as que ele já caçou."

Ao dizer isso, eu pensava na vitrine com a coleção de lindas borboletas tropicais que havia na torre.

"E por que você não me mostra?", perguntou ele. "Você tem medo de que eu contamine sua casa com piolhos? Eu sou o filho do dr. Goldmann." Ele apontou para o casarão em estilo neogótico. "Se você quiser, pode vir na minha casa, mesmo que o seu caçador de borboletas tiver pulgas."

Este foi o começo de uma amizade que, infelizmente, não duraria muito, mas que tornou, em muitos sentidos, inesquecível aquele verão, no qual tanta coisa aconteceu.

Primeiro, fiquei em dúvida se me seria permissível levar à casa dos meus parentes o filho do dr. Goldmann. Menos por se tratar de um judeu do que pela distância social que separava o tio Hubi e a tia Sophie dos demais moradores do lugar. Especialmente em relação ao dr. Goldmann, eu sentia, por parte deles, uma evidente reserva. Normalmente, as relações entre os proprietários de terras e os médicos locais eram as mais amigáveis, sempre havia motivos para se relacionar e ambos se empenhavam em demonstrar sua estima. É verdade que o tio Hubi e a tia Sophie encaminhavam seus empregados ao dr. Goldmann em casos de doenças mais sérias, mas, nos casos menos graves, tentavam se arranjar sem ele. A própria tia Sophie se encarregava de tratá-los, evidentemente aconselhada pelo farmacêutico local, um polonês a quem ela respeitava muito. Mas nem ela nem o tio Hubi se tratavam com o dr. Goldmann, e a ironia com a qual eles apresentavam aos visitantes a casa dele, como se fosse uma curiosidade local, aludia a algum motivo todo especial para aquele relacionamento, que não estava, de maneira nenhuma, isento de constrangimentos.

Fosse qual fosse ou qual tivesse sido esse motivo, eu sabia muito bem que, se meus parentes quisessem ter estabelecido algum tipo de relação com o dr. Goldmann, eles já o teriam feito muito tempo antes. E sabia que a conjuntura social de nosso mundo provinciano era sensível demais para me permitir estabelecer, por vontade e por decisão próprias, um relacionamento considerado tão questionável. Por exemplo, certa vez eu ouvira Stiassny dizer algo que entendi literalmente e, sem dúvida, com mais seriedade do que ele pretendia. Diante da afirmativa, de algum outro hóspede, de que o tio Hubi, por ter estudado numa universidade e por ter concluído seus estudos, mesmo que não tivesse recebido nenhum título acadêmico, deveria ser considerado como um acadêmico, Stiassny respondera: "É parte da tragédia nacional dos alemães o fato de sua elite estar separada entre os assim chamados acadêmicos e os assim chamados intelectuais".

Era evidente que se tratava de dois campos hostis um ao outro. O próprio tio Hubi o confirmara ao exclamar, certa vez, referindo-se a Stiassny: "O que mais me irrita nesses intelectuais é o fato de que eles nunca dizem o que pensam com clareza. É como na artilharia, onde os soldados nunca miram diretamente o alvo que pretendem atingir, mas sempre miram algum outro, para que então o tiro se dirija para onde eles acham que deve se dirigir. Assim como entre os judeus". E a tia Sophie, que sempre interpretava e reforçava o que o tio Hubert dizia, chegara a acrescentar, muito embora Stiassny fosse seu protegido declarado: "Naturalmente o Hubi não quer, com isso, dizer que todos os membros da artilharia eram judeus, muito embora, se algum deles não conseguisse abrigo no serviço dos lazaretos ou nos escritórios, era provavelmente na artilharia que ele ia parar. Mas o Hubi está certo ao dizer que é sempre preciso prestar atenção no que Stiassny realmente quer dizer quando ele se põe a falar. Mas, na verdade, ele é apenas uma boa alma, e também um pobre coitado".

De qualquer forma, os guerreiros que se instalavam na torre nos grandes dias das caçadas, que eram os verdadeiros amigos íntimos do tio Hubi, sem dúvida pertenciam a um outro gênero. Eles mantinham uma atitude respeitosa, porém claramente reservada, diante de todos os acadêmicos que não fossem amadores como o tio Hubi, de todos que não fossem "gente que, por diversão, penetrou nas extensões incomensuráveis do conhecimento", mas que eram "profissionalmente formados, gente que vivia de suas profissões, médicos, advogados e outros que trabalhavam com o cérebro". E se à estranheza que já era típica de todos os intelectuais, se somasse, ainda, a circunstância de ele ser judeu — e isso não era raro! —, então a chance de que aquele abismo social pudesse ser franqueado já se encontrava além de qualquer probabilidade. Estava firmemente estabelecido que o dr. Goldmann não só era judeu como era um intelectual. E foi até mesmo demonstrado que ele mantinha um intenso relacionamento intelectual com Stiassny.

Ainda assim, eu tive ousadia suficiente para dizer a mim mesmo que a torre me fora designada, de certa forma, como um lugar onde poderia fazer o que bem entendesse e no qual poderia receber quem quisesse. Assim, disse ao filho ruivo do dr. Goldmann que ele poderia vir me visitar para ver a coleção de borboletas. "A propósito, qual é o seu nome?", eu lhe perguntei.

Ele se chamava Wolf. Aquele nome me causou uma impressão ambivalente. Por um lado, me alegrava saber que meu amigo tinha um nome que não era tão constrangedor quanto Moische ou Iossel. Mas, por outro lado, não me parecia adequado ele ter o nome de um guerreiro das sagas alemãs. Porém, ele me explicou que Wolf era um nome muito comum entre os judeus ortodoxos, e disse que o pai dele se chamava, além de Wolf, Bär. Wolf Bär Goldmann... não fui capaz de conter o riso. E como é que eu me chamava, perguntou-me meu novo amigo Wolf. Tive que confessar que costumava ser chamado de "Bubi". Ele, então, se pôs a gargalhar tão convulsivamente quanto a empregada Florica quando me viu, pela primeira vez, vestido com meu uniforme de membro da corporação de estudantes. "E se você tivesse uma irmã, o nome dela seria Mädi?" Provavelmente sim, fui forçado a admitir. "E seus pais, então, se chamam Manni e Weibi?" Demorou algum tempo até ele se acalmar.

Sua reação diante da torre, para onde eu o conduzi, muito orgulhosamente, foi parecida. "E por acaso isto é uma torre?", perguntou ele, enquanto ainda se encontrava na escada. E quando chegamos lá no alto: "Isto aqui é uma torre? Veja o que é uma torre!". Ele apontava para a janela através da qual, acima das copas das árvores, se via o telhado ornamentado de ameias do casarão do dr. Goldmann. Efetivamente, ali erguia-se uma torrezinha toda enfeitada. E eu fui obrigado a admitir que, frequentemente, já havia olhado naquela direção, e tinha me entristecido com o fato de que o romantismo daquela construção em estilo neogótico correspondia muito melhor à minha disposição de espírito germânica do que a mansarda onde tal disposição tinha sido despertada. "Seu quarto também fica no alto da torre?", perguntei-lhe, um pouco intimidado. "Por acaso eu sou algum *meschugge* para ficar me arrastando escada acima!", retrucou Wolf. "Eu não sou um gói!"

Fiquei amargurado com o fato de ele usar a palavra em iídiche que designa os cristãos como sinônimo de estupidez e de burrice. Mas disse para mim mesmo que, talvez, esse fosse o costume no mundo em que ele vivia e, ao mesmo tempo, me alegrei em ver que ele se portava comigo de maneira tão sincera, a ponto de falar comigo como se estivesse falando com seus semelhantes. Quando ele queria, era capaz de falar alemão perfeitamente, pois estudava em Viena. Mas ele o fazia como se faz com uma língua estrangeira. A língua que falava com perfeita naturalidade era um mau alemão, saturado de expressões em iídiche e em polonês — em uma palavra: o alemão dos judeus — porque essa negligência com a língua e, ao mesmo tempo, a riqueza de expressões coloridas, impregnadas de aguda inteligência e de humor, correspondiam melhor à sua inteligência veloz e à sua autoestima invulnerável. Quanto a mim, eu tinha sido educado em meio a uma rigorosa correção gramatical e linguística, apesar de todos os austricismos de meus familiares, que costumavam conversar entre si naquilo que poderia ser chamado de "alemão de chinelos", mas que eram, igualmente, capazes de falar um alemão cristalino e castiço quando assim o desejassem. Agora eu ouvia com uma atenção divertida as frases de meu novo amigo Wolf Goldmann e, de certa maneira, tentava determinar quais eram suas verdadeiras medidas por meio da língua que ele falava.

Ele olhou de maneira quase entediada para os objetos que estavam no interior da minha torre. A vitrine com as borboletas cativou, por algum tempo, sua atenção, mas eu imaginava que o efeito daquilo seria bem mais fulminante. O crânio de marfim lhe pareceu anatomicamente equivocado: seu pai possuía, no consultório, um esqueleto verdadeiro, no qual ele poderia me mostrar exatamente o que estava errado com aquele objeto. Diante do cigarro com o leque de cartas de baralho e as pontas de cigarro de porcelana, ele balançou a cabeça, e então, dando de ombros, desviou o olhar dali. Quanto às boinas militares de ulanos e de cossacos da Galícia, ele assentiu com a cabeça. As obras de arte que retratavam as artes da cavalaria, feitas pelo conde Sandor, também só capturaram sua atenção momentaneamente. "Ele era diretor de algum circo?", perguntou, seguindo adiante, sem esperar pela minha resposta.

E, no entanto, ele se deteve para observar detalhadamente os sabres cruzados e o barrete do tio Hubi. "Vocês usam barretes assim por baixo dos gorros de pele de raposa?", perguntou. Não, eu lhe respondi, nós não usamos esses assim chamados barretes à maneira dos judeus ortodoxos, como se fosse um *Jarmukale*, o pequeno barrete negro dos judeus ortodoxos, debaixo de um chapéu ou gorro de pele. E lhe disse, também, que esses barretes eram denominados *couleur*, e que os membros das corporações de estudantes que não pertencessem ao escalão superior da sua hierarquia, isto é, que não tivessem o estatuto de major, usavam barretes coloridos com viseiras, e que os mesmos eram emblemas de suas antigas dignidades de membros da corporação, ostentados em festividades. Deixei-me levar pelo entusiasmo e passei a lhe expor todo o meu recém-adquirido conhecimento a respeito dos usos e costumes dos membros das corporações de estudantes das universidades alemãs, informando-o, também, de que os novatos eram denominados "raposas" e ficavam sob a proteção dos majores, isto é, daqueles que tinham o direito de portar gorros de pele de raposa como emblemas de sua dignidade, aqueles gorros que tinham lembrado Wolf Goldmann do gorro de pele de um rabino. Falei-lhe, também, em detalhes, sobre o cerimonial da cerveja, com suas regras firmemente estabelecidas, conhecido por *Kneipen*, e lhe expliquei que não se tratava simplesmente de um divertimento, mas sim de um procedimento educativo importante, uma vez que um homem tem que aprender a ingerir a quantidade conveniente de álcool, com decência e sem perder a compostura.

Wolf Goldmann me ouvia, fazendo uma careta que lembrava um jovem carneiro com o olhar fixo no fogo. "E enquanto isso vocês cantam a canção da bela loira que penteia os cabelos sobre a correnteza do Reno?"

Sim — ele se referia a Lorelei.* Aliás, trata-se de uma canção dos versos de Heinrich Heine, que, sabidamente, era judeu, acrescentou ele, enfático. Aquilo não pareceu impressioná-lo, e me irritei por ter causado nele a impressão de tentar estabelecer certo grau de intimidade de maneira tão obtusa, típica de um gói.

"É por isso, é porque vocês cantam que a clave de sol está bordada no barrete?", perguntou ele.

Não se tratava de uma clave de sol, e sim do emblema da corporação.

Decifrei, para ele, as letras bordadas naqueles arabescos. Ele voltou a assentir com a cabeça. Seu rosto inflamado de carneiro tornou-se sério. "Mas e estas espadas? Se elas são feitas para espetar, por que não têm pontas?"

Também para isso eu tinha uma resposta: não se tratava de espadas, nem de adagas e nem de punhais, e sim de simples sabres, usados apenas em torneios de esgrima. Portanto, não eram usadas para perfurar, apenas para esgrimir, o que se fazia com a postura adequada, mantendo as pernas afastadas, imóveis, com o corpo coberto até as orelhas com uma armadura feita de couro e de algodão, com uma mão às costas, enfrentando um adversário igualmente protegido, com o braço erguido acima da cabeça, mirando apenas seu crânio e suas faces. Quando o adversário era atingido, de maneira que a lâmina do sabre lhe provocava uma incisão na face, as duas testemunhas interrompiam o combate para examinar o ferimento. O juiz era então convocado a constatar o corte sangrento de um ou outro dos combatentes. Quando esses ferimentos eram devidamente costurados, formavam-se cicatrizes, chamadas de *Schmisse*, que eram motivo de orgulho

---

* Figura do folclore germânico, uma ninfa das águas do Reno, ou uma espécie de sereia fluvial.

para um acadêmico alemão. Cada partida consistia em quinze sequências de um número determinado de golpes, e a vitória dependia do número de ferimentos sangrentos, desde que nenhum deles tivesse sido suficientemente grave para fazer com que o médico, que era chamado pelos estudantes de *Bader*, interrompesse o combate e declarasse o ferido como impossibilitado de prosseguir. Mas ai daquele entre os contendores que, ao sofrer algum ferimento, estremecesse, ainda que de leve, ou tentasse "beliscar", isto é, desviar a cabeça da espada do adversário. Caso isso acontecesse, ele seria imediatamente suspenso e, durante seu período de suspensão, ficava proibido de participar dos encontros para beber cerveja, de ostentar as insígnias da corporação, isto é, a boina e a faixa sobre o peito, e também ficava excluído das festividades, até que, em outra partida, ainda mais difícil, tivesse sido capaz de se redimir do seu vexame. Mas semelhante tentativa de reabilitação era permitida uma única vez: se ele voltasse a "beliscar", era irreversivelmente expulso da corporação, em meio à vergonha e aos insultos. Seus antigos irmãos de corporação passavam a ignorá-lo e, dali em diante, ninguém mais lhe devia satisfação.

Para a minha surpresa, Wolf Goldmann sabia o que isso significava. "Eles declararam que ninguém deve satisfação a nós, judeus", disse ele.

Eu não sabia como lhe responder. A questão de quem devia satisfação a quem só surgia no caso de um desafio para um duelo, disse eu, desviando-me do assunto, enquanto os combates com sabre eram, na maior parte das vezes, provas de coragem e de resistência, por meio das quais era determinado o valor de um jovem. E o que comprovava a coragem de um rapaz eram, justamente, as cicatrizes deixadas por combates assim.

Wolf Goldmann gargalhou. "Como entre os negros. Mas eles, pelo menos, fazem incisões no rosto que são ornamentais."

Ao final, ele disse que o que eu lhe contara não era nenhuma novidade, pois seu pai pertencera a uma corporação judaica nos tempos de estudante, na qual, no entanto, não se praticavam os ridículos rituais dos torneios de espada e da cerveja, já que seu objetivo era a autodefesa. Isso porque os estudantes judeus eram tão frequentemente humilhados pelos membros das corporações de estudantes que eles mesmos criaram suas próprias corporações, reagindo com determinação e com espírito guerreiro aos desafios. Cada uma dessas corporações escolhia, dentre seus membros, algum espadachim excelente, que defendia a honra dos seus irmãos. E, nesses combates, não se tratava de lutar com sabres ligeiros, visando apenas a cabeça e o rosto, e sim de combater com sabres pesados, com o tronco desnudo, e com toda a mobilidade, de maneira que o que contava eram as verdadeiras habilidades do espadachim, isto é, a rapidez do olhar, a agilidade e a agressividade. E se, numa luta assim, alguém fosse considerado "fora de combate", era, na maioria das vezes, por uma efetiva impossibilidade de continuar. As corporações que ostentavam as cores dos pangermanistas preferiam evitar combates desse tipo e, segundo disse Wolf Goldmann, era por esse motivo que os judeus tinham sido declarados como dignos de satisfação. Quem lhe contara tudo isso fora seu pai, que havia sido escolhido como o melhor espadachim da corporação à qual pertencia.

"E você também vai aprender esgrima?", eu lhe perguntei.

"Não vou ser tolo a tal ponto", disse Wolf Goldmann. "Vou precisar de minhas mãos para outras coisas."

Naquela época, ainda não estava claro para mim para que ele iria precisar de suas mãos, mas, seja como for, chamava a atenção como ele as protegia. As ocasiões nas quais normalmente os meninos se dispõem a enfrentar desafios o deixavam totalmente indiferente. Eu já supunha que ele não tentaria, como eu, imitar o conde Sandor sobre o lombo de um cavalo, e também hesitava em ousar pedir ao cavalariço para selar um cavalo para um menino judeu do lugarejo. Mas também, em outros sentidos, ele não se mostrava ambicioso. Não trepava em árvores, não se empenhava em mostrar suas capacidades ao lançar pedras, não gravava desenhos ou palavras em hastes e em paus com a ponta de uma faca, não atirava com o estilingue nem lançava setas com um arco, nem mesmo assoviava entre os dedos. Minhas habilidades em todas essas disciplinas, dentre as quais se destacavam os tiros com estilingue, com o qual eu sempre provocava espanto e admiração, não me proporcionaram nenhum sentimento de superioridade, tal era a indiferença que ele manifestava diante de tudo aquilo. Ao contrário, comecei a me sentir infantil diante dele.

Tínhamos descoberto que éramos da mesma idade, tendo nascido quase no mesmo dia. Mas o conhecimento que ele tinha do mundo era tão superior ao meu que fui obrigado a admitir, resignado, que, talvez, graças à ameaçadora prova de recuperação que me aguardava no outono, quem sabe, no melhor dos casos, os caminhos para um futuro acadêmico se abrissem para mim, mas que ele certamente já era um intelectual em formação.

Portanto, eu continuava a hesitar em levá-lo à casa dos meus parentes, muito embora logo tivesse passado a visitar regularmente a casa dele. E os tesouros que ele tinha para me mostrar nessas ocasiões, por sua vez, não provocavam em mim os efeitos desejados. Pela primeira vez, ele se mostrou mal-humorado. Estava decepcionado. Mas, com a melhor das boas vontades, eu não era capaz de encontrar nada de atraente em todos aqueles aposentos escuros, desordenados, atulhados até o teto com papéis. A decoração da casa era típica de um lar da alta burguesia: móveis escuros, estofados de veludo, cortinas pregueadas e ornamentadas com franjas de tafetá. Mas, ainda assim, pairava ali algo da obtusidade e da penumbra das moradas mal arejadas das pessoas pobres. De tudo o que havia ali, o que mais me agradava eram os móveis, pois, como todas as crianças, eu também tinha uma tendência ao mau gosto. Mas todos aqueles armários e cômodas, mesas e poltronas, no antigo estilo alemão da virada do século, repletos de ornamentos entalhados, que, afinal, correspondiam às minhas predileções de então, eram de baixa qualidade, os entalhes eram malfeitos, a madeira, mal aplainada e, além disso, eram muito mal conservados. Havia frisos quebrados, fechaduras faltando, e em todas as superfícies horizontais empilhavam-se livros, jornais e revistas.

Mas Wolf me disse que, entre eles, se encontravam muitas raridades bibliófilas, de valor extraordinário. Já na biblioteca do seu avô houvera muitas primeiras edições, com dedicatórias pessoais dos autores, muitas delas de textos que hoje só dificilmente se poderia encontrar. Mas realmente inestimável era o valor da coleção de documentos de seu pai a respeito da perseguição aos judeus, desde a Idade Média até os tempos recentes. Se alguém quisesse ousar dedicar-se a esse tema, disse Wolf, encontraria ali uma fonte inesgotável, além de cientificamente confiável, para uma publicação.

O dr. Goldmann não me era nada simpático. Como o filho, ele pertencia àquele mesmo tipo ruivo e cheio de sardas das cabeças de carneiro cobertas de fogo. Ele me tratava de maneira impaciente, e suas mãos grandes, manchadas como o dorso de uma salamandra e cobertas de pelos ruivos como os de um leão, me amedrontavam. E no que dizia respeito à memória do avô Goldmann, eu já tinha meus próprios preconceitos. Nesse caso, a sutil ironia do tio Hubi já produzira seus resultados.

A conversa só se voltou para esse tema graças a Stiassny, pois, certo dia, eu o encontrei, inesperadamente, na casa de meu amigo Wolf Goldmann. Para minha surpresa, ele fez como se nem tivesse percebido minha presença ali. Nós — isto é, Wolf Goldmann e eu — estávamos atravessando um cômodo que levava ao consultório do dr. Goldmann. Como o dr. Goldmann quase sempre ficava em casa, eu ainda não tinha conseguido ver o esqueleto por meio do qual Wolf Goldmann tentava impor-se. Queríamos tentar vê-lo enquanto o dr. Goldmann se ausentava para visitar um paciente. Stiassny se encontrava naquele aposento, diante do consultório — era uma espécie de biblioteca, se é que se pode falar de algo assim numa casa onde todos os aposentos estavam abarrotados de livros. Stiassny estava voltado para uns volumes abertos sobre uma mesa. Tinha um lápis entre os dentes e, sobre seus lábios vermelhos e bem formados, pairava um sorriso como eu nunca tinha visto antes — um sorriso totalmente descontraído, um pouco reflexivo, feliz. Pela primeira vez em minha vida vi seu rosto sem máscara, e seus olhos também estavam livres do véu de cegueira, ou pelo menos de invisibilidade, que normalmente os cobria quando ele se dedicava a representar aquele seu desagradável papel de "quem sou eu?". No entretempo, ele realmente não parecia estar nos vendo, estava completamente tomado por aquilo que acabara de ler e por aquilo que pensara — ou melhor, ainda estava pensando —, pois seus lábios se moviam um pouco, e então ele voltava a se inclinar sobre o texto na mesa à sua frente.

    Voltamo-nos, involuntariamente, e deixamos o aposento na ponta dos pés. "Ele vem à casa de vocês com frequência?", perguntei. Ele os visitava regularmente havia muitos anos, e quase era possível dizer que se sentia mais em casa na casa do dr. Goldmann do que na dos meus parentes. Mas eu tinha certeza de que a tia Sophie e o tio Hubi nada sabiam daquelas visitas, ou que, pelo menos, não queriam tomar conhecimento delas. Jamais esperava que ele fosse mencionar nosso encontro ali, pois tive a impressão de que simplesmente não percebera a minha presença.

    Tanto mais me surpreendeu que, já durante a próxima refeição que fizemos juntos, ele se voltasse de maneira conspícua em minha direção e, novamente com seu velho olhar de cego e com seu sorriso cinzento, declarasse: "O desenvolvimento de nosso Príncipe Herdeiro toma um rumo satisfatório. Estamos abrindo mão de nosso isolamento orgulhoso. Estamos nos tornando sociáveis. Sim, ainda mais: estamos construindo pontes sobre abismos sociais e reatando os laços de relacionamentos que foram rompidos ou que, infelizmente, nunca foram estabelecidos. Mas, ao fazer isso, não contaremos com a aprovação daqueles círculos de visão de mundo e sensibilidade nacionalista constituídos pelos membros da Aliança do Kyffhäuser. Talvez os seguidores das ideias de Schönerer* e de Wolf** possam ver aí uma traição à causa sagrada do pensamento ariano. Mas quem sou eu para apontar para o fato de que, afinal, ao fazê-lo, apenas nos mostramos ainda mais de acordo com as ideias de Fichte e de Jahn e dos outros Pais da Igreja do movimento das corporações de estudantes: Scheidler, Riemann, Horn e todos os outros, todos os armínios e germanos que visam, por meio do nacionalismo inflamado, a libertação por meio da guerra, a liberdade — e com ela, evidentemente, também a emancipação dos judeus. Pois nenhum deles poderia suportar a visão de um Heine, de um Mendelssohn, de uma Rachel Varnhagen confinados a um gueto, não é verdade?".

A tia Sophie, percebendo a indisfarçada hostilidade de Stiassny para com o tio Hubi, veio, como de costume, ao amparo do marido e passou a fazer uso do método intelectual da referência indireta, isto é, de um alvo alternativo, como se diz na linguagem da artilharia. "Acho que não está nada certo o senhor atordoar o menino com coisas que ele não é capaz de entender", disse ela, em tom enérgico. "Ele é como nós. Não

---

* Georg Ritter von Schönerer (1842-1921) foi um líder antissemita austríaco cujas ideias influenciaram profundamente Adolf Hitler. ** Karl Hermann Wolf era representante da Boêmia no Parlamento da Viena imperial, e um dos líderes da bancada nacionalista alemã.

queremos que a cabeça dele fique tão cheia de coisas complicadas quanto a sua. Como ele sempre fez, queremos que continue a agir de acordo com suas próprias percepções, sem influências externas. E, se ele fizer assim, tudo há de dar certo."

Esta última afirmativa era, a um só tempo, um consolo para mim e uma sutil advertência ao tio Hubi, para que ele não se opusesse, com base nos restos sentimentais de seu movimentado passado nacionalista, à minha amizade com o jovem Goldmann, da qual, evidentemente, todos na casa, naquela altura, sabiam. Mas o tio Hubi, habituado a alusões muito mais diretas às extravagâncias dos seus anos de formação, não se deixava perturbar assim tão facilmente em seu bom humor róseo e jovial, especialmente porque, no que dizia respeito ao antissemitismo, ele sabia que contava com a concordância da maior parte dos que escarneciam dele. Divertindo-se, ele disse: "Ah! Se o velho Goldmann visse isto! É engraçado demais, realmente engraçado demais!".

A partir daí desenvolveu-se à mesa uma conversa na qual todos os presentes tinham algo a acrescentar, pois se tratava de acontecimentos locais tanto quanto de antigas fofocas. Para mim, isso explicava o distanciamento de meus parentes com relação à família de meu novo amigo, mas, ao mesmo tempo, complicava extraordinariamente minha visão a respeito da germanidade.

O "velho Goldmann", avô de meu amigo Wolf e pai do médico dr. Wolf Bär Goldmann, era originário da Galícia, que, no passado, tinha sido dominada pela Rússia. Segundo se dizia, ele tinha sido a ovelha negra dentre os filhos de um rabino extraordinariamente erudito e temente a Deus, que tinha sua corte rabínica naquela região. "Esses rabinos tinham a palavra final em todas as questões morais e religiosas", disse Stiassny, "assim como um dos xeques do sufismo, pelos quais, estranhamente, tantos dos estudiosos das religiões que pesquisam as experiências místicas e tantas condessas cultas se interessam, de maneira incompreensivelmente muito mais intensiva do que por esses menestréis da palavra divina, que nos são muito mais próximos, de todos os pontos de vista, e que são muito mais aparentados com nossa própria maneira de pensar e de sentir."

O velho Goldmann, ao que parece, também nunca manifestara a apreciação devida pela crença mística dos seus próprios ancestrais. Em vez de seguir as pegadas da busca pela santidade empreendida pelo seu próprio pai, ele se rebelara, declarando-se um livre-pensador, viajara para a Alemanha e lá, sendo um homem altamente musical, extasiara-se com a música de Richard Wagner. Ao mesmo tempo, fizera fortuna como comerciante de animais, o que era um detalhe picante de sua biografia, e, "como muitos de seus semelhantes, muitos mais do que se supõe e se admite de bom grado", disse Stiassny, usara essa fortuna para patrocinar a fundação do Reich de Bismarck, "tão disposto a sacrifícios quanto pensando em lucros, supostamente", acrescentou o tio Hubi, sendo imediatamente secundado pela tia Sophie. "Então, o Hubi tem razão: os judeus sempre souberam ganhar dinheiro!"

Não se sabia ao certo em que momento o velho Goldmann chegara ao lugarejo para estabelecer aqui, nesta região pecuária florescente, seu comércio de gado e construir seu ridículo "casarão de ostentação". Stiassny alegava que isso só acontecera quando ele, acompanhando ruidosamente Nietzsche, se afastara de Richard Wagner, decepcionando-se também com o autoritarismo de Bismarck e, assim, virando as costas à Alemanha. Mas tudo era desmentido pelo estilo ostensivamente germânico de sua casa, que, introduzido por um judeu aqui, numa terra da coroa habsburga, efetivamente representava uma curiosidade. De qualquer forma, estava claro que essa casa não contava com a aprovação do pai do tio Hubi, que, com sua fidelidade quase religiosa ao espírito da velha Áustria e ao kaiser, desempenhara, aqui, o papel de um patriarca agraciado pela aura divina de seu soberano, cujo autoritarismo certamente superava em muito o do próprio Bismarck. Um judeu que se fazia de nacionalista alemão certamente lhe parecia como uma ligação absurda entre duas antíteses que não combinavam, de maneira nenhuma, ainda que ambas fossem igualmente repelentes, tornando-se uma monstruosidade de caráter tão provocativo que o melhor que se tinha a fazer era simplesmente considerar que ela não existia, ignorando-a completamente para assim tentar evitar, de todas as formas possíveis, ser por ela perturbado. E o tio Hubi viu-se obrigado a confessar, envergonhado: "Meu pobre papai, nesse sentido, já tinha, comigo, motivos de sobra para tristeza". Mas logo voltou a ser amparado pela tia Sophie, que disse: "Mas você ainda era jovem demais, Hubi! Quando foi isso? Lá por 1889 ou 1890, antes de nós nos conhecermos. Àquela época era impossível esperar de você alguma coisa sensata. Você tinha apenas dezoito anos de idade, e agora você já vai fazer cinquenta e oito".

Muito embora àquela época, apesar de algumas observações de meu pai, eu apenas tivesse algumas ideias muito nebulosas a respeito de Nietzsche, da Unificação Alemã de Bismarck e de suas tendências antiliberais, assim como dos motivos da má vontade que os súditos ultramontanos da Velha Áustria tinham para com os nacionalistas alemães, ficou claro para mim que aqui se tratava de uma mutabilidade singular entre posturas ideológicas e opiniões opostas, à qual a hostilidade se tornara mais decisiva quando ocorrera uma espécie de incorporação de determinados aspectos da crença ideológica do lado oposto. E ao velho Goldmann coubera sentir na pele essa hostilidade. Pois seu filho, o pai de meu amigo Wolf, que ele enviara a Viena e a Praga para estudar tudo aquilo que ele não tivera a oportunidade de estudar de maneira aprofundada — as Humanidades, que conduzem à libertação do homem e, por conseguinte, à liberdade do homem —, esse filho, tão favorecido pelo destino, voltara de lá como um médico empedernido que, como se não bastasse, não trouxera consigo, daquelas veneráveis universidades, nada além de uma repulsa carregada de ódio pela eloquente afetação germânica do próprio pai, tendo-se declarado sionista e defensor encarniçado da fundação de um Estado nacional judaico na Terra Prometida, e para apoiar esse movimento, dera início àquela sua coleção de documentos relativos às perseguições contra os judeus. Tudo isso para a grande tristeza do velho Goldmann, que durante sua vida inteira não tivera outra ambição senão a de contribuir para a total assimilação dos judeus num mundo esclarecido de igualdade, fraternidade e liberdade para todos — e que, assim, defendia o completo afastamento, especialmente por parte daqueles que, ao longo de dois mil anos, tinham sido as vítimas do chauvinismo, de todas as formas de fanatismo e de chauvinismo político, nacional ou religioso, em direção à absorção por uma humanidade comum.

Stiassny inflamou-se, perdendo completamente sua atitude pérfida de submissão e deixando vir à tona todos os traços bonitos de seu rosto, enquanto explicava que eram essas visões progressistas que o velho Goldmann, enojado com o nacionalismo ferrenho da Monarquia guilhermina, pretendia introduzir aqui, neste lugar que era um dos fulcros da miscigenação de povos e de culturas, e onde ele imaginava que, sob o espírito de uma antiga e experiente administração imperial, cujo objetivo não poderia ser outro senão o de manter em harmonia e em conciliação uma multiplicidade de caracteres populares, de línguas, de religiões e de hábitos, se encontrasse o solo mais fértil para uma semelhante mensagem civilizatória.

Mas quando Stiassny acrescentou que era preciso tentar compreender o romantismo típico da era dos fundadores da nação alemã, expresso na arquitetura do casarão de Goldmann, nesse contexto, ele voltou às ironias do seu "quem sou eu?". Com os olhos apagados e com um sorriso que lhe dava ares de quem engolira cinzas, declarou que aquela arquitetura não deveria ser entendida, simplesmente, como expressão da ousadia e do atrevimento judaicos. Não era a pretensão de um novo-rico judeu, com sua riqueza nova, adquirida repentinamente e de maneira nem sempre clara, e com seu desejo de rapidamente dar-se ares de uma respeitabilidade patrícia, com seu paletozinho bem recheado, o que estava sendo expresso por meio daquelas torrezinhas e sacadas, flâmulas e cata-ventos, mas, sim, o desejo de uma justiça cavalheiresca e ubíqua que, dentre os que a tinham herdado de seus ancestrais e que deveriam legá-la a seus descendentes, já tinha sido substituída havia tempos pela mais obtusa estreiteza pequeno-burguesa.

Em seu humor ventilado pelo ar fresco, o tio Hubert mostrou-se impassível diante desse novo ataque. Modesto por natureza, ele não costumava envolver-se em discussões, mesmo quando tinha algo decisivo a dizer. Ao contrário, na maioria das vezes era preciso que a tia Sophie o exortasse a manifestar-se, dizendo: "Então, Hubi, diga o que você acha!". Mas, uma vez que ele começasse a falar, o fazia com um humor seco que comprovava a agudeza de suas capacidades perceptivas. Seja como for, o que ele dizia era muito mais efetivo do que os arabescos de noções abstratas que eram característicos de Stiassny. E também, dessa vez, sua fala produziu os efeitos desejados.

Em poucas e sucintas palavras, o tio Hubi descreveu as comemorações do quadragésimo quinto aniversário da ascensão ao trono do kaiser Franz Josef no ano de 1893, nesta localidade, com todos os inevitáveis acontecimentos engraçados que fazem parte de uma festa popular organizada por uma repartição pública numa cidadezinha do Leste da Europa: a confusão do desfile do corpo voluntário de bombeiros liderado por um judeu cujo capacete escorregava sobre o nariz adunco e cujas calças caíam sobre os joelhos, a banda que tocava tudo de forma evidentemente errada, o discurso estúpido do prefeito suado num alemão das zonas fronteiriças que deturpava o sentido de tudo o que era dito, a liga das virgens, trajadas de branco, que despertava nos rapazes comentários humorísticos, e assim por diante. O pai do tio Hubi, que, como representante local, em certa medida, de Sua Majestade Apostólica, recebia todo tipo de honraria e, ao mesmo tempo, ciente da dignidade de sua posição oficial, concedia honrarias, com grande sentido de responsabilidade, fora incumbido da difícil tarefa de distribuir condecorações e, tendo-a concluído, dirigia-se à rampa da Câmara Municipal, seguido por membros do clero e por outros dignitários, quando o velho Goldmann se colocou em seu caminho — involuntariamente, ao imaginar aquela cena, via Wolf Goldmann colocando-se no meu caminho quando eu saíra para dar aquele passeio malogrado, trajando meu uniforme de membro de uma corporação de estudantes, com o mesmo rosto de carneiro coberto de chamas e com a mesma invulnerabilidade. Ele já não era mais um recém-chegado ao lugarejo, o velho Goldmann. Seu castelinho ornado de tijolinhos aparentes já enfeitava, havia algum tempo, a cidade. Ele mesmo, porém, por causa de sua visão de mundo excêntrica, não fora capaz de se ligar à comunidade judaica local, para não falar, evidentemente, de qualquer outro dos demais grupos e grupinhos religiosos, populares e sociais. E agora parecia-lhe ter chegado o momento de pôr fim a esse isolamento. Afinal, o que se estava comemorando eram os quarenta e cinco anos de reinado de um Patriarca dos Povos, cujo paternalismo generoso supostamente protegia todos os tipos de raças, povos e religiões, todos os tipos de espírito e de caráter.

O tio Hubi foi incapaz de conter uma gargalhada ao se lembrar desse encontro histórico. "Ainda vejo como papai olhava para aquele judeu plantado ali, à sua frente, com sua gorda esposa atrás dele, estendendo-lhe a mão e dizendo: 'Senhor barão, o senhor vai me permitir que eu me apresente nesta ocasião solene: Goldmann é o meu nome, Saul Goldmann, o senhor barão certamente não terá deixado de perceber que já há alguns anos que vivo aqui e que construí aqui uma casa, em meio a esta comunidade à qual desejo pertencer de todas as maneiras...', e como ele ainda falava com um pouco de sotaque judaico, não muito, mas justamente assim como sempre e inevitavelmente se fala quando se vem das profundezas da Galícia, quando ele disse 'casa' — *Haus* — soou como 'calça'— *Hos* — e meu pai, então, voltou-se para o prefeito, para o pai de Haller, que estava atrás dele, e lhe perguntou: 'O que foi que ele fez nas calças?', e continuou andando, e deixou o judeu parado ali, juntamente com a esposa, com sua cara de tolo, com seu chapéu junto do peito e com suas patas tortas e com seus sapatos bicudos de pontas viradas para cima..." E, como sempre, a tia Sophie confirmou essa cena: "Sim, é verdade que ele realmente não era bonito, o velho Goldmann, com sua cabeça cor de cenoura, ainda que tivesse tantos milhões quanto o próprio Rothschild. O Hubi tem toda a razão. E a mulher dele também não era muito melhor, e era pelo menos duas vezes mais gorda do que ele".

Até então eu nunca tinha tido nenhuma ideia a respeito das mulheres da família Goldmann. Foi apenas essa referência à mulher do velho Goldmann, portanto, à avó de meu amigo Wolf, que me trouxe à consciência o fato de que elas certamente deviam ter existido. Tinha a vaga impressão de ter visto, sobre o piano da casa dos Goldmann, em meio a pilhas de partituras, também uma fotografia, mas não me ocorrera que aquela poderia ser a mãe de Wolf. Passados apenas uns dias, quando tia Sophie estava separando da correspondência que chegara uma carta dirigida a Stiassny e me encarregou de entregá-la em seu quarto, avistei, sobre a escrivaninha dele, um retrato idêntico, numa moldura de prata. Tratava-se de um rosto de traços uniformes, um pouco comprido demais, com uma cabeça de pajem austera, uma boca delicada e aquele olhar espiritual que era típico do declínio da *belle époque*. Antes que eu tivesse me dado conta de que se tratava da mesma pessoa cujo retrato se encontrava sobre o piano na casa da família Goldmann, imaginei que se tratasse de uma atriz admirada por Stiassny. Mas agora aquele rosto começava a despertar meu interesse. "Quem é?", perguntei a Wolf na oportunidade seguinte, diante da fotografia, na casa de seu pai. "Minha preceptora", disse ele, sem o menor sinal de emoção.

Eu não tinha certeza se tinha entendido direito. "Sua mãe, então?"

"E quem mais poderia ser? Meu segundo pai?"

"Ela morreu?", perguntei, um pouco inseguro.

"Deus me livre! Por que ela haveria de ter morrido?"

"Eu nunca a vi."

"Divorciou-se, é claro. Ela mora em Viena e é ceramista-chefe na Wiener Werkstätte."*

"Acho que Stiassny a admirava muito. Na escrivaninha dele há uma fotografia dela."

"Sim", disse Wolf casualmente. "Acho que ele foi um dos amantes dela. O mais conhecido dentre eles foi Peter Altenberg."**

---

* Considerada uma instituição pioneira do design moderno, a Wiener Werkstätte (Ateliês Vienenses) foi fundada em 1903 por Koloman Moser e Josef Hoffmann, e era uma comunidade produtiva que reunia arquitetos, artistas e designers que trabalhavam com cerâmica, alta-costura, prata, mobiliário e artes gráficas e se empenhavam em aplicar a objetos de uso cotidiano a estética da Secessão Vienense.   ** Peter Altenberg (1859-1919), cujo nome verdadeiro era Richard Engländer, foi um dos expoentes do impressionismo literário vienense. De origem judaica, amigo de Arthur Schnitzler, Hugo von Hofmannsthal e Karl Kraus, notabilizou-se, sobretudo, por seus contos, baseados em suas observações da vida cotidiana em Viena.

Eu não sabia quem era Peter Altenberg, mas fiquei chocado ao ver o jeito como meu amigo falava de sua própria mãe.
"E você a vê, às vezes?", perguntei.
"Quando estou em Viena, sim", disse ele, num tom indiferente. Mas então ele se tornou outra vez inquieto, à sua maneira, e disse: "Aliás, já é hora de você ir embora. Tenho que trabalhar".

Não era a primeira vez que nosso convívio era interrompido de maneira tão abrupta, e com a mesma explicação — tinha a impressão de que isso acontecia sempre que eu o enervava com alguma das minhas ingenuidades. E dificilmente eu poderia ter deixado de perceber que era exatamente o que acabara de acontecer. Por isso nem perguntei que trabalho era esse que ele precisava fazer. Por certo não se tratava de deveres escolares, em meio às férias. Considerava impossível que ele tivesse que fazer uma prova de recuperação como eu. O pouco que ele contava a respeito de sua escola em Viena permitia supor que se tratava de uma instituição muito moderna, com um programa de estudos que, de antemão, me intimidava e me impedia de querer me informar melhor a seu respeito, e também que, para ele, acompanhar esse programa não representava nenhum tipo de dificuldade. De qualquer maneira, eu sabia que era inútil tentar retê-lo quando ele alegava que precisava trabalhar. Logo desisti de insistir com ele para continuarmos a conversar e, no fim das contas, acabava me beneficiando da sua firmeza de caráter, dirigindo-me, movido pelo tédio, à torre onde, com o bassê Max muito feliz junto aos meus pés, passava a me dedicar às minhas tarefas escolares.

Mas às vezes, evidentemente, eu não tinha vontade de permanecer por mais tempo junto a Wolf Goldmann. Sua lamentável autoconsciência me incomodava e, apesar de sua maneira prosaica e implacável de falar, muitas vezes ele me parecia trivial. Que alguém, por exemplo, fosse capaz de falar de sua própria mãe de maneira tão derrogatória, como de uma mulher que era amante de um homem que não era seu pai — e não apenas de um homem assim, mas de vários — me parecia tão repugnante quanto aquele sorriso cinzento de Stiassny, que normalmente precedia algo capaz de destruir alguma ilusão que, até então, eu nutrira sem pensar muito a respeito. E embora aquilo também me fascinasse, de certa forma, eu sentia que não correspondia à minha natureza — ou antes, que me perturbava de uma maneira que me obrigava a questionar tudo aquilo em que acreditava e tudo aquilo que, até então, considerara como indiscutivelmente certo. Decidi, então, por fim, conservar a distância que se estabelecera entre mim e o jovem Goldmann em decorrência do fato de sua presença não ser permitida na casa de meus parentes. Mesmo assim, isso ainda haveria de mudar, de uma maneira totalmente imprevista.

Uma das poucas coisas que eram capazes de impressionar esse meu amigo, já tão blasé, era o grande Daimler do tio Hubi — um automóvel capaz de acelerar o pulso de qualquer garoto da nossa idade. Sua perfeição reluzente de níquel e de laca, a elegância de suas formas e proporções, o peso e a solidez que repousavam sobre os espessos pneus cor de elefante emanavam um erotismo inegável, ausente dos automóveis feitos nas linhas de produção de hoje. É verdade que, com aparente indiferença, já àquela época Wolf Goldmann dizia: "O que significa um automóvel hoje em dia? Meu pai, se quisesse, também poderia ter um. Mas isso seria uma grande tolice, com as estradas que temos por aqui!" — e a verdade é que ele tinha uma certa dose de razão, pois, durante a maior parte do tempo, o carro permanecia numa parte fechada da cocheira, onde ficavam estacionadas as carroças que, àquela época, eram usadas com muito mais frequência do que o automóvel. Só raramente o tio Hubi e a tia Sophie viajavam com o carro até a capital distrital, Czernowitz, ou mesmo até Bucareste. Ainda assim, Wolf não seria capaz de negar que ele também sentia a atração sensual provocada pelo automóvel, que não só era um símbolo de distinção e de riqueza, mas também proporcionava um poder sobre o espaço e sobre o tempo que poderia ser comparado ao dos cavalos alados e dos tapetes voadores das lendas.

 O criado Geib, que, quando eles viajavam para a cidade, fazia as vezes de chofer, não gostava quando subíamos no carro, girávamos o volante para um lado e para o outro e soávamos a buzina, uma corneta com um balão de borracha que ia presa à parte externa da carroceria. Era só com muita má vontade que ele nos entregava a chave da porta daquela parte da cocheira. Ele e Haller, o ferreiro, estavam sempre trabalhando no motor e na carroceria, e aquele modelo, que já não era mais novo, continuava a funcionar como se, ainda ontem, tivesse acabado de sair, novo em folha, da fábrica. E o tio Hubi cuidava para que ele permanecesse assim. Mas eu tinha descoberto que a parede da garagem separava a cocheira do depósito de feno, no sótão, e que, no alto dessa parede, havia uma fresta, através da qual era possível, pelo menos, espiar o interior da garagem. Assim, quando não queríamos pedir a chave a Geib, galgávamos a escada até o depósito de feno, acima dos estábulos, o atravessávamos, rastejando, até alcançarmos a fresta, nos deitávamos junto dela e ficávamos olhando para o carro lá embaixo, conversando a respeito de suas características técnicas e de suas vantagens. A buzina pendurada do lado de fora da carroceria, junto à porta, incomodava meu amigo, ele a considerava antiquada e, para me divertir, apanhei meu estilingue e atirei contra o balão de borracha, que, imediatamente tendo sido atingido pelo projétil de chumbo, fez soar brevemente e em alto volume a corneta de cobre. No mesmo instante Geib, que devia estar ali por perto por acaso, abriu por fora a porta da garagem, entrou e pôs-se a examinar, cada vez mais perplexo, o carro inteiro, incapaz de explicar para si mesmo quem fizera soar a buzina.

Isso se tornou uma brincadeira para nós, que nos divertia tanto quanto as cenas cômicas dos filmes de comédia com Buster Keaton ou Harold Lloyd, que ainda estavam na moda naquele tempo. Se ficássemos sabendo que Geib ou Haller se encontravam por ali, eu lançava, a partir de nossa fresta, um projétil no balão e o som da buzina fatalmente atraía um ou outro, fazendo-o destrancar a porta para passar a vasculhar todos os cantos da garagem em busca da criatura misteriosa que fizera soar a buzina. Enquanto isso, permanecíamos bem escondidos atrás da parede perto da nossa fresta, tentando conter o riso. Assim que a investigação terminava, sem quaisquer resultados, e que a garagem voltava a ser fechada, eu atirava de novo e logo a mistificação recomeçava.

Mas, certa vez, Haller encontrou um dos projéteis de chumbo, que ele conhecia bem, porque eu os confeccionava em sua oficina. Ele o enfiou no bolso e, por um bom tempo, nós nos abstivemos da brincadeira, aguardando, bastante intimidados, pelas consequências. Mas como nada acontecia, retomamos aquela travessura. Especialmente com o velho Geib, eu me tornei ainda mais ousado, a ponto de voltar a atirar na buzina no mesmo instante em que ele começava a se afastar, de tal maneira que o som, às suas costas, o fazia voltar-se, subitamente, como se o carro estivesse a ponto de pôr-se em movimento por vontade própria e o advertisse, por meio de uma buzinada, para que evitasse ser atropelado.

A ingenuidade do velho Geib era, para nós, uma fonte inesgotável de diversão. Talvez Haller tivesse se esquecido de lhe contar a respeito de sua descoberta, talvez, com certa maldade, quisesse esperar para ver se Geib seria capaz de decifrar aquela assombração por si mesmo. Seja como for, Geib se deixava enganar, e era como se ele fosse uma marionete à mercê dos fios de nossa vontade. Era incompreensível que ele não percebesse os projéteis que saltavam para longe, e eu não seria capaz de dizer se a causa disso era o som da buzina ou seu empenho excessivo em desvendar o mistério. Ele tentava ludibriar a buzina que soava por vontade própria, dava-lhe as costas, propositalmente, e então aguardava paralisado, revirando os olhos, até que ela soasse novamente, voltava-se, então, já com uma expressão de triunfo no rosto e, mais uma vez, não via nada além do Daimler vazio. Aos poucos ele aproximava seu ouvido da tampa do radiador e dos assentos estofados, auscultava-os, rastejava para debaixo do chassis e voltava a sair de lá, trêmulo, como se tivesse sido picado por uma tarântula, evidentemente porque eu voltara a atirar sobre a buzina. Ao final, eu já começava a sentir pena do pobre coitado. Com os braços pendendo ao longo do corpo, ele parecia perdido em seus pensamentos e, por fim, saía, praguejando, da garagem para voltar a trancá-la, não se importando mais se a buzina soasse ou não soasse.

Mas, naturalmente, também não foi possível levar esse jogo longe demais. Certa vez, quando Geib, novamente tendo se voltado diante da buzina, se encontrava, outra vez, mergulhado em seus pensamentos, eu me neguei, teimosamente, a atirar, ainda que Wolf Goldmann tivesse me cutucado nas costelas, exortando-me a fazê-lo. Mas também preciso confessar que não me esforcei muito para impedir meu amigo quando, por fim, ele arrancou o estilingue da minha mão, apanhou um dos projéteis de chumbo que eu colocara à minha frente, o pôs na presilha, puxou a borracha e atirou.

Eu já imaginava que ele não iria acertar o alvo. Mas errou de forma tão grosseira que o projétil atingiu, em cheio, o para-brisa do automóvel. O vidro estourou, transformando-se num denso labirinto de teias de aranha feitas de riscos, de cacos e de estilhaços.

Agora já era praticamente impossível que Geib não nos descobrisse junto de nossa fresta. Muito embora tentássemos nos esconder atrás da parede da cocheira, ele logo nos descobriu ali e nos chamou. Intimidados, descemos pela escada que ele tinha colocado ali para chegar até o nosso esconderijo. "Eu mesmo quero dizer ao tio Hubi que sou o culpado", disse eu, menos por orgulho do que por imaginar que o incidente seria mais facilmente perdoável se fosse eu, e não o menino judeu, o responsável. "Lamento muito, não queria causar dano!"

Mas em meus cálculos eu deixara de levar Wolf em consideração. "Quem é você?", disse ele. "Meu tutor? Ou ficou *meschugge*?" Seu rosto de cordeiro estava vermelho e distorcido numa careta, como se ele estivesse junto a uma grande fogueira. "Tem o espírito de um herói gói! Que importância tem um pedaço de vidro? Meu pai vai pagar."

"Isso você explicará ao patrão!", disse Geib, tomando-o pelo braço.

"Largue, senão eu grito e chamo todos os habitantes do lugar!", disse Wolf Goldmann. "O que o senhor acha? Que eu não vou até ele sozinho? Que estou com medo? É só o que me faltava!" Ele seguia à frente, diretamente para a casa dos meus parentes.

No saguão, onde Geib nos deixou esperando, ele voltou a gargalhar. "E estes chifres?", disse ele, aludindo aos troféus de caça que se encontravam na parede. "Se eu fosse um de vocês, não os exibiria assim."

Não entendi o que ele queria dizer, pois não conhecia o significado tradicional dos chifres e, portanto, não sabia a que ele estava aludindo. Mas então tive a impressão de ver, pela primeira vez, todas aquelas galhadas de veados, chifres de renas e de cabritos monteses, e todos aqueles tetrazes empalhados com suas caudas em leque e as presas reluzentes de javalis. Nunca antes tinha me dado conta do caráter bárbaro daquelas provas de poder e de diligência da Idade da Pedra transpostas para o século XX. Mas, evidentemente, aquilo era mais uma sensação do que um pensamento que eu fosse capaz de expressar. E de qualquer modo não me foi possível continuar, pois meu amigo, tendo descoberto o piano da tia Sophie, assobiou entre os dentes em sinal de reconhecimento, dizendo: "Um legítimo Bösendorfer! Como é que isto veio parar aqui?".

Ele abriu a tampa do teclado, tocou um ou dois acordes, puxou com o pé, sem se voltar, o banquinho, sentou-se e começou a tocar — e o fez com um virtuosismo que me tirou o fôlego.

Aparentemente, o tio Hubert não estava em casa, Geib chamara a tia Sophie para nos denunciar. Ela entrou, parou no meio do aposento, esperou que o menino-prodígio Goldmann terminasse de tocar, aproximou-se dele e disse: "Mas o senhor toca muito bem! Há quanto tempo o senhor toca e quem é seu professor de piano?".

Wolf Goldmann nem sequer se deu ao trabalho de virar a cabeça. "Chopin sempre impressiona os leigos", disse ele, por sobre o ombro. "Mas agora estou estudando Brahms."

Ele tocou alguns compassos, mas então parou, fechou a tampa, virou-se sobre a banqueta giratória de um lado para outro e, com um ar despreocupado, olhou tia Sophie nos olhos e disse: "Eu arrebentei o para-brisa do seu automóvel".

"Eu sei", disse a tia Sophie. "Mas primeiro levante-se e diga bom-dia, como uma pessoa educada, e então poderemos continuar a conversar."

"Formalidades", disse Wolf, com um suspiro teatral, levantando-se, porém. E, para minha surpresa, minha tia Sophie sorriu e disse: "Mas o senhor terá que aprendê-las. E agora o senhor me responda o que lhe perguntei: há quanto tempo o senhor toca e com quem estuda?".

Em seguida passei a conhecer um sentimento que, até então, me era estranho: o ciúme e a inveja. Era um sentimento feio, que me enchia de maus pensamentos e de maus desejos e que, quando não me levava a um sofrimento torturante, me deixava com a alma vazia, abrindo as portas para a saudade obtusa e indefinida do *Skutschno*.

Tia Sophie desenvolveu uma verdadeira paixão pelo jovem Goldmann. Agora ele vinha à nossa casa diariamente e, mal tínhamos terminado nosso lanche matinal, ele já estava estudando, no piano do saguão, ao qual ficava sentado durante a manhã inteira, quando, exceto por mim, todos estavam ocupados com seus afazeres. À hora do almoço ele desaparecia, mas voltava a surgir logo no início da tarde e continuava a tocar até a hora em que tia Sophie terminava as tarefas do dia. E então, por fim, quando ela surgia, com sua roupa noturna e com o rosto iluminado de uma mulher feliz e apaixonada, no saguão, as lições de música continuavam, sob sua orientação, e as melodias trovejavam, arrancadas do teclado, ocasionalmente interrompidas pelas apresentações de suas próprias interpretações de determinadas passagens. Mas, na maioria das vezes, ela voltava a deixar as mãos caírem do teclado e dizia: "Naturalmente estou há tempo demais sem praticar!". E havia, em suas palavras, um tom piedoso, como se elas estivessem iluminadas pela promessa pascal de que esse jovem a superara, para conquistar muito mais do que ela tinha sido capaz de fazer. Quase enrubescendo, sob o efeito de uma renúncia a si mesma típica de uma alma apaixonada, ela acrescentava: "Eu só queria lhe mostrar: foi assim que, na minha infância, ouvia tocarem esta passagem de Liszt".

Até mesmo para um adolescente de treze anos como eu era evidente que o que ressurgira nela eram os desejos, os sonhos e as esperanças de sua juventude, abandonados por uma vida inteira, e que ganhavam uma vida nova, quente e palpável, por meio daquele menino ruivo. E quando o olhar do tio Hubi encontrava o meu, ou o meu encontrava o dele, ficava evidente a tristeza pelo fato de que tínhamos perdido a união e a intimidade familiar de nossas noites musicais animadas pelo nacionalismo, mas que as tínhamos perdido para algo que, sem sombra de dúvida, pertencia a um estatuto superior ao de nossas tão queridas obtusidades musicais, para algo que, evidentemente, nos deixava fora do jogo. Mas, para além disso, unia-nos, também, o consenso masculino de que não tínhamos o direito de perturbar a tia Sophie, e que nos cabia, inclusive, animá-la, estimulá-la e talvez até mesmo, um dia, protegê-la de si mesma. E às vezes víamos também um no olhar do outro, o irresistível nojo físico diante daquele moleque judeu que, como Stiassny costumava dizer, ironicamente, tinha sido capaz de tirar de seu equilíbrio aquela mulher, que normalmente era de uma sensatez exemplar e de uma cautela cordial, e tão solidamente ancorada na vida, e o fizera "de forma traiçoeira, ao servir-se da apaixonante arte musical ariana".

Naqueles dias, havia algo que me parecia quase sinistro na maneira como Stiassny me observava e como parecia saber tudo o que eu sentia. Aliás, não só ele: com exceção da própria tia Sophie, que permanecia inteiramente cega em relação a tudo, todos na casa, sobretudo o velho criado Geib, percebiam o que se passava. Ocorreram cenas peculiares e a tensão constelada pelos ecos dos acontecimentos capturava todos, não apenas os dois protagonistas em torno dos quais ela se estabelecera, isto é, a tia Sophie e Wolf Goldmann, o "casal apaixonado".

Como quando, por exemplo, os ensaios apaixonados de determinada passagem continuavam muito embora Geib já tivesse anunciado, havia tempo, que o jantar estava servido, permanecendo imóvel, junto à porta da sala de jantar, e enquanto o tio Hubi, com seu pigarrear cheio de tato, introduzido nas pausas entre as notas intempestivas, tornava pesados cada um dos nossos movimentos e enchia a tal ponto de significados cada um dos nossos olhares que nenhum de nós ousava mais olhar para o outro.

Isso se agravava até o instante em que tia Sophie finalmente observava que bastava por hoje, voltando-se, então, para Geib e perguntando, impaciente: "O jantar ainda não está pronto?". E, ao ouvir a resposta de Geib, de que o jantar provavelmente já estava sendo requentado pela segunda vez, ela dizia: "Ponha mais um lugar à mesa, para o jovem Goldmann!".

O tio Hubi permitia-se perguntar, num tom casual: "Será que não seria mais simples se o menino simplesmente se mudasse para cá?". E, como sempre, via sua opinião reforçada por tia Sophie, embora de maneira mecânica e um pouco ausente: "Sim, você tem toda a razão, isso seria o mais simples. O Hubi tem toda a razão!"... e nós, que aguardávamos, ali, pelo instante no qual a tia Sophie colocaria o braço em torno dos ombros frágeis de Wolf Goldmann, conduzindo-o, à nossa frente, para o interior da sala de refeições, inclinávamos nossas cabeças sob os chifres de veado que pendiam das paredes, conscientes do nosso estado ridículo, para o qual parecia existir alguma justificativa metafísica.

Stiassny, então, sentia-se perfeitamente em seu elemento. Com seus olhos descorados, ele observava como Geib, mal tendo acomodado a cadeira sob a tia Sophie, se aproximava de mim para me prodigar essa mesma atenção e então, ao servir, evitava que tia Sophie servisse Wolf Goldmann, sentado ao lado dela, dizendo: "Eu mesma vou servi-lo, é mais fácil assim", enquanto eu, que sentava na outra ponta da mesa, seria obrigado a esperar. Ao contrário, ele zelava para que, primeiro, todos os demais fossem servidos, eu com especial atenção, e com uma discreta referência ao pedaço mais suculento, até que chegasse a vez do "judeuzinho". E os lábios bem formados de Stiassny abriam-se, então, no mais cinzento dos seus sorrisos: "Meus parabéns! Nem todos os laços de fidelidade foram rompidos. O fermento da decomposição ainda não completou seu trabalho!", para, então, quase gargalhar quando o tio Hubi o proibia de continuar falando, dizendo: "Stiassny, acho tudo isso tremendamente de mau gosto!".

Quanto a mim e ao tio Hubi, nossa antiga confiança familiar se transformou em amizade — aquela amizade translúcida e de riqueza outonal que se estabelece entre um menino e um velho, livre das paixões que existem entre duas pessoas de mesma idade, inteiramente voltada para a bondade consciente e para a confiança incondicional. Agora ele me levava frequentemente consigo em suas excursões, em suas inspeções na cervejaria e nas plantações, e o fazia de forma ostensiva sempre que a tia Sophie manifestava sua opinião de que tínhamos a obrigação de fazer tudo o que estivesse ao nosso alcance para proporcionar a um gênio como Goldmann o melhor desenvolvimento possível. Ela declarou que concordava inteiramente com o pai dele, o dr. Goldmann, de que seria um crime expor ao público aquele menino-prodígio, embora ele já estivesse pronto para se apresentar num concerto, e que era preciso fazer tudo o que fosse possível para que sua maturidade humana também alcançasse o grau de seu precoce virtuosismo. No entanto, ela não chegou ao ponto de falar pessoalmente com o dr. Goldmann a respeito, servindo-se dos préstimos de Stiassny para anunciar ao pai do jovem Goldmann suas opiniões, intenções e decisões.

O tio Hubi aproveitava as declarações relativas à formação de um gênio que a tia Sophie nos fazia, de maneira impetuosa, como oportunidades para se voltar em minha direção de forma demonstrativa e para me exortar: "Você vem comigo até o curral? Tenho que ver uma coisa lá, por causa das ovelhas — acho que eles as estão conduzindo para a nova pastagem, na várzea". E o que não correspondia a seus hábitos, para falar, meio de lado, à tia Sophie, que permanecia sentada à mesa do café da manhã, absorta em seus próprios pensamentos e preparando um pãozinho com mel: "Acho que não vamos voltar para o almoço, vamos comer na casa do administrador. E Stiassny provavelmente vai dizer que nós não precisamos nos iludir com relação à falta que vamos fazer aqui — não é Stiassny?".

Eu adorava a cavalgada até a fazenda, não só porque era uma oportunidade para aperfeiçoar minha formação de discípulo do conde Sandor — e eu ouvia muito atentamente todas as recomendações e sugestões úteis, sempre ilustradas por alguma anedota contada pelo tio Hubi, um homem que passara a vida inteira montado num cavalo e que, como velho cavaleiro, fizera do ato de cavalgar uma ideologia e uma metáfora de sua postura diante da vida e que, apesar de sua constituição pícnica, era um excelente cavaleiro — mas também porque sempre me proporcionava uma grande satisfação poder dizer que a vista de nós dois, a cavalo, quando atravessávamos o lugarejo, finalmente haveria de persuadir aqueles moleques, que tinham tentado me humilhar, e que teriam conseguido se Haller, o ferreiro, não tivesse me livrado deles, assim como quem se livra de um enxame de moscas, de que, por trás de mim, se encontrava um grande poder, que um dia seria exercido e representado por mim.

Pois se tornava cada vez mais claro e decidido que o tio Hubi tinha a intenção de fazer de mim seu herdeiro e sucessor. Ele começou a me envolver, de maneira sistemática, no círculo de seus afazeres, tarefas e obrigações. E, evidentemente, foi, de novo, Stiassny quem não foi capaz de se abster de comentários a esse respeito.

"Vejo, nos últimos dias, que a cor voltou um pouco às faces que, nos últimos tempos, têm me causado preocupação com relação ao nosso nobre bem-estar", disse ele. "Será que a origem disso está no fato de que estamos agora seriamente ocupados em nos habituar ao papel de Príncipe Herdeiro — quero dizer: que esse papel já não mais parece ser apenas uma ficção, apenas uma possibilidade e uma imaginação, mas parece, finalmente, revestir-se da realidade da função? Estamos aprendendo nossa futura profissão, não é verdade? Estamos sendo confirmados em nossa missão, ainda que, por enquanto, na longa cadeia de obrigações hereditárias, apenas nos seja permitido segurar os cavalos de nosso predecessor e espantar as moscas que os rodeiam com as folhas de um ramo de árvore, enquanto o senhor tio conduz, diante do administrador, seu interminável discurso a respeito da situação atual e das próximas medidas necessárias à melhoria da situação atual — mas, seja como for, estamos participando, ouvimos atentamente, somos iniciados e introduzidos — e isso, certamente, contribui para melhorar a autoestima, não é verdade? Ou será que estou enganado? Mas quem sou eu para saber de algo assim? O pajem, um dia, se tornará cavaleiro e proprietário de terras, assim como o jovem nobre que, tendo prestado seus serviços a um cavaleiro, um dia se tornará cavaleiro também. Talvez agora já não nos sintamos mais tão rejeitados e tão excluídos pelo relacionamento de nível hierárquico superior que nossa honorável dona de casa estabeleceu com o jovem Goldmann. Pois nos sentimos fortalecidos pelo projeto de nos tornarmos alguma coisa definida, ainda que possa ser algo diferente, algo menos espetacular do que aquilo que nosso amigo mais dotado poderá vir a ser por meio de seu piano. Decerto teremos que admitir que o que ele é capaz de fazer é realmente extraordinário. Mas justamente nessa perfeição, nessa infalibilidade privada de misericórdia, que exclui todo o resto, que exclui tudo o que não é igualmente perfeito, e que condena tudo o que é apenas mediano — justamente aí encontra-se algo que é frio, que não tem sentimentos, algo irresponsavelmente autoindulgente que é, também, repelente. Tanto se fala a respeito do caráter demoníaco dos artistas — e, na verdade, suponho que o que nos parece demoníaco não seja nada além desse caráter repelente do que é absoluto, do que é incondicional, combinado com a atração exercida sobre nós pela perfeição. Mas, se eu não estiver me expressando de maneira totalmente compreensível — pois sabidamente sou considerado nesta casa como alguém que fala de maneira muito confusa: o que devemos nos tornar, graças às bondosas intenções do senhor tio, o que já estamos nos tornando, isto é, um bom fazendeiro, certamente não se encontra à mesma altura de um artista, mas, em compensação, é algo mais humano, mais amigável, mais comum. Vamos nos tornar algo que muitas gerações antes de nós já foram, nada de extraordinário, é verdade, mas o faremos com uma naturalidade e com uma segurança das quais um artista se vê dolorosamente privado. Enquanto a nós cabe apenas ser o que somos, de maneira correta e modesta, ele fica compelido à autorrealização, a todo instante: ele precisa fazer para ser quem ele é e por meio de seu fazer ele volta sempre a questionar-se, volta sempre a colocar-se à prova, volta sempre a arriscar sua própria existência. Seu ser é um ousar ininterrupto — ainda mais se, como afirma a senhora tia, ele for mesmo um gênio em formação, um indivíduo extraordinário — e, infelizmente, ele o é, com sua solidão selvagem, que faz dele um excluído pela sociedade. Diante de uma situação semelhante, deveria ser extremamente benéfico, e até edificante, saber, com certeza, que se é um dentre muitos representantes de um gênero antigo e bem estabelecido, o inatacável gênero dos camponeses e — diante de uma prosperidade correspondentemente antiga — também o dos aristocratas."

Com essas palavras, ele parecia querer me consolar e, por isso mesmo, me perturbava ainda mais, porque eu não era capaz de descobrir onde se encontrava o desafio que Stiassny, com sua perfídia habitual, certamente incluíra em seu discurso. Seja como for: por algum tempo, passei a aceitar a posição vantajosa que Wolf Goldmann ocupava nas atenções e — como eu temia — também nos sentimentos de minha tia de maneira mais despreocupada, obrigando-me a me portar diante dele com aquela generosidade cavalheiresca que, como se sabe, protege o aristocrata da vergonha do ressentimento, e agia como se nossa amizade não tivesse mudado em nada, como se não tivesse sofrido nenhum tipo de perturbação. Certa vez, quando eu lhe disse para interromper momentaneamente seus estudos matinais porque no depósito no sótão, acima dos estábulos, havia um ninho com filhotes de coruja, ele me respondeu, de maneira grosseira: "Vá para a casa da vovozinha Perlmutter com seus filhotes de coruja!". Mas quando eu, na invulnerabilidade de minha equanimidade aristocrática, respondi que antes ele não passava o dia inteiro estudando piano, ele disse: "Você não sabe o que significa tocar um Bösendorfer em vez daquele caixote velho que há na minha casa!". Para minha surpresa, ele começou falando em um alemão muito polido para, logo em seguida, voltar ao tom desleixado e atrevido do seu dialeto judaico: "Talvez você possa imaginar que essa diferença seja semelhante à que você sentiria se pudesse trocar o velho pangaré que puxa carroças, e que está ali largado no pasto, moribundo, por um dos fogosos corcéis de suas histórias de Winnetou. Entendeu? Vocês, góim, só entendem quando as coisas são traduzidas em termos zoológicos. Assim como o seu tio, que explica a psicologia de seu velho mestre cervejeiro ao compará-lo com um cavalo velho e cansado. Vocês entendem mais de animais do que de seres humanos".

Tive vontade de bater nele, de tanto que me revoltava o fato de ele, tendo sido tão enormemente privilegiado por tia Sophie, tendo sido acolhido como se fosse um filho da família, continuar a se referir a nós como góim, expressando, assim, abertamente, quão tolos e estúpidos nos considerava. Ele percebeu o que disse e olhou para mim fazendo uma careta indelicada. "E parece que sua tia, coitada, ficaria muito feliz se eu me tornasse um de vocês. Agora ela quer que eu leia Rilke:

'Cavalgar, cavalgar, cavalgar, pelo dia e pela noite…'. Deus me livre! Mas agora, o que eu leio é Krafft-Ebing.* Talvez fosse útil para você. Talvez pudesse ajudá-lo a entender o que, realmente, seu tio quer de você quando o leva a regiões cada vez mais distantes da fazenda e cada vez mais profundas das florestas."

E ele mesmo explicou, em seguida. Sobre o tio Hubert não só recaíam suspeitas de homossexualidade como todos davam por certo que sua amizade com os rudes companheiros de caçada, que se mudavam para a torre no inverno, os "últimos guerreiros", os últimos representantes de um mundo livre, homens habituados e afeitos às intempéries, aos jogos e à ousadia, era, na verdade, um relacionamento homoerótico, do qual a cidadezinha inteira se ria, e via, no traseiro arredondado de meu amigável, bondoso e bochechudo parente, o emblema de um desejo sexual aberrante. Mas, e seu casamento exemplar com a tia Sophie?… Será que eu era mesmo tão ingênuo quanto parecia, perguntou Wolf, será que eu não era capaz de explicar o motivo da permanência de Stiassny na casa, por décadas e décadas? Qual era o motivo da negativa da tia Sophie em estabelecer qualquer tipo de contato com o pai dele, o dr. Goldmann, e qual era o motivo do desprezo que ela sentia por ele, senão um gesto de vingança e uma lembrança permanente da ferida que não sarava, causada pelo fato de que a mulher dele, isto é, a mãe de meu amigo Goldmann, fora, temporariamente, a amante de Stiassny? "Vocês, góim, parecem estar sempre tentando viver como se não tivessem um *potz* e como se suas mulheres não tivessem uma *pyrge* entre as pernas", disse Wolf.

---

* Richard von Krafft-Ebing (1840-1902) foi um psiquiatra alemão. Introduziu em sua obra os conceitos de "sadismo", "masoquismo" e "fetichismo" no estudo do comportamento sexual.

Não seria capaz de descrever a profunda repulsa que passei a sentir, nas semanas seguintes, não só por meu amigo Wolf Goldmann, mas também por todos os que viviam à minha volta naquele ambiente. Nem mesmo Haller, o ferreiro, tinha escapado depois que Wolf me contou que seu pai, o dr. Goldmann, tivera que suturar um ferimento grave em seu pênis, que, sem dúvida, tinha sido causado por uma mordida que dificilmente poderia ter sido causada por sua esposa, que provavelmente desconhecia práticas sexuais desse tipo, e que, mais possivelmente, deveria ser atribuída ao gesto apaixonado de um homem sobre o membro do apóstolo de Hefesto e sucessor alemão de Wieland.* Por isso, quase vomitei quando, tendo voltado à oficina de Haller para fundir projéteis para o meu estilingue, ele me mostrou, em sua mão calejada, os projéteis que tinha recolhido no chão da garagem e, piscando para mim com um dos seus olhos, perguntou: "E o que vou receber em troca por ter mantido segredo daquela vez?". Wolf Goldmann tinha me explicado que, para os que tinham aquele tipo de desejo, meninos da nossa idade eram considerados especialmente apetitosos.

Senti saudades de minha casa. Ansiava por rever minha mãe. Sua sensibilidade nervosa, patológica, era, talvez, perturbadora, mas, ao mesmo tempo, seus sentimentos eram mais estáveis e mais profundos do que os de sua prima mais velha, mais robusta, mas, nem por isso, menos suscetível e menos propensa a exageros. E ainda que esse pensamento me parecesse repelente, eu dizia para mim mesmo que um encontro entre ela e Stiassny poderia ter conduzido a uma relação muito mais apaixonada e muito mais poética do que aquela que, se é que eram verdadeiras as palavras de Wolf Goldmann, tinha se estabelecido entre Stiassny e a tia Sophie. Mas, ao mesmo tempo, tudo em mim se voltava contra a ideia de que mamãe pudesse se entregar aos braços de

---

* Christoph Martin Wieland (1733-1813), tradutor e poeta alemão do Iluminismo.

Stiassny e de que eu, se isso fosse possível, falaria de minha mãe e do seu amante com a mesma liberdade de Wolf Goldmann ao falar da sua. Agora, meu pai, com sua teimosia, revelava a sombria monomania de sua paixão pela caça como a fuga da realidade de um homem incondicionalmente puro e nobre, que preferia a solidão do rude mundo das montanhas à sujeira da planície. E eu mesmo queria me afastar da questionável agitação mundana. Passava muito tempo sozinho, recolhido à "torre", e estudava o que precisava estudar para minha prova de recuperação.

Mais para preservar as aparências de uma amizade que, de qualquer forma, logo haveria de ser interrompida por nossas partidas para duas escolas diferentes, do que por um prazer verdadeiro no convívio, acompanhei Wolf Goldmann, ainda uma vez mais, até a casa dele. Seu pai estava passando o dia fora, em visitas a pacientes nas aldeias da região. Finalmente, apresentava-se uma oportunidade para ver o esqueleto e os diversos aparelhos interessantes que havia em seu consultório, dentre os quais um aparelho de eletrização, a respeito do qual Wolf me contara muitas coisas. De fato, aquele aparelho me pareceu muito mais interessante e muito mais assustador do que o esqueleto, cujos ossos eram tão reluzentes que eu mal era capaz de acreditar que alguma vez tivessem estado envoltos por carne viva. Mas o aparelho de eletrização me fascinava. Wolf me explicou que os pacientes, na maior parte das vezes pessoas doentes dos nervos, eram postos sob o efeito de uma corrente elétrica por meio de dois bastões que pendiam de fios, que cabia a eles segurar com as mãos, e que os efeitos eram altamente terapêuticos. Através do movimento de uma alavanca ao longo de uma escala era possível regular a intensidade da eletricidade, que poderia ir desde uma delicada coceira e leves picadas até golpes fortíssimos.

Wolf queria me fazer experimentar a fase mais leve, mas eu não tive coragem de segurar os bastões nas mãos. "O que foi?", perguntou ele, com um ar de desprezo. "A coragem do cavaleiro não é suficiente para uma coceguinha?" Ele segurou, então, os dois bastões de metal nas mãos e, com um gesto de cabeça, exortou-me a ligar o aparelho. "Empurre o botãozinho para a frente — mas devagar!"

Mais tarde, nunca fui capaz de dizer o que me fez empurrar o botão não devagar, mas sim com um gesto brutal, levando-o até o ponto máximo da escala. Seja como for, por um instante o efeito foi muito cômico: Wolf Goldmann se ergueu, virou-se, em meio a convulsões, mexendo as pernas rapidamente sem, porém, conseguir andar, e seus cabelos ruivos se ergueram no ar como os do Struwwelpeter. Mas o que me pareceu mais engraçado do que tudo foi a expressão de súplica com a qual ele estendeu as mãos com os bastões de metal em minha direção, tentando livrar-se deles. Toda sua arrogância desaparecera. Seu rosto de carneiro, agora, era o rosto de um cordeiro sacrificial — o gado de corte por meio do qual seu avô enriquecera.

Acho que não demorei muito para empurrar o botão de volta para que ele, finalmente, pudesse soltar os bastões, muito embora, mais tarde, eu tenha sido acusado de ter demorado. De qualquer maneira, Wolf Goldmann estava ajoelhado à minha frente quando eu o libertei, estendendo em minha direção suas mãos, das quais os bastões de metal tinham despencado, e lamentava-se, dizendo: "Minhas mãos! Minhas mãos!".

O verão já se aproximava do fim e eu fui punido com uma espécie de suspensão na casa dos meus parentes — ou, na linguagem da corporação dos estudantes, fui posto na chamada suspensão dos rituais da cerveja, passando a viver com a consciência de uma culpabilidade conhecida por todos, da qual, provavelmente, eu já não conseguiria mais me libertar. É verdade que o tio Hubi se colocou abertamente a meu favor, considerando minha transgressão como algo insignificante — coisa que, de fato, ela era, pois, passadas umas poucas semanas, as preciosas mãos de pianista de Wolf Goldmann estavam novamente tão ágeis quanto antes. Mas, desde que foi levantada a horrível suspeita de que meu tio pudesse ter seus motivos para sua amizade comigo, não fui mais capaz de me livrar dela, ainda que o quisesse. Portanto, me afastei dele também, involuntariamente. A tia Sophie passou a me tratar com uma objetividade fria e indiferente. Ela não se lamentava por seu sonho perdido, mas deixava claro a todos que aquilo fora apenas um sonho, do qual ela despertara. Pois, evidentemente, Wolf Goldmann nunca mais voltou à nossa casa. Seu pai tratou de suas mãos com grande perícia, aplicando-lhes massagens e banhos especiais, e o mandou de volta para junto de sua mãe, em Viena, antes do previsto. E ele tampouco veio despedir-se da tia Sophie ou de mim.

Durante aquele período, eu tinha vontade de pedir a Stiassny que me desse notícias da família Goldmann, pois, supostamente, ele era o único que ainda se comunicava com o dr. Goldmann. Mas evitava falar com ele sobre aquele tema tão delicado. Vivia em meio ao temor de que meus pais viessem a saber de meus malogros ali, entre os meus parentes tão amáveis e tão tolerantes, e, curiosamente, imaginei que Stiassny apenas estivesse à espera da ocasião propícia para lhes contar tudo o que acontecera. E, então, eu já não mais tomava como desafios suas cortesias ironicamente exageradas e suas repugnantes demonstrações de respeito cheias de alusões sombrias ao meu papel de penitente, e não mais reagia a elas, como antes, atordoado e ansioso, mas me mostrava tão frio e tão objetivo quanto possível diante dele, tentando seguir o exemplo da tia Sophie. Stiassny comentou essa mudança em meu comportamento com uma observação que foi quase que sussurrada em meu ouvido: "Parabéns! Agora também estamos desenvolvendo nosso caráter! Continue assim! Pois a personalidade é, quase sempre, o resultado de uma fuga para a frente".

Evidentemente também passei a evitar a oficina do ferreiro. Meu estilingue pendia de um gancho no suporte de armas na parede da torre, e eu já não mais o usava para atirar. Tampouco atirava com o arco e a flecha. Retomara minhas longas caminhadas pela região, acompanhado apenas de meu bassê Max, com sua fidelidade inquestionável, que concordava sempre e incondicionalmente comigo. De novo estávamos unidos em nossa solidão. Não levei a mal seu amor leviano por Wolf Goldmann, afinal de contas ele tinha sido meu amigo. Ainda assim, machucava-me um pouco o fato de esse amor ter sido tão intenso, mas perdoei Max, por causa de sua juventude.

Seja como for, eu estava decidido a fazer dele um cão feroz. O caráter é o resultado de uma fuga para a frente: estava convicto de que um cão bravo necessariamente teria que aprender a virtude da fidelidade incondicional a seu dono.

Num dos cantos do pátio, sob gigantescas e sombrias acácias, encontrava-se, entregue ao mofo, uma velha pista de boliche, que já quase ninguém usava. Num barracão de madeira velha e meio apodrecida, que era chamado de "a saleta", ficavam guardados utensílios para todos os tipos de jogos na grama, como apanhadores de bolas e discos, tacos de críquete e redes para jogos de peteca. Ali era também uma espécie de paraíso para gatos sem dono, que se acumulavam em grande número, criando seus filhotes, brincando uns com os outros e cochilando à sombra. Assim como no bosquezinho sarnento diante do casarão do dr. Goldmann, ali também eles se multiplicavam, tornando-se uma verdadeira praga, fedendo debaixo do céu e gritando horrivelmente durante a noite. Eu nunca perdia uma oportunidade de atiçar o bassê Max sobre esses gatos, sempre que passava por ali, e ele, efetivamente, os atacava, metendo-se no meio do bando, destemido, pois eles se dispersavam, cada um indo para um lado, uns galgando o telhado da "saleta" e outros trepando nos galhos da acácia, ou fugindo, através da cerca, para as ruas do lugarejo. E então concebi um aparelho por meio do qual Max pudesse ser preparado para confrontos mais sérios: enterrei um caixote comprido e estreito, que antes fora usado para guardar os tacos de críquete, de tal forma que formasse uma passagem em diagonal para dentro da terra — uma espécie de toca de raposa artificial, um túnel, porém sem saída. Tirei um dos lados menores do caixote, para criar uma entrada. Não foi muito difícil apanhar um dos gatos e enfiá-lo lá dentro — e, com ele, então, meu bassê Max.

Mas o resultado foi lamentável. Por alguns instantes houve tumulto e barulho debaixo da terra, e logo a seguir Max saiu, ganindo, do buraco, gemendo e lambendo o focinho arranhado, e nem minhas ordens senhoriais nem minhas tentativas de persuasão foram capazes de lhe restituir a coragem. Furioso, enfiei o braço inteiro no buraco, para tirar o gato lá de dentro e fazê-lo combater com Max ao ar livre. E logo, efetivamente, senti que agarrava alguma coisa peluda e morna, que se mexia. Mas, ao mesmo tempo, senti na mão uma dor intensa. O gato enfiara seus dentes entre meu polegar e meu indicador, e como eu não conseguia fazê-lo soltar, cerrei a mão com toda a força e puxei o gato de dentro do buraco. O gato era obstinado demais e não soltava minha mão, e, portanto, passei a apertá-lo com ainda mais força, mas agora o gato esperneava com as quatro patas, golpeando meu antebraço com suas garras bem esticadas. Minha camisa foi logo retalhada, assim como a minha pele.

Para meu azar, bem naquele instante a empregada Florica passou por ali. Ela me viu, todo ensanguentado, com o gato na mão, e começou a gritar a plenos pulmões. Minha má consciência provocou-me um pânico, pois não queria que ninguém da casa me surpreendesse, tendo cometido mais aquela transgressão. Mas logo a cozinheira já apareceu no pátio, seguida pela governanta Katharina, e dos lados de sua oficina vinha Haller, todos eles alarmados pelos gritos de Florica. Fiz a coisa mais tola que poderia ter feito: corri, com o gato na mão, saindo pelo portão do pátio que dava para a cidadezinha. Lá, na rua, junto à borda de uma valeta cheia de camomilas, me ajoelhei sobre o peito do gato. Então ele foi obrigado a largar. Senti suas costelas estalando, e sua boca finalmente se abriu, permitindo que eu retirasse minha mão. Quando eu estava novamente em pé, me vi cercado por um bando de moleques, que gritavam.

Meu braço estava em péssimo estado. O gato não tinha sido um animal exatamente limpo, e havia sérios riscos de uma infecção. E, evidentemente, era preciso aplicar-me, sem demora, uma injeção antitetânica. Pelo menos essa era a opinião da tia Sophie, expressa, em tom autoritário, diante da algazarra de todos os que me rodeavam, moleques de rua judeus, assim como toda a criadagem da casa e os moradores das casinhas que ficavam junto ao portão. Todos me circundavam, com bastante hostilidade.

Fui imediatamente levado ao consultório do dr. Goldmann.

Não sei se, por meio do sistema de notícias tão veloz e eficiente de um lugarejo provinciano, o dr. Goldmann já tinha sido informado das circunstâncias do meu ferimento, ou se, com um só olhar, ele foi capaz de compreender o que acontecera, adivinhando as causas do incidente — seja como for, ele declarou que se negava a me tratar. E se negou mesmo, diante da tia Sophie, de maneira tão rude e tão ofensiva que mais tarde até mesmo aquelas dentre as testemunhas que estavam fundamentalmente de acordo com sua atitude tiveram que admitir que sua impetuosidade e rudeza tinham sido exageradas.

Pois, infelizmente, aquele episódio teve consequências que, no entanto, no que dizia respeito a mim, não foram sérias. Primeiro fui levado até o farmacêutico, que limpou, desinfetou e enfaixou provisoriamente o meu braço retalhado, e então fui informado, com satisfação, de que Geib tinha ido buscar, só para mim, o Daimler na garagem. E assim, numa espécie de sombrio cortejo triunfante, seguido de meus antigos inimigos, os moleques de rua, assim como sob os olhares nada amigáveis dos habitantes do lugarejo, ele me levou até a capital distrital. Lá minha mãe prodigou-me cuidados e muito afeto, e para mim tornou-se evidente, então, que eu não mais voltaria à casa dos meus parentes, mas permaneceria na cidade até que fosse chegado o dia da viagem a Viena, para a prova de recuperação — na qual, aliás, graças à minha dedicação aos estudos durante o período de suspensão, fui aprovado brilhantemente. Da mesma forma, tornou-se evidente para mim o fim da minha infância, com o passar quase imperceptível dos dias.

Mas, para a tia Sophie e para o tio Hubi, para o dr. Goldmann e, supostamente, também para meu amigo Wolf, e até mesmo para Stiassny, aquele incidente teve consequências bastante dramáticas. Não sei se foi mesmo Stiassny quem deu a meu tio Hubi a ideia de que, por causa do comportamento intolerável do dr. Goldmann com minha tia Sophie, caberia a ele desafiá-lo para um duelo — atitude à qual meu tio se via obrigado tanto por causa de sua condição de membro de uma corporação de estudantes quanto por causa de sua condição de ex-oficial do Exército Real e Imperial. Mas, seja como for, meu tio Hubi se negou a fazê-lo, e com o apoio de meu pai, para quem seria uma ousadia esperar de alguém que duelasse contra um judeu, e que, por fim, tendo escolhido para a ocasião um chicote com o qual costumava castigar os cães, viajou para a propriedade dos meus parentes para "ensinar ao judeu porco, no meio da rua, o que ele tinha a esperar quando lhe ocorresse portar-se com semelhante atrevimento". Felizmente isso acabou não acontecendo. E embora um certo temor das habilidades esgrimísticas do médico realmente não pudesse ser apontado como o motivo da recusa do tio Hubi, pois a ofensa poderia ter sido considerada suficientemente grave para justificar um duelo de pistola, arma com a qual o tio Hubi sabia lidar melhor, os rumores a respeito de sua suposta covardia se disseminaram com tal tenacidade que o caso chegou a um tribunal de honra da corporação de estudantes de Tübingen, à qual o tio Hubi pertencia. E esse tribunal desconsiderou o fato de que, por ser judeu, o dr. Goldmann estava de antemão excluído do código de honra referente aos duelos, pois, ainda que ele sem dúvida fosse um intelectual, era também, sem dúvida, um acadêmico e, portanto, qualificava-se para as regras que diziam respeito aos duelos. O tio Hubi, até então o respeitável "velho senhor", foi considerado culpado pelo tribunal de honra e expulso da corporação da maneira mais humilhante possível, isto é, "c.i." — *cum infamia*. Aquilo quase partiu seu coração, e a maior parte de seus antigos companheiros de caça se afastou dele.

Tia Sophie sofreu transformações no tempo que se seguiu. Sua objetividade aberta, sincera, calorosa e vivaz tornou-se incisiva e às vezes brutal. Em vez de, como tinha feito ao longo de toda a vida, continuar a reforçar cada uma das frases do tio Hubi, agora ela o contradizia com muita frequência e, afinal, aquele seu sempre reiterado "neste caso o Hubi tem toda a razão" transformou-se num igualmente estereotípico "naturalmente isso é mais uma das típicas asneiras do Hubi".

Fiquei sabendo de tudo isso por ouvir falar, pois nunca voltei a vê-los. Durante o ano escolar eu me encontrava na Áustria, e também durante as férias viajava com frequência, sobretudo em companhia do meu pai, cada vez mais apaixonado pelas caçadas. Ela morreu enquanto eu estava me preparando para os exames de conclusão do curso secundário, e nem sequer fui capaz de chegar a tempo para seu funeral. Poucos meses mais tarde, o tio Hubi também faleceu. A propriedade foi herdada por um parente distante. Nunca voltei àquele lugar.

Às vezes, quando eu me encontrava em Viena, ocorria-me a ideia de procurar por Wolf Goldmann. Certamente não teria sido impossível encontrá-lo, por meio de sua mãe, que, como eu sabia, era ceramista-chefe na Wiener Werkstätte, ou na Escola Superior de Música, onde, provavelmente, ele estudava. Mas deixei isso de lado, em parte por preguiça e em parte, também, porque minha consciência permanecia terrivelmente pesada. Ainda que a honra do dr. Goldmann tivesse triunfado sobre o pobre tio Hubi, sua recusa em me atender teve consequências terríveis. Pois o Conselho de Medicina o excluiu e o proibiu de continuar exercendo sua profissão e, segundo ouvi dizer, a própria Procuradoria do Estado quis processá-lo. Ele se mudou daquele lugar onde seu pai "estabelecera uma casa" como se estivesse numa terra prometida. E como o casarão ornamentado de tijolinhos aparentes era invendável, logo ruiu, entregue ao completo abandono.

Só de Stiassny ainda recebi alguns sinais de vida, antes que ele se mudasse da casa de meus parentes, não sei para onde. Mas, pouco depois de sua mudança, no Natal que se seguiu aos acontecimentos que narrei aqui, recebi um pacote dele. Quando abri, encontrei dois lindos bustos feitos de madeira e de marfim. Tratava-se de uma cabeça de homem e de uma cabeça de mulher, em estilo rococó, ambos usando perucas, muito graciosos e vivazes. Mas eram partidos ao meio, e enquanto por um lado se viam perfis encantadores e faces cheias de vida, pelo outro lado via-se a anatomia dos seus crânios, com ossos, músculos, veias e até mesmo o interior recurvo de seus cérebros. Meus pais consideraram que aquilo não era um presente de Natal adequado para um jovem da minha idade, e os dois bustos me foram tomados e desapareceram, para nunca mais serem vistos. E assim, também, a única coisa que permaneceu comigo foi a lembrança, que é também tudo o que restou daquele tempo distante.

Juventude

Para Eric Linder

No instante em que eu a vi, ocorreram duas coisas, simultaneamente: um impulso para me esconder me atingiu, ao mesmo tempo que eu mal conseguia disfarçar o ímpeto com o qual desviei dela o olhar, simulando que, do outro lado da rua, algo tinha atraído minha atenção. E, enquanto isso, sentia minha ereção no tecido da calça, que se retesava.

Essa segunda circunstância me pareceu mais admirável do que a primeira, pois, aos dezenove anos de idade, vive-se na absoluta idolatria e, portanto, na completa superstição da sexualidade. Os relatos sobre atos de força, que se ouve com curiosidade, chegam às raias do monstruoso e determinam as expectativas que se tem em relação a si mesmo. E a estas correspondem, também, as decepções. Minhas reações à simples visão de uma mulher normalmente não eram tão evidentes como essa, de agora. E, por esse motivo, me causaram preocupação.

Sentia-me tomado pela consciência de minha incapacidade. Eu desejava todas as mulheres mais ou menos atraentes, tanto as vivas quanto as que apareciam em imagens, imediatamente as via nuas à minha frente, e me imaginava sobre elas. Em cada criatura do sexo feminino pela qual eu passasse, desde uma jovem que mal deixara de ser criança, até uma matrona, ainda não completamente deteriorada, eu via, no mesmo instante, a parceira de um ato sexual imaginário. Evidentemente a pobre realidade mantinha-se sempre claudicante, bem atrás de minha imaginação. Até mesmo para uma simples abordagem, no sentido de realizar minhas fantasias, eu era, em noventa e nove por cento dos casos, tímido demais. E, ao contrário, ocorria que, diante daquelas mulheres que se mostravam dispostas, eu exibia uma fria indiferença, que facilmente poderia passar por falta de educação, se não fosse imediatamente compreendida e desprezada por meio de um sorrisinho. E um sorrisinho assim doía tanto quanto uma chicotada.

Penso que minhas realizações, isto é, os pontos que eu acumulava para comprovar minha virilidade, não se encontravam muito abaixo da média dos rapazes de minha idade. Uma vez ou outra, realmente ocorria de eu ir para a cama com alguém. Mas, sempre que isso acontecia, eu parecia saber que o ponto desejado tinha sido perdido. Não era eu, o macho, que forçara a mulher a deitar-se comigo, mas, antes, ela que tinha me escolhido. Não era o meu irresistível poder de garanhão que voltara, mais uma vez, a triunfar, mas sim meu pintinho é que tinha sido pego, uma vez mais, numa armadilha.

E, portanto, ele se portava de maneira correspondentemente perturbada. Uma vez até me vi levado a consultar meu médico de confiança, que me deu um comprimido. "Quer dizer que, aos dezenove anos de idade, eu preciso de um fortificante?", perguntei, chocado. Ele riu: "Isto é um tranquilizante. O senhor está nervoso demais. O senhor precisa dedicar-se à atividade sexual com um pouco mais de regularidade".

Fiz todos os esforços que estavam ao meu alcance. Mas como as vitórias logo se transformavam em derrotas, porque acabavam não sendo tão estrepitosas quanto minha fantasia exigia de mim, permaneci tomado por dúvidas e por temores, de maneira que uma comprovação como aquela ereção espontânea em minhas calças diante da passagem daquela moça desencadeou em mim ainda mais pensamentos torturantes.

Não há dúvida de que se tratava de uma bonita moça — lamentavelmente bonita, neste caso: um rosto de boneca com dentinhos de pérola na boquinha e olhos grandes, lindamente espirituais. Seu rosto tinha a forma de um coração rodeado por abundantes cachos castanhos de cabelos fortes e muito abundantes — provavelmente aos quarenta anos de idade, ou talvez já aos trinta, ela teria problemas com uma barbinha incipiente. Os contornos dos seus seios eram claramente visíveis através de sua blusa fina, e seu corpo era esbelto, suas coxas visivelmente opulentas, e quanto àquilo que se encontrava mais abaixo delas, agora enroladas num cobertor e dispostas, sem vida, sobre o apoio de pés, entre as sussurrantes rodas raiadas da cadeira de rodas, supostamente tratava-se de algo de surreal, de um órgão humano de proporções nunca vistas — pois a parte superior do seu corpo era de mulher, seu olhar o confirmava, o alardeava para o mundo à sua volta. Era um olhar desarmado, aberto, capaz de partir o coração de qualquer um, era o olhar de uma pessoa sofrida, o olhar da corça ferida, como se diz, poeticamente, do qual a gente se distancia, involuntariamente — mas naquele olhar havia, também, alegria e humor e entendimento, e força, e vontade de viver, e aquele olhar me atingira frontalmente, desafiando-me a responder... Deus! Como fui baixo!

Fui baixo porque afastei meu olhar. Mas não sem antes corresponder, também frontalmente, ainda que só por uma fração de segundo, ao olhar dela — e o que significava isso: significava que comunicações como essas, entre duas pessoas, têm um caráter incomensurável. Se eu tivesse olhado para ela por mais tempo e com intensidade ainda maior, aquilo teria se tornado constrangedor. Mas, mesmo assim, dificilmente eu poderia ter me expressado de maneira mais evidente: nem mesmo se os botões das minhas calças tivessem saltado sobre seu rosto. Efetivamente, creio que minha alma inteira emergiu, como uma oferenda, em meu olhar, com a disposição de amá-la, de me unir a ela para sempre, de me casar com ela, imediatamente, e de passar uma vida inteira de plenitude me deleitando com seu belo corpo, à noite, e empurrando-a, à minha frente, feliz e orgulhoso, e assim afastando de nós toda a compaixão.

Como poderia eu explicar-lhe que não era a visão de seu lamentável estado o que me fizera afastar dela o olhar, e sim uma série de motivos desprezíveis que só diziam respeito a mim mesmo? Minha vontade era de correr atrás dela para lhe dizer tudo isso. Evidentemente, tratava-se de uma moça de boa família, amada, bem cuidada e bem-educada. Suas roupas, a qualidade do cobertor fino que envolvia suas pernas lamentavelmente deformadas, a solidez da cadeira de rodas, que sussurrava, com seus pneus de borracha branca e com suas rodas raiadas e pontas de eixo cromadas e reluzentes, e a pessoa que a empurrava — tudo isso tinha a marca da prosperidade e da classe — e eram estas as características que eu temia e que eu evitava, tanto quanto me fosse possível. Teria gostado de dizer o motivo: eu me considerava como alguém socialmente decadente, e não era só isso o que me tornava sensível, como também — e ainda mais — a vergonha que sentia por me considerar assim.

Evidentemente, eu sabia que tinha passado por ela de maneira definitiva. Eu não era corajoso o suficiente nem ousado o bastante, pois fora excessivamente educado para a reserva, era excessivamente delicado e excessivamente preguiçoso para voltar-me, para dirigir-me a ela ou à sua acompanhante, sob qualquer pretexto, ou para segui-la, descobrir onde ela morava e então tentar, em meio a dificuldades, conhecê-la. Mas fazia-me bem imaginar que eu seria capaz de lhe contar o que me oprimia — isto é, falar-lhe de mim e da minha decadência, das minhas ambições, do mundo de onde eu vinha, da minha infância, da casa dos meus pais, dos anos de estudos no internato, do breve período de atordoamento na Universidade de

Viena, de uma ou outra das minhas experiências lá, que eu considerava de importância decisiva — em suma, toda a minha história, na verdade opressivamente pobre em acontecimentos e, ainda assim, tão turbulenta e para mim tão excitante, numa daquelas confissões apaixonadas que jovens amantes costumam trocar entre si, como sinais de que estão se separando de seus passados e que, doravante, iniciam um novo capítulo sob a égide da vida a dois.

Pois em Bucareste eu era um refugiado. Ou um exilado. Seja como for, via a mim mesmo ora como uma coisa, ora como outra. Na verdade, o que me levou até ali foi a arrogância. Ao menos, essa era a melhor interpretação que eu era capaz de fazer. Eu me encontrava às vésperas do serviço militar, tinha interrompido meus estudos — evidentemente não por esse motivo — e não pretendia retomá-los depois que tivesse servido, mas, finalmente, fazer aquilo que (junto com a ocupação permanente com os pensamentos amorosos) era minha paixão dominante: desenhar e pintar, tornar-me um artista de renome mundial. Como não poderia deixar de ser, aquilo gerou um conflito entre mim e meus pais. As opiniões e as intenções deles eram inflexivelmente convencionais — e àquela época isso significava ainda muito mais do que hoje em dia. É verdade que todos eram obrigados a admitir que eu possuía talento para o desenho e para a pintura. Mas faltava-me, evidentemente, qualquer tipo de formação. E mesmo se eu fosse capaz de adquiri-la, com algum atraso, a opinião do meu pai não mudaria. Admitia-se que o desenho e a pintura fossem passatempos respeitáveis e que, assim como o dom para a poesia ocasional, poderiam vir a tornar-se virtudes sociais apreciadas. Retratistas como Laszlo ou, mais tarde, Ferdinand von Raissky, pintores de paisagens como Rudolf von Alt e até Max Liebermann (embora este fosse judeu) eram muito considerados, assim como, evidentemente, gênios como Botticelli, Rafael,

Adolf von Menzel — estes, porém, eram gigantes, e por acaso um talento como o meu, que nunca fora realmente cultivado, me garantiria um estatuto semelhante? Meu pai desejava ver realizados em mim seus sonhos frustrados. Se não engenharia florestal, então zoologia ou logo biologia, a ciência do futuro.

Aos dezenove anos de idade, a vida é um drama que, a qualquer instante, ameaça transformar-se em tragédia. As discussões, em casa, se tornavam insuportáveis para mim. Eu me revoltei e me declarei independente das ideias a respeito de ordem e dos valores de meus pais, a quem eu considerava como pessoas anacrônicas e incapazes de aprender qualquer lição da catástrofe de 1918. Assim, juntei minhas coisas e, deixando para trás o provincianismo estreito da Bucovina, me dirigi à metrópole do país: a Bucareste de 1933.

Era ali que eu acabara de chegar, e fazia tudo, menos desenhar e pintar, e meu sonho de deixar, sobre o século XX, a marca do meu gênio atenuava-se, visivelmente. Aos dezenove anos de idade, eu já era obrigado a me ver como um malogrado.

Pior: tinha percorrido caminhos que, supostamente, me excluíam para sempre do mundo no qual eu nascera, o único mundo no qual, segundo me fora ensinado, era possível uma existência digna de um ser humano. Eu era um marginal. Isso tinha começado com a possessão pelo sexo — ou antes, pelo mito do sexo.

Já os meus primeiros passos por aquela cidade seriam determinantes do meu destino. Pois eu não dispunha de nenhum plano minimamente estabelecido, nem mesmo da intenção, ou do desejo, de me colocar sobre minhas próprias pernas — exceto sob a condição indiscutível de que isso acontecesse por meio de meus talentos artísticos inatos, que tinham sido postos em dúvida de maneira tão ofensiva. Meu ímpeto para comprová-los era tão forte quanto o ímpeto que eu tinha de dar provas de minha potência masculina. Mas eu estava tão firmemente persuadido de meus dons artísticos que nem sequer me ocorria desperdiçar meus pensamentos perguntando-me como e quando eu poderia aplicá-los. O outro ímpeto, por sua vez, era mais urgente: provar para mim mesmo que eu era capaz de tomar mulheres, expulsá-las, mantê-las, abandoná-las, conforme o meu gosto. Pois acaso o primeiro desses ímpetos não era tão importante quanto o segundo? As mulheres, não era isso o mundo?

Não tentava calcular quantos meses fazia que eu estava em Bucareste. Mas, de qualquer maneira, o dia de minha chegada ficou bem marcado. Eu tinha em meu bolso um pouco de dinheiro, que minha mãe me dera, e, portanto, nos próximos dias, não precisava me preocupar, de maneira que mandei levarem minha bagagem ao hotel e me pus a passear despreocupadamente pelas ruas. A calea Grivitei me acolheu com todo o encanto desleixado dos velhos bálcãs.

Sentia-me embriagado. Eu via, eu sentia, eu inalava o Oriente Médio. Uma dimensão do mundo que, até então, não fora nada além de uma lenda para mim, tornava-se realidade palpável, ainda que filtrada pela lata de lixo da modernidade, na qual tudo o que há de duvidoso em nossa civilização tecnocrática se tornava visível, nela decaindo, deteriorando-se cada vez mais. Mas, ainda assim, era um mundo agitado, colorido, aventuresco. Era um mundo no qual um homem ainda podia afirmar-se como homem. Ali o que contava era, ainda, a pura força — especialmente porque a astúcia lhe preparava laços secretos e armadilhas.

Do burburinho de desocupados, transeuntes, vendedores, mendigos, vagabundos, passeantes, ovelhas, galinhas, cães pisoteados, cocheiros brandindo seus chicotes, camponeses amontoados em carroças que rangiam, automóveis que buzinavam ferozmente, uma jovem cigana caminhou em minha direção. Parecia tirada de um livro de retratos: olhos incandescentes, dentes brilhantes, dando piscadelas que reluziam como moedas de prata, com cabelos negros como as penas de um corvo. Com seu braço delgado e um pouco recurvo, ela apoiou sobre a cabeleira reluzente uma grande cesta, cheia de espigas de milho. Sua pele era tão dourada quanto o milho em sua cesta. E enquanto olhava nos olhos de todos os que cruzassem seu caminho, desavergonhadamente, gritava, com uma voz ressoante: "*Papuschoy!*". Ninguém comprava o que ela tinha para vender.

Enquanto se aproximava de mim, teve que se desviar de um sujeito brutal, que, por pouco, não a derrubou. Ela balançou os quadris, fazendo um arco com a campânula da saia, e assim conseguiu desviar-se dele, mas nisso seu seio esquerdo escapou do decote profundo da blusa, balançando, nu e reluzente, revolvendo em torno do bico rosado, pontiagudo e virginal, diante dos olhos de todos.

Isso não a intimidou, de maneira nenhuma. Com um movimento displicente de sua mão livre, ela puxou a bainha do decote de tal forma que o seio voltou a desaparecer em seu interior e, continuando a sorrir para mim, seguiu alardeando seu "*Papuschoy!*" em minha direção.

Eu a detive. "Quanto custa o milho?" Sentia na garganta as palpitações do meu coração.

"Cada espiga, um *lei*. Cinco espigas, quatro *lei*."

"E quantas espigas você tem em sua cesta?"

"Umas sessenta ou oitenta."

"Ofereço cem *lei* por todas elas. Mas você terá que vir comigo." Engoli em seco.

"É porque não tenho onde carregá-las", acrescentei, desajeitado.

Ela já tinha me entendido havia tempo. "Vamos, meu belo jovem senhor!", disse ela, num tom satisfeito. "Mas você vai me dar mais um *pol*."

Um *pol* eram vinte *lei*, mas eu não queria me mostrar excessivamente condescendente. Fiz como se não tivesse ouvido sua exigência e segui adiante, pois a atenção que nossa negociação despertara no público me constrangia. Diante de uma loja encontravam-se alguns judeus. Eles me seguiram com o olhar e, às minhas costas, ouvi risadas e algumas observações obscenas.

    Não era possível que eu estivesse equivocado em minha suposição de que ali, perto da estação de trens, haveria algum hotel suspeito, para gente que viajava a negócios, no qual também fosse possível alugar um quarto por hora. O lugar era ainda mais sujo e ainda mais mal cuidado do que eu imaginava. O sujeito com a barba por fazer, atrás da mesa cambaleante, diante do quadro de onde pendiam as chaves dos quartos, nem sequer estava trajado com uma camisa, só com uma camiseta. Suas calças pendiam de um cinto, abaixo da barriga. Ele era de uma força incomum, seus braços poderosos eram cobertos de pelos negros. Exigiu pagamento antecipado, trezentos *lei*. Àquela época, moedas falsas de cem *lei* circulavam em grande número, de maneira que todos os comerciantes tinham uma pedra aplainada junto aos seus caixas, sobre a qual lançavam as moedas para ouvir seu tinido e assim determinar se eram autênticas, e me admirou que ele não tivesse feito isso, pois a pedra estava sobre a escrivaninha, à sua frente. Mas eu não pensei mais sobre esse assunto. Acima de sua cabeça, presa com um prego ao quadro de chaves, estava uma latinha azul-clara com uma estrela de David amarela estampada — uma *kupat kerem kayemet*,* uma latinha de coleta de contribuições destinadas à edificação da Terra Prometida de Israel. Era típico que um hotel por hora tão encardido quanto este estivesse em mãos de judeus.

---

* Keren Kayemet Le Israel é o nome de uma fundação internacional existente desde o início do século XX, que coleta recursos para obras de caráter social em Israel. O autor, aqui, escreve, equivocadamente, no original, *kerem* no lugar de *keren*.

Quando estávamos para subir a escada, que mais parecia a de um poleiro, o sujeito disse, num tom grosseiro, para a jovem cigana: "Mas a cesta com as espigas de milho fica aqui!".

"Dê a cesta para ele", eu disse para a jovem. "Se ele mesmo não quiser comer, porque não é kosher, ele poderá vender o milho, como comida para porcos."

Enquanto tudo isso acontecia, eu me sentia numa espécie de transe. Não era, de maneira nenhuma, a primeira vez que eu entrava com alguma mulher em algum pardieiro cheio de piolhos, mas dessa vez aquilo correspondia, em todos os sentidos, à minha ideia de masculinidade senhorial e de aventura rápida e inesperada. Quanto mais suspeito o ambiente, mais autêntica me parecia tal aventura. Nem mesmo olhei à minha volta. No quarto, fechei a porta às nossas costas e a tranquei.

A cigana estava diante de mim. Seu sorriso mudo, irônico e desafiador levava-me a crer que, quando eu me aproximasse dela, ela saltaria para o lado, no último instante, dando início a um detestável e tolo jogo de pega-pega, como aqueles que meninas ariscas começam para postergar e ao mesmo tempo provocar a brutalidade do ato sexual. Mas ela permaneceu imóvel, e também manteve inalterada a expressão irônica de seu rosto, apenas estendendo em minha direção a mão, quando me aproximei dela. Coloquei uma moeda de cem. Ela permaneceu imóvel. Coloquei, então, uma moeda de vinte *lei* sobre a de cem, e logo mais uma. Ágil como uma doninha, ela recolheu a mão, fazendo desaparecer o dinheiro. Não desviou de mim o olhar, nem por um instante, e enquanto eu tirava sua blusa, continuou a me encarar, sorridente, como se soubesse que eu iria falhar. E, de fato, fiquei paralisado por um instante diante dos seus seios desnudos, assoberbado por uma realidade que era mais preciosa do que todos os meus devaneios. Ali estavam seus lindos seios: dois abundantes punhados de seios que exalavam um perfume de leite de amêndoas, mornos, lisos como seda, culminando em dois botões de rosa que se encolhiam, rijos, e se amassavam sob as minhas mãos, testemunhos de um arrepio luxuriante que descia pelo seu corpo até a escuridão do colo — do funil negro que rangia, que absorvia o arrepio e conduzia às grutas úmidas, zelosamente guardadas entre as coxas, que agora se abriam suavemente... era isso o que eu via com maior clareza diante de mim em minhas fantasias eróticas, e era isso o que mais me excitava, o que me causava um nó na garganta de desejo antecipado, o que descia até o meu estômago, doce e cheio de ternura: a essência do feminino, a mais pura imagem da mulher, algo para sempre estranho, sorridente, que sempre escapava às minhas mãos, um ser que sempre escapava de minhas investidas, que eu temia, que eu desprezava, e que eu era compelido a amar, para meu sofrimento e para minha perdição.

Penetrar no colo da mulher já era algo abstrato, que fazia desaparecer sua imagem, apagando-a: não era mais ela quem me acolhia, mas sim o universo que acolhia a mim, o vazio escuro e assustador do éter, para me engolir e me obliterar — só os seios dela ainda eram vida, ser vivo, de sangue morno, realidade sensível, verdade...

Quando ergui minhas mãos para agarrá-la, ouvi batidas na porta. Assustado, voltei a cobrir a jovem com a blusa e abri a porta. O sujeito lá de baixo, no umbral, estendeu a mão com uma moeda em minha direção. "Esta moeda de cem é falsa!"

Apanhei outra moeda de cem no bolso, enquanto ele olhava para dentro do quarto por sobre o meu ombro, entreguei-lhe e voltei a fechar a porta. A jovem cigana continuava muda e sorridente. "Venha!", disse-lhe eu, conduzindo-a ao horror dos lençóis amarelados de suor, aos travesseiros raquíticos e a um cobertor de feltro de crina de cavalo que deveriam ser nosso leito conjugal. Sem oferecer qualquer tipo de resistência, ela se recostou. Isso também me deixou desorientado. Todos os mitos relativos à virilidade robusta me cercavam, como totens em forma de colunas. Todos os meus temores, minhas dúvidas relativas a mim mesmo, esvoaçavam, perturbadores, multiplicando-se como um enxame de insetos. Dei a mim mesmo a ordem de, pelo amor de Deus, não dar ouvidos às dúvidas que surjam em mim em relação à minha capacidade de corresponder à disposição dela. Aos poucos enfiei uma mão debaixo de sua saia, enquanto, com a outra, apalpava seu peito. Outra vez bateram na porta. Era, novamente, o sujeito lá de baixo, agora abertamente desavergonhado, que dizia: "Esta moeda de cem também é falsa!".

Eu lhe dei outra. "Não desejo mais ser incomodado", disse, então, e imediatamente me dei conta de como essa expressão, típica de hotéis de luxo, se encontrava fora de contexto ali e, mais ainda, o tom pretensioso e agressivo com o qual eu a pronunciei. Ele não se apressou em ir embora, olhou, novamente, para o interior do quarto e para a jovem cigana, que estava deitada na cama, com a saia erguida até a cintura e com os seios desnudos, e eu bati a porta com toda a força, diante do seu nariz, girei ostensivamente a chave duas vezes na fechadura, e voltei para minha beldade intocada.

Então eu a beijei, e ela retribuiu meu beijo, com muita habilidade. Com um sentimento incomum de felicidade senti como ela me abraçava, puxando-me para junto de si, enquanto agarrava com uma mão meus cabelos, para segurar minha cabeça e apertá-la com mais força contra a sua boca. Sua boca era macia e doce, eu queria cerrar os olhos, para senti-la mais profundamente, mas vi que ela mantinha os olhos abertos, faiscando, ironicamente, como me pareceu, e eu queria ver quando ela os fecharia, dominada pelo desejo. Bateram na porta.

Agora eu já estava disposto a ignorá-lo, mas o sujeito esmurrava a porta, furioso, e a jovem, em meus braços, sorriu, dizendo: "Mas você é um tolo mesmo! Você não percebe que ele está trocando todas as moedas falsas de cem dele com você?".

Eu não podia deixá-la acreditar que eu fosse um ingênuo, a quem qualquer um seria capaz de enganar. Fui e abri a porta.

O sujeito estendeu a mão em minha direção, com uma moeda de cem. "Esta também é falsa?", perguntei, num tom hostil. Vi os músculos volumosos de seus ombros e de seus braços.

"Claro que sim!", retrucou ele, num tom grosseiro, erguendo a mão em minha direção.

"*Du-te'n pizda mâti, jidanule!*", disse eu — uma expressão romena corrente, que se ouvia com frequência, mas que, nem por isso, era menos hostil: vá para dentro da boceta da sua mãe, judeu sujo!

Eu já esperava que ele fosse me atacar, de maneira que o soco que desferiu não me atingiu em cheio, mas, ainda assim, o fez com tanta violência que meus ouvidos zumbiram. Ao mesmo tempo, fui empurrado para o lado, por isso meu contragolpe mal o atingiu, e não fui capaz de desferir um segundo golpe, pois seus punhos me atingiam ininterruptamente. Sob uma torrente de insultos, ele me espancava, ao mesmo tempo que me arrastava para fora do quarto, em direção ao corredor. Já não seria mais capaz de dizer como cheguei ao térreo, descendo a escada, mas eu o esperava, embaixo, e tendo apanhado a pedra na qual ele testava as moedas, atirei-a contra o seu rosto, com toda a força da qual ainda era capaz. Mas ainda que ele urrasse de dor, ofuscado, voltou a me atacar, empurrando-me para a rua, onde comecei a correr, para salvar minha própria vida, e ainda que atrás de mim viesse um enxame de moleques de rua gritando, eu não me perguntava se atrás deles vinha uma matilha de homens, para me pegar, porque eu arrancara um olho do sujeito, ou se alguém o estava segurando, para evitar que ele me matasse.

Corri até chegar a um lugar onde me sentia relativamente seguro, já sem fôlego. Sangrando, tremendo de fúria e de vergonha, com o crânio vibrando e com dores nos dentes, nas costelas e nos ouvidos, eu perambulava pela cidade, pronto a continuar brigando com o próximo em cujos olhos eu, ao avistá-lo, identificasse primeiramente o espanto e logo a percepção de que um jovem tão bem-vestido, que não combinava em nada com aquela região suspeita, que caminhava em plena luz do dia com uma camisa toda rasgada e um paletó manchado de sangue e o rosto todo esfolado e cheio de feridas, só poderia estar saindo de alguma aventura muito duvidosa, que não tinha dado certo.

Mas eu haveria de me vingar. Na próxima loja de armas compraria uma pistola, para voltar e matar o sujeito a tiros, como se mata um cão raivoso. Evidentemente, eu sabia que não faria aquilo, mas fazia-me bem imaginar que o faria. Acalmava o ardor da minha vergonha e a indignação do meu orgulho ferido imaginá-lo retorcendo-se sob os meus tiros, caindo e morrendo no chão. Eu atiraria em sua barriga e em seu estômago, acontecesse o que acontecesse. Talvez seus correligionários fossem juntar-se para me linchar, e os romenos no bairro em torno da calea Grivitei finalmente se mostrariam fartos daquela gentalha que lhes sugava o sangue, se rebelariam, se ergueriam, matando-os todos, e um pogrom eclodiria, no país inteiro... fazia-me bem imaginar aquilo: suas mulheres e crianças berrando, as velhas que reviravam as mãos e gritavam "*wey!*" enquanto os soldados espetavam seus filhos com baionetas... ou poderia ser, também, o clã de ciganos, que viria à noite para espancar o sujeito como se deve, pois provavelmente ela tinha se apaixonado por mim, ela tinha me beijado e tinha acariciado minha cabeça e, portanto, certamente estava tão desapontada quanto eu pela interrupção súbita de nosso idílio amoroso... Aliás: a pedra que eu atirara contra o focinho dele e seu grito animalesco — esperava, realmente, tê-lo cegado ou, pelo menos, ter quebrado todos os seus dentes ou, no mínimo, ter lhe despedaçado os ossos do nariz...

Fazia-me bem pensar em tudo aquilo, e também rememorar, detalhadamente, o beijo da cigana, sua mão em meus cabelos e seus seios deliciosos, adoráveis... mas com isso recomeçava, imediatamente, toda a minha fúria inconsciente e toda a minha sede de vingança, e toda a vergonha da amarga humilhação por eu ter sido espancado por um judeu, e por não tê-lo castigado devidamente, e pela maneira desavergonhada como ele tinha olhado para os seios desnudos da minha cigana, e a decepção lamentável, por não ter beijado, por não ter acariciado aqueles seios, preciosos, adoráveis, por não ter tido a oportunidade de mordê-los, tomado pela inconsciência do desejo e por ter a sua doce realidade se transformado, irreversivelmente, num fantasma, num sonho entre tantos outros sonhos iguais.

Ao anoitecer do meu primeiro dia em Bucareste, depois de ter me arrumado um pouco no hotel, e ainda que estivesse cheio de feridas e de hematomas, dos quais alguns começavam a mudar de cor, agarrei uma das prostitutas da calea Victoriei. Ela não tinha nada de bonita, tinha as feições duras e seus cabelos ásperos eram tingidos de loiro, falava com vulgaridade com uma voz indizivelmente ordinária e, primeiro, nem queria tirar a roupa quando entramos em seu local (aliás, absurdamente caro), mas apenas ergueu a saia, baixando as calcinhas até o joelho, e ralhou comigo por eu ainda não estar pronto, remexeu meu membro, impaciente, e permaneceu deitada debaixo de mim como um cadáver. Para a minha sorte, quase que imediatamente depois consegui, em meio a dificuldades, introduzir meu membro meio duro...

E os seios da jovem cigana, nos quais eu me obrigava a pensar enquanto fazia aquilo, recuaram para ainda mais longe, para o reino das imagens desejadas do mundo de Tântalo. Quase vomitei.

Passados três dias, eu folheava, em pânico, o catálogo telefônico, em busca de um médico especializado em doenças de pele e em doenças venéreas. O maior dos temores, como os das histórias infantis, que, àquela época, davam a cada encontro amoroso um gosto de catástrofe iminente e de justo castigo pelo pecado cometido, me açoitava. E o fazia de forma ainda mais ameaçadora porque eu me via tomado por um mal cujos sintomas nunca me tinham sido descritos, até então, por aqueles que costumavam fazer advertências nesse sentido.

Tinham me ensinado que a gonorreia se manifesta por meio de um fluxo pustulento: "No primeiro dia, arde, no segundo dia goteja, no terceiro dia, escorre". Já a sífilis se manifestava, em seu estágio inicial, como afecções primárias em forma de cratera, rosadas como framboesas, rijas e insensíveis. Mas isso só depois de algumas semanas, de maneira que se tornava impossível saber qual era sua origem e também quem talvez já tivesse sido contagiado. No caso da clamídia, sentia-se também dores ou inchaço em algum lugar. Não tinha certeza se era nas glândulas inguinais ou se na glande, mas, de qualquer modo, não era tão grave como nas outras duas doenças que, àquela época, eram consideradas praticamente incuráveis. É verdade que era possível retardar o desenvolvimento da sífilis para o segundo e para o terceiro estágio — que, na maior parte das vezes, era acompanhado de um amolecimento cerebral — por meio de uma droga chamada Salvarsan. Mas, ainda assim, marcas irreversíveis da destruição permaneciam no cérebro, como já era sabido desde Nietzsche, e muitas vezes a medula da coluna vertebral também era atingida. Era conhecido o jeito estranho e convulsivo de caminhar de velhos cavalheiros, que sofriam do assim chamado tabes,* pareciam marionetes e, às vezes, davam passos desviantes para o lado. Era um pouco ridículo, mas, ao mesmo tempo, tinha também certa elegância. A gonorreia também era uma doença incurável:

---

* *Tabes dorsalis* é uma lenta degeneração de neurônios que carregam informação sensorial para o cérebro.

sempre que alguém achasse que tinha sido novamente infectado, na verdade ainda estava sofrendo da boa e velha primeira infecção. E aquilo que eu tinha, aquela horrenda multiplicação de manchas avermelhadas, com crostas amarelas, que coçavam insuportavelmente, em torno do meu membro e nas coxas, talvez fosse também alguma doença terrível: decerto alguma especialidade dos Bálcãs e, portanto, alguma doença especialmente tenaz que, embora talvez não mortífera de antemão, quiçá acabaria trazendo consequências destrutivas na altura da minha braguilha.

O médico que eu escolhi por acaso chamava-se dr. Maurer, embora viesse de uma família romena desde muitas gerações. "Onde foi que o senhor conseguiu encontrar estes exemplares esplêndidos?", perguntou ele, depois de inspecionar rapidamente a parte inferior de meu corpo e a parte superior das minhas coxas. Eu estava infestado de piolhos púbicos.

Foi nesse momento que interrompi minha busca por recordações a respeito dos últimos meses em minha memória, e passei a imaginar como eu poderia contar à moça da cadeira de rodas, se ela realmente tivesse se tornado minha namorada, e se estivesse disposta a me ouvir falar, sobre acontecimentos e sobre circunstâncias tão constrangedoras. Na verdade, isso seria praticamente impossível sem intimidá-la e, de qualquer forma, sem provocar estranhamento e talvez até repulsa. Ela tinha toda a aparência de uma pessoa bem cuidada e inocente, toda a aparência de uma jovem de boa família, apesar de seu estado. E também parecia inteligente e sincera, e provada pelos seus sofrimentos — sim, por ter enfrentado tantos sofrimentos, ela certamente se tornara compreensiva para com algo tão humilhante e desagradável. Pois, afinal, isso também era humano.

Em minha fantasia, ela também desempenhava, agora, o papel de companheira ideal. Eu mal passara por ela, apenas tinha me afastado alguns passos dela, e já sabia que seria capaz de lhe dizer tudo, até as coisas mais chocantes. Em minha imaginação, eu lidava com ela como se ela fosse minha alma gêmea, de quem eu não era capaz de esconder nada. Ela era a boa irmã que tinha compreensão para com todos os acontecimentos da vida de um homem — e, além disso, era, também, minha amante, cujos seios eram pelo menos tão bem formados quanto os da cigana, provavelmente ainda mais brancos, mais inocentes, mais puros — eu poderia observá-los enquanto a estivesse possuindo, com prazer e completamente, apesar de suas pernas malformadas. E ela ficaria agradecida a mim, tendo perdoado as aventuras tão pouco apetitosas pelas quais o homem que agora a fazia tão feliz tivera que passar.

Mas, afinal, não era aquilo que eu pretendia contar-lhe — aquilo ainda não era a explicação para o fato de eu ter me afastado dela e de ter passado por ela. É verdade que uma coisa levava a outra. Aquilo tinha sido o início da minha queda no âmbito da vergonha, e eu tinha que contar a ela como uma coisa tinha se transformado na outra. Tendo se libertado das circunstâncias, os acontecimentos adquiriam perspectivas distorcidas e proporções falsas e, para mim, importava que ela tivesse de mim uma imagem precisa. O que me impelia à confissão era eu mesmo. Eu queria conhecer a mim mesmo por meio dela. Ela era o espelho que eu colocava diante dos meus próprios olhos e que refletia minha imagem pura e completa, não deformada pela fragmentação que minha disposição de espírito perturbada ocasionava ao rememorar os acontecimentos de maneira emocional e parcial. Se narrados em sequência, segundo sua ordem cronológica, esses acontecimentos logo criariam uma imagem muito mais harmônica.

De qualquer forma, se eu não tivesse passado por ela, mas tivesse me dirigido a ela, se a tivesse conhecido e lhe tivesse ensinado a gostar de mim, e se ela tivesse realmente se tornado minha amada e minha irmã, a quem eu pudesse me confessar — de qualquer maneira, então, eu teria que ter mencionado o dr. Maurer. Pois, indiretamente, era ele quem tinha me posto naquela situação que me era ainda mais desagradável do que todos os piolhos pubianos e do que todos os golpes: tão desagradável que a simples visão de uma moça de boa família me assustava e me levava a afastar-me dela, involuntariamente, muito embora (ou talvez justamente por causa disso) eu a considerasse tão atraente, apesar de suas pernas deformadas, a ponto de ter chegado a um estado com o qual normalmente eu apenas sonhava.

Tudo tinha começado com o dr. Maurer. Porque, depois que esse excelente médico de doenças sexuais, de doenças de pele e de outras doenças juvenis, percebeu o alívio com o qual eu ouvi o diagnóstico de que se tratava apenas de piolhos pubianos, e não de um tipo ainda desconhecido de lepra venérea, ele começou, delicadamente, a fazer perguntas a meu respeito, querendo saber de onde eu vinha, o que estava fazendo ali, e minhas feridas e meus sangramentos também lhe interessavam, como médico e como ser humano. Ele era relativamente jovem, um homem no auge dos seus trinta anos, muito embora já envelhecido pela solidez masculina e pelo peso diante dos quais eu ainda me colocava, involuntariamente, naquela posição de obediência que convém a um adolescente diante de um adulto. Mas as perguntas que ele me fazia não tinham nada de paternalismo, nem de julgamento. Imediatamente contei a ele tudo o que queria saber, e também um pouco mais, e lhe falei também de minha intenção inflexível de preferir morrer de fome a trair meu chamado para me tornar um artista de renome mundial.

"Tenho um amigo que é chefe do Departamento de Reclames de uma empresa de artigos cosméticos", disse o dr. Maurer. "Eu sei que ele está enfrentando dificuldades para encontrar decoradores de vitrines. Não sei se isso tem muito a ver com arte. Mas, se o senhor estiver interessado, terei muito prazer em recomendá-lo a ele."

Aquilo não tinha nenhuma relação com a arte da pintura e do desenho. Quando me apresentei como candidato, no endereço que me foi dado, vi-me desamparado diante do exame a que fui submetido, e que consistia em formar uma boa pirâmide com latinhas vazias de creme, envolvendo-as com guirlandas coloridas de papel crepom. Mas o homem a quem o dr. Maurer me recomendou, meu futuro chefe, o soberano do Departamento de Reclames da empresa Afrodite Soc. An., pareceu pressentir em mim algum tipo de utilidade, apesar da minha falta de jeito, e me contratou. E foi isso o que causou uma cisão definitiva na minha alma.

Minha amante aleijada (se ela tivesse se tornado minha amante) certamente teria sido capaz de perceber essa ruptura. De um lado, eu estava inflado de orgulho, era um conquistador de mundos que dera seu primeiro passo em direção ao triunfo. Eu recebia um salário — modesto, mas, de qualquer maneira, inegavelmente meu. Em outras palavras: eu era independente e, doravante, poderia decidir acerca de minha própria vida. É verdade que, por enquanto, o que eu fazia não correspondia ao que eu queria fazer, nem mesmo era aquilo que imaginava que tinha que fazer. Não havia nem conversa a respeito de desenho e pintura. Mas eu imaginava ter ingressado no caminho que me levaria a esse objetivo. A Afrodite Soc. An. pertencia a um daqueles conglomerados industriais hoje denominados de multinacionais. Já naquela época, um trabalho realizado com suficiente ambição poderia conduzir a uma transferência para algum país importante, ou até mesmo para a central. Na central, trabalhavam artistas gráficos de renome mundial, dentre os quais um chamado Cassandre, a quem eu admirava enormemente. E pessoas de primeira categoria como essas certamente haveriam de descobrir o meu talento, mais cedo ou mais tarde, conduzindo-o ao florescimento que lhe era destinado. Era evidente que, no grande departamento de propaganda da central, que nos fornecia cartazes, embalagens de mercadorias e outros materiais publicitários, havia falta de gente com o meu talento. Em resumo: o futuro me esperava. O triunfo sobre aqueles que não tinham acreditado em mim era apenas uma questão de tempo. Mas, por outro lado, eu sofria sob o peso das humilhações que era obrigado a suportar, aqui e agora, até que chegasse esse dia.

A Afrodite Soc. An. revendia e, em parte, produzia, sob licença, produtos de toalete, de sabonetes em barra a espumas de barbear, e de pasta de dentes até xampu, ou seja, praticamente tudo o que, sendo feito à base de sabão, poderia servir para a beleza e para a higiene pessoal. A um decorador de vitrines cabia dispor esses artigos de maneira tão atraente e sedutora quanto possível nas vitrines das perfumarias e das drogarias da cidade de Bucareste, destacando, de maneira cíclica, cada vez um deles. Havia em Bucareste, naquela época, mais de duzentos estabelecimentos desse tipo: uns poucos elegantes, no centro, em torno do Palácio Real e da calea Victorei, vários de grande porte, que vendiam muito bem, no distrito comercial em torno do boulevard Elisabeta e da Lipscani, e uma grande quantidade de pequenos estabelecimentos nas periferias e nos subúrbios, em comparação com os quais a região em torno da calea Grivitei, onde eu sobrevivera à minha terrível aventura, adquiria contornos de metrópole. De acordo com essa hierarquia também estavam organizadas minhas experiências, ainda que, em certa medida, com sinais invertidos.

O que me cabia fazer parecia relativamente simples. Eu estabelecia um modelo de decoração, o mais simples e flexível possível, de maneira a torná-lo adaptável a diferentes tipos de vitrines, de diferentes tamanhos. Dessa forma eu alardeava, sistematicamente, os produtos da Afrodite Soc. An. para a freguesia. Infelizmente, essa mesma freguesia era também disputada por outras firmas, isto é, pela nossa concorrência, que procedia exatamente da mesma maneira. Os lojistas eram mimados por ofertas para decoração de suas vitrines — para não dizer que estavam fartos de ofertas desse tipo. Eu e os decoradores de outras firmas nos revezávamos em nossas visitas, e ocorriam verdadeiras corridas entre nós, para ver quem chegaria primeiro a uma das vítimas potenciais de nossas decorações de vitrines, recebendo a incumbência.

Isso poderia ser divertido, se não fosse pelo desprezo com o qual nós todos éramos tratados. Nos estabelecimentos elegantes do centro, minha intenção de embelezar as vitrines com pirâmides de latas de creme e com guirlandas de papel crepom era, na maior parte das vezes, dispensada com uma arrogância que sempre voltava a me fazer corar de vergonha. Em minha casa, nem o mais desprezível catador de trapos judeu teria sido tratado dessa forma. Em comparação com a cortesia e com a grande gentileza que me eram prodigadas quando entrava num estabelecimento assim como cliente, para comprar uma barra de sabonete ou um vidro de água-de-colônia, ou quando eu acompanhava minha mãe, cujo consumo de cosméticos era considerável, aquilo me parecia uma decadência extremamente dolorosa, que se tornava ainda mais amarga pelo fato de que eu era compelido a tratar com grande gentileza e subserviência os lojistas e seus empregados, que tinham à disposição toda a escala das minhas possibilidades de expressão, da bajulação até a perfídia.

Não menos arrogante, na maior parte dos casos, mas ainda assim mais sóbrio, era o tratamento que me era dispensado nas grandes e muito movimentadas drogarias em torno do boulevard Elisabeta e da Lipscani. Mas lá esse assunto tinha outro aspecto desagradável, que penetrava, de maneira especialmente incômoda, em minha alma. Pois às vezes, se os representantes da concorrência não tivessem chegado antes de mim, um ou outro gerente de um tal estabelecimento se dispunha a entregar à exposição dos produtos da Afrodite Soc. An. algum canto da vitrine. Para mim isso significava começar de imediato o trabalho. E eu desprezava esse trabalho e o fazia de maneira particularmente desajeitada. A cuidadosa construção de pirâmides de tubos de pasta de dentes, a agradável apresentação de caixinhas de sabonete, a criação de um tom artístico ao dispor frascos de xampu, me pareciam uma ocupação apropriada a aprendizes de vendedor, e para mim era uma tortura pensar que, ao decorar uma vitrine, eu mesmo ficava exposto, de certa forma, e que qualquer um que estivesse passando pela rua poderia me surpreender nessa ocupação tola e pouco digna. Eu era atormentado pela ideia de que alguém que me conhecesse, ou que conhecesse meus pais, pudesse passar por ali e deter-se para olhar, descrente, para mim, através da vidraça, me arrastando ali e prendendo serpentinas de papel crepom com tachinhas em caixinhas de sabonete, ou dependurando-as, em forma de guirlandas, em pacotes de sabão em pó, e que, quando já tivesse se formado um pequeno grupo de outros observadores à sua volta, essa pessoa começasse a bater no vidro, balançando a cabeça em minha direção, fazendo caretas e gesticulando para me dar a entender, por meio de gestos e de mímicas, que ela era incapaz de compreender o que eu estava fazendo ali. E ainda que eu tivesse desejado explicar que apenas se tratava de um primeiro passo no caminho para a fama mundial como desenhista e pintor, não teria sido capaz de esconder minha vergonha.

 Evidentemente que o que me causava vergonha eram também esses sentimentos de inferioridade, e isso tornava tudo ainda muito pior. Pois eu era obrigado a me perguntar de que substância era feito o meu orgulho, para que fosse tão frágil e suscetível. E logo me dei conta de que, provavelmente, era a sensibilidade de uma criança mimada e insegura que me causava tanto sofrimento. Pois, já àquela época, começava a tornar-se consensual a ideia de que o trabalho não necessariamente era motivo de vergonha — algo que, para os meus familiares, ainda era difícil de entender. Evidentemente dependia de que tipo de trabalho se estava falando. Tornar-se comerciante, por exemplo, era considerado constrangedor. Se fosse um comércio de armas, de artigos de caça, de artigos para equitação, vá lá. Também o comércio de comestíveis finos como vinho, caviar e patê de fígado de ganso, ao qual agora se dedicavam tantos ex-oficiais, era, eventualmente, aceito como uma consequência lamentável dos novos tempos e não acarretava a perda de amizades mundanas. Mas tudo o que estava relacionado a lojas abertas, a lojas comuns, estava muito abaixo do que poderia ser socialmente aceitável. Tratava-se de um privilégio dos judeus, que ninguém contestava — de qualquer maneira ninguém que tivesse algum respeito por si mesmo. E eu tinha sido educado a me portar como alguém que, de maneira nenhuma, vê a si mesmo como algo especial, mas que, ao mesmo tempo, e em segredo, vê a si mesmo como alguém realmente extraordinário. Sob nenhum tipo de circunstância teria me ocorrido pôr-me à mesma altura de um judeu. E, no entanto, o tipo de mercadoria que eu deveria ajudar a vender, isto é, sabonetes, pastas de dente e xampus — quem haveria de vender tais coisas senão um vendedor judeu? Era a consciência de que eu me tornara uma espécie de servente e de criado de vendedores assim, que efetivamente eram judeus na maior parte dos casos, o que penetrava de maneira cortante em minha autoestima cheia de preconceitos.

E, ao mesmo tempo, esses preconceitos me enfureciam. Eu me revoltava contra aqueles que tinham me legado esses preconceitos encarniçados. Pensar no que meu pai diria se ficasse sabendo de minha ocupação despertava vergonha em mim, e essa vergonha imediatamente se transformava em fúria — mas, infelizmente, numa fúria impotente. Eu sabia que, no fundo, pensava como ele. Eu pendia do fio de minha origem e de minha educação como uma mosca de uma teia de aranha.

Às vezes, é claro, eu me rebelava. O desprezo que sentia por aquele trabalho me levava a me expor de boa vontade, de uma maneira que poderia ser considerada masoquista, às humilhações que minha atividade como promotor de vendas de sabonete e de pasta de dentes me reservava.

Porém, eu não tinha muita escolha, se é que queria manter meu emprego. Na Afrodite Soc. An., que era dirigida por alemães dos Sudetos e por saxões da Transilvânia, vigia uma disciplina de trabalho rígida, decididamente contrária à sempre latente indolência balcânica. O meu programa de trabalho, isto é, a lista das perfumarias e das drogarias que me cabia visitar a cada dia — ou, pelo menos, nas quais me cabia apresentar-me e oferecer-me, com a maior cortesia, para decorar a vitrine, fosse esse serviço desejado ou não —, era preestabelecido. E eu não podia me dar ao luxo de receber negativas demais. Ao meu poder de persuasão, à minha capacidade de expressão e ao meu charme cabia levar o dono da loja a aceitar minha oferta. E todos os meios eram considerados lícitos para esse fim. Se eu fosse dispensado, é porque tinha falhado. Não havia desculpas. Não era possível alegar que eu tivesse decorado uma vitrine sem que o tivesse de fato feito. A qualidade do meu trabalho era controlada pelos revendedores que, por sua vez, estavam sempre a caminho, com suas ofertas.

Assim, minha posição hierárquica estava abaixo da dos representantes itinerantes, os chamados *commis voyageurs*. Se meu pai soubesse disso! E, ao mesmo tempo, esperava-se de mim que, além de minhas habilidades artísticas — as quais, no entanto, para a minha tristeza, eram muito pouco exigidas no desempenho das minhas tarefas —, eu tivesse habilidades diplomáticas quase diabólicas, uma atitude de aço, uma capacidade de convencimento bajuladora e, ao mesmo tempo, cativante, em suma, um poder de sedução irresistível, que obrigaria qualquer dono ou gerente de perfumaria a imediatamente colocar sua vitrine à minha disposição, para que eu dela retirasse todas as mercadorias dos concorrentes, substituindo-as pelas atraentes mercadorias da Afrodite Soc. An. E isso correspondia exatamente ao contrário das minhas habilidades, tanto as inatas quanto as que adquiri por meio de minha educação. Pois eu tinha sido educado para ser discreto e reservado, e não para ser invasivo, a tal ponto que nem mesmo era capaz de encontrar uma saída simples do dilema que enfrentava, virando as costas à Afrodite Soc. An. Permaneci em meu posto de trabalho não por ambição nem pela ousadia de enfrentar um desafio, mas simplesmente por uma covardia para a qual eu tinha sido treinado, por um sentido cadavérico de obediência típico da classe social à qual pertencia, cujo fundamento verdadeiro era o desprezo por mim mesmo que me tinha sido inculcado desde a infância. Penso que a jovem na cadeira de rodas sabia o que era isso. De certa maneira, nós dois éramos aleijados, ela no corpo, eu na alma. Pois quando eu dizia de mim mesmo que não tinha jeito para ser aprendiz de vendedor, apenas tentava escapar da minha certeza secreta de que eu tinha ainda menos jeito para alguma coisa melhor, porque me faltavam a clareza, a firmeza e a autoridade.

Não sabia dizer se poderia ou não contar com a compreensão de minha amante imaginária para com a circunstância de que a educação para a obediência inquestionável às regras estabelecidas e às instituições que eu recebera, além de me intimidar diante das tarefas que me eram diariamente designadas, e que eu temia não ser capaz de executar, também me submetia, imediatamente, à rígida hierarquia que regia as relações entre os empregados da Afrodite Soc. An. E ainda que eu tentasse evitá-lo, tremia ante um franzir de testa do chefe do Departamento de Reclames quando lhe apresentava a lista cheia de lacunas das decorações que tinha feito. E quando uma palavra de reconhecimento por uma bem-sucedida construção de potes de creme era proferida pelo senhor diretor do Departamento de Vendas, isso não me proporcionava menos alegria do que proporcionaria, em circunstâncias semelhantes, a qualquer pequeno empregado que pertencesse à mesma modesta categoria salarial que eu, e a quem eu considerava socialmente como um pequeno-burguês. Ainda mais porque meus superiores, aliás, os que ocupavam cargos mais elevados na hierarquia, eram homens muito mais velhos do que eu, isto é, tratava-se de "adultos", diante dos quais eu, como jovem inexperiente, estava acostumado a sempre me portar de maneira extremamente atenciosa e subserviente.

E havia também instantes nos quais eu imaginava com quanto orgulho olharia, no futuro, para esse difícil tempo de principiante, quando, finalmente, tivesse conquistado o sucesso: quando o grande chefe da central, no exterior, viesse nos visitar e, vendo minhas decorações com sabonete de banho, exclamaria: "Quem foi que fez isto? Quem fez isto possui dons artísticos extraordinários! O que é que esse homem ainda está fazendo aqui? Mandem-no, imediatamente, para a Escola de Belas-Artes, às custas da firma, pois nesse jovem habita um gênio que, suponho, nem mesmo temos o direito de manter a nosso serviço. Ele pertence ao mundo. Será mais útil à nossa empresa se mostrarmos que sabemos quais são nossas obrigações diante da humanidade do que se pensarmos, de forma egoísta, unicamente em nossas vantagens".

Evidentemente eu sabia que fantasias assim eram totalmente absurdas, tão distantes de qualquer realidade quanto a ideia de que, só porque eu levara uma surra na calea Grivitei, um pogrom haveria de eclodir, eliminando todos os judeus da Romênia. Ainda assim, eu sentia, com todas as forças, que isso teria que acontecer de alguma maneira, que isso iria acontecer de alguma maneira e, durante alguns dias, eu andava com a cabeça ainda mais erguida do que de costume. Assim era, até o dia em que algum judeu me expulsasse de sua loja, juntamente com minhas decorações, fazendo com que todas as minhas esperanças descabidas se afogassem em minha fúria e em minha vergonha.

E assim alternavam-se, constantemente, a humilhação e a indignação impotente, as mais loucas crenças numa promessa e as mais terríveis dúvidas diante de mim mesmo e diante de tudo o que eu fazia. Às vezes me via tomado pelo pensamento assustador de que tudo o que me perturbava o espírito, despertando em mim impressões tão contraditórias, era característico de uma situação na qual normalmente apenas se encontravam aqueles que, desde cedo, eu tinha sido ensinado a observar como os mais desprezíveis, isto é, os judeus. Talvez fosse por isso que eles eram tão desequilibrados e tão dispersos. O comércio, no atacado e no varejo, com toda sua azáfama, era, praticamente, a única atividade que lhes era permitida e, tradicionalmente, eles viviam do comércio. Essa existência açoitada pela obsessão de vitória na luta contra os concorrentes, contra a resistência dos compradores, contra as oscilações da conjuntura, era o que lhes cabia. O mundo das possibilidades em aberto, no qual tanto era possível tornar-se um milionário quanto ficar atolado nas corveias dos mais baixos entre os serventes, era seu ambiente natural. Na ausência de proporcionalidade entre o trabalho realizado e os ganhos obtidos, entre a oferta mais invasiva e a demanda manipulada, não era de surpreender que suas sensibilidades e percepções também fossem tão brutalmente arrastadas de uma extremidade à outra quanto as minhas. Agora, eu era capaz de compreender a sua intranquilidade, seus temores e suas esperanças messiânicas, suas súbitas e impetuosas alternâncias entre a arrogância desmedida e a mais profunda humildade, até mesmo compreendi a origem de sua ousadia frequentemente pretensiosa e de sua repugnante tendência à bajulação. Comecei a pedir perdão pelo desprezo que, até então, tivera por eles. Ainda assim, não me parecia nada edificante o fato de eu compreender seu comportamento a partir de minhas próprias experiências. Com isso, minha autoestima sofreu um último e brutal golpe.

Ao menos tomei consciência de que essa autoestima fora, desde sempre, frágil, o que, ocasionalmente, me conduzia a momentos de serenidade. Comecei a perceber de que maneira eu costumava mentir a mim mesmo quando alegava que ali estivesse fazendo algo inteiramente contrário ao meu gosto, à minha autoestima e à minha situação social porque, dessa forma, me seria dada a oportunidade de alcançar aquilo que me era destinado. Ao contrário: eu estava ciente de que aquilo apenas me afastava desse destino, e sentia que estava tudo bem. Cada dia de minha vida que eu perdia na Afrodite Soc. An. tornava mais frágeis os meus sonhos de um futuro como pintor internacionalmente reconhecido. Mas, na mesma medida, aquilo me proporcionava um certo alívio. Inventei para mim mesmo a desculpa de que, na verdade, já não tinha mais a intenção de alcançar meu antigo objetivo.

O que me levava a persistir, portanto, não era mais a esperança de que, de um estágio intermediário, surgiria a realização de sonhos maiores, e sim uma surpreendente perseverança que, por assim dizer, me mantinha em estado de suspensão enquanto minha vida me conduzia a um destino totalmente outro, do qual até então não tomara conhecimento. De qualquer forma, agora era necessário ranger os dentes e decorar o maior número possível de vitrines das perfumarias e das drogarias de Bucareste com os produtos da Afrodite Soc. An. Quanto à multidão de lojinhas na periferia, lá tudo era mais fácil. Lá, nas *mahalas*, os subúrbios maltrapilhos, imundos e miseráveis, porém cheios de vida, que me atraíam, apesar de sua semelhança com aquele ambiente da calea Grivitei, onde eu tinha passado por aquela aventura infame — ou talvez justamente por causa dessa semelhança —, as relações entre comerciantes e decoradores de vitrines eram simples: era permitido decorar sempre que a sujeira tivesse tornado opacos os vidros. Bastava chegar antes dos concorrentes para poder limpá-las e expor as mercadorias.

No início, quando, para me convencer da necessidade do meu exercício profissional, eu ainda tentava introduzir uma espécie de ética do trabalho em minha atividade de expositor de tubos de pasta de dente, esse utilitarismo repelente me deixava indignado. Mas logo me habituei a ser recebido com muita cordialidade e com café preto para, em seguida, ter o privilégio de passar um par de horas tirando do interior das vitrines quilos de moscas mortas e uma camada de poeira de vários centímetros de espessura, como preparativos para a decoração propriamente dita. Essa decoração consistia em forrar a vitrine com papel crepom lilás ou amarelo-limão, conforme o sabonete fosse de lilás ou de limão, cobrindo a cabeça de cada uma das tachinhas cuidadosamente com uma pequena roseta de papel crepom para que assim ela se tornasse invisível e, portanto, útil na decoração, e então em dispor artisticamente os perfumados produtos sobre um leito de ramalhetes de flores artificiais, individualmente, assim como em pacotes com três e com meia dúzia e, à volta deles, numa curva ousada, toda a lista dos demais produtos da Afrodite Soc. An., desde o creme de barbear de um cavalheiro bem cuidado até a pasta de dentes da família inteira, passando pelos flocos de sabão para a lavagem da fina roupa íntima das senhoras. E logo ficava desapontado com minha própria obra quando, mal tendo-a concluído, e tendo me despedido em meio a reiteradas demonstrações de amizade, me encontrava novamente na rua e de lá era obrigado a ver como, por dentro, a vitrine se enchia, rapidamente, a partir do interior do estabelecimento, com lixas de unhas, com clisteres, com vidros cheios de sanguessugas, com embalagens de preservativos e, o que era ainda pior, com os artigos dos nossos concorrentes.

Mesmo assim, eu apreciava as conversas, o café preto e as recepções amigáveis, ainda que não desinteressadas. Comecei a gostar desses pequenos comerciantes dos subúrbios, vergados sob o peso de suas preocupações, que se arrastavam com esforço por suas pequenas existências, espertos e astuciosos ou sábios e resignados, e fazia amizade com eles — aquilo foi, se quisermos dizer assim, meu primeiro encontro com a vida, com a vida de outros, de gente completamente diferente de mim: a descoberta do mundo que com frequência não era menos cheia de mistérios e maravilhosa do que a própria vida. Comecei a percorrer as *mahalas* de Bucareste com a mesma sede de aventuras com a qual percorrera os jardins da minha infância. Com a mesma curiosidade eu contemplava a vida dessa gente tão diferente e ouvia com a mesma atenção tudo o que havia naquele mundo desconhecido. Assim como na minha infância, na qual minha própria existência não cessava de me causar espanto, os acontecimentos se fixavam em mim primeiramente como atmosferas e só depois na forma de imagens e de experiências. Também tudo aquilo que fosse digno de compaixão, o que era feio, terrível, brutal e vulgar, que se apresentava de forma massiva ao meu olhar ali, nos bairros pobres de uma metrópole balcânica, perdia, dessa maneira, seu caráter repugnante, tornava-se absoluto e encontrava seu lugar dentro de uma conjuntura a cada tanto mais complexa, cujos padrões e cujas cores eram livres de juízos de valor porque seu único significado se encontrava em suas relações, às vezes contrapontísticas, com os demais elementos dessa conjuntura.

A fábrica da Afrodite Soc. An. também se encontrava na periferia da cidade, lá onde o prolongamento da calea Mosilor se transformava numa estrada larga e poeirenta, cheia de melancolia e bordejada por álamos, que levava àquelas terras incomensuráveis cujo horizonte se perdia na névoa que pairava sobre a planície do Danúbio. Aquele bairro tinha sido fundado no tempo dos turcos e acabara sendo incorporado pela cidade que se expandia. Num grande terreno vazio realizava-se, uma vez por semana, o mercado de cavalos. A maior parte das casas era térrea, feita de tábuas ou, já naquela época, de blocos de cimento, desprovidos de qualquer caráter. Mas, acima dos telhados planos, erguia-se a cúpula entalhada em forma de melão de um antigo *hammam*, o banho turco local, e os arabescos cunhados na madeira já acinzentada, as pinturas em tons desbotados de cor-de-rosa, azul-marinho e verde-pistache, assim como as tulipas, ciprestes e flores de romã gravadas na argamassa, ainda continham toda a poesia do Oriente. Aliás, àquela época, eu não olhava para tudo aquilo como hoje, com os olhos de um arqueólogo da própria vida que busca, incessantemente, o "mundo sagrado" de outrora, mas sim absorvia, com total liberdade, tudo o que havia de anacrônico, de contrastante e de contraditório, como unitário e como presente. Aquilo, evidentemente, tinha seu lugar naquela imagem do mundo que eu respirava, na qual eu vivia, enquanto, em minha fantasia, eu me encontrava num futuro ideal, aparentemente repleto de promessas, que me parecia estender-se indefinidamente, à minha frente.

Quando, ao amanhecer, eu conduzia meu Ford Modelo T, já à época considerado uma relíquia pré-diluviana, para fora dos portões da fábrica, tendo sido detido, controlado e, por fim, generosamente liberado pelo porteiro bessarábio, que vigiava o terreno como se ali fosse o palácio do sultão, e seguia pela ruazinha para dar início ao meu calvário cotidiano pelas diferentes estações das humilhações finamente nuançadas nas perfumarias luxuosas do boulevard Bratianu, até alcançar o refresco da humanidade simples nas lojinhas coloridas em Vacaresti, onde, ao lado de sal para gado e de cadernos escolares, também se vendia sabonetes, minha primeira parada era no bazar do sr. Garabetian. O sr. Garabetian era um armênio corpulento e muito amável. Dia após dia, do amanhecer até o anoitecer, permanecia sentado, imóvel como um buda, diante da sua loja, manuseando, com seus dedos escuros e com suas unhas rosadas, um colar de pérolas feitas de caroços de damascos artisticamente entalhados, enquanto suas pálpebras pesadas repousavam sobre os olhos semicerrados, negros e reluzentes como azeitonas pretas em óleo, com uma pequena verruga em forma de ervilha e de cor de berinjela no lábio inferior violeta, encimado por um bigodinho à Charlie Chaplin.

 Sua loja era ampla e inesgotável. Tal qual um verdadeiro bazar, era organizada como uma colmeia feita de células justapostas, das quais cada uma continha um determinado tipo de mercadoria. Sob o beiral amplo que se debruçava sobre a calçada amontoavam-se peles de ovelha, queijos secos e ardidos, panelas e tambores de gasolina, sacas cheias de farinha de milho e caixas cheias de goma de mascar norte-americana, almofadas de plumas e cordas de cânhamo. No bazar do sr. Garabetian era possível comprar um chicote ou um gramofone portátil, um salame feito de carne de burro, conhecido como pastrama, e vinho da Moldávia e, de acordo com a necessidade e a opinião comercial, adquirir uma cartela de agulhas de costura ou enviar uma partida de avelãs da Anatólia para Londres. O sr. Garabetian tinha dúzias de empregados e os vigiava de seu banquinho junto a uma mesinha octogonal, incrustada com arabescos de madrepérola, junto da rua, indiferente ao tumulto dos pastores de ovelhas, que passavam por ele conduzindo seus rebanhos, indiferente ao piar dos pardais, que disputavam ruidosamente as fibras de forragem dentro das bolotas de esterco de cavalo que jaziam na rua, indiferente às pesadas nuvens de poeira que se erguiam à passagem de cada automóvel. Com um jornal do dia dobrado, de cujas notícias já cedo de manhã, calmamente, ele tomara conhecimento, espantava as moscas de seu nariz em forma de pepino, enquanto fumava cigarros macedônios e tomava incontáveis xícaras de café turco.

Embora, evidentemente, o sr. Garabetian também trabalhasse com cosméticos de todos os tipos, eu não tinha nenhum assunto comercial a tratar com ele, pois em seu bazar não havia nenhuma vitrine para ser decorada. As mercadorias ficavam expostas aleatoriamente, sobre bancas, que chegavam até a rua. Quem quisesse comprar ou apenas olhar, podia entrar e sair das diferentes divisões do bazar tão livremente quanto os pássaros na copa de um velho e gigantesco olmo, cuja sombra se espalha por toda a parte. Penso que o sr. Garabetian não dava nenhuma importância a qualquer tipo de exposição de suas mercadorias, e tampouco parecia se importar com sua qualidade. Quem quisesse examiná-las poderia tomá-las nas mãos, pesá-las, cheirá-las, determinar se estavam firmes, se estavam maduras e comprá-las ou deixá-las. Para o sr. Garabetian era indiferente. Apenas na maneira como dispunha suas sedas, seus pigmentos, seus pistaches tostados e seu *rahat lakum*, assim como remédios, que ali eram vendidos sem necessidade de receita médica, de aspirina até vermífugos, ele deixava transparecer sua paixão tipicamente armênia pelo cor-de-rosa, assim como um certo sentido de ordem, que imperava nos armários de medicamentos. Mas seu sentido estético não ia muito além disso, e a ideia de, por exemplo, levar algum comprador a adquirir um xampu por meio da imagem de uma beldade que se deleitava no banho provavelmente lhe pareceria uma grande tolice. Ainda assim, tínhamos nos aproximado um do outro, como seres humanos.

Isso começou porque eu passei a cumprimentá-lo. Fazia-o de maneira espontânea porque não era capaz de fingir que não conhecia uma pessoa pela qual passava várias vezes por dia. Portanto, logo passei a lhe acenar, sorrindo-lhe, e ele, por sua vez, passou a responder, com uma força de expressão oriental. Por algum tempo, ficamos nessa mímica de troca de gentilezas, na qual, aliás, o sr. Garabetian sempre era o mais generoso de nós. Eu acenava e lhe sorria e ele, num gesto de reconhecimento surpreso, quase assustado, punha a mão sobre o coração, enquanto seu sorriso, de um branco ofuscante, reluzia em meio à escuridão de seu bigode, de seus lábios, de sua verruga, e então, pouco se importando com sua enorme barriga, fazia uma reverência, fechando profundamente os olhos e curvando, num ângulo amplo, o braço e a mão, num gesto que expressava absoluta obediência.

Uma vez, quando passei por ele a pé, trocamos algumas palavras, e ele permitiu-se oferecer-me uma xícara de café. Muito embora ele tivesse três vezes a minha idade e certamente soubesse que lugar modesto eu ocupava na hierarquia da Afrodite Soc. An., abaixo dos senhores alemães dos Sudetos e dos saxões da Transilvânia, ele me tratava como se eu fosse uma pessoa importante e eu, evidentemente, retribuía sua gentileza. Isso parecia agradar-lhe muito. Os convites para um café se repetiram e, por fim, tornou-se um hábito encontrar o sr. Garabetian depois das minhas andanças pela cidade, depois do subsequente trabalho de escritório e dos preparativos para a manhã seguinte, ao fim do expediente, antes de voltar para casa, para então, sob a luz do dia que se apagava aos poucos, que se atenuava e se tornava transparente enquanto a abóbada do céu, tingindo-se de turquesa, parecia afastar-se em direção ao éter e inflamar-se em suas bordas, tomar em sua companhia alguns goles de café turco, cuja borra se assentava no fundo das xícaras minúsculas, criando desenhos japoneses feitos de nanquim, enquanto esperávamos pelo raiar da primeira estrela e, logo a seguir, das pálidas luzes da rua, em meio à penumbra que se derramava.

Permanecíamos bastante monossilábicos nessa hora, como acontece com amigos realmente próximos. Mas talvez o que nos ligava, nesse silêncio, fossem principalmente nossas solidões: a solidão opressiva da juventude e a solidão purificada da velhice que se aproxima. Certa vez ele me apresentou seu filho, a quem eu conhecia de vista havia tempos. Garabetian Jr. era alguns anos mais velho do que eu, e era uma figura que chamava a atenção. Era o galã não só daquele subúrbio, mas, supostamente, também de outros bairros bem diferentes e muito mais mundanos de Bucareste. Sua cabeleira negra e reluzente parecia, até mesmo durante o dia, refletir a luz de neon das casas noturnas que ele frequentava habitualmente. Alto, de quadris estreitos, trajando elegantes paletós compridos com ombreiras angulosas e calças bamboleantes, calçado com sapatos pretos e brancos, ele se movimentava com grande flexibilidade sobre suas solas de borracha de uma polegada de espessura, dirigia um Chrysler conversível e estava sempre acompanhado de moças cuja beleza era de tirar o fôlego, de seios fartos e de olhos de cereja, iguais às que se via nas capas das revistas eróticas.

Cumprimentei o sr. Garabetian por seu filho tão orgulhoso. O sr. Garabetian fez um gesto de desprezo com seu jornal dobrado. Só depois de algum tempo ele disse: "O senhor vem de um lar onde não é costume fazer qualquer tipo de trabalho — e não me pergunte como eu sei disso, porque é algo que se vê. Mas, ainda assim, o senhor não se acha bom demais para trabalhar".

Sentindo-me culpado, me calei. Se eu tivesse confessado ao sr. Garabetian meus escrúpulos vergonhosos, ele teria arregalado seus olhos indolentes. "Ele", prosseguiu o sr. Garabetian, fazendo um gesto com o queixo em direção ao lugar onde o filho sumira de vista e fungando com desprezo, "ele não quer saber do trabalho de seu pai, para não falar de seu próprio trabalho. O senhor percebeu com quanta pressa ele se despediu? Evidentemente ele sabe quem o senhor é, e tem vergonha de admitir que é meu filho."

Eu queria protestar contra aquelas palavras, mas o sr. Garabetian, percebendo minha intenção antes que eu abrisse a boca, repetiu o gesto despreocupado com o jornal dobrado. "Não me importa. Eu o vejo duas vezes por mês. No dia 1º, como hoje, quando vem apanhar o cheque dele, e no dia 15, quando ele vem pedir o adiantamento do cheque do próximo dia 1º."

Também a isso eu não tinha como responder, a menos que tivesse confessado ao sr. Garabetian que meu desejo de visitar a casa de meus pais era governado pelo mesmo ritmo cíclico e pelos mesmos motivos.

O sr. Garabetian tomou um gole de café, acendeu mais um cigarro e tragou a fumaça profundamente, como se quisesse livrar sua consciência de pensamentos lamentáveis, passando para um âmbito mais filosófico. "O que o senhor quer?", disse ele. "Ele é assim como ele é — ou melhor, como eu o fiz. Quando criança, eu era miseravelmente pobre e quis poupá-lo desse sofrimento. E, ao final, acabei poupando-o de pensar e de ser uma pessoa decente. Foi disto que o poupei: de pensar. E agora ele não tem nada na cabeça. No melhor dos casos, as mulheres."

Não me pareceu adequado acrescentar à tristeza paterna do sr. Garabetian a decepção com o fato de que, no que dizia respeito a mim mesmo, ele estava se iludindo. Se havia alguém que só tinha as mulheres na cabeça, esse alguém era eu mais do que qualquer outra pessoa.

Mas, infelizmente, eu as tinha somente na cabeça. Era o que eu queria dizer à jovem na cadeira de rodas. Queria que ela soubesse tudo a meu respeito, até mesmo aquilo que eu mal ousava confessar. Sentia por ela uma grande ternura quando me imaginava sentado junto às suas pobres pernas envoltas por um cobertor, segurando calorosamente suas mãos, explicando-lhe, com um sorriso culpado, que eu sofria de uma ruptura esquizofrênica: andava de um lado para outro convencido de que era um sedutor irresistível, ou, ao menos, me comportava como se o fosse, e também acreditava que todos acreditavam nisso. Mas sempre que se apresentava uma oportunidade para a sedução, o medo de minha falta de habilidade me transformava num tolo. Mas queria dizer a ela que não era apenas esse medo que me atormentava. Era também o meu sentido de ideal. Esperava que ela fosse acreditar nas minhas palavras. É verdade que eu não queria deixar nada de lado, não queria desperdiçar nada nem perder nenhuma das possibilidades eróticas que — embora, infelizmente, só em minha imaginação — se ofereciam para mim a todo instante. Mas também não queria entregar-me a alguém que estivesse abaixo de minha posição — evidentemente eu me referia à posição numa hierarquia da moralidade. Eu queria que ela soubesse disso.

Mas acabei perdendo essa oportunidade por causa de outra paixão. Como só dava notícias muito opacas a meus familiares a respeito daquilo que eu realmente estava fazendo em Bucareste, e, portanto, não tinha confessado que estava empregado e que recebia um salário, ainda que modesto, minha mãe, preocupada, voltava sempre a me enviar algum dinheiro. E eu aceitava esse dinheiro sem maiores dúvidas, baseando-me na premissa de que o bem-estar da alma é, no mínimo, tão importante quanto o bem-estar do corpo. Assim, usava esse dinheiro para dar vazão à paixão ardente que, desde sempre, eu nutria pelos cavalos. Às cinco da manhã já estava junto à pista de corrida e aos estábulos em torno da Schossea Khisseleff e da Schossea Jianu, onde, nos pátios de antigos caravançarais, os jóqueis dos puros-sangues se reuniam para seu trabalho matinal. E como eu era leve e tinha uma boa mão, frequentemente era convidado a cavalgar. Às sete horas, chegava à Afrodite Soc. An. e então me transformava de cavaleiro em limpador de vitrines e enchia meu Ford Modelo T de material publicitário. Durante o dia, eu trabalhava — se é que se pode chamar de trabalho a ornamentação de vitrines de lojinhas miseráveis com caixinhas de sabonete. Ao anoitecer, depois de tomar meu café com o sr. Garabetian, comia meu *gratar* em alguma taverna e me deitava, morto de cansaço sem saber por quê. Praticamente nunca tinha a oportunidade de conhecer jovens da minha idade, e também não os procurava. Para além da conversa com meus clientes e de algumas banalidades trocadas com colegas de trabalho, o sr. Garabetian foi, por meses a fio, meu único companheiro de conversas.

Mas, evidentemente, ocorreram também alguns encontros eróticos ocasionais, e era preciso que a moça na cadeira de rodas soubesse deles. Uma garçonete num pequeno restaurante, onde às vezes eu comia minha carne assada, não se deixou enganar por meu comportamento indiferente e me carregou consigo para seu quartinho. Graças à sua experiência, passei uma noite da qual me orgulhei. Mas isso não voltou a acontecer. Para uma aventura ocasional, me pareceu bem, mas estabelecer um relacionamento verdadeiro com uma garçonete me parecia algo muito abaixo de minha dignidade — e, com isso, eu me referia à minha dignidade social. Que ignomínia!

Sabia que uma funcionária graciosa de uma perfumaria no distante bairro de Cotrocei, onde, em torno do palácio da Rainha-Mãe Maria, surgira um bairro residencial, estava vidrada em mim. E eu, no entanto, a tratava mal. Um dia, porém, convidei-a para ir ao cinema comigo e depois para jantar. Ela não quis me acompanhar a minha casa porque tinha medo de sabe Deus o quê — talvez simplesmente tivesse medo de voltar tarde demais para casa. Então, fizemos o que fizemos sobre o banco de um parque, onde já tínhamos passado horas nos beijando e amassando mutuamente, e a falta de comodidade e o medo permanente de sermos surpreendidos por algum vigilante ou por alguém que estivesse passeando pelo parque tornaram aquilo tão horrível que, em nosso encontro subsequente, quando eu estava trocando a decoração do sabão em pó Velvet pela decoração de pasta de dentes Firn nas vitrines da perfumaria na qual ela trabalhava, fiz como se nunca tivesse ocorrido nada entre nós.

Durante algumas semanas, então, eu realmente me apaixonei, ou pelo menos fiquei fascinado, pelas qualidades extraordinárias de amazona da filha de um treinador que, ocasionalmente, permitia que eu montasse em seus cavalos. Era uma criatura que lembrava um duende, com cara de buldogue e com cabelos cacheados cor de palha, mas ver o que ela era capaz de fazer sobre um cavalo me proporcionava um tal deleite que aquilo acabou se transformando em desejo. Ela, sem dúvida, teria me acompanhado a minha casa, e provavelmente logo teria se acomodado ali, estabelecendo um relacionamento agradável com perspectivas a longo prazo. Mas eu mantinha minha atividade de cavaleiro matinal rigorosamente separada daquela de decorador de vitrines da Afrodite Soc. An., que eu exercia durante o restante do dia. Essa separação chegava a tal ponto que, tanto no círculo dos colegas de trabalho quanto no dos cavaleiros, eu jamais revelava qualquer coisa acerca das circunstâncias nas quais eu realizava a troca de fantasias necessária para passar de um desses papéis para o outro. E ainda que eu estivesse disposto a dizer a alguém do mundo da indústria de cosméticos onde e como eu morava, negava-me, veementemente, a deixar que qualquer pessoa do mundo das corridas de cavalo soubesse algo a esse respeito. Assim, nosso encontro aconteceu sobre uma das bolas de feno que ficavam no armazém de forragem, de maneira que o cheiro forte do corpo da moça, e especialmente o de seu órgão sexual, muito molhado, enfrentava tão vitoriosamente o cheiro de urina de éguas e de fezes de gato que pairavam ali que eu quase vomitei. Foi por causa dela que marquei uma nova consulta com o dr. Maurer, para solicitar um fortificante. Pois, por algum tempo, me senti incapaz de repetir aquele ato, e então, depois que o dr. Maurer me receitou um calmante em vez de um fortificante, cujos efeitos foram surpreendentes, e depois que marquei nova consulta com o dr. Maurer, descobri que a amazona de glândulas fortes já tinha me substituído havia muito tempo por um jóquei inglês.

Enquanto isso, minha fantasia ardia em brasa. Queria um dia poder dizer que era minha uma daquelas criaturas de seios amplos e com cachos opulentos desabando sobre os ombros que o belo filho do sr. Garabetian conduzia de um lado para outro a bordo do seu Chrysler! Queria poder dançar com uma delas colada ao meu corpo, sentindo seus seios, com seu colo agarrado às minhas coxas, com meus lábios encostados em seus cabelos, ao ritmo de blues nostálgicos, num bar noturno, e então, quando as vozes dos saxofones tivessem silenciado, perambular com ela pela noite estrelada, de mãos dadas, e conduzi-la a minha casa, despi-la vagarosamente, peça por peça, enquanto ela lançasse sua cabeça para trás, cobrir seu corpo nu com meus beijos, fazendo-a suspirar, e ao mesmo tempo com delicadeza e com força, embriagado, mas ainda assim consciente, me unir a ela... Eu não invejava o jovem sr. Garabetian por causa de suas beldades. Eu simplesmente as tomava como ponto de partida para meus sonhos, ainda que soubesse, evidentemente, a qual categoria de vagabundas glamorosas elas pertenciam. Pois a fantasia é maleável, e eu via minhas amantes imaginárias não só como mulheres fisicamente tão atraentes quanto aquelas, mas também como muito mais amáveis, delicadas, finas, educadas — muito menos vulgares, para dizer com clareza. Da cabeça aos pés, ela era uma dama e tinha uma alma maravilhosa, evidentemente também era uma excelente amazona, amava a vida no campo, os cavalos, as ovelhas, os cachorros — em resumo, ela era perfeita e sua imagem se insinuava, com frequência excessiva, entre mim e as mulheres reais, que não chegavam a seus pés, mas que, ao menos, estavam dispostas a satisfazer os aspectos eróticos das minhas fantasias.

Ela, evidentemente, a moça na cadeira de rodas, correspondia quase que inteiramente a essa imagem ideal, ainda que, talvez, tivesse seus problemas com a vida no campo. Naturalmente ela podia ter tantos cães e tantas ovelhas quantos quisesse, mas, em relação às cavalgadas, não havia esperanças, por causa de suas pernas deformadas. Mas, seja como for, o restante estava certo, era exatamente como eu o desejava, especialmente os seios, nos quais eu pensava com inesgotável deleite, imaginando-os vivamente. Também não havia dúvidas sobre a profundidade de sua alma, que me fora inteiramente revelada pelo seu olhar. E eu queria que ela soubesse que essa sua alma me importava muito mais do que os prazeres do seu corpo, mutilado em sua extremidade inferior, mas, em compensação, provavelmente tanto mais delicioso em sua parte superior.

Muito mais do que os prazeres sensuais, nos quais, no entanto, eu pensava com ardor, interessavam-me sua compreensão, sua capacidade de empatia, sua formação cultural, sua educação, sua nobreza — em suma, tudo aquilo que eu esperava de uma parceira para a vida. Pois era isso o que desejava para mim acima de tudo: ter alguém a quem eu pudesse amar perpetuamente, ao longo de toda a minha vida. Era isso o que despertara em mim a dureza nas calças ao avistá-la: a felicidade, o prazer divino de ter encontrado um ser humano que eu seria capaz de amar por toda a minha vida, porque tinha um parentesco de alma comigo e porque pertencia ao mesmo estrato social que eu.

E era esse o motivo pelo qual eu também me sentia compelido a lhe confessar meus verdadeiros pecados, as traições a ela por mim cometidas, a maneira pela qual eu desperdiçava o amor que havia dentro de mim. Eu não só tinha enganado a ela, tinha enganado também toda a minha capacidade de amar, de maneira vergonhosa e abaixo de minha dignidade. Com uma viúva, já bem entrada em anos e, além disso, judia. Se eu seria capaz de recuperar a pureza dos meus sentimentos e assim também a minha dignidade, era algo que dependia do perdão dela por tudo.

Nem fazia tanto tempo que a coisa tinha acontecido, na verdade, apenas algumas semanas. Em meu roteiro estavam as perfumarias de Vacaresti, o bairro dos judeus de Bucareste. A pouca distância dali havia um bairro que se chamava Crucea de Piatra: Cruz de Pedra. As modestas casinhas térreas, com suas fachadas voltadas para a rua, eram separadas umas das outras por pátios estreitos. Tratava-se, em sua maior parte, de bordéis. Esses pátios estavam tomados por mulheres, um enxame delas, que vagavam pelas ruas num perpétuo e debochado carnaval que — ainda que isso possa soar estranho — correspondia a um dos elementos das atmosferas de minha infância. Isso porque aquele carnaval tornava evidente o que há de fundamentalmente erótico na natureza do surrealismo, assim como o seu parentesco com o estilo *art nouveau*. Ali estavam lábios pintados de preto e pálpebras verdes, sob perucas em estilo rococó, idênticas às que eu conhecia das ilustrações dos livros de minha mãe, chicotes finos e maleáveis e leques, coletes e saiotes, uma das mulheres usava um corpete de toureiro e mais nada, exceto um par de botas de pirata, a outra usava amplas calças turcas de musselina transparente, das quais emergiam seus pelos pubianos, outra, ainda, deixava seus seios enormes balançarem, desnudos, sob um emaranhado de correntes que envolviam seu torso como cadeias: eram figuras beardsleyanas.

Outra, ainda, estava envolta apenas por um enorme colar feito de penas pretas, como se uma serpente tivesse se enrolado em torno do seu corpo, e seu corpo magro e desnudo equilibrava-se, como se estivesse sobre pernas de pau, sobre seus sapatos de salto, cuja altura era equivalente à do peito do seu pé, em meio ao tumulto de animais musculosos, bailarinas de dança do ventre, marinheiros e libélulas, e ela parecia ter sido desenhada por Beyros. Esfinges permaneciam debruçadas às janelas, com seus torsos desnudos, como se fossem o número circense da mulher sem pernas, com suas cabeças de anjo cobertas por gigantescos chapéus de abas largas, com seus cabelos ondeantes de Magdalenas, com suas perucas ruivas como o fogo sobre seus rostos de anjos pré-rafaelitas, adolescentes raquíticas, matronas, velhas, gordas...

Passava ali tanto tempo quanto me era possível. No início, quando eu ainda ansiava por me tornar um artista de renome mundial, ia lá para desenhar. Já via a mim mesmo como um novo Pascin. Mas não foram só tais tentativas que saíram mal. Pois, quando as mulheres reconheceram minhas intenções, imediatamente advertiram dois rufiões, que me explicaram claramente que suas protegidas exerciam uma profissão muito séria e não desejavam ser vistas como curiosidades nem retratadas em papel. Portanto, apressei-me em embrulhar, novamente, meu bloco e minha caixa de aquarelas.

Mas, estranhamente, meu ímpeto para me expressar por meio do lápis e do pincel tinha cedido por completo. Já àquela época, meu sonho de alcançar fama mundial como artista começava a sofrer de tuberculose. Por períodos cada vez mais extensos, a caixa de aquarelas e o bloco de desenho permaneciam intocados. Era como se o mundo que eu descobria dia após dia fosse vivo demais, como se a vida fosse forte demais e imediata demais para que eu pudesse bani-los. Eu mesmo precisava, primeiro, formar-me por meio deles. Eu era atormentado demais, torturado demais, ocupado com mim mesmo demais para que pudesse me tornar um espelho das coisas, tinha que absorvê-las, empilhá-las, armazená-las e deixá-las produzirem seus efeitos e se tornarem mais claras antes de poder transmiti-las. Eu vivia numa época do olhar e não do fazer.

Também ali, naquele bairro de prostitutas, a única coisa que eu fazia era olhar. Para esse fim eu escolhera como posto de observação conveniente uma mesa diante de um barzinho, na esquina de duas ruas, onde permanecia sentado tomando café preto e um copinho de *raki*, e de onde era possível olhar nas quatro direções. Na diagonal, à minha frente, num dos pátios onde o carnaval erótico se desenrolava ruidosamente, repousava, recostada numa caminha de criança, sobre uma pilha de travesseiros, atrás da qual, entre dois pequenos limoeiros plantados em tinas pintadas de verde, se erguia uma coluna de gesso com uma engraçada escultura de Eros, uma espécie de abelha-rainha, a *patronne* do estabelecimento: uma anã extraordinariamente gorda trajando um amplo e transparente vestido em estilo *directoire*, com uma fita de veludo preto presa em torno do pescoço que transpirava, entalado entre o queixo duplo e o peito, e outra envolvendo a testa, abaixo do rigoroso coque negro de bailarina. Com suas faces pintadas de um vermelho-rosado e o olhar de boneca de seus olhos marcados por uma pintura em preto, ela parecia extremamente artificial, e eu não precisava de meu bloco para poder desenhá-la: eu o fazia em minha memória ou, antes, em minha alma, assim como o fazia com o gato gordo com uma coleira de veludo vermelho-sanguíneo, da qual pendia um sininho de bronze, que ela acariciava, com visível deleite, em seu colo, enquanto uma velha vinha, a cada quinze minutos, renovar a água no copo do qual ela bebia alguns goles, com gestos muito delicados e com o mindinho esticado, no qual faiscavam os brilhantes de vários anéis, a cada vez que enfiava uma colherinha de geleia, que era tirada de um pote, em sua boquinha minúscula em forma de cereja.

Certa vez, enquanto a luz do entardecer se tornava cada vez mais tênue e, por fim, adquiria uma transparência abstrata, me dei conta de que perdera a hora sentado ali. Já era tarde e eu ainda não tinha cumprido minhas obrigações para aquele dia. Mas ainda havia tempo suficiente para embelezar uma única vitrine com papel crepom novo e com caixas de sabonete e, para tanto, escolhi a que era mais próxima dali. Infelizmente a dona daquele estabelecimento era a mais difícil.

Normalmente era agradável trabalhar em Vacaresti. Os lojistas, todos eles judeus, quando não eram tomados por um pânico de dois mil anos, que os tornava suscetíveis a uma impetuosidade histérica, eram pessoas esclarecidas, bondosas e não criavam muitas dificuldades quando eu chegava com minha carga colorida. Mas esta, a proprietária de uma loja que se chamava Parfumeria Flora, era sempre um caso delicado no roteiro da publicidade decorativa.

Era uma mulher sozinha, viúva, segundo se dizia, que tinha, no ramo, também entre os vendedores, a fama de ser uma mulher extraordinariamente dura e desagradável. Aliás, não era esse o único motivo pelo qual se falava dela com frequência: ela ocupava um lugar fixo nas futricas eróticas dos representantes. Se, durante uma conversa a respeito da situação na Afrodite Soc. An., o assunto se voltava para ela, logo várias vozes se juntavam para conjurar, com as tonalidades asquerosas do desejo, a imagem da judia de cabelos negros como um corvo, cuja maturidade suculenta era um contraponto excitante à sua frieza repelente. Só os representantes mais velhos conheciam seu nome, pois, normalmente, os demais referiam-se a ela como "a viúva negra". Era também um consenso que valia o pecado aproximar-se dela, porque não só seus negócios caminhavam muito bem, como ela também parecia possuir um patrimônio. No entanto, ela era um bloco de gelo, no qual se corria o risco de apanhar todos os tipos de resfriados.

Desde sempre ela me tratava com uma arrogância ofensiva, semelhante à que eu conhecia das perfumarias elegantes em torno do hotel Athene Palace. Mas, enquanto as grosserias ali prodigadas aos poucos me deixavam calejado, as dela, no humilde bairro judaico, em torno das cafetinas da Crucea de Piatra, com frequência me levavam à fúria selvagem. Uma vez ela novamente me recebeu como um incômodo *schnorrer*[*] e, se não fosse o adiantado da hora, e se eu ainda tivesse tempo de me dirigir a qualquer outra drogaria para ali tentar a minha sorte, lhe teria voltado as costas sem lhe dizer uma palavra e teria seguido meu caminho. Mas imediatamente — talvez por puro tédio — ela dignou-se a conceder-me, ainda que com muita má vontade, a graça de substituir um arranjo empoeirado de nosso mais encarniçado rival, uma firma que era mundialmente famosa por seu creme de lanolina, por uma das nossas obras de arte que anunciavam sabonete de campânulas.

O dia aproximava-se rapidamente do seu final e, com a penumbra, algo incerto e torturante se abatia sobre o mundo. Fui tomado — eu o sei ainda hoje — por uma melancolia, como se tivesse me tornado subitamente órfão. Com uma dor tenaz, senti saudades de minha casa, da Bucovina, esse lugar onde eu amava tão especialmente a hora que antecede a escuridão, a ponto de sempre voltar a sair correndo de casa para o campo quando ela era chegada, para mergulhar em sua luz abstrata e violeta, cuja base, infestada de morcegos, já se cobria com a poeira, fina como fumaça, da escuridão, já sentindo no rosto o vento da noite, carregado com o aroma do feno de campos distantes, e avistando, à minha frente, lá onde a planície se

---

[*] *Schnorrer* significa, em iídiche, um pedinte que está sempre em busca de pequenos favores.

estendia em direção à Galícia e à vastidão cósmica, para então fundir-se com o céu, o monstruoso nascer da noite. Os assentamentos perdidos por aquelas terras, sob o céu impregnado de noite, a fragilidade das lâmpadas que começavam a acender-se aos poucos, como se fossem as constelações de estrelas dos pobres, que brilhavam por trás das venezianas de metal amassadas, que, sem qualquer misericórdia, arrancavam as paredes nuas e as cornijas tortas dos miseráveis casebres do interior da escuridão crescente e cada vez mais densa, privando-as de qualquer mistério e colocando-as no âmbito da realidade, enquanto o mundo em volta naufragava nos dramas dos mitos da criação, sempre voltavam a me entristecer. Poucas coisas no mundo tinham atingido meu coração com uma intensidade semelhante à provocada pela intimidade desesperada de uma janela iluminada de amarelo-ouro sobre o branco duro e azulado de uma parede caiada de um casebre de judeus às portas de uma aldeia assim. Ali, enquanto eu ainda tinha diante dos olhos o tumulto do carnaval perpétuo das ruas de prostituição de Vacaresti — que prosseguia, ainda mais assombroso sob a luz das lâmpadas de rua, a poucas quadras de distância —, baixava, sobre o bairro dos judeus, a mesma perplexidade que eu conhecia das planícies lá longe. A cidade e seu tumulto, os enxames noturnos cada vez maiores de gente, nas ruas e nas ruelas, os fios elétricos, as cachoeiras de luzes acima deles — nada daquilo tinha qualquer significado, eram apenas fantasmagorias, era só um carnaval de desesperados e de órfãos, perdidos sob o céu monstruoso parido pela noite.

Era isso o que eu sentia e era nisso que eu pensava enquanto montava, com ódio contido por mim mesmo, o material publicitário da Afrodite Soc. An. na vitrine imunda, apenas mal e mal limpa por mim, sem dúvida com mais falta de habilidade do que com ímpeto artístico, enfurecido com aquela judia sentada em sua loja de objetos de luxo que, com sua aparência perdida e órfã em sua viuvez petrificada, combinava muito melhor com uma aldeia ou um *schtetl* na Galícia. Lá, sua arrogância seria mais moderada do que ali, a trezentos passos de distância do bairro das prostitutas de Bucareste. Era graças à minha própria estupidez que eu agora fazia esses serviços tão baixos num lugar assim, sendo tratado como um vendedor ambulante.

Imitando, com escárnio, um artista que se afasta de seu cavalete para contemplar sua obra-prima, depois de ter colocado no devido lugar o último caixote de papelão com sabonete de amêndoas, dei um passo para trás — e, subitamente, era como se eu não soubesse mais quem eu era. Ao voltar a mim, passado um instante, vi-me em meio à escuridão, entre sacos de carvão e tambores de querosene. Não tinha me dado conta do alçapão que estava aberto às minhas costas e levava ao porão, e, ao dar meu passo de artista para trás, mergulhara na noite e nas profundezas.

Imediatamente me levantei e percebi, com pouco-caso, como se isso fosse evidente, que nada em mim tinha se quebrado e que também não tinha recebido golpes fortes demais, e olhei para o alto. Uma escada atenuara minha queda, e voltei a subi-la, rapidamente. Ao chegar ao alto, me senti um pouco abalado, porém só por um instante. O mais importante para mim, naquele momento, era ver se minhas roupas não tinham se estragado.

E por isso também fiquei muito surpreso quando percebi que a "viúva negra" se voltara para mim com um medo pânico, apalpando-me, remexendo em mim, batendo a poeira do meu paletó e murmurando palavras incompreensíveis, como se tivesse sido ela que caíra no porão, e não eu. Eu a tranquilizei, sorrindo. Um pequeno incidente sem importância, uma distração minha, justamente no instante em que eu pensava em minha própria tolice — engraçado, não? Não havia razão para temores, realmente não acontecera nada...

Mas ela estava fora de si de tanto medo e de tanto pavor. Provavelmente temia ser responsabilizada por negligência — eu não era capaz de encontrar outra explicação para aquele seu estado. Era sabido que os funcionários públicos romenos não costumavam lidar com os judeus aos quais pudesse ser imputada alguma culpa de maneira particularmente cuidadosa. Na maioria das vezes, uma simples referência à polícia bastava para fazê-los empalidecer. Então, o que aconteceria se eu tivesse quebrado algum osso — o da coluna vertebral, por exemplo, e tivesse caído morto ali? Ou se, mesmo não tendo sofrido ferimentos, tivesse a ideia de denunciá-la? Esses judeus estavam sempre à espera de catástrofes.

Mas uma tal excitação era, ainda assim, admirável. Ela falava comigo, transtornada, continuava a apalpar-me, para verificar quanto ainda havia de saúde em mim, e por fim encontrou uma mancha em meu paletó, e me pediu para tirá-lo, para que ela pudesse limpá-lo imediatamente, mas então ocorreu-lhe algo que lhe parecia ainda mais urgente, e ela me pediu, apesar de meus protestos enérgicos e da minha insistência em tentar tranquilizá-la de qualquer maneira, para me dirigir a um cômodo nos fundos da loja, e para me acomodar sobre um divã. Ela, por sua vez, afastou-se para buscar um copo de água ou um conhaque, ou até mesmo sais aromáticos para mim.

Mas provavelmente eu sofrera mesmo um leve choque, ou, talvez, tinha bebido *raki* e café preto em excesso no bairro das prostitutas, com o estômago vazio — pois, àquela época, eu não comia quase nada, para manter meu peso, já que meu sonho de me tornar um artista de renome mundial cedera lugar ao sonho de me tornar um campeão das pistas de equitação e, portanto, investia neste tantas loucuras quanto naquele. Seja como for: quando a "viúva negra" voltou, provavelmente eu tinha recaído numa espécie de atordoamento ou de ausência, pois só voltei a mim quando senti que ela acariciava minha face como se estivesse quase fora de si. Estava ajoelhada diante do divã, segurava minha cabeça, passava a mão em meu cabelo, acariciava-me e murmurava: "Meu pequeno! Meu amor! Meu bebê!".

Quando eu a abracei, o fiz de maneira instintiva, como se não pudesse evitá-lo, pois havia um tal fervor materno na expressão de seu rosto, uma identificação a tal ponto completa de sua existência com a minha, do seu ser com o meu, que fui impelido a fazê-lo. Ela, agora, já não era mais uma mulher estranha para mim, uma pessoa que eu mal conhecia de vista, uma pessoa notoriamente enrijecida, patologicamente fria, que, poucos minutos antes, me dera a entender, com grande clareza, quanto me desprezava — algo de realmente vergonhoso e revoltante, se fôssemos pensar em quem ela realmente era, com sua lojinha de bugigangas de judia no bairro das prostitutas de Vacaresti. Mas não, naquele instante, ela se transformou na encarnação humana da bondade e da afeição feminina, na realização do puro ideal da compreensão, do qual só as mulheres são capazes, porque só as mulheres são capazes de parir seres humanos, de criar, com seus corpos, outros seres humanos, carne de sua carne, sangue do seu sangue, sentimento do seu sentimento. Por isso, a mulher é a grande determinadora dos destinos, a mãe da humanidade, o colo de onde brota toda a vida, e no qual todo ser vivo que sofre encontra alívio da própria solidão, ao unir-se a outro...

Quando eu a abracei e a puxei para junto de mim, seus olhos se arregalaram, horrorizados, como se tivesse avistado a raiz e o cerne de todo o mal. Com um movimento involuntário, ela tentou afastar-me. Mas então ocorreu uma transformação surpreendente, só fui capaz de intuir do que se tratava, a realização maravilhosa de um sonho impossível, a súbita transformação de um antigo temor em prazer — de qualquer forma, algo de muito bonito: seu rosto dramático, seu "rosto andaluz", como eu o denominaria, mais tarde, em momentos de ternura, inundou-se de uma alegria mais embriagante do que qualquer desejo, e tão forte que a impeliu a soltar um gemido.

Sei que foi essa transformação em seu rosto que me levou a amá-la. A partir de então, passei a fazer tudo o que era possível para conjurar, novamente, essa dissolução de toda a sua rigidez, de toda a sua maldade, de todos os seus temores, de toda a sua banalidade, essa linda obliteração de todas as marcas feias deixadas pela vida diante da onda de felicidade de um amor nascente. Fui capaz, pelo menos por algum tempo, de sempre voltar a recarregar o meu amor no amor dela. Pois, embora eu a amasse — e o fizesse de maneira frequentemente tão apaixonada que bastava pensar nela para sentir como se um punho cerrado me golpeasse no diafragma, e às vezes, também, claro, de maneira totalmente simples, despreocupado e feliz, e sempre cheio de gratidão pelo amor dela — torturava-me a impressão de que, com ela, eu enganava "o amor": o amor que eu pretendia deixar preparado para aquela moça que eu seria capaz de amar por uma vida inteira.

É vergonhoso ter que confessar que ela não correspondia, em nada, à imagem que eu tinha desta amada ideal, e era em vão que eu lutava para evitar que essa imagem ideal do meu desejo me perseguisse. Evidentemente, essa imagem fora cunhada em minha alma tão cedo e de forma tão marcante que eu não era capaz de me livrar dela. Eu via a mim mesmo como alguém que se propõe, diariamente, a deixar de fumar e que, ainda assim, a cada manhã, volta a buscar, avidamente, o primeiro cigarro.

Ao mesmo tempo, devo dizer que esse ideal da amazona de longas pernas e de cachos dourados, cercada por galgos, com a qual eu estava decidido a passar minha vida, em meio a uma alternância colorida entre corridas de Grand Prix, visitas à ópera, temporadas em estações de esqui, em balneários à beira do oceano ou no deck superior de grandes navios, evidenciava uma banalidade realmente vergonhosa, pois era um clichê, era uma imagem de sonho digna de qualquer aprendiz de vendedor. Em contraposição, minha viúva negra — ou antes, minha "andaluza", como agora eu a chamava, ternamente — era, de todos os pontos de vista, outra categoria de pessoa, exceto pelo fato de ser uma pequeno-burguesa judia, que tinha quase o dobro da minha idade. Nosso relacionamento não podia ser nada além de um acontecimento episódico.

O fato de ela já ter trinta e tantos anos de idade — nunca soube exatamente quantos anos tinha, e também nunca lhe perguntei a esse respeito — incomodava-me muito menos do que o fato de ela ser uma pequeno-burguesa. Ela era bonita, e a antiga sabedoria dos cavalheiros, que me fora transmitida a seu tempo, segundo a qual o corpo de uma mulher envelhece mais tarde do que o seu rosto, não precisava ser confirmada por ela, porque seu rosto, apesar da dureza ocasional e da dignidade de *dueña*, às vezes representada de maneira bastante vulgar, tinha a pele lisa e firme e permanecera surpreendentemente jovem, sobretudo em torno da boca carnuda, com seus lindos dentes, ainda que não em torno de seus olhos trágicos e de suas olheiras escuras. Evidentemente, ela era uma mulher madura, mas era justamente isso o que inflamava minha paixão. Com ela, eu não precisava pedir fortificantes ao dr. Maurer.

Eu sentia que teria de pedir perdão à moça na cadeira de rodas por detalhes como esses de minhas confissões, se é que essas confissões iriam mesmo acontecer um dia. Será que ela teria discernimento suficiente para saber exatamente do que eu estava falando? Não se tratava, é óbvio, de uma experiência puramente erótica, empreendida de forma cínica — pois, aos dezenove anos de idade, parece muito importante que nada possa conduzir alguém à suposição de que cada passo dado até então, e de que cada percepção e cada pensamento que tenham acompanhado esses passos, não sejam decorrência das melhores intenções e dos mais puros propósitos — eu digo:

não se tratava, aqui, de um encontro sexual frívolo, e sim de um amor verdadeiro, também de minha parte, ainda que durasse pouco. E, na verdade, esta era a causa do verdadeiro conflito: pois aquele amor, apesar de sua origem espontânea e absolutamente genuína, não fora pensado como algo dirigido à pessoa sobre a qual recaiu. Aquele amor caíra-lhe, por assim dizer, no colo, como uma fruta que amadurecera, mas que se destinava a outra pessoa. Na verdade, originalmente, ele se destinava à então por fim encontrada personificação de minha anima: à moça na cadeira de rodas, obviamente.

Mas também fui obrigado a admitir que a moça na cadeira de rodas tampouco correspondia, em todas as suas particularidades, aos critérios de minha anima. Quanto aos seus cabelos, não se podia dizer que fossem loiros como os de Jean Harlow: sua linda cabeleira crespa tinha a cor de castanhas; o rostinho que ela emoldurava talvez fosse um pouco bochechudo demais, lembrando o de uma boneca, e a simples menção à figura de pernas longas de uma amazona já seria uma falta de tato, não obstante as belezas evidentes do seu torso. Mas o aspecto físico não era o mais importante. No que diz respeito a isso, com o tempo a pessoa se torna mais madura e mais experiente, e passa a adaptar com maior flexibilidade seus ideais às deficiências da realidade. O restante, porém, estava de acordo, e era também o que mais importava: o fato de ser uma pessoa bem-nascida, cuidadosamente educada, em torno da qual pairava a aura de uma boa família.

Eu teria sido obrigado a mentir se não estivesse disposto a admitir que o que apagou meu amor pela viúva negra foi a aura de suas origens modestas, como se ela estivesse acometida de uma verminose: um gradativo esfarelamento causado por pequenas irritações que se insinuavam e que penetravam por todos os lados. Não era apenas o seu jeito de falar — evidentemente ela não poderia negar que era judia, a raça estava escrita em seu rosto, naquele mesmo rosto que me dominara ao ser inundado pela alegria, mas não era só isso: às vezes uma outra expressão, que eu amava, surgia naquele rosto, uma expressão de coruja, de uma esperteza arcaica, arquimaternal, que lhe dava a aparência de uma deusa antiga... mas seu jeito de falar, como eu disse, seu cantarolar, suas vogais extensas, a peculiar sintaxe de uma pessoa que, mesmo no seu idioma natal — neste caso, o romeno — permanecia uma estranha à língua e, como se não bastasse, as expressões no jargão iídiche que ela sempre voltava a introduzir em tudo o que dizia — era tudo isso o que a traía assim que ela abria a boca. Mas aquilo era o que menos me irritava. Depois de ter sido capaz de me superar, depois de ter sido obrigado a reconhecer que era inteiramente capaz de amar uma judia — e, curiosamente, que era capaz de amá-la justamente por causa da tragédia judaica, da incomensurável e antiga tristeza que estava expressa em seu rosto — novamente, aquele rosto era irresistível quando se inundava de alegria, e me parecia avassalador, como uma droga da qual eu fosse dependente, mas não me comovia menos quando se tornava sério e trágico, seu rosto arquimaternal... portanto, depois que descobri em mim mesmo tantas coisas surpreendentes, passei a entender tudo o que havia de judaico nela como parte dela mesma, assim como teria sido obrigado a aceitar as tatuagens ou as lâminas de bronze introduzidas na carne dos lábios se tivesse sido capaz de me apaixonar por uma nativa da África Central.

Na verdade, o que era especificamente judaico nos judeus não me repelia tanto quanto suas tentativas, de antemão malogradas, de encobrir, de disfarçar e de negar essas características. O linguajar dos judeus, impregnado de inflexões do iídiche, seu gesticular nervoso, seu desequilíbrio, sua alternância permanente entre a subserviência e a arrogância eram, afinal, aspectos inseparáveis e inescapáveis de sua natureza judaica.

Quando eles se portavam como se esperava deles, de tal forma que se tornava possível reconhecê-los à primeira vista, aquilo até causava uma impressão agradável. Eles permaneciam fiéis a si mesmos, e isso era algo digno de apreciação. Diante dos judeus nos víamos numa situação semelhante à dos ingleses em seus lares diante de um *foreigner*: permitiam-lhes portar-se de maneira diferente da deles mas, quando tentavam imitá-los, tornavam-se suspeitos. Aquilo parecia artificial. Não combinava com eles. Assim como os ingleses veem um *foreigner* que se dá ares de britânico, víamos nos assim chamados judeus assimilados nossos macacos de imitação.

Talvez eu tivesse feito bem se tivesse falado abertamente sobre tudo isso com minha "viúva negra". Às vezes ela me surpreendia com uma inteligência e, com frequência, também, com conhecimentos que eu não imaginava existirem em seu ambiente. Talvez ela tivesse sido capaz de compreender, ainda que não de apreciar, que para nós, os não judeus — os góim, como ela diria —, o que realmente causava arrepios era quando os judeus nos revelavam, por meio de suas pretensões sociais, seu desejo de pertencer à nossa sociedade. Não porque temêssemos algum prejuízo a nós mesmos se os aceitássemos como nossos iguais, mas, antes, porque essa tentativa teria sido ousada demais e fatalmente malograda. Pois na chamada "boa sociedade" os judeus eram considerados insuportáveis, sua presença teria lhes dado de imediato ares de falsificação e teria transformado, fatalmente, a boa em má sociedade. Mas era ainda pior quando eles tinham a ambição de pertencer a uma classe social cujas características, de antemão, provocavam nossa inimizade.

E era exatamente isso o que fazia minha "viúva negra". E mesmo que eu tivesse sido capaz de falar com ela sobre esse assunto, não teria sido capaz de fazê-la compreender que minha prevenção não era causada por preconceitos voluntários e, afinal fictícios, mas por uma efetiva diferença de mentalidade, de conformação espiritual que, mesmo com a melhor das boas vontades, nunca poderia ser superada.

Da jovem na cadeira de rodas eu esperava que fosse tão genuinamente parecida comigo que, quando eu lhe descrevesse meus sofrimentos relacionados a esse episódio, ela cairia comigo num riso descontraído, desamparado, desarmado. Apesar de toda a tragédia que se encontrava por trás daquilo — especialmente para a pobre viúva negra — havia uma comicidade grotesca no fato de que todos os meus paroxismos amorosos sempre acabavam sendo interrompidos pelo banho de água fria de alguma afronta estética — e digo estética de propósito, porque se tratava, efetivamente, do senso estético de uma classe social específica, e porque, com excessiva frequência, deixa-se de levar em consideração o grande poder que possui um senso estético assim.

O pavor mortal, por exemplo, a profunda vergonha e o triturante sentimento de culpa que quase levaram minha fogosa andaluza ao suicídio, quando, uma vez, a paixão de nossas frenéticas descargas amorosas nela despertou um ruído de entusiasmo que não provinha de sua garganta, chocaram-me muito mais do que essa inocente e espontânea manifestação de arrebatamento que, além disso, tinha a vantagem de não poder ser falsa e que, imediatamente, eu recompensei com uma onda de ternura. Mas não: ela ficou tão constrangida que deixou o aposento correndo, e, por dias a fio, me recebeu com uma hostilidade perturbada e com uma expressão ofendida, como se tivesse sido eu, e não ela, que tivesse soltado um.

Sem dúvida seria absurdo, e mesmo escandaloso, chegar a ponto de reconhecer que o significado de um presente do destino, de um acontecimento tão afortunado quanto o amor de uma mulher bonita, cheia de vida, experiente e sentimentalmente madura, por um jovem imaturo, mal saído da adolescência, um acontecimento capaz de lançar um brilho abençoado sobre a vida futura dele, haveria de ser destruído por coisas tão insignificantes quanto o fato de que ela deixava a colherinha de pé, dentro da xícara de café, como um ancinho enfiado num monte de estrume, enquanto ele estava acostumado ao fato de que "se" retira a colherinha de dentro da xícara e "se" pousa a colherinha sobre o pires, ou que não se costuma desaparecer momentaneamente debaixo da mesa, em meio a desculpas murmuradas de forma incompreensível, quando se precisa assoar o nariz em meio a uma refeição. O palito de dentes que, mesmo enquanto estava falando, o sr. Garabetian só raramente tirava da boca — e quando o fazia era para enfiá-lo dentro da orelha — não diminuiu em nada a terna amizade que eu tinha por ele. Mas meu amor pela bela judia, em cujo rosto eu via todo o caráter passional e incandescente impregnado do sol da Andaluzia, onde, em sinal de gratidão por tudo o que o espírito judaico ofertou, da maneira mais grandiosa, à fusão entre o Oriente e o Ocidente e ao espírito europeu, foram acesas as fogueiras da Inquisição — meu amor pelo rosto inundado de felicidade da bela sofredora, que se dissolvia num sorriso tão impregnado do mistério da serenidade da morte quanto o rosto da "bela desconhecida do Sena", foi destruído, foi corroído e foi perfurado pela maneira como ela costumava vestir-se, pelo seu hábito de esticar o dedinho enquanto tomava sorvete, pela respeitabilidade pretensiosa que exibia diante de seus clientes, pela maneira como prendia a opulência dos seus seios e das suas ancas em armaduras de borracha, tornando-as firmes como se fossem balas de canhão, para então poder apresentar-se como uma "dama", ou pelos penteados que transformavam seus belos cabelos pretos em verdadeiras obras de arte da confeitaria quando queria sair comigo, ou pela forma como se tornava "fina" diante de todos os que ela considerava como socialmente seus inferiores, e erguia as sobrancelhas, os ombros e a voz, falando, então, com uma voz anasalada, assumindo aquela expressão amarga e hostil de todos aqueles que impõem sobre si mesmos exigências sociais que se encontram acima do seu estatuto social — exigências que correspondem a um estatuto que está apenas um pouco acima daquele ao qual pertencem essas pessoas, mas que, ainda assim, elas são incapazes de satisfazer.

Não ajudava em nada dizer-me que ela me amava com uma paixão que chegava a ser assustadora, e que isso deveria ser mais importante para mim do que as virtudes da etiqueta e do bom gosto. Não havia dúvida de que eu representava, para ela, a realização de um sonho que ela jamais ousara sonhar porque, com seu caráter passional e ao mesmo tempo sóbrio e desconfiado, de antemão não teria sido capaz de acreditar que fosse possível realizá-lo. O que se passava em sua intimidade era evidente e, justamente quando contemplado pelos aspectos da psicologia profunda de Freud, que eram especificamente judaicos, era tão simples quanto um provérbio de escola primária: eu era, para ela, o filho que lhe fora negado e, ao mesmo tempo, o mais ardente amante, cujas carícias picantes talvez tivessem o tempero da fantasia de um pecaminoso incesto.

Haveria um complexo de Jocasta latente nela, que perturbava sua relação com o mundo? Se sim, esta era sua oportunidade de vivê-lo, conforme seu desejo. Ela não tinha ligações com ninguém, nem se importava com ninguém. Ela contou que sua família próxima tinha morrido e que seus parentes mais distantes estavam dispersos em algum lugar da Bessarábia, nem ela mesma sabia exatamente onde, nem se interessava em saber. Por isso, a preocupação que manifestava com a opinião dos seus vizinhos era ainda mais incompreensível. Ela era uma mulher de negócios prudente, astuta e dura, mas seu acumular de dinheiro acabava não levando a lugar algum, ela mesma o admitia, perplexa, já se tornara, havia tempo, um objetivo em si mesmo e uma compulsão, nutrida por uma fria insatisfação e, supostamente, também por aquele temor nunca superado, profundamente enraizado na sua raça e até nas ramificações mais sutis do seu ser. A ternura que ela me prodigava tornava-se ainda mais cativante porque, afinal, brotava dela e, ao mesmo tempo, opunha-se à sua natureza e a todos os seus hábitos — às vezes eu tinha a impressão de que ela ainda se defendia dela, num ato reflexo. Mas como sua paixão tinha transbordado, ela se via tomada por uma espécie de embriaguez dourada, por uma felicidade estonteante, que reluzia à sua volta como uma auréola. Bastava-lhe olhar para mim para tornar-se bela.

Mas isso não aconteceu já desde o início. Depois de nosso primeiro, irrefletido e impetuoso encontro no sofá da salinha dos fundos da Parfumeria Flora, constelou-se, naturalmente, primeiro, todo aquele ir e vir de arrebatamento e de tristeza, de sentimentos de vergonha e de culpa, de dúvidas e de sedução, de tentativas de evasão, de indecisões, de afetações de entrega e de novos escrúpulos, com o qual pessoas bem-educadas da burguesia, ao lidarem com o amor, tornam suas próprias vidas interessantes — e as dos outros, difíceis. Durante essa fase, todos os sentimentos nobres com os quais eu me empenhava em reprimir meus impulsos antissemitas foram submetidos às mais duras provações. Essa dramaticidade exagerada não era, ela também, algo tipicamente judaico? Minha vontade era conversar a esse respeito com o sr. Garabetian, cujos pontos de vista esclarecidos e livres de sentimentalismo tinham um efeito extraordinariamente tranquilizante sobre minhas próprias exaltações. Como era possível que uma mulher tão sensual quanto minha andaluza se portasse como se fosse uma aluna do internato Sacré-Coeur depois de perder sua inocência? A única explicação possível era que, a todas as hipotecas de sua já tão sofrida raça que pesavam sobre ela, tivesse sido acrescentada, também, a maldição de uma mentalidade pequeno-burguesa irremediável.

E o que apontava para o fato de que se tratava disso mesmo era — não apenas, mas talvez da maneira mais eloquente — o apartamento, no qual me coube enfrentar os desafios de afastar suas reticências sempre reiteradas.

Era um apartamento de três cômodos, atrás da saleta com sofá adjacente à loja, decorados com móveis produzidos em série no estilo *art déco*, então em voga, exagerado e em versão balcânica, no qual o elemento futurista se combinava com a ornamentação de varas de pastor entalhadas: sala de jantar, quarto de dormir completo, sala de estar com uma cristaleira revestida de espelhos, tudo finamente disposto como na vitrine da loja de departamentos onde todos aqueles esplendores tinham sido adquiridos, aos quais se acrescentava o calor de uma nota pessoal das mãos da dona da casa na forma de rendas, de vasinhos com arranjos de flores artificiais, assim como de estatuetas de pierrôs e de monges. Tudo isso se encontrava no interior de uma casinha térrea, de uma simplicidade quase interiorana, em cuja parte posterior, voltada para o pátio, um caminho de tábuas conduzia a um estábulo de cabras.

Orgulho-me de ter sido capaz de manifestar, num tal ambiente, os mais autênticos sentimentos românticos. Mas, provavelmente, a razão disso também esteja no fato de que eu realmente via, corajosamente, a "viúva negra" como judia, e queria amá-la, ainda que ela fosse judia, ou justamente porque ela era judia. Um dos aspectos desse seu ser judaico era o mau gosto — ou, para dizer de outra forma, o gosto totalmente diferente, um tanto oriental, que, por isso mesmo, representava um abastardamento do gosto europeu. Aquilo era típico dos judeus tanto quanto seu linguajar impregnado de inflexões do iídiche, e tanto quanto suas mãos sempre agitadas. E imediatamente eu acrescentei a isso também sua resistência pequeno-burguesa às minhas investidas e os escrúpulos que ela sempre voltava a manifestar. Como poderia eu saber se não era um preconceito religioso involuntário, relativo ao relacionamento comigo, um *gói*, o que estava se manifestando nela? Pois os preceitos higiênicos dos judeus são, sabidamente, muito rigorosos.

É evidente que essa resistência também me excitava e creio que me portei assim como uma criança que sempre volta a pedir à mãe que lhe conceda, mais uma vez, algum favor, por exemplo, uma história que sempre precisa ser recontada... e, de fato, ela inflamava minha fantasia. Eu olhava para seu rosto e inventava fábulas. Todos os mistérios que eu era capaz de enxergar no sombrio rigor de seu antigo rosto de coruja, no brilho dourado que tomava esse mesmo rosto sob as ondas de ternura, ou quando ele desfalecia, sob o desejo, adquiriam dimensões mitológicas: eu a chamava de Astarté e de Gaia e até mesmo de Gaia Kourotrophos, isto é, nutriz de crianças, e o sorriso que cobria seus lábios quando ela dizia: "Que coisas saem de sua cabeça de *meschugge*, bebê!" me parecia tão doce quanto o da imagem de uma deusa arcaica.

Mas as voltas à sobriedade depois de passar por semelhantes êxtases eram dolorosas, e eu comecei a aguardá-las com a cabeça enfiada entre os ombros quando nosso relacionamento começou a fluir, pois essas ocasiões se multiplicavam tanto mais quanto melhor eu vinha a conhecê-la. E, então, eu odiava aquela judia romena pequeno-burguesa, cujas trivialidades arruinavam os meus êxtases. Certa vez, em meio ao mais apaixonado dos abraços, ela se desvencilhou de mim com tanto ímpeto que eu quase caí da cama. Com o rosto deformado por uma careta, ela agarrou uma fotografia emoldurada que se encontrava sobre o criado-mudo em estilo futurista balcânico e a escondeu dentro da gaveta. "Que diabo é isto?", perguntei, furioso.

Ela estava tão perturbada que nem sequer foi capaz de responder. E, depois, com lágrimas correndo pelo rosto, murmurou, por entre os dentes: "Ele estava olhando!".

"Quem — ele?"

Demorou algum tempo até eu conseguir fazê-la dizer: "Meu marido".

"Eu achei que ele tivesse morrido!", apressei-me em dizer. "Achei que vocês, judeus, não acreditavam na vida depois da morte. Quando acabou, acabou, não é verdade? É por isso que vocês também têm tanto medo de morrer, é por isso que já começam a tremer só de ouvir falar da morte. Então como é que agora alguém, lá do outro lado, será capaz de ver que sua mulher está deitada com um outro sujeito na cama, no sagrado leito conjugal, evidentemente? Como? E você? Você tinha o direito de dormir nesta cama com ele? Ou você costumava lançar seu lenço de cabeça para ele, brincando, e só lhe era permitido aproximar-se dele se ele não lhe lançasse o lenço de volta, mas se dignasse a mantê-lo consigo?"*

"Não fale assim, bebê", pediu ela. "Você está nervoso. Não sabe o que está dizendo."

De fato, eu estava fora de mim de ódio. "Se você sente que o está traindo, apesar de ele ter morrido há dez anos, então talvez seja melhor eu me retirar. Pois, senão, eu poderia vir a pensar que estou traindo alguém que nem existe."

"Você não compreende, bebê", disse ela, com o rosto coberto de lágrimas. "Eu amo você. Eu amo você mais do que a mim mesma. Mais do que qualquer coisa deste mundo."

"Mais do que os mortos?"

"Os mortos!", disse ela, dando de ombros com um desprezo indescritível. "Que me importam os mortos? Você não entende, bebê. Venha, vou lhe mostrar quanto me importam os mortos. Vou queimar a fotografia. Veja aqui! Vou jogá-la no lixo!"

Ela tirou a fotografia de dentro da gaveta do criado-mudo.

---

* Aqui o autor faz uma alusão ao fato de que, segundo as regras da ortodoxia judaica, as mulheres casadas têm o dever de esconder seus cabelos, só podendo mostrá-los ao marido.

"Deixe-me ver pelo menos", disse eu.

"Para quê? Os mortos estão mortos. Para que você quer despertá-lo?"

"Não diga besteiras! Eu quero saber que cara tinha o homem com quem você se casou."

Arranquei a fotografia da mão dela. O homem que estava retratado ali tinha seus cinquenta anos, cabelos escuros parcialmente grisalhos, era de constituição massiva e lançava um olhar pesaroso do fundo de seus olhos cercados por olheiras. Ele me lembrava, vagamente, alguém que eu não era capaz de buscar na memória.

"Basta!", disse ela, tirando a fotografia das minhas mãos. "E agora, olhe aqui o que eu vou fazer com ele. Vou guardar só a moldura, porque ela ainda me serve. Mas a fotografia — olhe aqui, veja quanto me importa esta fotografia!"

Ela arrancou a fotografia da moldura e a rasgou em pedacinhos. E enquanto o fazia, uma expressão tão selvagem tomou conta do seu rosto que me assustei. Aquela cena gravou-se em mim de uma maneira um tanto arquetípica, e jamais fui capaz de rememorá-la sem ficar horrorizado: a mulher nua, com seus abundantes pelos pubianos à mostra, despedaçando a fotografia do marido morto diante de seu jovem amante, igualmente nu.

Gradativamente fiquei conhecendo a história do seu casamento, isto é, arranquei-a, aos poucos, de dentro dela. Nunca houvera, entre os dois, uma ligação muito íntima, nem amor, mas, antes, ódio. Ele fora um homem peculiar, indolente no trabalho, que fazia apenas como ganha-pão. Por fim, ele o deixou inteiramente por conta dela, enquanto dedicava todos os instantes disponíveis às suas duas paixões ou, se preferirmos, a seus dois vícios: a filosofia judaica e as mulheres. Porém, acrescentou minha andaluza, as duas coisas desembocavam, para ele, num mesmo problema filosófico.

Não consegui entender. Como assim?

Suspirando profundamente, ela disse que se tratava do problema central de toda a filosofia judaica, que era — até onde ela sabia — a impossibilidade, aliás, o desejo, de reunir o conhecimento racional e a inspiração divina. Disso surgia, imediatamente, a questão do livre-arbítrio, e era aí que estava o conflito existencial. Pois ele dispunha de um poder de atração extraordinário, quase sinistro, sobre as mulheres, a tal ponto que seria quase necessário dizer que tinha sido amaldiçoado com esse poder. Seu efeito mágico era tão irresistível que ele mesmo se tornou sua vítima: ele não era capaz de se defender das mulheres que lhe caíam nas mãos. Ela contou que, no fim, ele batia com a cabeça contra a parede porque, mais uma vez, uma mulher o seduzira — ou, melhor, porque, mais uma vez, ele não fora capaz de resistir a seu fascínio por outra mulher. Aquilo acabou partindo seu coração. Certo dia ele caiu morto sobre seus livros, espumando pela boca.

Ela foi obrigada a confessar que aquilo não lhe causou uma tristeza incontrolável. Durante seus anos de casados, ela tinha sido forçada a atravessar todos os infernos. Ela me abraçou, desesperada, enquanto me contava aquilo, como se coubesse a mim salvá-la daquelas lembranças.

"Que louco fabuloso!", observei eu.

"Louco, bebê? Como assim?" Ela disse que sempre o vira como um maldito. Ele sabia que estava possuído por um mau espírito. Bastava-lhe atravessar a rua para logo encontrar uma mulher disposta a se entregar a ele. E ele era obrigado a tomá-la. Era como uma compulsão. Logo ela foi obrigada a sentir pena dele, e era esse o único sentimento que os unia durante os últimos anos do casamento. E a pena era multiplicada pelo respeito que a seriedade com a qual ele se dedicava à compreensão filosófica de seu problema inspirava.

"Foi justamente por isso que eu disse: que louco fabuloso!" Eu estava de mau humor. Eu me sentia desafiado. "Diante desse problema, existe uma única postura filosófica possível. Você conhece a história do homem que comeu um prato de goulash no restaurante Neugröschl?"

Ela olhou para mim com uma mistura de timidez e repulsa, entrega e desconfiança, que destacava todas as características de sua raça.

"Não faça novamente sua cara de coruja", disse eu. "A história é a seguinte: certa manhã, em Viena, um homem foi, como era seu hábito diário, comer um prato de goulash na taverna de Neugröschl. Mal tendo chegado em casa, copulou duas vezes com sua mulher e três vezes com sua cunhada, violentou a empregada doméstica e só com dificuldade conseguiram apanhá-lo quando ele já estava a ponto de tomar sua própria filha. Esse caso despertou tanto interesse entre os médicos que logo um conselho, presidido por um professor de renome mundial, se reuniu. O médico da família relatou que o homem não fizera nada de incomum, simplesmente fora à taverna de Neugröschl para comer um prato de goulash. 'O que acha que deveria ser feito, senhor professor?', perguntaram, então, ao grande cientista, enquanto os olhos de todos se voltavam para ele. 'O que os senhores vão fazer eu não sei', disse o professor. 'Quanto a mim, vou à taverna de Neugröschl comer um prato de goulash.'"

Ela me deu uma palmadinha delicada — um gesto engraçado, que contrastava estranhamente com a expressão trágica do seu rosto. "Você não presta, bebê, realmente. Mas eu gosto de você justamente por você ser assim. Você não sabe como é terrível ser perseguido pelo sexo. No começo, quando eu o conheci, quando também me senti arrebatada por ele..." Ela hesitava, não queria terminar de falar, balançava a cabeça e se agarrava em mim. "Bebê, é por isso que eu amo você, porque com você é diferente."

Mas aquilo só tornou tudo ainda mais difícil para mim. Agora o aguilhão do ciúme me atormentava. Eu não mais a deixei em paz: qual era o segredo da atração que ele exercia? Ele era tão potente, tão violento, tão duradouro, tão experiente? Todos os mitos da sexualidade celebravam uma solene ressurreição em minhas fantasias e me atormentavam, com seu arrogante desafio a uma comparação. Eu lamentava muito por ela ter rasgado a fotografia dele. Talvez em seu rosto eu tivesse sido capaz de descobrir alguma coisa a respeito de sua masculinidade sobrenatural e de adivinhar quais eram as suas causas. Aquele rosto tinha me lembrado de alguém que eu conhecia e, por fim, imaginei que se tratasse de uma semelhança com aquele sujeito do hotel por hora da calea Grivitei, que tinha me enganado e me surrado quando eu tentara fazer amor ali com a pequena cigana. Essa ideia louca se cristalizou em mim com tanta tenacidade que passou a perturbar meu entendimento.

Então quer dizer que esse rufião, além de ser um mulherengo irresistível, era também um filósofo? Perguntei, com desprezo, o que era "filosofia judaica". E imediatamente me senti como se tivesse atraído pedradas sobre mim mesmo. Minha constrangedora ignorância tornou-se evidente em toda sua extensão. Não apenas existia uma filosofia especificamente judaica, já desde os tempos pré-cristãos, em lugares como Alexandria, onde Fílon alcançara um dos seus pontos culminantes, como também, no início da Idade Média, sob os auspícios dos árabes, especialmente na Andaluzia, a escola dos Calamitas, os judeus neoplatônicos, aristotélicos e antirracionalistas, tinha alcançado um florescimento com o qual todos os maiores espíritos da época se enfeitavam. Voaram sobre mim, como numa tempestade, os nomes de Juda Halevi, Ibn Daud, Maimônides, Gersônides, Hasdai Crescas — nomes que eu ouvia pela primeira vez ali e a respeito dos quais não tinha a mais remota ideia. Fiquei envergonhado por minha falta de cultura, me sentindo como um bárbaro e arrogante. Quanto à minha andaluza, ela parecia sentir muito prazer em poder me falar de tais coisas e, enquanto o fazia, seu rosto tomou aquela sua expressão de coruja, o seu ar "eterno" de uma maternidade não apenas física como também espiritual. Sem dúvida, era o amor o que a impelia a me contar sobre seus antepassados, como ela teria feito se estivesse contando aquilo a seu próprio filho. Nada poderia estar mais longe dela do que me humilhar por minha ignorância. Ainda assim, insinuou-se em mim uma suspeita: evidentemente ela compartilhara amplamente não só da potência espiritual de seu falecido marido como também de sua potência sexual e, em minha autotortura, cheguei a suspeitar que ela estivesse tentando, por meio de suas referências à potência espiritual do falecido, inflamar minha potência sexual. Nunca, até então, tinha sofrido um abalo semelhante em minha autoestima, que, de qualquer maneira, nunca tinha sido muito estável.

Mas, curiosamente, não foi isso o que atenuou o meu amor por ela. Ao contrário: enquanto eu era atormentado pelos ciúmes e por um sentimento de insuficiência, me sentia totalmente dependente dela. Mas bastava que me sentisse superior a ela para que começassem as minhas críticas. Ainda que isso me parecesse vergonhoso — e, portanto, também pareceria vergonhoso à moça da cadeira de rodas —, era preciso admitir que era assim. O que me enfurecia era pensar que minha loira anima, com suas longas pernas, também poderia ter sucumbido ao irresistível poder de atração erótica exercido por aquele judeu.

Mas aquilo que terminou por nos separar provavelmente era ainda mais vergonhoso para mim. Era algo que a moça da cadeira de rodas decerto haveria de compreender. Tudo começou com o orgulho que ela tinha de mim. Ela queria me mostrar para todo mundo, como se eu fosse, para alguém em sua posição de viúva ainda jovem, uma presa desejável e uma propriedade erótica invejável. Propriedade ou, pelo menos, conquista, na qual ela tinha méritos que a enfeitavam. "Acho que o que você mais desejaria é, como uma autêntica mãe judia, me vestir e me arrumar muito bem para o shabat e então passear comigo, de braços dados, pela cidade, para ver como seu filhinho provoca expressões de agrado em todos aqueles que passam por ele, não é?" Ela queria modelar-me de acordo com suas próprias ideias, esfregava brilhantina em meus cabelos, manifestava sua vontade de que eu vestisse este ou aquele terno, o melhor de todos, evidentemente, e me presenteava com gravatas horrendas.

Aquela ideia me causava arrepios. E já me horrorizava pensar que o representante da Afrodite Soc. An. certamente já tinha ouvido rumores acerca do nosso relacionamento. Já era previsível a onda de fofocas que isso desencadearia entre os senhores alemães dos Sudetos e os senhores saxões da Transilvânia que constituíam o corpo diretivo da empresa. Muito embora eu não fosse capaz de reprimir completamente certo sentimento de vaidade, por ter sido capaz de "dissolver o iceberg", eu alegava, falando com ela, que se alguém descobrisse algo a respeito de nosso relacionamento, isso poderia ter as mais desagradáveis consequências para minha vida profissional. Era difícil, porém, explicar por que era assim, principalmente a ela. Desde que passamos a nos ver com regularidade, eu podia fazer na Parfumeria Flora o que bem entendesse. Passado pouco tempo, suas vitrines não ostentavam nada além dos produtos da Afrodite Soc. An. — cada semana, outro. Se não era eu quem decorava aquelas vitrines, porque, com o passar do tempo, aquilo me parecia capaz de chamar demais a atenção, ela mesma se encarregava de fazê-lo, às minhas costas, para me proporcionar alegria. "O melhor que você tem a fazer é me sentar no meio dos sabonetes e das pastas de dentes. E, se possível, com uma tabuleta na qual se lê: não tão bom de cama quanto meu falecido, mas ainda assim... Pena que, provavelmente, isso não conviria aos interesses da Afrodite Soc.

An., disse eu, venenoso. "Afinal de contas, sou pago para fazer reclames para os produtos deles, e não para que os produtos deles façam reclames por mim."

Só mais tarde, depois que nos separamos, ocorria-me, às vezes, algo que decerto teria me permitido compreender melhor a vaidade dela, isto é, que no orgulho que ela tinha de mim também havia certa revolta. Não havia dúvidas de que a vizinhança, inteiramente judia, sabia, com certeza, que tipo de encontros eram aqueles que mantínhamos com regularidade. E desde que um senhor já de certa idade — aliás, muito amigável, muito bondoso, com os olhos discretamente fechados e sorrindo para a noite, por assim dizer — se dirigiu a mim para perguntar se eu não gostaria de acompanhá-lo, ocasionalmente, à sinagoga, e eu, na verdade de maneira mais rude do que a princípio pretendia, retruquei que não era judeu, isso provavelmente também logo se tornou conhecido em todo o bairro. Ainda que os preconceitos concernentes à legitimidade do nosso relacionamento me parecessem ridículos num mundo esclarecido, é bem provável que existissem. Eu deveria ter ficado comovido com a coragem com a qual ela se declarava abertamente a mim, sem fazer segredo de nada.

Mas o que acontecia era exatamente o contrário. Quando ela me propôs um jantar num dos grandes e bem frequentados restaurantes do centro da cidade, eu de imediato a acusei de querer ostentar, ao meu lado, aparências de ascensão social. "Mas aqui tudo é só brilho falso", eu tentava explicar-lhe. "O que você vê aqui são, sem exceção, pequeno-burgueses que querem se dar ares de grandes homens. As pessoas realmente elegantes comem em suas casas ou em lugares menos exclusivos, como o Capsa — e não num lugar tão espalhafatoso."

Ela olhou para mim, sem entender. "Você quer jantar no Capsa, bebê? Pouco me importa se for ainda mais caro do que aqui."

E, na verdade, o que eu tinha tentado fazer era mostrar-lhe algo do *grand monde* — ou, pelo menos, algo daquele pequeno segmento do *grand monde* ao qual eu tinha acesso, graças à metade cavalheiresca de minha existência dupla. Pois todas as manhãs eu saía para cavalgar e passava um número cada vez maior das minhas horas de lazer nos estábulos e na pista de corridas. Mas o encontro com o ambiente elegante do turfe terminou de forma catastrófica. "Por acaso isso é algum prazer?", ela ralhava, ainda por dias a fio. "Eu, uma mulher que trabalha duro, acordar às quatro da manhã para ver como alguém se senta sobre um cavalo selvagem e sai galopando feito um *meschugge* — bebê, por favor, você ainda vai quebrar o pescoço desse jeito! Veja como você já está magro, só porque não quer comer nada por causa dessa loucura. E o fedor dos estábulos! Isso não pode fazer bem à saúde. Se alguém se sente bem num lugar assim, como aquela velhota que ficou tanto tempo conversando com você, mas nem quis me dar a mão — quem você acha que ela é? Uma dama da corte? Por mim ela pode ser a própria rainha — se ela se sente bem no meio do esterco, bom para ela. Toda vez o cavalariço enfia a mão na bunda dela, quando a ajuda a subir no seu cavalo velho, eu vi isso com os meus próprios olhos, e tenho certeza de que ela já tem mais de sessenta anos. Mas você, bebê, você não precisa disso. Se quiser, posso manter um cavalo para você. Um cavalo não custa caro, e lá fora, junto à fábrica de vocês, há um mercado, todas as quintas-feiras, com certeza você vai encontrar ali um que sirva, e nós podemos abrigá-lo ali no quintal, eu simplesmente vou rescindir o contrato de aluguel do pessoal das cabras, e um pouco de feno e de aveia, quanto é que isso pode custar? E uma carrocinha também não vai nos arruinar. Com ela, aos domingos, podemos ir passear na Schossea Khisseleff. O que mais você pode querer do cavalo senão o seu prazer? Ou você quer se tornar igual a esse sem-vergonha desse treinador que imagina que pode tirar o dinheiro do bolso dos ricaços bestas que, por sua vez, fazem bons negócios com os pobres-diabos que apostam seus últimos centavos…" Com delicadeza e com preocupação ela me olhava: "Você não é um *schmock*,* bebê… ou é? Então para que você precisa disso?". Foram precisas semanas para que ela se acalmasse.

Ainda menos sucesso eu tive quando tentei abrir os olhos dela para aquilo que — como um contraponto às minhas predileções tão esnobes quanto aquela pela equitação — me entusiasmava na vida maltrapilha dos subúrbios. De início, aquilo tudo era completamente incompreensível para ela. "O que pode haver de bonito no rosto de um ladrão que foi pego roubando e foi preso? O desespero? Por acaso você tem ideia do que seja, realmente, o desespero?", perguntou ela, balançando a cabeça. "Na verdade, bebê, eu não compreendo você. Primeiro você me conta de um cachorro atropelado, a quem seu dono matou, chorando, a golpes de bastão, porque não podia suportar a dor de vê-lo sofrendo. Depois, quando eu lhe peço para ir ao enterro da minha vizinha, você diz que não tem nada a ver com isso. Primeiro me diz que eu deveria me desfazer daquela pedra com a qual eu testo as moedas de cem que a gentalha traz para dentro da minha loja, porque seria uma falta de compaixão para com os coitados que foram enganados e, além do mais, ordinário. Não combina comigo, você diz. E depois quer que eu, uma mulher decente, acompanhe você até a Crucea de Piatra, para olhar as putas. Você é capaz de passar horas olhando como eles assam o pão por aqui, enquanto as baratas passeiam tranquilamente sobre a massa, mas se eu retocar minha pintura de olhos com um pouquinho de cuspe, você fica nervoso. Alguma vez no mundo foram vistas contradições

---

* *Schmock* significa, literalmente, em iídiche, "pênis", mas o termo adquiriu o significado de uma pessoa estúpida, sem discernimento.

assim? Se você conhecesse a *mahala* tão bem quanto eu, sempre morrendo de medo que alguém enfie uma faca entre as minhas costelas, você não diria que a vida aqui é muito mais honesta do que nos bairros elegantes..."

Eu a odiava quando ela começava a dizer tolices como essas. Parecia-me uma traição que ela cometia contra si mesma. Eu teria sido capaz de espancá-la por causa de sua obtusidade pequeno-burguesa, que apagava completamente aquele rosto que me fazia amá-la quando a ternura tomava conta dela, uma felicidade que parecia mergulhada em ouro.

Mas até nisso eu ainda não tinha esgotado minha capacidade de me surpreender. Novamente, saímos à noite, pelo amor de Deus, dessa vez fomos a uma taverna num jardim: lâmpadas azuis, amarelas e vermelhas em meio às folhas das castanheiras, uma banda de ciganos que tocava e um cantor que cantava com as sobrancelhas erguidas em forma de acentos circunflexos. Além disso, reparei que ela estava usando um vestido indizivelmente pavoroso, que parecia uma roupa de duende inspirada numa fantasia de pierrô, branco, com grandes estampas pretas e um colarinho mole — faltava apenas ela botar os seios para fora e cobrir o rosto com uma touca de gaze com duas grandes antenas e estaria pronta para representar uma esplêndida joaninha no baile de máscaras em torno da Crucea de Piatra. Mas não, no salão de um dos artistas do penteado, em Vacaresti, ela mandara, outra vez, assar uma daquelas tortas de crina de cavalo que levava sobre a cabeça, na qual, ainda por cima, enfiara um pente de celuloide, ornamentado com strass. Era de virar o estômago.

Seja como for, ela estava excitada pela atmosfera mundana à nossa volta. "Olhe para lá", disse ela, "mas seja discreto — veja que casal chique!"

Olhei: era o jovem Garabetian, vestido com um terno branco, com ombreiras afiadas como facas, com um nó de gravata do tamanho de um punho, com um penteado à Valentino reluzente como um espelho, acompanhado de uma de suas putas de luxo, de formosura invejável. Ele olhou em nossa direção, disse, sorrindo ironicamente, algumas palavras à sua acompanhante, que caiu na gargalhada, e então me cumprimentou, fazendo uma reverência ironicamente exagerada.

"Você o conhece?", perguntou, atenta, minha viúva malhada de branco e preto. Eu não só o conhecia como também conhecia os dois senhores que estavam sentados junto a outra mesa, um pouco mais atrás, e que também olhavam para nós com grande interesse. Eram o procurador e um diretor de divisão da Afrodite Soc. An., acompanhados de suas esposas alemãs dos Sudetos.

Com a melhor das boas vontades, não queria estragar a noitada, mas era impossível disfarçar o meu incômodo. Enquanto ela continuava a falar muito animadamente, eu apenas beliscava a comida no meu prato, bebia vinho demais, depressa demais, impetuosamente demais, e então ela também acabou se calando. Primeiro, aquele silêncio pairava sobre nós — o dela, intimidado e culpado, o meu, mal-humorado e cheio de desprezo — como uma nuvem, que se esperava que fosse desaparecer. Mas, ao contrário, o silêncio se expandia, insinuando-se, gelado, para, por fim, assenhorear-se de nós de tal forma que já era impossível rompê-lo. Deixamos o estabelecimento como se estivéssemos saindo do sepultamento do nosso amor.

Com o meu Ford Modelo T eu a levei para casa. Quando a deixei diante da porta, ela se levantou e, sem dizer palavra, entrou na casa, deixando, porém, a porta aberta. Se eu não a tivesse acompanhado, aquilo teria significado uma ruptura entre nós. Por um instante fiquei pensando se não teria sido melhor assim. Mas, por causa de minha revolta contra aquele almofadinha do filho de meu amigo Garabetian com sua vagabunda e contra os balconistas da Afrodite Soc. An. com suas mulheres de bundas gordas, eu a segui, entrando na casa.

Dentro, ela me recebeu com desespero. "Perdão, bebê! Vou fazer tudo como você disser. De agora em diante só iremos aos lugares que lhe agradem. Verdade, bebê! Prometo! Mas por favor, por favor, seja bonzinho de novo!"

Em meus braços, ela estava mais extasiada do que nunca, e me dei conta de que a estava observando com uma atenção quase científica. Esperava pela metamorfose em seu rosto, pelo êxtase cada vez mais intenso, no qual sua tragédia se dissolveria, e pelo sorriso misterioso da "desconhecida do Sena" que, primeiro, apenas pairava, suavemente, momentaneamente, sobre o seu rosto, enquanto o desejo a embelezava, para então arrebatá-la, cada vez mais, arrastando-a numa onda de paixão, até que seus lábios se abrissem e uma erupção de felicidade a inundasse. Agora ela adiava esse momento, mantinha seus olhos fechados, deixando flutuar seu sorriso, tomada pela felicidade dos cegos, e naquele instante ocorreu-me a louca ideia de que aquele seu sorriso gracioso e angelical talvez pudesse ser distorcido por uma expressão de astúcia, semelhante à da Mona Lisa, se ela abrisse os olhos, mas que, enquanto os mantivesse fechados, seria apenas um sorriso de prazer. Um aguilhão de ciúmes ferozes me atingiu quando pensei quão questionável, afinal, era aquele enobrecimento do rosto da mulher, quão pouco, na verdade, aquilo dependia de mim, e como, supostamente, aquela transformação, provavelmente, se operava de maneira muito mais persuasiva nas faces da minha andaluza, à época em que ela ainda se encontrava sob o poder da inaudita aura erótica do marido. No mesmo instante, para meu próprio horror, percebi que estava ejaculando — antes do tempo que já se tornara habitual em nossos atos de amor, naquela altura já bem ensaiados e, portanto, antes da última e mais bela transfiguração dourada do seu rosto.

Se aquilo a desapontou, ela tentou ocultar de mim. Ela me cobriu de ternura. "Não faz mal, bebê, foi gostoso para mim também, certamente, me deixa feliz porque prova que, apesar de tudo, você me ama."

Eu não sabia ao certo como deveria interpretar esse "apesar de tudo", mas, de maneira absurda, achei que se referisse à minha ilusão de ter sido capaz de detectar o caráter trivial e egoísta dos seus êxtases, e disse a mim mesmo: "Se você soubesse...". Talvez eu não tivesse sido capaz de lhe dar essa prova aparentemente evidente de meu amor se não tivesse buscado a ajuda da imagem do desejo dela nos braços do marido...

E ao me dar conta do que eu tinha feito e do que havia pensado, do tipo de filme secreto que exibia para mim mesmo, e de como tentava, por meio dele, regular meus sentidos, alcançando um clímax que, de outra maneira, já não seria mais possível, fiquei mortalmente horrorizado comigo mesmo. Mas esse horror deveria ter me atingido de maneira ainda mais intensa diante da minha solidão abissal — e da dela também. Anos-luz nos separavam enquanto imaginávamos que nos amávamos.

Fingi que tinha adormecido enquanto ela continuava a me acalmar, acariciando-me e sussurrando: "Meu pequeno! Meu amado! Meu bebê!". E aquilo me irritava indizivelmente. Eu queria que ela enfim parasse de me chamar de bebê.

Até então, eu nunca tinha satisfeito o desejo dela de passar a noite inteira a seu lado. De qualquer maneira, nunca tinha sido capaz de superar a repulsa que sentia por aquele leito conjugal tipicamente judaico, opulento, transbordando de travesseiros de plumas, em meio ao quarto em estilo *art déco*. Aquilo me parecia uma armadilha. Também aquela casa pequeno-burguesa em um bairro que, afinal, era um gueto, me dava nos nervos. Poderia estar, igualmente, num *shtetl* sob o céu noturno que se estendia em direção à Galícia. Para o meu gosto, havia ali um excesso de poesia chagallesca. Tentei me habituar o menos possível àquela residência, dando preferência a encontros apaixonados e breves, atrás da porta, por assim dizer, sobre o sofá em estilo biedermeier na saleta adjacente à loja, lá onde ocorrera nosso primeiro abraço. O fato de que, às cinco da manhã, eu tinha que estar junto aos estábulos, para poder ser agraciado com uma cavalgada, era uma desculpa que funcionava bem. Daquela vez até me abstive desse pretexto e, como se tivesse acordado de meu breve sono, fui embora, sem qualquer explicação.

Mas ela cumpriu sua promessa. Da próxima vez que saímos para jantar, fomos ao lugar que eu quis.

Havia tempos que eu queria levá-la a uma daquelas incontáveis tavernas que se encontram nas margens mais remotas da cidade, onde, à hora do almoço, os diaristas que trabalhavam no mercado se encontravam para comer, onde à noite os ciganos tocavam suas rabecas — não bandas de ciganos de opereta do tamanho de orquestras sinfônicas, como as que se via nos estabelecimentos supostamente chiques do centro da cidade, mas ciganos de verdade, que erravam pelo país, pequenos conjuntos de três ou quatro, com rabeca, contrabaixo e um címbalo pendurado no ombro, e onde não se encontrariam nem o sr. Garabetian com suas vagabundas, nem os senhores burocratas saxões da Transilvânia da Afrodite Soc. An. com suas esposas.

Na verdade, escolhi uma taverna que me tinha sido recomendada pelo velho Garabetian: "Um lugar de verdade", disse ele. "Conheço o dono, ele compra o alho e a pimenta dele aqui comigo e a carne ali no açougue, do outro lado da rua. Eu já o observei fazendo isso. Lá você vai comer uma comida mais simples do que no Capsa e, por isso mesmo, mais saudável. E vai pagar um décimo do que pagaria lá."

O estabelecimento não era mais do que uma choupana de pau a pique caiada, com teto de zinco, com um fogão aberto no meio da sala e com uma grelha a carvão para assar a carne diante da porta. Ficava para além do terreno onde se encontravam a fábrica da Afrodite Soc. An. e o mercado de cavalos, no ponto onde começava a Schossea Mosilor, que ali perdia seus ares suburbanos para se transformar numa estrada bordejada de álamos que desaparecia pelos campos vastos e tristonhos. Comia-se ao ar livre, em mesas grosseiras e em bancos, à sombra de um dos gigantescos olmos nos quais já — ou ainda — estavam os ninhos dos papa-figos e das rolieiras, ou sob o telhado amplo que se estendia diante da choupana, junto às gaiolas de madeira das codornas, que havia tempos tinham se acostumado a acompanhar com seu ressonante *pik-plak* os ritmos das músicas dos ciganos. E de longe, dos campos que se estendiam sobre a enorme planície, suas irmãs livres respondiam, admiradas.

Encontramos as mesas sob o telhado ocupadas e por isso tivemos que nos acomodar sob um dos olmos, muito embora eu soubesse que minha acompanhante achava desagradável comer tão perto da estrada, onde um caminhão que passasse seria capaz de erguer atrás de si uma nuvem de poeira com uma milha de comprimento, da qual, decerto, uma boa parte se assentaria sobre nós e sobre a nossa comida. Mas a mim agradava, especialmente, a vista sobre os campos que se tinha dali. Desfrutava da atmosfera daquela hora crepuscular. Atrás de nós começavam a brilhar as luzes da cidade. À nossa frente estendia-se a planície, envolta pela névoa rosada da tarde que caía. Nos véus que se tornavam cada vez mais densos, no horizonte, erguia-se o canto de miríades de sapos que infestavam as incontáveis lagoas das depressões. Cada um daqueles ruídos — o canto dos sapos, que dançava e faiscava, estarrecido; o distante bater das asas das codornas selvagens; o latido de um cachorro, longe, muito longe; o estalar aparentemente interminável de uma carroça de camponeses que se arrastava em algum lugar — tentava, em vão, determinar as proporções colossais da planície, sob o céu que se apagava. O dono da taverna distribuía velas em ampolas de vidro pelas mesas.

Minhas esperanças de que minha amada fosse capaz de compreender um pouco de tudo o que eu sentia ao contemplar aquilo eram muito remotas. Teria sido inútil dizer a ela quanta tensão provocava em meu espírito aquele encontro entre duas solidões tão incomensuráveis — o encontro entre dois vazios que se devoravam mutuamente: de um lado, a desolação da cidade, com seus horrores ostensivos, com seu progresso que era declínio, com sua sarna de ferrugem e de cimento; de outro, a imensidão e a força de uma natureza hostil, contra a qual nenhuma muralha que se ergue em direção ao céu, nenhuma aglomeração humana, por mais maciça que seja, nenhum tipo de acumulação dos que estão perdidos na cidade, por mais densa que seja, é capaz de proporcionar qualquer tipo de proteção significativa...

Minha andaluza certamente conhecia esse sentimento de desolação em meio às dimensões avassaladoras da natureza do *shtetl* judaico de onde ela vinha. Decerto ela conhecia a ameaça que pairava sob aquele céu noturno, que velava, com seu kitsch de cartão-postal, todas as catástrofes iminentes. A brisa suave que ele nos enviava era a própria expressão do desprezo. Eu entendia perfeitamente que uma judia da Galícia tomasse o partido da cidade.

Não, não tinha como esperar que ela compreendesse por que eu me colocava do lado da impiedosa natureza, nem que compreendesse o deleite que me proporcionava observar, ali, inspirado pelo esteticismo hedonista do pintor de batalhas, a visão da luta entre titãs que era levada a cabo por aquelas duas desolações. Quanto a mim, tentava persuadir a mim mesmo de que estava prestes a me despedir para sempre de minha juventude e de sua poesia anacreôntica, trocando-a por uma existência mais madura, perpassada por uma sensibilidade poética mais refinada. Mas um desconforto secreto me advertia do perigo do meu equívoco. Em minha juventude, eu via a mim mesmo como velho — pelo menos um século mais velho do que esta judia, em cuja raça, apesar de dois mil anos de sofrimentos, permanecia incólume a crença no destino do homem como filho de Deus, enquanto eu contemplava o planeta a partir de distâncias cósmicas, com um olhar cético, e via a mim mesmo e a meus semelhantes como vermes da terra de dimensões microscópicas, como minúsculas partículas de uma infestação que logo seria debelada.

Incomodava-me ver como ela não fazia nenhum esforço para esconder seu mal-estar. Eu imaginava que a estivesse apresentando, ali, a um público de amigos. Conhecia, pelo menos de vista, muitos dos que estavam sentados às mesas à nossa volta, em sua maioria, homens: eram operários e pequenos artesãos do bairro em torno da fábrica da Afrodite Soc. An.: o carvoeiro, por exemplo, alguns dos mercadores de cavalos do mercado das quintas-feiras e uns tipos como aqueles que costumavam ficar sentados nas estalagens ou diante dos pequenos teatros onde eram apresentadas as pantomimas do Karaghios.*
Não deixei de perceber quanta atenção foi dispensada pelos presentes à nossa chegada, e de como o fato de minha acompanhante ser uma mulher madura tinha sido aprovado por todos. Numa das cabeças que se voltaram em nossa direção reconheci o sr. Garabetian — o pai, evidentemente. Quis acenar para ele, mas a cabeça de outra pessoa colocou-se entre nós e o encobriu. Estávamos sentados num ângulo desfavorável, um em relação ao outro. Ainda assim, achava que ele estivesse nos vendo, e queria que ela causasse nele uma boa impressão. "Uma coisa de verdade", pensei ouvi-lo dizer. "Uma mulher bonita, madura e,

---

* Karaghios é um personagem folclórico da Grécia moderna. Trata-se de um carpinteiro falastrão.

evidentemente, não desprovida de bens. Não uma vagabunda como aquelas com as quais meu filho anda."

Mas ela não se sentia à vontade ali. Estava sentada no canto daquele banco que, é preciso admitir, não era dos mais bem-feitos, e também não era dos mais limpos, como se já estivesse fazendo uma concessão excessiva a um ambiente que, de nenhuma maneira, correspondia à sua classe social ou ao seu nível de exigências. Ela mal tocou a comida, que de fato era primitiva, mas bem saborosa, muito embora, normalmente, ela tivesse bastante apetite: apenas espetava, com uma sutil repugnância, a salada, com o garfo e a faca, para remover um besouro que despencara do olmo, mal e mal tomava um golezinho do vinho e, diante de minhas manifestações, evidentemente sempre artificiais, do mais alto bem-estar, ela permanecia gelidamente monossilábica.

Ao menos tinha sido capaz de impedi-la de se vestir como uma dama habituada a frequentar os mais elegantes salões, pensei comigo mesmo, tentando consolar-me. Seu cabelo estava penteado com simplicidade, puxado para trás de forma natural, e ela poderia fazer-se passar por uma linda cigana, com sua cabeça cheia de temperamento e seu esplêndido decote. Mas enquanto eu lhe dizia essas palavras e, como se ainda não bastasse, tentava enfiar um cravo vermelho atrás da orelha dela, que, pouco antes, em meu bom humor, eu comprara para colocar na minha lapela, ela empurrou minha mão para o lado com ímpeto, primeiro mantendo-se em silêncio, ofendida, para, depois de meus pedidos insistentes, informar-me, entre os dentes, que, para ela, ser comparada a uma cigana não era nenhum tipo de elogio.

"Nem mesmo com uma cigana andaluza, em nome de Deus?", perguntei.

"Não. Nem mesmo com uma andaluza." Com uma expressão de ódio que até então eu não conhecia nela, ela concluiu: "Já me basta ser judia".

E então, aos poucos, aquilo começou a ferver em meu íntimo. Por fora ela não tinha se vestido como uma dama, mas, em compensação, o fizera por dentro ainda muito mais. E agora ela era obrigada a ver que, ali, não tinha nada a fazer com aquilo. Aqui cada um é, simplesmente, o que é, pensei eu, nervoso. Só ela não. Quer ser fina demais para ser ela mesma. Se, por fim, ela fosse ela mesma e admitisse, de uma vez por todas, que é uma lojista judia de meia-idade, e mais nada!...

Para evitar que o silêncio voltasse a crescer outra vez entre nós, aquele silêncio que eu temia desde o nosso último encontro, comecei a falar, sem pensar, comecei a falar de modo leviano de minha intenção, momentaneamente adiada, mas nunca de todo esquecida, de um dia passar a me dedicar inteiramente às artes plásticas, e de como era bem-vinda à pintura, que apenas acabava de emancipar-se e de libertar-se da compulsão de retratar cenas edificantes de martírio e príncipes, a temática das cenas populares: bastava lembrar os holandeses e alguns realistas lombardos, cujo mestre era "il Pinochetto" Cerutti ou, o mais precioso de todos eles, o venerável Jean-Siméon Chardin...

Não faria diferença se seu estivesse falando com ela em chinês. Seus olhos estavam completamente vazios, com uma expressão de desentendimento, idêntica à que surgiria nos meus se ela começasse a me contar dos estudos de seu falecido marido acerca do significado das adições ao conhecimento talmúdico realizadas pelos *sboraym* e pelos *geonim*.* Só que ela, nesses momentos, estampava no rosto aquela expressão arquimaternal de coruja, cheia de bondade, e, por isso mesmo, sempre trazia, preparado, seu sorriso dourado de felicidade, enquanto eu me

---

* Rabinos e estudiosos do texto talmúdico, pertencentes a períodos posteriores ao da compilação do Talmude. *Sbora*, em hebraico, significa "opinião", enquanto *gaon* significa "brilho", "esplendor".

esforçava, irritado, até ela dizer: "Para que você está se esforçando tanto? Não é melhor ficarmos em silêncio?".

E então vi o súbito pavor que lhe cobriu os olhos e me voltei na direção para a qual ela olhava com lábios trêmulos. Um bando de *lautari* estava se aproximando, aqueles atores e imitadores itinerantes, e eles se preparavam para nos apresentar um espetáculo. Preso a uma corrente, eles traziam um urso amestrado. De pé sobre as patas traseiras, ele ia se equilibrando como um palhaço de pernas tortas, com as garras voltadas para dentro. Portava um chapéu de turco sobre o crânio enorme e uma focinheira de couro. De uma de suas patas dianteiras pendia um tamborim e, com a outra, com suas unhas compridas, ele batia, desajeitado, no couro cercado de guizos por todos os lados.

Eu, desde sempre, conhecia aqueles ursos dançarinos, que tinham sido o êxtase da minha infância. A maior parte deles tinha sido treinada para beijar a mão que lançasse em direção aos seus tamborins algumas moedas e, durante a minha vida inteira, sempre voltei a me lembrar das cócegas ao mesmo tempo temerosas e alegres que senti em minha cavidade abdominal quando vi pela primeira vez como, daquele focinho envolto por uma focinheira, que poderia triturar minha mão e transformá-la numa pasta sangrenta com uma única mordida, uma língua comprida, roxa e maleável como uma serpente, deslizava para me lamber enquanto o amestrador de ursos embolsava, com a agilidade de um prestidigitador, as moedas do tamborim. Acenei, chamando-o.

Não tinha levado em consideração o pânico da minha amiga. Ela saltou do banco, incapaz de emitir qualquer tipo de som, arregalando os olhos, em pavor mortal, e enfiando os dedos na boca. Achei aquele seu medo tão fora de qualquer proporção que não tive como conter o riso. Seu comportamento era infantil demais, pois, afinal, o urso estava usando uma focinheira e um homem forte o segurava por uma corrente. Senti que ela estava a ponto de se enfurecer comigo. Disse, então: "Venha, não seja tola, ele vai beijar sua mão, muito educadamente!" e, enquanto isso, tentei aproximar a mão dela do focinho úmido do urso. Mas ela se opôs com todas as forças. Aquilo realmente me enfureceu, e eu forcei a mão dela em direção ao focinho do urso. Ela se pôs a gemer como uma criança. Por fim, com um último esforço desesperado, ela libertou a mão. Num momento de descontrole, dei um tapa na cara dela.

Foi como um relâmpago negro. Por uma fração de segundo, a dor despertou nela uma expressão de êxtase. Mas em vez de uma transfiguração, o que se via ali, então, era um ofuscamento. Ela tinha cerrado os olhos. Quando voltou a abri-los, seu rosto tinha se apagado, já não havia sobre ele nenhuma expressão inteligível. Mas havia um sinal estampado sobre aquele rosto, um sinal invisível, a mancha de algo que se encontra além do entendimento, mas cuja realidade avassaladora tem que ser levada em conta. Não havia nenhum tipo de sofrimento pessoal capaz de desenhar uma expressão semelhante àquela sobre um rosto humano. Era, necessariamente, algo que, nela, ocorrera à própria humanidade. Em sua ausência de expressão estava a face humana em si mesma: a face humana, na inexorabilidade do sofrimento e mais além do desespero. Eu já tinha visto essa ausência de expressão no vazio que tomou conta do rosto de um ladrão que, tendo sido surpreendido, foi agarrado depois de uma breve perseguição.

Mas tudo isso foram considerações posteriores. Naquele momento, eu não era capaz de fazê-las, porque senti que alguém agarrara meu ombro, puxando-me, e me vi cara a cara com quatro ou cinco homens que, antes, estavam sentados às mesas à nossa volta. Um deles, a quem eu conhecia do terreno da fábrica, um marceneiro com quem eu costumava gracejar quando nos encontrávamos, me segurava com força pelos ombros e me dizia, num tom ameaçador: "Devagar, meu jovem senhor, se é que você não quer levar uma surra! Aqui não se bate numa mulher porque ela tem medo de um urso, entendeu, seu canastrão! Aqui ninguém é obrigado a brincar com animais selvagens. Você quer saber o que nós costumamos fazer com gente que se comporta assim, com gente como você, que se dá ares de barão? Vamos lhe mostrar!".

Meu impulso para bater, apesar de suas consequências previsivelmente desastrosas, foi retido por um espanto avassalador. Os homens a quem eu demonstrara minha simpatia, e a quem eu considerava como meus amigos, cercavam-me por todos os lados, como inimigos. E eles não tinham se tornado meus inimigos de uma hora para outra, depois de um gesto equivocado de minha parte, do qual eu já me arrependia... não: eles tinham sido meus inimigos desde sempre, nunca tinham me visto como um deles, nunca tinham me aceitado inteiramente. Eu sempre fora fundamentalmente diferente deles: alguém de outra raça. E eles desprezavam essa outra raça à qual eu pertencia, eles a odiavam radicalmente e eu, provavelmente, lhes causava ainda mais repulsa por ter tentado me insinuar entre eles e por ter tentado agir como se fosse um deles...

Essa reflexão provavelmente, também só me ocorreu mais tarde, ainda que seu conteúdo já estivesse, em sua totalidade, na minha percepção instantânea. Não fui capaz de pensar, pois o sr. Garabetian tinha interferido. "Calma, pessoal!", disse ele com uma autoridade intimidadora em sua voz vagarosa. Ele se colocou ao meu lado e o círculo de homens à minha volta se desfez.

"Se você bateu numa mulher, é porque isso veio do seu coração", disse o sr. Garabetian, enquanto me acompanhava até o meu Ford Modelo T e fazia um gesto para o dono do estabelecimento, para que ele não se preocupasse com a conta. "Senão, elas acham que a gente tem medo delas."

E depois de uma pausa muito breve: "Nós" — eu sabia que, com isso, ele não estava se referindo à comunidade dos moradores do subúrbio, e sim aos membros de uma civilização muito avançada e muito frágil, à qual ele, juntamente com poucos outros, pertencia, e em meio à qual se sentia bastante solitário — "nós há muito tempo que não batemos mais"... e cabia a mim ouvir, junto com aquela reprovação tão vergonhosa, também um certo tom de lamento pelo fato de que eles também se abstinham de bater nos próprios filhos.

A viúva negra aguardava-me, muda, junto ao carro. Durante o percurso de volta ela não disse nem uma palavra. Eu também me mantive em silêncio. Talvez tivéssemos muito o que dizer um ao outro, talvez também fosse possível algum tipo de reconciliação, mas já não era mais possível que as coisas voltassem a ser o que tinham sido um dia.

Quando chegamos diante de sua casa, ela desceu, abriu a porta e entrou — mas dessa vez não a deixou aberta: fechou-a, sem drama, sem a indignação de uma dama ofendida, sem qualquer estardalhaço, mas de maneira firme e definitiva. Eu nunca mais a vi. Por meio dos representantes comerciais ela informou a Afrodite Soc. An. que não desejava mais ser incomodada pelas visitas dos decoradores de vitrines dessa firma. Mas aquilo não me importou muito porque, passado pouco tempo, me afastei da empresa.

Dei graças a Deus por isso, pois como haveria de olhar para a moça da cadeira de rodas se ela me visse saindo de uma vitrine de perfumaria, me arrastando com uma pilha de caixas de sabonete e de frascos de xampu debaixo do braço! Agora, que não precisava mais temer ser apanhado em flagrante em meio a afazeres tão constrangedores, passei a olhar com certa ironia e com certo distanciamento para os meus antigos temores. Pois, afinal de contas, meu passeio pelo país dos aprendizes de vendedores também era algo que deveria ser compreendido com humor. Mas era inegável que, mesmo então, eu sabia que teria me sentido involuntariamente impelido a me esconder ao avistar a moça na cadeira de rodas. E aquilo me conduzia de volta aos sofrimentos e aos conflitos atordoantes daquela época.

Alguma coisa acontecera comigo. Alguma coisa de muito fundamental tinha se deslocado em mim, alguma coisa havia se rompido e se esfacelado — um dos fundamentos de minha autoestima já não mais se encontrava ali. Eu não pertencia mais a uma casta à qual a atenção de todos proporcionava autoridade. Tratava-se, antes, de uma casta por meio da qual me era atribuído um defeito, como se eu fosse um judeu. E, assim como um judeu, eu era incapaz de sair de dentro de minha própria pele, independentemente do que fizesse.

Um pequeno desvio no meu caminho revelou-me aquilo, e o que me causava vergonha de forma mais dolorosa era o malogro de minhas tentativas de me aproximar da gente do subúrbio. Prometi a mim mesmo que não voltaria a acontecer. Isso era pior do que uma judia do mercado de pulgas que tentava se comportar como uma dama.

Também voltava sempre a pensar a respeito do que fora dito pelo sr. Garabetian. Será que era verdade que eu tinha medo das mulheres? A moça da cadeira de rodas — mas ela era um fantasma, eu simplesmente passara por ela, desviara o olhar dela, como se não a tivesse percebido direito, como se minha atenção tivesse sido desviada por alguma outra coisa — também aí eu tinha sido um covarde; também aí eu tinha sido um medroso!... Provavelmente ela, por sua vez, nem tinha reparado em mim, eu certamente não significava nada para ela, um passante entre centenas de outros passantes, e só na minha cabeça ela poderia ter se tornado minha namorada e minha amante ideal. E, ainda assim, eu teria que me justificar diante dela.

Muito bem, o que me atraíra nela era a sua aura de pessoa bem cuidada, de filha de boa família. O filhinho da mamãe em mim ansiava por um lar. Só isso. E o fato de que a visão dela atingira de maneira tão direta minhas gônadas provavelmente se devia à ideia involuntária de que, sendo ela portadora de uma deficiência, não teria sido capaz de se defender de mim se eu tentasse atacá-la. Os judeus também provocavam, por meio de sua incapacidade de se defenderem. E as judias, mais ainda. Principalmente viúvas judias.

Talvez o sr. Garabetian tivesse razão — agora que eu não mais passava por ele todos os dias, dificilmente teria a oportunidade de lhe dizer aquilo. Mas provavelmente ele não tinha se enganado. Eu, de fato, tinha medo das mulheres. E a cada vez que achava que não precisava ter medo de alguma mulher, um mastro despontava em minhas calças — e apontava para o vazio.

Pensão Löwinger

Para o tio Agop

No ano de 1957 — por motivos e por circunstâncias a respeito dos quais não quero me estender aqui — encontrava-me, por alguns dias, junto ao lago de Spitzing, na Alta Baviera. Como era obrigado a passar uma grande parte do meu tempo esperando, fazia passeios frequentes e, num desses passeios, encontrei, à beira do lago, um estabelecimento onde se podiam alugar barcos.

Não sou um apaixonado por remo. Ao contrário: uma experiência traumática, na minha adolescência, me tornou para sempre avesso ao esporte dos remadores. Além do mais, tendia a vê-lo como uma ocupação bastante vulgar, e de nenhuma maneira espiritualizada.

O culpado é um parente, bem mais velho do que eu, para quem, àquela época, constantemente se apontava como um exemplo para mim em todos os sentidos. Ele era a encarnação daquilo que, em Viena, se chama de um *Feschak*: tinha sido capitão de um pelotão de Ulanos e, tendo voltado ileso da Primeira Guerra Mundial, adaptou-se perfeitamente ao mundo do pós--guerra, estabelecendo-se como um homem de negócios bem--sucedido. Era um homem de bem com a vida, bonitão, elegante, mulherengo e bom esportista. Aos domingos, costumava frequentar um clube de remo no Velho Danúbio. Como se imaginava que sua influência fosse exercer um efeito positivo sobre o meu caráter frágil, e que o ar fresco fortaleceria meu estado de saúde débil, amiúde eu era obrigado a acompanhá-lo. O ódio secreto que eu tinha por ele acabou voltando-se contra todos os que frequentavam aquele ambiente esportivo.

O clube era altamente exclusivo. Já àquela época, por volta de 1927, constava, de seus estatutos, logo em primeiro lugar, um parágrafo que dizia respeito aos arianos. Notória, e apresentada a mim como exemplar, era a fabulosa camaradagem que vigia ali. Os sócios do clube — todos eles senhores de uma disposição de espírito otimista — acomodavam-se em barcos de um, dois, quatro ou oito e remavam, em ritmo constante, contra a corrente, durante a manhã inteira, em direção à região de Wachau. Depois, mudavam a direção dos barcos e percorriam o mesmo trecho, agora a favor da correnteza, em menos de um quarto de hora. Nos chuveiros, onde eles lavavam o suor gerado por semelhantes exercícios, aconteceu aquilo que fundamentaria a animosidade que nutri, pelo resto da minha vida, pelo remo.

Eu mal completara treze anos de idade e, até então, tinha sido sempre um menino muito bem protegido, educado com um pudor que já era quase uma fragilidade feminina e virginal. Aquilo me causava uma grande aversão à despreocupação forçada com a qual esses homens musculosos despiam seus shorts e suas camisetas, postando-se nus debaixo das duchas, para então, pigarreando e escarrando, com os cabelos grudados nos rostos, misturar, sem qualquer tipo de inibição, jatos amarelos de urina na água que jorrava, soltar peidos sonoros, que ecoavam pelas paredes azulejadas, e falar sobre "as mulheres".

Um dos temas destacados era Josephine Baker, que, àquela época, estava se apresentando num teatro vienense. Claro que eu estava completamente apaixonado por ela. Causava-me repulsa ouvir como falavam, ali, de seus atributos, como se estivessem falando de um animal de montaria. "Bonita", disse meu parente moderninho, erguendo o rosto com os olhos fechados em direção ao jato de água que saía da ducha, com os pelos pubianos e as axilas cheios de espuma. "Bonita até que ela é, apesar dos cabelos castanhos. Melhor que uma judia. Se eu não estivesse, justamente, em meio ao treinamento..." E, então, ecoou pelas paredes azulejadas do vestiário a voz de um camarada de clube: "Então, quando chegar a sua hora, avise-nos! Não se esqueça: entre amigos, cada um tem sua vez".

Trinta anos mais tarde, à beira do lago de Spitzing, eu não pretendia, realmente, alugar um barco a remo. Por puro tédio, troquei algumas palavras com a locadora, a respeito do tempo e das perspectivas de negócios para o domingo seguinte. O sotaque peculiar daquela mulher chamou a minha atenção. "Então a senhora não é uma nativa da Alta Baviera?", disse eu. Ela balançou a cabeça. "É iugoslava?", indaguei. "Não", disse ela. "O senhor não vai conseguir adivinhar de onde eu sou."

Ainda assim, continuei tentando. A variedade de povos na Europa do Leste é grande, mas não é inesgotável. "Venho de Bucareste", confessou ela, por fim. Satisfeito, eu me dirigi a ela em romeno. "Mas não sou romena", disse ela. "E sim?" Ela era ucraniana.

Todos esses segredos dela só excitaram ainda mais minha curiosidade. "E o que a senhora fazia em Bucareste?", perguntei. "Eu era artista", confessou ela, com um misto de vaidade e de vergonha, que imediatamente despertou em mim a suspeita de alguma ocupação noturna. "Bailarina?"

Não, cantora. Também não cantora de recitais, óperas e operetas, mas simplesmente cantora num coral russo.

E então me lembrei, num lampejo: "Num restaurante russo com jardim, atrás da Biserica Alba?". Ela olhou para mim, quase assustada. "Como é que o senhor sabe?"

Sim, como é que eu sabia? Aquilo me espantou ainda mais do que a ela. Pois nunca tinha ido àquele restaurante russo, nem mesmo sabia exatamente em qual das ruas em torno da Biserica Alba ele se situava. Mas tinha ouvido aquele coral, noite após noite, durante um verão inteiro.

Era um verão que, em minha memória, consistia inteiramente em céus crepusculares azul-lavanda e em desejos insatisfeitos. Muitas vezes, o calor era insuportável e, durante o dia, nem mesmo os cachorros se movimentavam nas ruas. Provavelmente eu tinha passado a maior parte daqueles dias ou, de qualquer maneira, a maior parte daquelas noites, sob um toldo de linho no terraço do meu apartamento de então, uma garçonnière — hoje em dia se diria, como os americanos, um *penthouse* —, sobre o teto plano do último andar de um daqueles edifícios que, já àquela época, começavam a brotar em todos os bairros de Bucareste — e, sobretudo, em torno da Biserica Alba. Àquela época, 1937, minha paixão pelas corridas de cavalo me tomara pelo pescoço — literalmente, até. Eu tinha caído, fraturara três vértebras, e fora obrigado a usar um colarinho de gesso em torno do pescoço, que descia até os meus ombros, igual àquele que era usado por Erich von Stroheim no filme *A grande ilusão*.

Com isso, também minhas ilusões, que eram igualmente grandes, se dissolveram no tempo azul-lavanda que passava. Como minha intenção de dirigir-me à Abissínia para lá organizar corridas de cavalos com obstáculos, fazer fortuna e então, um dia, voltar para o lar, para fazer uma jovem senhorita compreender que ela tinha cometido um grande erro ao recusar minha oferta de unir sua vida à minha. Não sentia falta de vida social. Permanecia em casa, preparava, eu mesmo, minhas refeições — um jóquei meio louco, que perdera sua licença, e que tratava de tudo de que precisava. Durante a maior parte do tempo, eu permanecia recostado numa chaise longue à sombra do toldo em meu terraço na cobertura, lendo, e quando caía a escuridão, deixava-me levar por minhas antigas fantasias. Noite após noite, pontualmente às nove horas, surgia, das ruazinhas lá embaixo, a canção "Hayda troika", entoada por vozes de moças que eram frescas como maçãs verdes: aquilo servia como abertura para um programa musical constituído pelo mais banal folclore musical russo.

Ainda me lembro como, mais de uma vez, fui para junto da cerca do terraço para ver se, quando a escuridão se tornava mais intensa, não seria capaz de enxergar as luzes que vinham daquele lugar. Pois a música vinha, claramente, de um estabelecimento a céu aberto: eu conhecia bem aqueles estabelecimentos com jardim, em meio aos paredões dos edifícios modernosos, nos quais, nas fileiras de buxos, em torno das mesas, eram dependuradas guirlandas com lâmpadas coloridas. Não havia dúvida de que o palco onde a orquestra se apresentava também era emoldurado por lâmpadas coloridas — eu já era capaz de ver as moças do coral à minha frente, as campânulas rijas de suas saias coloridas, suas blusas bordadas e seus rostos de boneca, sem expressão, com círculos de um vermelho berrante pintados em suas faces, e com as riscas retas em suas cabeleiras cacheadas, cobertas por touquinhas triangulares, com bordas douradas como o "olho de Deus" dos ícones russos. A melancolia daquelas suas canções era comovente, não só por causa da *shirokaya natura** da alma russa, amplamente explorada naqueles números, mas, principalmente, por causa dos arpejos inexpressivos do coral. As canções jorravam como se fossem registros fonográficos, com pausas mortas entre cada uma das eclosões sonoras. Perdidas na incomensurável caixa acústica da noite, elas perpetuariam, para mim, a atmosfera daqueles dias.

Não se tratava de uma atmosfera rosada, e sim de uma atmosfera azul-lavanda. Eu me encontrava num estado de melancolia, embora não fosse a perpétua melancolia russa e sim,

---

* Literalmente, "natureza ampla", expressão tradicional por meio da qual a cultura russa se refere a si mesma, alegando que a "alma russa" é generosa, espontânea, expansiva, anárquica, impossível de ser compreendida pelo cartesianismo ocidental.

como eu mesmo me dizia, uma melancolia como a da famosa gravura de Dürer, aquela alegoria que permanece sentada sobre uma pedra como se fosse Walther von der Vogelweide e que busca, em vão, no término de uma etapa da vida, a chave para a etapa subsequente. Aliás, passadas umas poucas semanas, eu haveria de mudar de casa.

Essa mudança de endereço não teria acontecido se não fosse pela minha falta de atenção. Já havia tempo que eu sabia, por experiência própria e por ter sido advertido repetidas vezes, que os bucarestianos costumavam, movidos por compulsões inexplicáveis, mudar de endereço periodicamente e em datas fixas: em maio, no dia de são Jorge, e em outubro, no dia de são Demétrio. Por todas as ruas e por todas as ruelas, torres de objetos domésticos eram carregadas, nesses dias, em veículos precários. Dizia-se que vizinhos de um mesmo andar preferiam trocar de apartamento um com o outro a permanecer em suas antigas moradas. Quem não estivesse protegido por um contrato de aluguel cujo prazo se estendesse além do próximo desses dois dias de santos, via-se, de uma hora para outra, sem um teto sobre a cabeça. Foi o que me aconteceu. Na manhã do dia de são Demétrio, novos inquilinos apareceram à minha porta e eu fui obrigado a me retirar para a rua, com todos os meus pertences. Foi só por muita sorte que consegui abrigo numa pensão, que se chamava Pensão Löwinger.

Essa pensão era administrada por uma família Löwinger, formada por um casal, pela sogra e pela cunhada do marido. O sr. Löwinger, que tinha a aparência de um estudante de rabinato precocemente envelhecido, vivia em paz, cuidado e mimado de todas as maneiras possíveis, em meio a essas três mulheres. De profissão, ele era representante comercial de canetas de pena para escrita, usadas principalmente por escolares. Elas eram baratas, com cabos de madeira leves e coloridos. As tintas nas quais eram mergulhadas, ao escorrerem sobre os cabos, desenhavam neles umas marmorizações bonitas que, no entanto, logo se esfarelavam. As canetas de pena ficavam feias e precisavam ser substituídas. Ainda assim, os ganhos que essa atividade proporcionava ao sr. Löwinger eram diminutos. Ele também trabalhava com canetas de pena ornamentadas, entalhadas, em marfim artificial, em cujos cabos se encontravam minúsculas lentes através das quais era possível ver o Castelo de Santo Ângelo, em Roma, ou a Torre Eiffel, em Paris, como se a partir de uma enorme distância, mas com grande nitidez, e em três dimensões. Mas aqueles artigos eram bem mais difíceis de vender. O sr. Löwinger complementava seus rendimentos jogando. Não jogando jogos de azar, mas jogando jogos que também exigiam inteligência. Em todos os jogos de tabuleiro, como xadrez, gamão, damas e dominó, e em todos os tipos de jogos de cartas intrincados, ele superava, com facilidade, a grande maioria dos adversários, que o aguardavam nos cafés, muito embora ainda não tivesse alcançado o nível de seu pai, que, segundo se dizia, tinha vivido exclusivamente do jogo. Ainda assim, naquele tempo, os cafés estavam ainda mais cheios, em todas as horas do dia, de maneira que os desocupados dispostos às partidas eram mais frequentes do que agora.

O sr. Löwinger Jr. era baixinho e de constituição muito frágil, muito embora seu pai, segundo ele dizia, tivesse sido um homem com um metro e oitenta e seis de altura, que pesava mais de cento e cinquenta quilos. Porém, ainda mais delicada do que Löwinger Jr. era sua esposa, a sra. Löwinger, cujas mãe e irmã se apresentavam de maneira bastante robusta, a velha com uma cabeleira grisalha do tipo das de ciganas que leem a sorte por meio de cartas, e a irmã, Jolánt, com feições igualmente orientais, e não desprovida de atratividade física. Quando me mudei para a pensão, a sra. Löwinger se encontrava no quarto mês de gravidez. Os hóspedes permanentes do estabelecimento me asseguraram que, havia anos, regularmente a cada cinco ou seis meses, ela perdia uma criança. Só uma vez tinha nascido um bebê, que, no entanto, era tão pequeno e tão fraco que se fizeram apostas para ver quem acertaria quanto tempo ele haveria de durar. Um sujeito grosseiro disse que todas as apostas tinham sido perdidas para o próprio bebê, que morreu umas poucas horas depois do nascimento.

Com isso já é possível descrever o tipo de gente que vivia na Pensão Löwinger. Com uma única exceção, a respeito da qual vou contar, tratava-se de homens: representantes comerciais em viagem; estudantes que ali residiam de maneira permanente; um artista russo, esfomeado, escultor, segundo se dizia; um homem de ideias políticas radicais que, aparentemente, tinha também desempenhado o papel de parte posterior de um cavalo de palhaços num circo; e um jornalista malogrado. Regularmente vinham também os lutadores da equipe de luta livre Luptele Greco-Romane, uns tipos grandalhões e valentes.

E era também por causa deles que, na Pensão Löwinger, comia-se de forma exagerada. Os Löwinger eram judeus húngaros da região em torno de Timissoara, onde a culinária romena, a austríaca e a judaica se encontravam, com grande felicidade, com a húngara. A sogra e a cunhada Jólant eram excelentes cozinheiras. Comia-se junto com a família, numa *table d'hôte*. Só o escultor russo era pobre demais para poder compartilhar daquelas refeições e passava fome em seu quarto. Enquanto os lutadores ficavam hospedados na casa, eram adicionadas aos pratos, já muito generosos, porções suplementares de macarrão, preparado das mais diferentes maneiras, assim como outras massas, pois, para homens como Haarmin Vichtonen, o campeão mundial finlandês, e Costa Popowitsch, o campeão mundial búlgaro, ou o "desconhecido com a máscara negra", que interferia, já perto do final do torneio, de maneira misteriosa, o importante não era só a força muscular, mas também o peso. Os assoalhos estremeciam quando eles ingressavam na sala de refeições. Aliás, em suas vidas particulares, eles eram, sem exceção, pessoas de bom coração, muitas vezes até mesmo tímidas. Duday Ferencz, a quem, como campeão mundial húngaro, cabia representar, aqui na Romênia, o papel de brutalhão que desprezava todas as regras do esporte, para assim despertar a ira do público e o interesse apaixonado pelo progresso das lutas (na Hungria esse papel cabia, então, ao romeno Radu Protopopescu), certa vez queixou-se de que o público assaltara o caixa do evento. Quando indagamos por que eles, que eram tão fortes, não tinham interferido, eles se entreolharam, assustados: "Mas isso poderia ter levado a violências!".

Eles viajavam muito e tinham muitas histórias para contar, e as refeições se estendiam. Os estudantes, cujos familiares nas províncias talvez temessem que pudessem morrer de fome na cidade, por causa da exiguidade de suas mesadas, recebiam, com frequência, grandes pacotes com suplementos para suas dietas. Com grande generosidade eles dividiam as sobras com todos. A Romênia era, à época, um país onde se vivia em meio à abundância. Surgiam presuntos e salsichões, tortas e pastelões, tudo em tal quantidade que poderia deliciar e saciar um Lamme Goedzak.* Quando todos estavam empanturrados a tal ponto que já não mais podiam nem olhar para a comida, inevitavelmente alguém se lembrava: "Tscherkounoff está passando fome!".

Tscherkounoff era o nome do escultor russo pobre demais para poder compartilhar das refeições comunitárias. Era uma pessoa nada agradável, que mal aparecia — havia quem dissesse

---

* Lamme Goedzak é um personagem do romance *A lenda de Thyl Ulenspiegel e Lamme Goedzak* (1867) do belga Charles de Coster. É o melhor amigo de Thyl Ulenspiegel e um glutão notório.

que permanecia em seu quarto porque já não tinha mais nenhuma camisa com a qual pudesse cobrir o corpo. Se alguém o encontrasse, por acaso, no corredor, acontecia, efetivamente, de ele cobrir o peito nu com seu paletó, murmurando alguma coisa que tanto poderia ser um pedido de desculpas quanto uma maldição. Os Löwinger, que tinham dó dele e o deixavam continuar a viver na pensão muito embora houvesse anos que ele tivesse deixado de pagar os aluguéis, prefeririam manter-se longe dele.

A atenciosa compaixão de Jólant era por ele expressa e impetuosamente repelida — as más línguas alegavam que as condições por ela exigidas em troca não lhe agradavam. A pobre Jólant já não era mais jovem e precisava, urgentemente, de um homem. Mas, seja como for, passadas semanas durante as quais ninguém se interessara por Tscherkounoff, que talvez, àquela altura, já estivesse morto em seu quartinho, subitamente uma procissão aparecia à sua porta, trazendo salsichões de fígado, strudels, bolos de damasco e pães com passas. Com olhos cheios de ódio ele olhava primeiro para as oferendas e logo para os que as traziam, em meio aos quais, para sua especial antipatia, se encontrava também a parte posterior do cavalo do circo, que ele, como defensor do tsar, abominava por causa de suas ideias comunistas. E, então, ele começava a investivar: "Vocês querem me envenenar? O quê? Vocês querem me envenenar!!!". E então começava a cuspir como um louco, e cuspia pedaços de toucinho e pedaços de bolo de papoula, de repolho recheado e de pepino azedo. Por fim, os beneméritos, impedidos de realizar sua missão, se retiravam, gargalhando. Aquele não era um ambiente ao qual eu estivesse habituado e, por isso mesmo, tudo aquilo me parecia ainda mais divertido e ainda mais curioso. Depois da solidão de meus entardeceres no meu terraço de cobertura acima da Biserica Alba, agradava-me estar em meio à gente, ainda que fosse gente de um colorido tão peculiar. Aliás, ali eu nem me sentia tão deslocado assim. Com o colarinho de gesso em torno do pescoço, com minhas ambições profissionais malogradas e com um passado, ainda que breve, em meio a jóqueis, treinadores, cavalariços e amazonas lúbricas, eu até que combinava bastante bem com os demais membros daquele gabinete de raridades humanas.

Eu tentava igualar-me aos demais de todas as maneiras possíveis. Como acontece em todos os lugares onde homens cujo estilo de vida não é dos mais elegantes, o linguajar, na Pensão Löwinger, era bastante rude. Ninguém levava em consideração as mulheres da família, provavelmente porque, já pelo fato de serem judias, ninguém as considerava como damas. E elas já tinham se habituado havia muito tempo ao fato de que os homens falassem, em sua presença, de todas as questões físicas e, em particular, das questões sexuais, com uma franqueza irrestrita. E conversas desse tipo não faltavam na Pensão Löwinger.

É verdade que, de um modo geral, os lutadores mantinham uma certa sobriedade — não por considerações esportivas, mas simplesmente por serem pessoas de coração puro. Só Costa Popowitsch, incapaz de negar que era perseguido pelas mulheres, manifestava-se, quando indagado, a respeito desse tema, mas só em termos genéricos, mantendo segredo em torno de suas experiências pessoais. Em compensação, os representantes comerciais eram muito loquazes e pareciam nunca se cansar de seus relatos de sucesso durante suas viagens. A parte posterior do cavalo do circo — um homem chamado Dreher — apresentava conferências inflamadas a respeito da repressão sexual e da emancipação. Os estudantes ouviam, e ocasionalmente ousavam proferir uma ou outra palavra em contribuição ao tema. O grande líder dos discursos era Pepi Olschansky, o jornalista malogrado, que parecia sempre disposto a perseguir o primeiro rabo de saia que lhe aparecesse pela frente.

Quando a conversa realmente passava dos limites, o sr. Löwinger via-se obrigado a pedir que, ao menos, fosse respeitada a idade de sua sogra — uma maneira imprudente de falar, aliás, porque inevitavelmente provocava entre os presentes a recordação de um provérbio ruteno: "Não tente assustar a vovó com um pau grosso porque ela conhece bem essas coisas!" — e, assim, todos passavam a lamentar o fato de que os Löwinger se empenhassem sempre em manter qualquer tipo de atividade sexual fora dos limites do seu estabelecimento, exceto, evidentemente, a sua própria, cujos resultados visíveis eram as incessantes gravidezes da sra. Löwinger.

Claro que, tudo isso era dito de maneira não totalmente séria. Referiam-se, sobretudo, a um cãozinho pelo qual os Löwinger tinham um amor terno: um pinscher castanho, com orelhas e cauda cortadas, que, sempre que algum estranho entrasse na Pensão Löwinger, apresentava um espetáculo infernal. Aquele cão insuportável de fato tornava impossível receber alguma visita de maneira razoavelmente discreta. Pepi Olschansky, que afirmava, de maneira militante, sua necessidade de sexo com uma frequência regular, ou seja, diária, ameaçava, abertamente, matá-lo um dia. E como se tivesse compreendido aquela ameaça, o cão se punha a latir furiosamente para Olchansky onde quer que o encontrasse. Se Olchansky fizesse o menor movimento para espantá-lo, ele fugia, ganindo, para junto de seu amado protetor, o faminto Tscherkounoff.

E, no entanto, não teria sido difícil encontrar satisfação sexual na Pensão Löwinger. Não era segredo para ninguém que a cunhada Jólant teria ido com muito prazer ao encontro de todos os desejos dessa natureza. Ela estava na casa dos trinta anos, em plena forma, e seu rosto judaico era qualquer coisa menos repelente. Mas, por motivos inexplicáveis, ela não tentava ninguém. Dizia-se que "era melhor não colocar-se à disposição". Até mesmo Tscherkounoff, como era sabido, se abstivera.

Como fazia com todos os recém-chegados, Jólant também estava de olho em mim e me cobria de gentilezas e de ofertas bastante incompreensíveis — por exemplo, se eu não preferia fazer minha sesta no quarto dela, em vez de no meu próprio, porque ali havia menos barulho. Mas eu me cuidava para não aceitar estes e outros convites. Sabia que nada permanecia em segredo na Pensão Löwinger. Mesmo sem os latidos do pinscher, os passos de cada um eram cuidadosamente registrados. E muito embora Jólant me agradasse e eu tivesse gostado de me deixar mimar por seus favores, eu temia o escárnio dos outros. Não queria ser aquele que, finalmente, tinha sido pego pela judia. Aliás, não queria fazer nada que não contasse com a aprovação de todos. Pela primeira vez em minha vida, provei da questionável felicidade do conformismo, que, pouco tempo depois, também haveria de experimentar em sua mais catastrófica apoteose.

Ainda assim, restava Marioara, a empregada, uma romena do interior, de uma beleza extraordinária e cativante: grande e de uma feminilidade exuberante, com esplêndidos ombros e seios, e um sorriso do outro mundo que era digno de uma deusa do amor. A aura de uma riqueza erótica opulenta pairava à sua volta como ouro incandescente. Como ainda era costume àquela época, ela se vestia com o traje tradicional dos camponeses. Um largo cinturão, muito justo, separava sua saia ampla da blusa bordada, atado em torno de sua cintura, a tal ponto fina que seria possível circundá-la com as mãos. O movimento de seus quadris, abaixo do cinturão, quando ela caminhava, era inimitável e fazia oscilar, suavemente, a saia apertada. Sem qualquer tipo de restrição, ela dormia com qualquer um. Se, na opinião geral dos moradores da Pensão Löwinger, teria sido considerado uma vergonha insinuar-se, à tarde ou à noite, no quarto de Jólant, era igualmente considerado uma vergonha não ter passado pelo menos uma noite com Marioara.

Para minha secreta tristeza, ela não tomava nenhum conhecimento de minha presença. Quando os demais moradores da pensão aludiam a isso, alegando terem ouvido os latidos do pinscher, à noite, assim como o ruído de passos de pés descalços dirigindo-se ao quarto de Marioara, eu fazia um ar indiferente, que não admitia nada, mas tampouco negava alguma coisa. Eu dizia a mim mesmo que precisaria passar por essa prova porque, só depois, seria realmente aceito na comunidade da Pensão Löwinger. Aliás, ao contrário do que era minha natureza, eu era considerado uma pessoa muito sociável e, além do mais, extraordinariamente engraçada. Os dias nos quais a expressão de uma opinião excessivamente profissional a respeito de Josephine Baker tinha sido capaz de provocar minha indignação já se encontravam num passado bem distante. Quando a conversa se voltava para o assunto das "mulheres" e de suas qualidades e de seus defeitos físicos e de caráter, assim como de suas necessidades e de seus humores, eu sempre era capaz de contribuir com algum comentário, porém menos fundamentado em minhas próprias experiências do que, de certa forma, em minhas ideias filosóficas. Graças a uma formação bastante diversificada em vários internatos austríacos, adquiri um repertório de falatórios pornográficos de riqueza incomum. Àquela época, quando tudo aquilo ainda era bem mais recente, eu era capaz de ilustrar, sem esforços, cada caso erótico com uma citação adequada e, desse modo, conduzi-lo, por assim dizer, ao encontro de alguma regra geral transcendente. Como meus pontos de vista normalmente eram cômicos, aquilo gerava aplausos, e logo eu era bem considerado por todos como um espírito sarcástico. Nada mais lembrava o espírito de melancolia no qual eu me encontrara, poucas semanas antes.

Mas seria errado alegar que dera início a uma época de atividade dinâmica e concentrada em algum objetivo. Ao contrário: eu me deixava levar. O colarinho de gesso em torno do meu pescoço, na verdade, não me atrapalhava em praticamente nada, exceto por tornar difícil para mim amarrar os sapatos, e não teria sido capaz de me impedir de dedicar o tempo de que dispunha a algum tipo de estudo ou de atividade lucrativa. Mas eu o usava como desculpa para dizer que, depois de um acidente que poderia ter custado a minha vida, eu precisava de um pouco de descanso. Do ponto de vista pecuniário, não me encontrava numa situação de necessidade imediata. Para poder realizar meus planos abissínios, que afinal não deram em nada, eu tinha poupado um pouco de dinheiro, e a vida em Bucareste, especialmente na Pensão Löwinger, era barata. Eu apenas não fazia nada, especificamente, e ainda assim fazia vários tipos de coisas. Então, por exemplo, para passar o tempo e por curiosidade, eu acompanhava o sr. Löwinger em suas visitas aos cafés onde ele costumava jogar para incrementar seus vencimentos. Os tipos e os episódios que vi nesses lugares eram mais instrutivos do que qualquer tipo de estudo livresco. Às vezes eu também o acompanhava em suas excursões às aldeias onde ele fornecia suas canetas de pena a pequenos comerciantes. Guardo comigo a lembrança de estradas interioranas poeirentas pelas quais, sob a luz alaranjada do entardecer, eram conduzidas tropas de bois que pareciam flutuar numa névoa incandescente; do cheiro penetrante de madeira recém-cortada, em pilhas gigantescas, junto às florestas escuras; dos cones verdes cobertos de grama dos pré-Cárpatos, que se erguiam acima dos topos das copas das árvores, que pareciam feitas de papel laminado recortado e, em meio a esse cenário, de um pastor trajado com pele de ovelha, sentado de pernas cruzadas sobre algum galho, que, esquecido de si mesmo, fazia entalhes em sua vara... Ou do arpejo das vozes de meninos judeus de uma escola; dos rostos pálidos e elípticos como ovos desses meninos, que já se pareciam com os de velhos, em meio aos cachos macios como seda que desciam junto às suas orelhas; do pisotear dos dançarinos num casamento camponês; do suor que escorria pelo rosto do violinista;

das tranças esvoaçantes das camponesas sob lenços de cabeça que se soltavam; das ravinas ao longo dos córregos; das cegonhas ciscando nos brejos lamacentos; dos jatos de gotas d'água que jorravam dos maços de linho sovados por algumas moças invisíveis, que assim os amaciavam, e mais várias outras preciosidades como essas.

Meu senso de humor me valera a amizade de Pepi Olchansky. No entanto, eu não sabia se gostava dele ou se meu coração tinha por ele uma grande antipatia. Era um rapaz pequeno, de cabelos eriçados, loiro-avermelhados, com olhos castanhos de uma vitalidade incomum, com um nariz pontiagudo, com um queixo também pontiagudo e com lábios estreitos, capazes de se transformar no mais pérfido sorriso que já encontrei em toda minha vida. Como alemão da Bucovina,* servira no Exército austríaco durante a Primeira Guerra Mundial, evidentemente com muita coragem, pois, segundo se dizia, ele tinha sido condecorado com a Medalha de Prata de Bravura. Via-se nele ainda algo de sua antiga coragem. Embora apenas o conhecesse vestido com trajes civis, já bastante desgastados, e, já àquela época, sempre com a cabeça descoberta, sem bengala e até mesmo sem luvas, a cada vez que eu o via me lembrava da estrelinha de tenente-coronel em seu colarinho. Mas talvez isso acontecesse porque os ares dele me lembravam, de maneira bastante incômoda, do meu parente do clube de remo de Viena. Embora Olschansky não fosse tão ousado quanto ele, era mais inteligente e mais culto. Até mesmo compunha

---

* Os alemães da Bucovina eram um grupo de origem alemã cujos ancestrais foram trazidos, pelo imperador austríaco José II, da região da Suábia com o propósito de contribuir para a colonização e a civilização de um território visto como bárbaro e primitivo. Sua história de 150 anos terminou com o pacto entre Hitler e Stálin, quando a Bucovina foi ocupada pelos soviéticos e os alemães foram levados para o Reich.

poemas — e fora isso que acarretara a sua demissão da redação de um jornal de língua alemã de Bucareste.

Foi um episódio romântico: uma edição particular de seus poemas chegara às mãos da Rainha-Mãe Maria, que também compunha versos. Pepi Olschansky foi convocado a uma audiência no Castelo Cotroceni, onde foi recebido com muita gentileza, como um colega, e, a partir de então, tornou-se um devoto incondicional da bela majestade. Mais tarde, quando, em meio a uma intriga política, um ministro de Estado quis, discretamente, levar o editor do jornal alemão no qual Olschansky trabalhava a dar início a uma mal-intencionada campanha difamatória contra a rainha Maria e o editor incumbiu Olchansky da tarefa, ele se recusou, categoricamente. Isso desencadeou uma discussão que se tornou pública e gerou um escândalo. O ministro de Estado foi obrigado a pedir demissão, o jornal alemão suspendeu temporariamente as atividades, passando a ser perseguido por anos a fio, Olschansky foi demitido e, evidentemente, passando a ser visto pelos alemães de Bucareste como um traidor, foi excluído da sua comunidade. Pairava à sua volta, portanto, uma aura bastante ambígua, da qual ele tinha consciência e que, não estando livre de culpa, tentava compensar por meio de seu atrevimento. Ao mesmo tempo, havia nele algo de mártir. A fama do cavalheiro que jamais entrega uma dama era de pouca utilidade para aquele homem, para todos os efeitos, rejeitado, pois a rainha, para não se comprometer, não podia lhe expressar nenhum tipo de gratidão, e seu cavaleiro nunca mais voltou a ser recebido em Cotroceni.

Tudo isso, evidentemente, o tornava interessante aos meus olhos. Como ele tinha tão pouco a fazer quanto eu, frequentemente saíamos para passear juntos. Aprendi muito com ele. Ele conhecia bastante bem a cidade de Bucareste que, até então, eu considerava como um conglomerado horroroso feito de desleixo balcânico e de modernismo sem caráter. Agora, a cidade me revelava suas dimensões históricas. Comecei a compreendê-la, como quem passa a compreender uma nova língua. Seus velhos trastes começaram a me falar e a me contar de boiardos e de gregos de Istambul, de monges, de paxás e de guerreiros libertários com suas longas cabeleiras, provenientes das montanhas. Eu tinha sido educado na Áustria. Muito embora pertencesse à Romênia mais do que a qualquer outro lugar, muito de tudo aquilo permanecia estranho para mim. Agora, eu me tornava capaz de decifrar os arabescos romenos, os reencontrava em minha própria estrutura. Desde a infância, eu costumava acordar muito cedo, de manhã, e minhas ambições relativas à equitação cristalizariam esse hábito. A Pensão Löwinger ficava a pouca distância de um parque cujo nome gracioso é Tschismidschjù, e era para lá que eu me dirigia, em meio ao aroma dos loureiros e dos zimbros, enquanto todos ainda roncavam na Pensão Löwinger. Creio que minha amizade com Pepi Olschansky começou quando ele passou a me acompanhar nesses passeios matinais. Ele sofria de insônia, um mal que lhe fora causado pela guerra. Um obus caíra perto dele e ele ficara soterrado. Muito embora não tivesse sido atingido por estilhaços, a explosão causara a penetração de incontáveis pedacinhos de terra na pele de suas costas. Minúsculas partículas continuavam a brotar e brotar de feridas.

Isso não tornava sua companhia mais agradável para mim, mas eu me continha. Teria sido uma vergonha rejeitá-lo por causa de um infortúnio sofrido de maneira tão heroica. Além do mais, a estima que ele tinha por mim me subornava. Com um tom de camaradagem protetora, talvez parecido com o que seria por ele destinado a um alferes no velho Exército, o antigo tenente-coronel Olschansky permitia-me, todas as manhãs, pagar por sua *tzuika* numa das incontáveis lanchonetes em torno da calea Victorei e, em seguida, pelo seu *marghiloman* no café Corso para, em troca, acompanhar-me até a pista de corridas, onde, tomado por sentimentos nostálgicos, eu enfiava meu nariz nos estábulos, conversava com jóqueis e com treinadores e, por fim, permitia a Pepi Olschansky desperdiçar meu dinheiro em apostas feitas sob minha supervisão e, assim, junto aos balcões de apostas, dar-se ares de grande senhor diante das mulheres que visitavam a pista de corrida.

Não era sem certo prazer perverso diante do infortúnio alheio que eu via tudo aquilo. Estava me despedindo de uma fase da vida. Eu sabia que minha carreira na equitação estava acabada. Não tanto por causa de minhas vértebras quebradas, e tampouco porque umas poucas semanas de hospedagem na Pensão Löwinger tivessem elevado meu peso, sempre mantido baixo por meio de tantos esforços, a um patamar do qual eu sabia que nunca teria energia suficiente para retornar, sujeitando-me à fome. E ainda que tivesse essa energia — ainda que estivesse disposto a, mais uma vez, de manhã, depois de duas horas de cavalgada, ingerir seis xícaras de chá e pedalar impetuosamente por uma hora, trajando um colete de borracha entre a camisa e a camiseta, um pulôver fino e um pulôver grosso e uma jaqueta de couro, e em seguida ir à sauna e viver, durante a semana inteira, de batatas cozidas com um pouco de salsinha —, ainda assim teria sido impossível recomeçar onde eu parara. Não sabia por quê, mas sabia que era assim.

Muitas coisas mudaram para mim, àquela época, em umas poucas semanas, e como passei a vida inteira refletindo a respeito de momentos de transformação — oscilações de atmosferas e de destinos nas fases de minha própria vida, assim como nas da época, em uma palavra: mudanças no espírito do tempo —, também a mudança da solidão arejada de meu terraço, na cobertura acima da Biserica Alba, para a vida colorida e movimentada, quase carnavalesca, da Pensão Löwinger tornou-se um episódio de minha biografia que me ocupou com bastante frequência. Efetivamente, minha vida, àquela época, tomou um rumo inteiramente inesperado e, muito embora não houvesse nada que pudesse ser apontado como a causa dessa mudança, tendo a ver significados simbólicos em muito do que aconteceu naquele período — como na circunstância de todo banal com que, um dia, por fim, fui libertado do meu gesso.

Curiosamente, isso se deu mediante a participação de toda a Pensão Löwinger. Não seria capaz de explicar o que levou todas aquelas pessoas, com as quais eu só me relacionava por acaso, havia pouco tempo, a se interessarem a tal ponto pelo meu colarinho de gesso. Só à custa de muito esforço fui capaz de evitar que todos os hóspedes permanentes do estabelecimento me acompanhassem à clínica. Ainda assim, os quatro Löwinger, isto é, o casal, Jólant e a sogra, juntamente com Pepi Olschansky, claro, assim como a parte posterior do cavalo de circo e um dos representantes comerciais, que tinha um automóvel, foram comigo.

"O senhor tem uma família grande!", observou o médico assistente, com o qual, ao longo do tratamento, eu estabelecera uma amizade.

"Sim, e muito colorida, não é?"

"Exceto pela loira de nariz arrebitado e pelo sujeito com o topete grisalho, são todos da Galícia, não é?"

"Não, de Timissoara."

"Preste atenção para que o professor não os veja. Ele devora judeus com a pele e com os cabelos."

"Bem, agora ele já não vai mais ser capaz de deixar meu pescoço torto."

"Não, mas ele seria capaz de determinar o valor dos honorários dele pelo fato de seu pescoço estar outra vez direito por causa disso."

Ainda sou capaz de sentir na pele o frio da grande tesoura da qual uma lâmina foi enfiada por baixo do gesso enquanto a outra se abria, preparando-se para morder. "Cuidado!", eu o adverti. "Como o senhor bem se lembra, vesti um pulôver fino debaixo do gesso, para evitar que ele raspasse a minha pele. Não quero que o senhor corte o pulôver!"

Sem maiores dúvidas, ele se pôs a cortar. Aquilo foi mais fácil do que eu esperava. O gesso emitiu um rangido obtuso e saciado. E, então, o colarinho se partiu. Não havia sequer rastro do pulôver.

"O senhor o desgastou", disse o médico assistente. "Sem dúvida tratava-se de lã de primeira categoria. Pura lanolina. Protegeu a sua pele."

Uma sensação indizível de nudez e uma sensibilidade exacerbada à temperatura tomaram conta de minha pele. "Será que a minha cabeça vai cair se eu a inclinar?", perguntei.

"Incline-a!"

Eu a inclinei. Minha cabeça permaneceu onde estava. Eu a virei, cuidadosamente, para a esquerda e para a direita. "Continue a fazer esses movimentos, com muito cuidado", disse o médico assistente. "Amanhã o senhor virá para uma sessão de massagem. E também vamos lhe ensinar alguns exercícios. E o professor vai querer vê-lo. De preferência, sem tantos acompanhantes semitas."

No corredor, meus acompanhantes, majoritariamente semitas, me receberam com gritos de júbilo incontidos. As senhoras da família Löwinger tinham lágrimas nos olhos. Jólant quis me dar um beijo. "Cuidado, pelo amor de Deus!", gritou a sra. Löwinger. A sogra me tomou pela mão e me conduziu até uma cadeira junto da parede. "Cuidado, minha criança, cuidado, não se apresse demais!"

Eu me sentia como se tivesse saído da casca de um ovo. "Como o recém-nascido no quadro *Manhã* de Philipp Otto Runge", disse eu a Pepi Olschansky. Ele deu um de seus sorrisos pérfidos. "Jólant vai cuidar de você, se você precisar."

A parte posterior do cavalo de circo sacudia seu topete grisalho de revolucionário: "Espero que o senhor entenda isso, realmente, como um renascimento! O senhor acaba de desvencilhar-se da carapaça de uma existência inútil, totalmente voltada para atividades antissociais. De agora em diante, dedique-se a tarefas mais dignas!".

Ao anoitecer daquele mesmo dia, durante o qual me foram prodigados, na Pensão Löwinger, todos os tipos de gestos de amizade e de afeição — nem mesmo os lutadores pouparam seus bons conselhos no tocante à reabilitação dos músculos do meu pescoço —, eu disse a Pepi Olschansky: "Estou feliz e estou cansado. Por que deveria abster-me de me deixar ninar por Jólant? Ela realmente não é feia e decerto se mostraria muito agradecida por isso".

Olschansky apanhou um cigarro de minha cigarreira. "Eu mesmo já pensei várias vezes a esse respeito. De um modo geral, não tenho nada contra as judias. Mas, com ela, isso me causaria uma sensação de estar envergonhando minha própria raça. Não sei por quê. Seja como for, todos aqui têm esse mesmo sentimento. Até o próprio Tscherkounoff."

"Acho que sei a que você está se referindo", disse eu, numa súbita inspiração. "É como se a gente quisesse ir para a cama com a própria mãe."

Ele me olhou, surpreso, e então riu alto. "Sim, realmente, é assim mesmo. Um pensamento notável: o próprio tabu. Aliás, você já pensou em dedicar-se à escrita?" Aquilo era algo a tal ponto distante de mim que primeiro lhe perguntei sobre o que eu haveria de escrever. "Histórias", respondeu ele. "Talvez, um dia, um romance — quem sabe? Você possui uma capacidade de observação impressionante." O que ele dizia me pareceu tão absurdo que não voltei a pensar no assunto.

Havia outro acontecimento que ocupava mais a minha atenção. Certa noite, a conversação voltara-se, uma vez mais, para o tema do espantoso talento do sr. Löwinger para todos os tipos de jogos. Olschansky duvidou, e eu disse a ele, à meia-voz: "Cuidado! Eu já o vi tirando o dinheiro de várias raposas velhas, em diversos cafés!".

"Sim", disse Olschansky em tom de desprezo. "Jogando dominó ou *tarock* ou pôquer... Mas não num jogo de pura inteligência!"

Quanto a mim, uma vez quis enfrentar o sr. Löwinger numa partida de moinho, jogo no qual eu tinha sido excepcional no meu tempo de menino. Mas, mesmo nesse jogo, fui derrotado vergonhosamente. Olschansky fez um gesto de pouco-caso com a mão. Ele não desistia de desafiar o sr. Löwinger para uma partida de xadrez. "Agora preste atenção", disse ele, também à meia-voz, para mim. "Na escola de cadetes eu derrotei enxadristas que se tornaram generais." Ainda assim, ele perdeu a partida, em apenas doze lances.

"Uma só partida não significa nada!", exclamou ele, enquanto passava a mão nervosamente pelos cabelos. "A melhor de três — o senhor aceita esse desafio?"

"Com muito prazer!", disse o sr. Löwinger, timidamente, olhando para suas mulheres, que, com seus rostos imóveis, permaneciam sentadas à sua volta. Nós todos nos dispusemos em círculo em torno dos dois adversários — que havia tempos não eram mais simples jogadores, pois aquilo já se tornara um verdadeiro duelo.

O duelo logo decidiu-se. Olchansky perdeu a segunda partida depois de pouco mais de um quarto de hora, mas insistiu em disputar a terceira. Perdeu-a tão depressa que, ao levantar-se, furioso, derrubou o tabuleiro de xadrez e saiu da sala, batendo a porta.

"Não é que normalmente eu seja um mau perdedor", explicou-me ele, mais tarde. "Mas não conseguia mais suportar os olhares hostis e, por fim, a expressão de triunfo nos rostos dessas harpias judias. Você viu como elas se posicionaram à esquerda e à direita desse pequeno *bocher*,* feito bruxas — a velha descabelada, a sedenta Jólant, a magricela anêmica com sua barriga sempre prenhe —, as três com olhos gananciosos, querendo me ver humilhado, a tal ponto que não fui capaz de pensar a respeito de um único lance porque, o tempo todo, precisava lutar contra a ânsia de vômito!"

"É a isso que se chama de guerra psicológica, não é?", perguntei eu, num tom um tanto maldoso. "Vocês não receberam nenhuma preparação nesse sentido na escola de cadetes?"

Olschansky não reagiu às minhas provocações. "Você sabe, eu acho que elas são mesmo capazes de fazer bruxarias", disse ele. "A sorte no jogo não é simplesmente acaso. Ela recai sobre aquele que estiver em melhor acordo com o mundo, com a hora e com o lugar onde está jogando."

"Sim, mas não quando se trata de um jogo de xadrez", eu o interrompi. "Nesse caso, quem manda no jogo é a cabeça do jogador!"

"Mas o que realmente somos capazes de controlar?", perguntou ele, com uma seriedade apaixonada. "Isso é algo que se aprende na guerra. Durante os meus primeiros anos na Galícia, vi muitos judeus. E eles são capazes de qualquer coisa."

"Do quê?", perguntei eu. "Não faça tanto mistério! É verdade que eles matam crianças cristãs para enriquecer com proteínas as *matzót* que eles assam na Páscoa?"

"Não! Mas eles acreditam em Deus!", exclamou ele, de maneira fanática.

"Isso as minhas tias fazem também", disse eu. "Uma delas vai à missa todas as manhãs."

---

* O termo em iídiche *bocher*, que corresponde à antiga pronúncia leste-europeia da palavra hebraica *bachur*, significa "menino", e aqui é usado por Olschansky de maneira duplamente derrogatória, pois refere-se ao pequeno porte do sr. Löwinger tanto quanto, maldosamente, a seu judaísmo.

"Mas é diferente! É diferente!", disse ele com ímpeto. "Eles têm o Deus deles no sangue. E não são capazes de se livrar dele..." Subitamente, ele fez um movimento com a mão, como se quisesse espantar uma mosca do nariz. "Mas que tolices estou dizendo, não é? É melhor você me contar algo a respeito das corridas de cavalos. Posso apostar nos três primeiros?"

Não me lembro mais se isso aconteceu antes ou depois da chegada de mais mulheres à Pensão Löwinger. A sensação foi grande quando se anunciou na sala que uma jovem senhora tinha se mudado para a pensão, e que ela também participaria das refeições na *table d'hôte*. O sr. Löwinger, que, apesar de sua fragilidade de dar pena, não estava totalmente privado de uma certa autoridade — uma espécie de "dignidade de micróbio", como dizia Pepi Olschansky —, pediu, com umas poucas palavras bem colocadas, para que, pelo menos no início, o tom das conversas fosse moderado diante da recém-chegada. A expectativa com que ela era esperada atenuou-se, sensivelmente, depois de sua aparição.

Não se tratava, exatamente, de uma pessoa que passasse desapercebida, mas, tampouco, era alguém que chamava a atenção. Não era antipática, mas tampouco era sedutora, nem feia nem bonita, mais para pequena do que para grande, mais para loira do que para morena. O sr. Löwinger apresentou-a como srta. Bianca Alvaro. Esse nome podia ser judaico ou não, e ela não tinha uma aparência especialmente judaica. Aparentemente estava na casa dos vinte e tantos anos. Pouco antes estivera estudando germanística em Jena, e agora se preparava para um concurso para tornar-se professora de alemão num colégio em Bucareste. "O que ela tem, sem dúvida nenhuma", disse Pepi Olschansky, "são dois peitinhos maravilhosos. Muito embora os esconda muito bem, um conhecedor é capaz de perceber isso imediatamente. São altos e voltados para os lados, quase sob as axilas, esse é um sinal inconfundível.

Cada um deles não é maior do que um bom punhado, mas são impecavelmente firmes. Você vai ver quando chegar a primavera e ela passar a usar vestidos leves."

Aliás, o pedido do sr. Löwinger mostrou-se supérfluo. A simples presença da srta. Alvaro bastava para impedir o surgimento daquelas conversas despreocupadas que, antes, eram comuns à mesa do almoço e do jantar dos Löwinger. Aquilo era surpreendente e admirável. Certa vez, nós todos, inclusive as mulheres da família Löwinger, imediatamente começamos a falar sobre aqueles temas obscenos quando ela se levantou da mesa antes dos demais, enquanto permanecíamos sentados. Era como se aquilo tivesse sido combinado secretamente, de antemão. A primeira tentativa de uma explicação para semelhante fenômeno veio de Jolánt, e suas palavras foram ouvidas de forma emocionada porque ela as precedeu com um suspiro de melancolia. "Ela é uma dama…" Involuntariamente, como que para ouvir uma confirmação do que dizia, ela olhou para a mãe, mas logo baixou os olhos e calou-se, sentindo-se culpada.

"Imagine!", disse Pepi Olchansky com ímpeto. "Uma dama — uma dama… ela não passa de uma professorinha nata. Nunca vi ninguém assim: cada uma de suas fibras é a encarnação da professora. Ela tem um jeito de intimidar as pessoas que é mais eficaz do que uma castração. Estou sempre esperando pelo instante em que ela vai apontar para as nossas unhas sujas, ou em que vai corrigir nossa maneira de segurar o garfo. Tenho certeza de que se Duday Ferencz, como bom húngaro que é, dissesse para ela: 'Sinhórita, méu pássarinho quer bríncar para vóce!', ela certamente lhe responderia: 'Sr. Duday, o certo é: meu passarinho quer brincar com você. Aliás, o senhor prolonga demais as vogais, e isso poderia levar a um mal-entendido, eu tenho a impressão de que realmente o senhor está falando dos passarinhos que voam no céu.'"

Todos caímos na gargalhada e imediatamente o assunto foi dado por encerrado. Alguns dias depois, a srta. Alvaro despertou em mim reflexões. Nós — Pepi Olchansky e eu — acabávamos de voltar de nosso passeio matinal ao Parque Tschismidschjù. Era uma manhã de outono do mais cristalino azul. As frutas despencavam da grande castanheira que crescia junto à entrada do quintal da Pensão Löwinger. Apanhei uma delas, removendo a casca cheia de espinhos. Ela surgiu, limpa e perfeita — "como eu, quando fui liberto do gesso", disse eu a Olschansky. Ele riu. "Infelizmente isso não dura muito."

A casa onde ficava a Pensão Löwinger tinha — assim como muitas construções do século XIX — uma fachada voltada para a rua, enquanto sua lateral confrontava-se com um pátio estreito. Quando adentramos o quintal, vindos da rua, a srta. Alvaro estava saindo pela porta da casa, nos fundos, e, com ela, saiu correndo em nossa direção, latindo histericamente, o pequeno pinscher castanho. Quando ele reconheceu Olschansky, recuou, fugindo em meio a uivos furiosos. Por diversão, atirei a castanha em sua direção. Não pretendia atingi-lo, e a lancei para bem mais adiante do lugar onde ele estava. Mas ele, provavelmente, percebeu meu movimento e apressou sua corrida ainda mais, de tal maneira que o projétil o atingiu em cheio, exatamente abaixo do seu rabinho cortado, curto demais, no meio do ânus. Não só para nós como também para ele mesmo aquilo foi tão inesperado que ele começou a ganir como se Satã em pessoa o tivesse apanhado. Caímos na gargalhada, Olschansky e eu. A srta. Alvaro, porém, aproximou-se, parou junto de nós e me olhou com seus grandes olhos castanhos, balançando a cabeça com um gesto de incredulidade: "O senhor? Como o senhor foi capaz de fazer algo assim? Nunca esperaria isso do senhor!".

Fiquei muito constrangido. Olschansky veio em minha ajuda. "Ele vem de uma família de caçadores", disse ele, num tom malicioso. "A senhora deve ter percebido isso pela precisão do seu lance."

"Que tolice!", disse eu. "Foi um acaso. Lamento muito." Eu não gostava especialmente do cãozinho, mas também não lhe queria mal.

A srta. Alvaro não disse mais nenhuma palavra, e já estava a ponto de afastar-se de nós quando a voz de Jólant ressoou, vinda da porta da cozinha: "Pare de rir, sua tonta!". No mesmo instante a empregada Marioara saiu tropeçando da cozinha para o quintal, dobrando-se sobre si mesma, às gargalhadas, batendo com as mãos no rosto para enxugar as lágrimas, e, ao olhar para mim, só foi capaz de dizer: "Isso eu nunca vou esquecer! Não, por toda minha vida não esquecerei isso!", para então sucumbir a um novo acesso de riso. E, ao gargalhar assim, ela parecia tão bonita quanto a própria manhã cristalina de outono. Quando finalmente voltou a se erguer, para me olhar, suspirando profundamente, entendi que, naquela noite, a porta de seu quarto estaria aberta para mim.

Olchansky também o sabia. Ele disse: "Portanto, dois coelhos com um só tiro!". E, com isso, a srta. Alvaro também entendeu do que se estava falando. Virou as costas e se afastou.

Por isso fiquei ainda mais surpreso quando, poucos dias depois, ela se dirigiu a mim, dizendo: "Quero lhe pedir uma coisa. O senhor pode me acompanhar por um instante ao meu quarto?".

Estávamos a sós. Ela agarrou sua blusa, apanhou um pequeno molho de chaves que usava pendurado numa correntinha no pescoço, abriu uma das suas malas e, de seu interior, apanhou uma caixinha que estava embrulhada em várias camadas de papel de seda. Quando finalmente a abriu, mostrou-me seu conteúdo: "Ficaria agradecida se o senhor pudesse me dizer se considera que este anel é valioso. Eu o recebi como herança. Não entendo nada de joias. Venho de uma família simples, e na minha casa coisas assim só eram conhecidas por ouvir falar".

O anel era simples, apenas com uma armação para uma esmeralda quadrada, porém de tamanho incomum. Se a pedra fosse verdadeira, certamente valeria uma pequena fortuna. "Eu também não entendo nada de joias", disse. "O melhor que a senhora tem a fazer é ir a um joalheiro. A soma que ele lhe disser provavelmente corresponderá à metade do valor. Pois ele vai supor que a senhora deseja vender o anel e, portanto, vai avaliá-lo por baixo."

"O senhor poderia me fazer o favor de me acompanhar?", perguntou ela. "Eu venho do interior, de uma aldeia próxima a Kischinew. Não conheço uma vivalma aqui em Bucareste a quem pudesse pedir semelhante favor."

Eu a acompanhei não só a um, mas a três joalheiros. As cifras que eles nos propuseram não variavam muito entre si e eram muito superiores ao que eu esperava. Aquilo pareceu deixá-la muito perturbada. Mas ela permaneceu calada. "Fico muito agradecida ao senhor", disse, quando nos despedimos na rua — compreendi que ela não queria que alguém da Pensão Löwinger soubesse de nosso empreendimento comum. Não tínhamos saído juntos da pensão, e sim marcado um encontro na cidade. "Fico-lhe muito agradecida. O senhor foi tão gentil quanto eu esperava que seria."

Dessa vez não fui capaz de conter uma sensação de insatisfação. O que esperava de mim a srta. Alvaro? Que eu fosse decepcioná-la ou que fosse corresponder às suas expectativas? Segundo qual esquema ela me classificava, para determinar, de antemão, minhas formas de comportamento? Quanto a mim, não me preocupei muito, embora achasse que sabia bem em qual categoria deveria considerá-la, se eu desejasse fazê-lo. Jólant não estava enganada ao dizer que ela era uma dama. Mas suas boas maneiras não deixavam dúvidas acerca de suas origens humildes.

Uma judiazinha de uma aldeia próxima a Kischinew essa srta. Alvaro — pois nenhum de nós duvidava que ela fosse judia. Olschansky dissera desde o começo que sim; para mim, era indiferente se ela era ou não era. Seja como for, eu conhecia aquele tipo. De gente como ela, correndo em meio ao esterco dos cavalos e dos pardais pelas ruelas, as aldeias estavam cheias. Elas engoliam seus provérbios judaicos nas escolas dos judeus, chupavam as canetas de pena cheias de tinta do sr. Löwinger e enfiavam os dedos manchados de tinta no nariz e nas orelhas, desapareciam, então, por alguns anos, mudando-se para a cidade mais próxima, voltavam, adolescentes insuportáveis, intrometidas, atrevidas e cheias de si, desenrolavam bandeiras vermelhas e cantarolavam canções socialistas de marcha e de guerra, desapareciam de novo, voltavam, mais uma vez, e então já eram quase irreconhecíveis: polidas, estudadas, civilizadas, penteadas, com as unhas feitas, tendo adquirido graus de doutoras, e se estabeleciam como dentistas, professoras de colegial, redatoras, professoras de música e sabe Deus quantas outras profissões intelectuais, para se tornarem burguesas, criarem filhos que, de tão finos, falam com uma voz fanhosa, e são enviados para estudar na Sorbonne, para, mais tarde, exercerem papéis importantes na vida cultural do século.

Nas aldeias nos Cárpatos, na região onde eu mesmo nasci, presenciara com meus próprios olhos todas essas fases e etapas. Imagino que, em torno de Kischinew, as coisas não fossem muito diferentes do que eram na minha cidade. E embora a srta. Bianca Alvaro provavelmente visse a mim como alguém que descrevia uma trajetória diametralmente oposta à dela, um jovem tratado a pão de ló, sempre vestido com ternos de veludo e educado em francês por uma governanta, que agora não era nada além de um alemão que só pensava em cavalos e em cavalariços e cujo vocabulário limitava-se a trezentas palavras, ainda assim ela estava disposta a conceder que eu não seria capaz de abusar da confiança por ela demonstrada, e que eu não haveria de tentar roubar imediatamente uma joia a respeito de cujo valor ela me perguntara. Contudo, era impossível, para mim, deixar de ver nela uma judia suja de cara feia, como aquelas de quem é preciso desviar-se com o carro, nas ruas da cidade, para não atropelá-las. E eu teria preferido dizer, imediatamente, que ela podia pensar, considerar e esperar de mim o que bem entendesse, mas que gostaria que fizesse o favor de evitar as censuras que costumava expressar, independentemente do fato de eu corresponder ou não às suas ideias.

A partir de então, passei a me portar diante dela de maneira ainda mais reservada do que antes. Fazia-o, também, por ter mais o que fazer.

Sob a orientação de Olschansky, eu tinha começado a ler, de maneira sistemática, obras de melhor qualidade e, além disso, o mau tempo, que marca o início do inverno gélido de Bucareste, tinha chegado de maneira bastante brusca. O *crivetz*, o vento que vem das estepes orientais, soprava pela cidade, indefesa diante dele, na planície pantanosa, e ninguém queria sair de casa. Preparei-me para passar o inverno na Pensão Löwinger. Mas a srta. Alvaro era obrigada a frequentar diariamente seus cursos, voltava à pensão para o almoço e, em seguida, tornava a desaparecer, provavelmente para estudar em alguma biblioteca. Ao anoitecer, ela parecia estar sempre um pouco ausente e, à mesa, falava pouco, retirando-se tão logo terminava sua refeição.

Só uma vez ela interferiu, de maneira muito enérgica, na conversa geral. O assunto era a situação na Alemanha. A equipe de luta livre tinha sido obrigada a cancelar uma *tournée* que pretendia fazer pelo sul da Alemanha e pela Saxônia por motivos ridículos: os órgãos desportivos do Terceiro Reich não aceitavam os títulos de campeões mundiais dos lutadores, o "desconhecido com a máscara" não tinha sido capaz de apresentar seu certificado de que era ariano e assim por diante — a já conhecida ladainha de tormentos mal-intencionados impostos por meio de formalidades ridículas, que não favoreciam em nada a imagem da nova Alemanha. Pepi Olschansky mostrou-se indignado e chegou até mesmo a acusar os lutadores de serem uns falastrões de quermesse, o que ofendeu o campeão da Finlândia, Haarmin Vichtonen, a ponto de levá-lo à beira das lágrimas. Radu Protopopescu foi impelido a observar que, em breve, a tolerância dos romenos para com a minoria alemã que vivia no país iria ter um fim se a sua arrogância, desde sempre insuportável, fosse acirrar-se ainda mais por causa da mania de grandeza da nação-mãe. Mas a conversa realmente inflamou-se no instante em que o sr. Dreher, supostamente a parte posterior do cavalo do circo, passou a questionar as tão alardeadas tendências socialistas do regime de Hitler. "Será que o seu socialismo russo é mais social?", perguntou Olschansky.

"Não se trata disso!", exclamou a parte posterior do cavalo de circo, em tom belicoso. "Estou falando do socialismo *in* si mesmo."

"*In* si mesmo e *em* si mesmo", disse Olschansky num tom de desprezo. "Querer acabar com a pobreza e, para isso, acabar com toda a riqueza, sobretudo a do espírito! Sacrificar a vida em nome de um conceito abstrato. Levar tudo ao denominador comum do mais baixo nível!"

"O senhor não sabe do que está falando", disse o sr. Dreher, fazendo, com grande dignidade, um gesto de desprezo com a mão.

Olschansky fez uma careta. "Pelo menos até agora fui capaz de me iludir, acreditando que meu horizonte fosse pelo menos tão amplo quanto o picadeiro do Circo Sidoli."

"O que o senhor quer dizer com isso?", disse o sr. Dreher, exaltando-se.

"Refiro-me aos contornos do meu horizonte", disse Olschansky, com uma risadinha insolente.

"Explique-se melhor!", insistiu o sr. Dreher.

"O senhor precisa mesmo de mais explicações?", perguntou Olschansky, olhando à sua volta em busca da aprovação dos presentes. "Acho que ninguém aqui precisa de maiores explicações."

"Mas eu insisto!", exclamou o sr. Dreher. Seu topete grisalho lhe caiu sobre os olhos, com os quais ele parecia estar devorando Olschansky.

"Então, se o senhor quer mesmo ouvir, vou lhe dizer claramente. Estou me referindo ao fato de que alguém que passou a metade da vida com o nariz enfiado no traseiro de um ajudante de palhaço de circo só poderia pensar como o senhor."

"Isso é uma calúnia!", berrou o sr. Dreher, fora de si de ódio. "Eu sei que todos vocês acreditam nessa história absurda, de que eu teria me apresentado num circo como a parte posterior de um cavalo de palhaços. Quem inventou esta história foi Tscherkounoff. Eu vou agora mesmo tirar satisfação com ele! Ele vai testemunhar diante de todos vocês que isso é uma mentira. Eu fui professor de economia na Universidade de Riga, Tscherkounoff sabe muito bem disso, e eu tenho como provar o que estou dizendo. Ele vai testemunhar, imediatamente!"

Só com o uso da violência foi possível contê-lo e evitar que ele fosse apanhar Tscherkounoff para arrastá-lo, à força, até a nossa presença. "Soltem-no!", suplicava Jólant em meio ao tumulto. "Nós gostamos do senhor, há décadas, mesmo achando que o senhor foi a parte posterior de um cavalo de circo. Por que o senhor se importa tanto em ter sido professor universitário?"

Foi difícil tranquilizar o sr. Dreher. "Vou provar o que estou dizendo", disse ele, ameaçando Olschansky. "Vou obrigá-lo a declarar publicamente quem eu sou."

"Se o senhor soubesse quanto eu me importo com isso...", disse Olschansky. "Por mim, o senhor poderia até ser Lênin em pessoa. O senhor só vai conseguir levar os ignorantes a deixarem de perceber que isso que se passa na Alemanha de hoje representa uma experiência de caráter decisivo para a História Mundial. Trata-se da salvação do indivíduo no socialismo — nada mais, nada menos do que isso. Se o senhor estivesse disposto a abrir os olhos, a refletir um pouco, em vez de entregar-se às suas emoções, o senhor mesmo seria obrigado a admitir que é disso que se trata."

"O senhor realmente não sabe do que está falando", ouviu-se, de súbito, dizer a voz da srta. Alvaro.

Olschansky lançou em sua direção um olhar hostil. "Por acaso a senhora sabe melhor a esse respeito?"

"Eu acabo de vir de lá. Há duas semanas, eu estava em Jena."

"E lá foi-lhe permitido estudar, apesar de a senhora ser judia?", perguntou Olschansky, maldosamente.

"O senhor está muito enganado. Eu sou cristã armênia", disse a srta. Alvaro. Mas, no mesmo instante, ela enrubesceu e mordeu os lábios, para, logo a seguir, voltar a erguer a cabeça e dizer, corajosa: "Mas não quero negar que descendo de pais judeus. Isto, porém, permaneceu em segredo em Jena. E não está relacionado, de maneira alguma, ao tema da nossa discussão".

"De certa maneira, sim", insistiu Olschansky. "Pois o nacional-socialismo alemão é identificado com a questão judaica. A questão judaica é usada por aqueles que querem desviar a atenção do público daquilo que está ocorrendo de verdadeiramente revolucionário na Alemanha."

"Acho que, na verdade — ou melhor, sei, por minha própria experiência", disse a srta. Alvaro, "que a suposta questão judaica apenas está sendo usada pelos nacional-socialistas como um pretexto para desviar a atenção de coisas que são muito mais questionáveis."

Olschansky fez outra vez aquela mesma careta insolente, que dava a seu rosto de nariz pontiagudo e de queixo pontiagudo um ar de atrevimento e de arrogância pérfida. "A senhora está falando da 'suposta' questão judaica e, ao mesmo tempo, de 'coisas muito mais questionáveis', das quais essa questão judaica supostamente deveria desviar a atenção. A senhora considera que a questão judaica é uma questão artificialmente exagerada ou pensa que se trata de algo que demanda uma solução?"

"Trata-se de uma questão atual na medida em que não se pode atribuir a uma minoria religiosa a responsabilidade por mil anos de malogro da história alemã. E, além disso, associar as promessas de um futuro dourado e todas as esperanças ligadas a esse futuro à suposta solução dessa questão não é nada além de um logro."

"Pois o que se pretende com isso não é nada além de nossa própria destruição", disse o sr. Löwinger, em voz baixa.

"É isso mesmo!", exclamou o professor Dreher, a antiga parte posterior de um cavalo de circo. "Esse é o aspecto abominavelmente retrógrado, profundamente medieval e ofensivo à razão dessa assim chamada visão de mundo!"

"Não comece a trovejar a partir do púlpito do racionalismo!", retrucou Olschansky. "Se o senhor anuncia a razão como o novo Evangelho para a salvação da Humanidade — pois o senhor é democrata, não é verdade? Portanto, o senhor crê no direito de autodeterminação do povo? O senhor não quer permitir aos alemães que eliminem alguns judeus do seu corpo de cidadãos, enquanto a maioria avassaladora deles está convicta de que, tendo feito isso, se tornarão mais senhores do seu próprio destino?"

Irritava-me o ir e vir da conversa. Eu conhecia bem demais os truques e as manobras de desvio de Olschansky. Queria dar um fim àquilo. E a maneira mais segura de fazê-lo era, nesse caso, como sempre, uma das minhas citações fatais. Exclamei, dramaticamente: "Massas! Seja realizada sua vontade! De acordo com o princípio: um milhão de moscas não podem estar erradas! Comam merda!".

O sucesso foi imediato. Todos caíram na gargalhada, e até mesmo o professor Dreher fez um gesto com as mãos em minha direção, um pouco de má vontade, um pouco rendendo-se. Só a srta. Alvaro olhou para mim com um ar entediado. Ela estava se levantando para retirar-se da sala. E, para tanto, se ela não quisesse incomodar o gigantesco campeão húngaro Duday Ferencz e, com ele, toda a equipe de lutadores, era obrigada a pedir à delicada sra. Löwinger, que estava sentada à sua esquerda, para lhe dar licença. Mas a sra. Löwinger era incapaz de conter suas gargalhadas. Ela se curvava sobre si mesma, sacudia-se, soluçava, agarrava o braço da srta. Alvaro, enfiava os dedos na carne da outra, como se fossem garras, e chegou a ponto de mordê-la. "Mas o que é isto?!", exclamou, assustada, a srta. Alvaro.

Jólant ergueu-se: "Pelo amor de Deus! Ela vai perder a criança!".

Infelizmente, foi o que aconteceu. A sra. Löwinger foi levada à clínica e, no dia seguinte, sua mãe, chorosa, relatou que, agora, a esperança de que um dia ela pudesse dar vida a um pequeno Löwinger fora sepultada para sempre. Quando eu quis dizer uma palavra de consolo ao sr. Löwinger, ele me olhou nos olhos com uma expressão fria e orgulhosa: "Não estou entristecido. Num mundo como o nosso, nós não deveríamos pôr mais crianças".

Depois de tudo isso, fiquei mais do que perplexo quando a srta. Alvaro voltou a dirigir-me a palavra. Ela o fez de maneira ainda mais misteriosa do que da vez anterior. Com uma voz abafada, depois de me surpreender sozinho no corredor, me propôs um encontro no café Corso. Quando cheguei lá, na hora combinada, ela já estava à minha espera. "Posso convidá-lo?", perguntou, com um sorriso tímido que combinava bem com ela. "Por favor, permita-me. O senhor me deixaria constrangida se não aceitasse."

Queria um *marghiloman* — uma xícara de café preto com um gole de conhaque. "O senhor me aconselharia a pedir o mesmo?", perguntou-me a srta. Alvaro. "Pois preciso de uma bebida que me dê coragem. Preciso pedir-lhe, outra vez, um favor."

Ela voltou a sorrir, timidamente, mas com muito charme, porque estava totalmente confiante em si mesma. "Mas, antes, preciso contar-lhe uma história. O anel, que outro dia o senhor me ajudou a avaliar, provém de uma herança de um tio, casado com minha tia. Não se trata de um parente de sangue...", ela hesitou e, então, prosseguiu, corajosa: "Ele morreu há pouco tempo, e é por esse motivo que voltei antes do previsto de Jena para cá. Infelizmente, quando cheguei, ele já não estava mais vivo. Nós éramos muito próximos um do outro. Ele me criou, como se fosse meu pai, quando eu ainda era uma criança. É por causa dele que fui educada como uma armênia cristã".

Ela voltou a fazer uma breve pausa, como se estivesse pensando a respeito de algo que não quisesse dizer. "Ele era armênio", ela prosseguiu, então, "de uma grande família de Constantinopla. Quando começou a perseguição aos armênios, na década de 20, ele fugiu para cá. Evidentemente, perdeu uma grande parte do seu patrimônio. Para seus padrões, ele tinha se tornado um homem muito pobre. Mas para a minha tia, a quem ele conheceu pouco depois de sua chegada aqui, o pouco que ele tinha sido capaz de salvar ainda representava uma fortuna fabulosa. Eu já lhe disse que venho de um ambiente muito pobre... O senhor quer um pouco mais de conhaque no seu café? Ou talvez um conhaque sem café? Eu mesma sinto que poderia me beneficiar de um copo de conhaque." Ela voltou a sorrir, com seu sorriso tímido e gracioso. "Como o senhor pode imaginar, eu nunca bebo. Mas não sou capaz de contar minha própria história sem um certo nervosismo. Aliás, nunca a contei a ninguém, esta é a primeira vez..."

"Aquele que viria a tornar-se meu tio encontrou minha tia numa ótica, quando estava comprando óculos. Ela trabalhava ali, era uma empregada. Na verdade, nós não somos *Ostjuden* — não somos judeus asquenazitas e sim sefarditas, como mostra nosso sobrenome. Mas não sei como nem quando meus antepassados vieram para a Bessarábia. Provavelmente o senhor sabe que, dentre os judeus espanhóis e portugueses, sobretudo dentre aqueles que vieram para a Europa Central depois de passarem pela Holanda, havia uma antiga tradição de lapidação de lentes. Um parente distante deu seguimento a essa tradição aqui. Ele não era um Spinoza, mas, supostamente, era alguém que acreditava na lei do mais forte e explorava consideravelmente a minha tia, a quem dava emprego, e que ainda era uma mulher jovem. O encontro dela com aquele que viria a se tornar meu tio deve ter sido um amor à primeira vista. Com certeza, esse senhor muito distinto e cosmopolita não se iludiu acerca da origem humilde da pequena empregada da ótica. Ele era um homem do *grand monde*, não só por causa de sua fortuna, mas também por causa de vários laços de parentesco com membros da aristocracia francesa e italiana. Provavelmente, não lhe ocorreu que, além de ser uma pequeno-burguesa, ela também fosse judia. Eles se amavam de maneira muito espontânea e evidente. Minha tia demitiu-se de imediato de seu emprego e foi morar com ele. Era uma dona de casa extraordinária e sabia muito bem como tornar agradável a vida dele, com os escassos recursos que ele ainda tinha à disposição, muito embora vivessem em completo isolamento. Eles não precisavam de outras pessoas para serem felizes. Viveram juntos assim, por alguns anos. Depois, quando meu pai e minha mãe morreram, de forma inesperada, e não havia mais ninguém que pudesse cuidar de mim, eles se casaram para se tornarem meus pais adotivos. Devo dizer que minha tia nunca teve coragem de lhe confessar que era judia. Ela sabia que os armênios odeiam os judeus. Trata-se menos de um ódio racial — o que seria algo bastante absurdo — do que de uma hostilidade causada por questões de crença religiosa, mas que, nem por isso, é menos fanática. Minha tia amava o marido, idolatrava-o e teria feito coisas muito piores do que negar a própria religião para poder permanecer ao seu lado. Quando me mudei para a casa deles — ainda não tinha completado oito anos de idade —, ela me instruiu a jamais trair, com uma palavra que fosse, o segredo de que nós éramos judeus. Eu também não permaneci na casa deles, pois logo fui posta num convento de freiras armênias. Lá a minha aparência — assim como a da minha tia ao lado do marido — não destoava da dos demais. Para quem não tivesse um olhar especialmente agudo, a maior parte das minhas professoras e colegas, aliás, assim como o meu próprio tio, não tinha menos traços semíticos do que nós — ao contrário, tinha mais. De início, todos ficaram muito chocados com a minha falta de educação religiosa, mas logo fui capaz de adquirir os conhecimentos que me faltavam. Minha tia, muito esperta, sabia como fazer para nunca deixar surgir a menor suspeita de que não tivesse sido educada como cristã. Lembro-me de suas longas conversas com sacerdotes que vinham visitar meu tio, a respeito das diferentes interpretações da natureza dupla de Cristo, feitas pelos monofisistas e pelos nestorianos, ou sobre o sentido da ligação entre o crisma e o batismo. Os armênios são gente muito religiosa. Meu tio — que, aliás, pertencia aos Armênios Unidos, isto é, à igreja dos chamados mequitaristas — era um homem que tinha uma devoção incondicional à sua Igreja. O senhor pode imaginar alguém capaz de entregar a seu confessor uma primeira primeira edição completa da *Enciclopédia* de Diderot só porque o sacerdote alegava que ele não podia possuir aqueles livros, porque estavam no índex?"

A srta. Alvaro tomou um golinho do seu conhaque e pigarreou. "Nossa! Como é forte essa bebida! Eu não estou acostumada, muito embora na casa dos meus tios não faltassem oportunidades de provar algo assim, ele era tudo, menos alguém que desprezava a comida, gostava de comer bem — o senhor sabe que Lúculo* desempenha um papel importante na história da Armênia. Meu tio adorava dizer, gracejando, que isso obrigava todos os bons armênios a cuidar zelosamente de suas cozinhas e de suas adegas. E minha tia fazia tudo o que estava a seu alcance para que ele se esquecesse de que não podia mais mandar trazer seu salmão da Escócia e seus vinhos de Bordeaux. Acho que a relação entre eles também era muito feliz do ponto de vista sexual. Ele ficou arrasado com a morte dela, no ano passado! Não queria que tivesse morrido antes dele. Evidentemente, como cristão, ele era alguém que repudiava a ideia do suicídio. Mas não foi precisa nenhuma interferência. Poucos meses depois da morte dela, ele, que mal completara setenta anos, morreu também. Seu coração simplesmente parou de bater."

Ela olhou para mim. "Queria pedir-lhe ajuda, mais uma vez. Como única parente, eu herdei, além do anel que o senhor já conhece, o apartamento desses parentes. Todo o resto das posses do meu tio — uma pequena conta bancária, algumas ações, uma parcela de uma casa, enfim, o pouco que ele foi capaz de salvar de uma fortuna extraordinária — foi legado à Igreja Armênia. Isso me alegra. Teria sido muito incômodo aceitar algo. Só o fato de eu ter sido educada num internato às custas dele, e de ter estudado na Alemanha, sem falar de todas as outras provas de bondade dele, já me parecia, dadas as circunstâncias, algo ilícito. Sempre tive um certo sentimento

---

* Cônsul romano, Lúculo passaria para a história por causa de suas extravagâncias, um protótipo eterno do luxo desmedido.

de culpa, como se, pelo fato de sermos judeus, o tivéssemos ludibriado. Evidentemente minha tia nunca fez nada para nos batizar de fato. Ela fazia como se fosse óbvio que fôssemos cristãos. Talvez realmente o fôssemos, em nossos corações, mas não de direito. Para mim, muitas vezes foi difícil suportar esse conflito. Mais de uma vez me vi tentada a confessar isso a meu confessor, e sofri muito por nunca tê-lo feito. Via a mim mesma como uma falsária. Não tanto diante de Deus e de minha crença, se é que o senhor entende o que quero dizer, como diante desse homem puro, bondoso e nobre, a quem tanto devo, e a quem eu amava como a um pai. E agora, vamos ao meu favor: espero que o senhor entenda que eu não quero entrar sozinha naquele apartamento. O que há para fazer lá é o que se espera nesses casos: olhar o que foi deixado, organizar, empacotar. E confesso-lhe que tenho medo de fazer isso sozinha, mas não conheço ninguém que possa me ajudar. As poucas amizades que estabeleci aqui durante meus anos de escola tornaram-se dormentes em decorrência dos anos que passei longe, na Alemanha. E das pessoas que tenho à minha volta atualmente, o senhor é o único a quem eu seria capaz de ousar pedir algo assim."

Fiquei tentado a perguntar-lhe como e por quê. Mas aquele não me parecia o momento adequado. "Posso convidá-la a tomar um conhaque agora?", perguntei. "Tenho certeza de que, na casa de seu tio, ainda há estoques de todos os tipos de bebidas, que precisam ser consumidas. E, por isso, seria bom irmos treinando."

O apartamento se encontrava num edifício próximo à Biserica Alba. "Que estranho!", disse eu. "Eu morava aqui na esquina, pouco tempo atrás. Lá em cima, numa das coberturas. Talvez eu tenha encontrado seu tio e sua tia várias vezes na rua, sem desconfiar que, um dia, haveria de ser escolhido para conhecer sua história. Aliás, em algum lugar aqui nas redondezas, deve haver um restaurante russo com um coral de mulheres que, todas as noites, pontualmente às nove horas, começa a gemer."

A srta. Alvaro não conhecia aquele estabelecimento. "Trata-se de um apartamento para o qual meus parentes se mudaram apenas há alguns anos. Todos esses prédios são novos. E eu vim relativamente poucas vezes aqui. Não que meu tio e minha tia tivessem me afastado. Mas eles se sentiam tão felizes em seu amor um pelo outro que uma espécie de abrigo protetor natural se criou em volta deles, isolando-os completamente de todos os demais. Eles eram como os amantes da tela *A carruagem do mundo*, de Teniers,* sob cujas rodas papas, heróis de guerra e grandes senhores do comércio, princesas e cortesãs são esmagados enquanto os amantes, sentados sobre o feno, em cima, olham, um nos olhos do outro, extasiados: o próprio espírito do mundo os protegia de tudo que pudesse ser capaz de intervir de maneira perturbadora em seu ambiente de vida."

Enquanto dizia essas palavras, a srta. Alvaro tinha perdido toda a timidez. Podia muito bem vê-la como uma bem-educada aluna das freiras armênias. O contorno de sua nuca era muito bonito e expressava um orgulho modesto, mas impossível de ser quebrado.

O apartamento situava-se no sexto andar de um prédio cuja falta de caráter não ficava devendo nada à do prédio onde eu mesmo tinha residido. Subimos de elevador. "Um milagre que esteja funcionando", disse a srta. Alvaro. "Temo que a morte de meu tio tenha sido apressada pelo fato de que, frequentemente, ele era obrigado a subir as escadarias até o sexto andar."

Quando chegamos ao alto, ela voltou a remexer em sua blusa para tirar de seu interior o molho de chaves. Contive um sorriso.

---

* David Teniers (1610-90), pintor flamengo do período barroco.

Involuntariamente fui obrigado a pensar em Olschansky, mas não em seus comentários de conhecedor a respeito dos seios da srta. Alvaro, e sim nos que diziam respeito ao tempo que ele passara em meio aos judeus galicianos. Se tivesse observado com um pouco mais de sobriedade semelhantes medidas de cautela, o tio armênio da srta. Alvaro certamente teria sido capaz de reconhecer a verdadeira origem de suas senhoras. Mas, talvez, cuidados desse tipo também fossem comuns entre as mulheres armênias.

A srta. Alvaro destrancou a porta. Entramos e nos encontramos num típico apartamento de imigrantes, no qual velharias antigas e recém-adquiridas, os restos inúteis de uma riqueza já não mais existente e os objetos de uso cotidiano, emancipados de sua utilidade e investidos de grande importância, criam uma espécie de aconchego desleixado, ao qual a gente se entrega de boa vontade porque ele vem acompanhado do sentimento tranquilizador de que aquilo tudo é apenas provisório. Entre russos foragidos da Revolução com algumas malas cheias de bugigangas, logo complementadas com as coisas mais necessárias, adquiridas às pressas, que se instalavam em qualquer lugar, eu conhecera esse mesmo aconchego doméstico, caloroso e um pouco confuso. Aqui, percebia-se, imediatamente, que as bugigangas eram especiais, ainda que, em sua maior parte, estivessem danificadas, lascadas, arruinadas. Mas as velharias um dia tinham sido objetos de luxo, obras de arte, preciosidades. Os objetos de uso cotidiano, por sua vez, que se misturavam a esses outros de forma despreocupada, atendendo exclusivamente às necessidades práticas, eram cuidadosamente escolhidos, mas não eram de primeira categoria: eram o sonho da dona de casa e o pesadelo do bom gosto. Era fácil saber qual mão estava por trás daquela seleção. A tia da srta. Alvaro decerto criara para si mesma um ambiente ideal para suas virtudes domésticas. E, sem dúvida, o nobre armênio lhe concedera essa liberdade — justamente com a condescendência típica de um grande senhor. Claro que tudo era mantido na mais estrita ordem. Os móveis eram protegidos por capas e por forros. Ainda assim, um cheiro de mofo e de poeira e de tecidos quebradiços, de criados-mudos repletos de frascos de medicamentos e de latas de biscoitos escondidas pairava ali.

Todas as portas estavam abertas. A sala, os quartos, os armários e a cozinha se apresentavam aos nossos olhos. Mas, como as persianas estavam baixadas e as velhas cortinas bordadas, já flácidas, estavam fechadas, não se via quase nada. A srta. Alvaro pôs-se a abrir uma janela depois da outra. A tarde começava a cair. Reconheci novamente o meu céu azul-lavanda, mais pálido agora, mais frio, menos sentimental. Tinha morado naquele bairro durante o alto verão. Agora, estávamos já no fim do outono. Das árvores além do Boulevard Bratianu as folhas douradas do outono despencavam das árvores. Ao meu lado, a srta. Alvaro estremecia. Por alguns instantes, antes de nos voltarmos de novo para o apartamento, respirávamos o ar livre. Como mergulhadores, pensei, que se preparam para penetrar num outro elemento. Mas eu estava enganado: tratava-se do mesmo elemento, pois a cidade aos nossos pés era constituída daquela mesma mistura de modernidade de segunda mão e de curiosidades de mercado de pulgas, como o apartamento que estava às nossas costas. Com todos os seus casarões em estilo *art nouveau* e seus edifícios futuristas de cimento e de vidro, era uma cidade tão oriental quanto Esmirna. O Ocidente, com suas cidades cheias de lindas torres, era muito distante dali — lá onde logo a esfera solar, agora apenas reluzente como latão, se dissolveria, mergulhando e derramando uma névoa avermelhada sobre os telhados. O Ocidente surgia, sangrento, dos charcos da grande planície, cujo horizonte a vista não alcançava.

A srta. Alvaro voltou-se, subitamente, dirigindo-se à sua herança. "Minha tia sempre falou de todos os objetos que se encontram nesta casa, especialmente dos móveis, das porcelanas, dos vidros e dos objetos decorativos como de grandes preciosidades. Eu não entendo nada disso. De qualquer forma, apenas gostaria de manter comigo algumas poucas coisas, que sejam facilmente transportáveis. Não pretendo montar uma casa para mim mesma nos próximos tempos."

Com efeito, uma ou outra das peças que havia ali era — tanto quanto eu era capaz de dizer — valiosa: uma cômoda barroca francesa, um relógio inglês de pêndulo, antiquíssimo, um par de mesinhas turcas octogonais com um esplêndido trabalho em marchetaria, de fios de prata, de casco de tartaruga, de madrepérola. O restante eram objetos bastante comuns, mesas de mogno maciço, móveis de dormitório típicos das pessoas ricas da virada do século, estofados. E também carrinhos de chá horrorosos, cheios de garrafas, vasos de flores pendurados nas paredes, um gramofone portátil, um aparelho de rádio. A profusão de antigos brocados, de tecidos bordados com fios de ouro e de cobertores de caxemira espalhados pelo apartamento transmitia, porém, uma impressão de opulência oriental. E em toda parte acumulavam-se também os fragmentos de uma antiga fartura e de um antigo luxo: pesados jogos de talheres de prata maciça, irritantemente incompletos, todos os tipos de caixinhas cujo esmalte descascava e cujo *cloisonné* se encontrava danificado, todos os tipos de porcelanas francesas e vienenses, feitas para serem ostentadas, cristais lapidados da Boêmia — mas faltavam tampas; alças estavam quebradas, bordas, lascadas; vidros, rachados. De uma estante de livros tirei um dos quatro pequenos volumes encadernados em couro com gravação a ouro que estavam entre romances de segunda categoria com encadernações de papelão e catálogos de lojas de departamentos: tratava-se de uma antiga edição de *Ligações perigosas* de Choderlos de Laclos, da qual não constava o nome completo do autor, mas apenas estavam desenhadas as iniciais Ch. d. L. Como marcadores entre as páginas encontravam-se santinhos: "Santa Brígida, Santo Antônio de Pádua, orai por nós…" — Suponho que se tratasse de pedidos de indulgência pelo desrespeito ao índex.

"O melhor que temos a fazer é agir como fizemos com o anel", sugeri. "A senhora escolhe o que deseja conservar. O que sobrar, vamos mandar avaliar, primeiro peça por peça, e depois o conjunto inteiro, por três antiquários. A senhora vende a quem lhe oferecer o melhor preço."

"Espero um dia poder lhe mostrar quanto lhe sou grata", disse a srta. Alvaro. "E" — ela hesitou — "mas não, isso é supérfluo, não preciso lhe pedir para não comentar nada a respeito de nosso empreendimento na Pensão Löwinger."

Consegui manter o acordo durante quase uma semana. Mas então Olchansky me abordou. "Você anda saindo com a Alvaro. Não negue, eu sei disso. Você está se encontrando com ela, secretamente, na cidade. Vocês foram vistos juntos várias vezes. Por que tenta negar? Ela não é tão feia assim a ponto de você ter que sentir vergonha dela. Ou você quer escondê-la de mim? Isso não seria muito decente, entre amigos."

Fui obrigado a revelar-lhe os segredos, para evitar comprometê-la ainda mais. Mas, imediatamente, me dei conta de que aquilo seria considerado por ele como uma desculpa. Na verdade, eu estava satisfeito em poder falar com alguém a respeito daquele assunto.

"Mal sou capaz de descrever a você o que se passa entre nós", disse eu. "Somos totalmente estranhos um ao outro. Exceto por aquilo que ela me contou a respeito de seus parentes falecidos, eu não sei nada sobre ela, assim como ela nada sabe sobre mim. Nunca tive nenhum motivo para revelar-lhe a história de minha vida. Continuamos a nos tratar mutuamente com a mesma cortesia formal e descomprometida com que nos tratamos desde o dia em que ela me dirigiu a palavra pela primeira vez, e conservamos essa distância em parte deliberadamente e em parte, também, de maneira já compulsiva. Imagine que nunca houve entre nós nenhum tipo de intimidade, nenhuma palavra realmente pessoal, nenhuma declaração de caráter mais particular, para não falar de qualquer tipo de confissão ou de indiscrição. Jamais teria nos ocorrido perguntar um ao outro o que fazemos de nossas vidas e a que nos dedicamos quando, tendo concluído nossos afazeres, nos separamos um do outro. Nossa vida particular não tem a mais tênue relação com aquilo que nos liga mutuamente — aqui, na Pensão Löwinger, por exemplo. Aqui, à mesa dos almoços e dos jantares, não podemos permitir que ninguém perceba que também nos encontramos fora daqui e temos assuntos particulares a tratar um com o outro. Já isso nos torna cúmplices. Tentamos ignorar esse fato quando nos encontramos no apartamento dos parentes falecidos dela. Mas, justamente por isso, esses encontros não se tornam cada vez mais naturais e descontraídos. Ao contrário, a tensão cresce dia a dia. E agora você precisa tentar imaginar o que acontece ali: entre ela e mim está se estabelecendo uma intimidade que às vezes faz com que eu sinta meu coração batendo em minha garganta e que me aperta a goela — e tenho certeza de que o mesmo acontece com ela. Sinto isso de maneira cada vez mais clara. Trata-se, de certa forma, do fantasma de uma intimidade, se é que você entende o que quero dizer, e essa intimidade cresce entre nós por meio da vida fantasmagórica desses mortos, na qual nos intrometemos diariamente, e que nos absorve e nos une cada vez mais, e à qual, cada vez menos, temos como resistir. Compartilhamos dessa vida como quem compartilha de um segredo monstruoso. Digo monstruoso porque não deveria ser permitido penetrar, desse jeito, nos recônditos mais secretos e nas dobras mais escondidas da vida dos outros. Até de nós mesmos costumamos esconder algumas coisas, delas desviamos nossa atenção, enganamos a nós mesmos e aos outros. Mas trazemos à luz do dia tudo o que diz respeito à vida desses mortos, até mesmo aquilo que eles escondiam de si mesmos. Conhecemos as vidas deles da maneira mais íntima, quero dizer, conhecemos esses dois amantes cegamente ligados um ao outro, inseparavelmente ligados um ao outro pela ternura, até os detalhes de suas roupas íntimas, até as mais fatais particularidades de seus artigos de toalete, como as cerdas que caíram de suas escovas de cabelos, o grau de desgaste de seus sabonetes, as manchas de ferrugem em suas limas de unhas, os almanaques e as receitas de compotas que costumavam ler depois do almoço, durante o descanso para a digestão, deitados no sofá, as próteses dentárias que, depois de fazerem amor de acordo com uma rotina estabelecida há décadas, mas ainda assim com ternura e com satisfação, eles tiravam de suas bocas, colocando-as num copo com água no criado-mudo, os supositórios que, provavelmente, enfiavam, um no traseiro flácido do outro, em meio a muitas risadinhas, para combater os problemas digestivos que possivelmente os acometessem. Tudo isso nos toma de assalto, diariamente, com uma dimensão de vida própria, que acaba por se tornar, também, a dimensão da nossa própria intimidade, sempre crescente e jamais confessada. O armário com todas as peças de vestuário — desde os chinelos até a gravata-borboleta para usar com o fraque, e desde o espartilho até a estola de marta já meio careca — esta um presente de Natal de 1927, como ficamos sabendo —, nós vendemos a um brechó. Graças a Deus isso já passou. Mas ficamos com um conhecimento das características físicas deles que não temos mais como esconder. Conhecemos a largura de seus pescoços e de suas cinturas, a forma dos seus pés, o cheiro das suas peles, as secreções de suas glândulas sudoríparas, as fraquezas dos músculos daqueles que usaram essas camisas, calças, sapatos, jaquetas, casacos, camisolas e neles deixaram impressas as marcas e as formas de seus corpos. Trata-se de corpos de fantasmas. E agora sentimos esses corpos com os nossos próprios corpos. Quando termina o trabalho do dia, nos separamos e cada um de nós segue pelo seu caminho, e ainda que um de nós esteja deitado em sua cama no quarto 8 da Pensão Löwinger e o outro no quarto número 12, na verdade estamos, os dois, deitados naquele apartamento atrás da Biserica Alba, um ao lado do outro, estamos nos amando, tomando chá de camomila, e adormecemos, um nos braços do outro. Não sabemos mais qual dessas nossas duas existências é a verdadeira: aquela de dois amantes intimamente unidos, que estão representando o papel de que vivem casualmente na mesma pensão e apenas se conhecem de forma muito superficial, ou aquela de duas pessoas que se encontraram por acaso e estão representando o papel de que não sabem que, na verdade, são um casal de amantes que permanecerão inseparavelmente ligados um ao outro até a velhice. E dia após dia nos insinuamos cada vez mais na existência desses fantasmas, que nos uniram um ao outro. Agora estamos nos ocupando de esvaziar as gavetas dos móveis da sala. Emergem pilhas de documentos, de cartas, de honrarias, de convites para festas, de fotografias — tudo, evidentemente, provindo da pré-história do tio armênio, antes de sua emigração e de seu encontro com a judiazinha da Bessarábia. Sei dizer, precisamente, qual era a situação financeira desse armênio do Chifre de Ouro, antes e depois das grandes batalhas do Mussa Dagh. De fato, ele deve ter sido escandalosamente rico. A ingenuidade com a qual ele conduzia seus negócios clama aos céus. Mesmo depois da emigração, ele poderia ter continuado a viver com bastante opulência se não tivesse sido enganado por todos os tipos de advogados de esquina. E quanto mais nos damos conta disso, mais sua ingenuidade nos cativa. E tanto mais nos comove sua grande generosidade e seu amor pela mulher que, para ele, significava mais do que tudo o que ainda poderia vir a perder, e mais do que tudo o que já tinha perdido até então. E tanto mais, também, somos intensamente — eu diria até violentamente — cativados por ela, com sua humanidade nunca desesperada, tão perseguida pelo amor, tão rodeada pelo ciúme. Você me conhece bem e sabe que não sou particularmente sentimental. O empenho dessa moça judia, que foi pescada da obtusidade e da miséria mal disfarçada de um *schtetl* na Bessarábia, em não perder o homem a quem ela devia uma certa prosperidade, uma certa segurança, um eco de elegância e de prestígio social, e seus esforços para mantê-lo, por meio de uma ternura de caramelos, de chinelos sempre preparados, de crocantes pescoços de ganso recheados e de vinho sabático, não é o tipo de coisa que normalmente me comove. E penso que a srta. Alvaro tampouco se deixe comover com facilidade por algo assim. Mas aqui tudo isso é intensificado por uma paixão tão intempestiva, por um ímpeto tão inescapável, que se torna avassalador. A judia que, por amor, esconde do marido que é judia, se apossa de nós por meio de sua entrega, por meio de seu esforço incessante e nunca desesperado para tornar-se realmente tudo para esse homem, e para substituir tudo o que ele perdeu e que, talvez, continue a lamentar. Esse amor também é um fantasma. É enlouquecedor: ela não vive mais, os dois estão mortos, mas o amor sobrevive. Ele se torna visível em todos os rastros que eles deixaram, desde a coleção de receitas dela com a sempre repetida observação em lápis vermelho: 'Aram adora! Aram gosta muito!', até a lista dele onde estão anotados todos os presentes que ele pretende lhe dar para o aniversário ou para o Natal, com estimativas rabiscadas do valor de sua conta bancária ou da situação de suas sete míseras ações. Isso tudo é tão forte, supera a morte de tal forma, que todas aquelas bugigangas que estamos arrumando nos fazem estremecer. Eles também eram perseguidos por fantasmas, ambos, mas a que alturas chegou o amor deles, triunfando sobre esses fantasmas! Por que sentimentos, por exemplo, deve ter se sentido tomada ela, a pequena judia da mais miserável origem, quando revirava os papéis dele ou organizava suas fotografias? O que terá sentido ao observar todos esses rastros fantasmagóricos e todos esses testemunhos de uma vida que, certamente, lhe parecia fabulosa e além de sua capacidade de compreensão? Será que ela não se sentia acabrunhada em seu desejo de consolá-lo por tudo o que ele perdera, ao ver as imagens daquela época paradisíaca, daquele mundo das mil-e-uma-noites, de ócio feliz, de deleites proporcionados por uma riqueza livre de qualquer sentimento de culpa? Não a intimidavam aquelas fotos de encontros à hora do chá, em casarões feitos de madeiras nobres, às margens do Bósforo, a cujas salas de visitas os convidados chegavam de barco? Uma delas mostrava o sultão do Marrocos, fazendo uma visita, sentado ao lado do embaixador de Sua Majestade a rainha da Inglaterra, meio escondido por trás do chapéu de verão do tamanho de uma roda da duquesa de Lusignan, cuja família, desde os tempos em que os rubênidas* regiam sobre Chipre, era aparentada com os antepassados da dona da casa. E, logo a seguir, o mesmo grupinho, um tanto alegre e descontraído, aparece num piquenique na Anatólia, os cavalheiros trajando ternos de seda crua e as damas vestidas de linho branco, em meio às ruínas das colunas de Éfeso. Tapetes estão espalhados e, à sua volta, vê-se um grande número de vigias de prontidão, com as cabeças cobertas por turbantes, alguns chegaram a cavalo, algumas das mulheres mais jovens já montam, ousadas, em selas masculinas, mas

---

* Os rubênidas eram uma dinastia armênia que, de 1199 a 1342, reinou sobre a Cilícia.

também vê-se, ali, um Daimler, cujas rodas raiadas estão, até a altura dos pneus, enfiadas na poeira da estrada, enquanto o motorista e uma passageira, com o rosto coberto por um véu grosso, fazem uma pose engraçada ao lado de um camelo, sobre o qual vai sentada toda uma família de curdos — pai, mãe, quatro filhos e a avó, que segura uma cabrita e dois frangos no colo. E novamente os mesmos senhores, com seus membros delgados, trajando ternos cinza, os olhos indolentes e os narizes compridos diante de suas sobrancelhas pesadas, os lábios pendentes sombreados por bigodes oscilantes, as cabeças estreitas cobertas por chapeuzinhos carnavalescos, e as mesmas senhoras em seus trajes noturnos, no estilo opulento do Renascimento, com as cabeças cobertas por diademas cheios de brilhantes faiscantes, com colares de pérolas de muitas e muitas voltas… será que a Rebeca de uma casa de pau a pique, perto de Kischinew, que já não era nenhuma beldade e só aos poucos vislumbrava horizontes mais amplos, não se sentia perseguida por um torturante sentimento de incapacidade, de insuficiência, em seu desejo ardente de parecer mais bonita, mais desejável, mais graciosa, mais culta, mais elegante àquele homem, ao seu amado, àquele príncipe nascido num mundo de fábulas e que condescendera até ela, do que todas aquelas damas, e mais divertida e mais interessante do que todos aqueles senhores? Não — seu amor era soberano demais para isso, ou seja, era humilde demais em seu orgulho. Ela nem sequer pensava em comparar-se a qualquer coisa que dissesse respeito a ele. Ela simplesmente não pensava mais em si mesma — só nele. Ela se identificava totalmente com ele. O instinto do seu amor a levava a transformar o fantasma de seu grande passado no incenso de sua adoração: ela fez dele um mito e o envolvia nele como em uma aura dourada. Provavelmente ele já teria havia muito tempo jogado fora todas aquelas bugigangas, ou as teria deixado apodrecer completamente, os trastes, os brocados, os bordados com fios de ouro, os bibelôs, os fragmentos quebrados, raspados, desgastados de antigos objetos de luxo, as fotografias de mortos, as cartas, os ingressos para bailes, os convites para casamentos e para aniversários de pessoas já falecidas, os documentos já sem sentido, os títulos de propriedade já sem valor. Ela lidava com tudo aquilo como um arqueólogo lida com suas preciosas descobertas na tumba de um faraó. Anotava, no verso de cada uma dessas fotos, as informações correspondentes, identificando as pessoas retratadas e precisando sua relação com ele ('Doudouk-Amiée, prima do seu primo Dschoudschoum-Paschà'), organizava-as cronologicamente, separando-as em pacotinhos, de acordo com o ano ao qual correspondiam, embrulhando-as, cuidadosamente, em papel de seda, atando-as com fitas prateadas remanescentes da árvore de Natal do ano anterior, assim como fazia com os certificados, com os convites para bailes, com os títulos de penhores, com as ações de empresas mineradoras de Nahidschewan, havia muito falidas. Ela apanhava cada fragmento de quartzo rosa de um bocal de narguilé de imitação de ouro que encontrava, jazendo sobre um leito de algodão, numa velha caixa de cigarros, e empilhava os estojos vazios, forrados de veludo, de diademas e de colares de pérolas, como se eles estivessem prestes a recuperar seus conteúdos. Bonito, você dirá, tudo isso poderia também resultar de um impulso infantil para a brincadeira e de uma tendência ao romantismo. Ela transformou o mundo desaparecido no qual ele viveu em seu mundo de sonhos. Não, eu lhe digo. Ela estava erigindo o mito dele. Ela não queria nada daquilo para si. Também a partir do chauvinismo armênio dele, ela estabeleceu um culto. Os testemunhos dos estudos dela são impressionantes: suas anotações sobre Moisés de Khorene e Gregório, o Esclarecedor, sobre as disputas eclesiásticas em torno da dupla natureza do Cristo e sobre o Católico de Etschmiadsin. O kitsch dos objetos de devoção que ela colecionava, as imagens dos santos, as cruzinhas e os rosários que se encontram em toda parte, são testemunhos de uma devoção genuína — por causa dele, é claro, mas, ainda assim, completa. Sim — e em meio aos livros de reza e às lendas dos santos encontram-se livros eróticos e fotos pornográficas parisienses; junto aos rosários nas gavetas dos criados-mudos aparecem preservativos texturizados, desenhados com cristas de galo ou com cabeças de arlequins com colarinhos em torno do reservatório de esperma: deve ter sido um verdadeiro garanhão, esse nobre, velho mercador de caravana e, sem dúvida, ela também correspondia aos desejos dele, pois, em meio a todos os outros fantasmas daquele apartamento, paira ali, também, a presença de uma animada vida sexual, que nos aponta para o leito conjugal poeirento mas com lençóis limpos, enquanto nós, com fria objetividade, separamos o que ainda pode servir para ser vendido do que vai para o lixo, e a morte acena, para nós, em meio ao cheiro de mofo e de bolsas de água quente que começam a se esfarelar…"

Olschansky ouvia-me, sem respirar. "Gente!", gritou ele para mim, "você precisa escrever isso! Você me pergunta sobre o que deveria escrever quando eu lhe digo que você deveria escrever: sobre isso, exatamente assim como está me contando agora! Literalmente! Pois essa é a situação erótica por excelência! Isso certamente fez com que o sangue martelasse em seus crânios, esses passeios que vocês fizeram juntos pela terra de ninguém que se encontra entre duas realidades! Pois vocês, certamente, desejaram ardentemente um ao outro nessa cripta fermentada de amor! Imagine o que acontecerá quando vocês não puderem mais suportar a tensão! Quando caírem um nos braços do outro…"

"É nisso que eu penso, diariamente", confessei.

"E ela, obviamente, também..."

"Suponho que sim. Creio que sim. Provavelmente sim. Mas é claro que ela não deixa transparecer nenhum sinal disso. Quando de fato acontecer, terá que ser algo espontâneo. A menor tentativa de provocar algo assim será sua destruição."

Olschanksy fez uma careta. "Vocês ainda têm muito para arrumar?"

"Quase nada. Falta só mais um dia. Depois de amanhã vem o comerciante pelo qual ela se decidiu. Ele também vai armazenar as coisas que ela deseja conservar."

"Então desejo-lhe boa caçada amanhã!", disse Olschansky.

Naquela noite não consegui adormecer. Primeiro, porque me sentia culpado por ter revelado o segredo dela. Mas o que havia aqui para ser guardado com tanto segredo? No pior dos casos, só os nossos assuntos secretos. Ainda assim, me sentia como se tivesse destruído alguma parte deles, alguma coisa que tinha sido pura e que deveria ter sido mantida intocada. Não me envergonhava tanto diante dela quanto me envergonhava diante da imagem do seu tio armênio, tal e qual ela se fixara em mim naqueles dias. Cheguei ao ponto de imaginar, supersticiosamente, que ele haveria de me punir.

Além disso, inquietava-me pensar que talvez eu tivesse apresentado minha história de forma exagerada. Talvez o que eu tinha contado a respeito da tensão entre nós dois não fosse nada além de minha própria imaginação. Se Olschansky estava entusiasmado pelo conteúdo literário da minha narrativa, isso bem poderia significar que, na relação entre minha narrativa e os fatos, já ocorrera, para falar o mínimo, uma certa transformação. Portanto, provavelmente eu já tinha inventado alguma parte da história, de maneira a torná-la passível de ser contada. Sentia-me insuportavelmente incomodado por imaginar que poderia ter sido ludibriado pelas minhas próprias mentiras e por ter exagerado um sentimento que eu supunha que ela compartilhava comigo, o que talvez poderia fazer com que eu me deixasse levar a um gesto que ela talvez tomasse com o maior dos espantos, e talvez, também, com dolorosa decepção, ofensa e repulsa. Uma semelhante vergonha teria sido o castigo adequado para a minha indiscrição.

Eu precisava justificar para mim mesmo o fato de que meus sentimentos pela srta. Alvaro tinham se transformado profundamente. Eu estava muito longe de estar apaixonado por ela. É preciso admitir que eu a desejava — agora, depois de ter falado de nosso relacionamento envolto por tanta tensão. Mas, talvez, isso não se dirigisse a ela como pessoa, e sim ao papel que ela desempenhava em nossa situação. Mas, nesse sentido, ela poderia ser substituída por qualquer outra mulher — assim como eu poderia ser substituído por qualquer outro homem. Porém, essa "judiazinha" de fé cristã, fé à qual se voltara por uma questão de respeito familiar, despertava em mim uma ternura misturada com respeito como nunca sentira por uma mulher que tinha mais ou menos a minha idade, mas apenas por pessoas muito velhas, bondosas e sabiamente esclarecidas. Jólant tinha razão: ela era uma dama. Não era a professorinha de escola que Olschansky insistia em ver. Sua autoridade provinha, de maneira totalmente natural, de sua própria nobreza. Resolvi que diria isso a Olschansky. "Uma vez você me falou a respeito da dignidade da rainha", eu lhe diria. "Tente encontrar na srta. Alvaro algo que possa ter em comum com ela." Foi esse propósito que me facilitou, no dia seguinte, a ida, uma última vez, ao apartamento dos seus parentes falecidos. Teria preferido não ir. Já sabia, de antemão, que esse dia transcorreria de maneira decepcionante. A tensão entre nós dois não voltaria a constelar-se. E, ainda muito menos, aquele momento de arrebatamento, em que, finalmente, cairíamos um nos braços do outro, pelo qual esperávamos. Ainda que aquilo não tivesse sido simplesmente fruto da minha imaginação, ainda que ela também o aguardasse com tanta expectativa quanto eu, nós o tínhamos já antecipado frequentemente demais em nossas imaginações para que ele ainda fosse capaz de nos atingir com toda sua força original.

Trabalhávamos em silêncio e rapidamente, como sempre, apenas ainda mais decididos a terminar. O apartamento já estava vazio, faltavam apenas os móveis, acumulados num canto, e as cestas de papel e latas de lixo transbordantes. O ninho de amor estava deserto. Tínhamos espantado os fantasmas dali. O nobre velho armênio e sua amante culpada agora estavam realmente mortos.

Fui tomado por um sentimento de vazio que era mais torturante do que qualquer luto. Mais uma vez me aproximara da janela, para olhar para a cidade lá fora, sobre a qual um céu cinzento de inverno começava a apagar-se. Involuntariamente espiei a rua, na fenda que se abria entre os paredões dos prédios, para ver se era capaz de encontrar a taverna ajardinada decorada com lâmpadas coloridas de onde, em todas as minhas noites de verão, solitárias e tingidas de azul-lavanda, pontualmente às nove horas erguia-se, em minha direção, o coro de vozes femininas para repetir, mais uma vez, o repertório completo dos hits da canção russa, em intervalos minuciosamente exatos, e sempre em novas entradas, que se estendiam até a meia-noite. Às minhas costas, a voz da srta. Alvaro perguntou, baixinho: "Será que o senhor me responderia a uma pergunta de caráter muito pessoal?".

Eu me voltei para ela. "Trata-se de uma pergunta muito indiscreta", disse, um pouco enrubescida e constrangida, "mas é importante para mim saber — quero dizer, isso me ajudaria muito."

"Por favor pergunte", disse eu, com o coração acelerado. Queria saber como ela haveria de expressar-se ao me perguntar se, durante aqueles dias, eu tinha sentido o mesmo que ela.

"O senhor acredita em alguma coisa?", perguntou ela, ao invés, encarando-me, então. "O senhor acredita em Deus ou em algo assim?"

Aí estamos, pensei eu, decepcionado e amargurado. Ainda por cima de tudo, essa pergunta de Gretchen!*

Mas ela nem sequer me deixou responder e, em vez disso, logo continuou: "Nestes últimos dias tenho estado muito preocupada com esse assunto — e o senhor certamente também reparou, com todos esses sinais desse legado, aqui, como meus parentes eram pessoas religiosas e que tipos de laços se estabeleceram entre eles por meio de sua religiosidade. E eu sou obrigada a me perguntar se minha tia, que com isso virou as costas à sua religião de nascença, na qual foi educada — pois nossa família era rigorosamente ortodoxa e isso era a única coisa que lhe proporcionava alguma autoestima, algum motivo para sua existência, alguma *raison d'être* —, eu sou obrigada a me perguntar se minha tia realmente foi capaz de esquecer tudo, de trocar aquela religião por outra. Como ela terá sido capaz de voltar-se, com igual fervor, a uma outra crença?".

"Mas isso é possível só para alguém que é crente, não é?", perguntei, então, em parte porque percebi que o que importava para ela era menos uma resposta minha do que, simplesmente, falar a respeito de algo que a comovia, e em parte porque eu estava feliz por poder escapar, dessa maneira, de uma

---

* "Pergunta de Gretchen" é uma pergunta direta que vai ao cerne de um problema e deve revelar as intenções, os propósitos e a opinião daquela pessoa à qual é dirigida. Na maior parte das vezes, trata-se de uma pergunta desagradável para quem a ouve, pois seu propósito é levá-lo a uma confissão que ele ainda não fez. A origem desse conceito está na tragédia *Fausto I* de J. W. Goethe, na qual a personagem Margarete, conhecida por Gretchen, pergunta ao protagonista, Heinrich Faust: "Diga-me, o que você pensa sobre a religião? Você é um homem bom e cordial, mas acho que você não tem por ela muita consideração".

resposta que seria difícil para mim. "Aliás, ela o fez por amor", acrescentei, sem jeito.

"Sim, certamente, certamente", disse a srta. Alvaro, quase irritada, como se não quisesse ser distraída. "É com isso que tentam nos consolar quando a fé verdadeira começa a se dissolver. Então, as migalhas dos rigorosos antigos mandamentos passam a flutuar num soro de sentimentos amorosos genéricos — um estágio através do qual eu também fui conduzida à tentação. O amor como sentimento religioso básico e como valor ético supremo — estas são ideias típicas do Iluminismo. Só me pergunto se eu ainda sou suficientemente ingênua, se ainda não sou 'iluminada' demais. Talvez o senhor tenha razão e minha tia tenha sido capaz de preencher com a própria essência da crença — e não se trata do Evangelho do amor — qualquer forma de religião, qualquer confissão, justamente pelo fato de ela ter sido crente. Mas eu também o era: eu era uma criança de nove anos de idade quando fui arrancada do meu ambiente judaico e enfiada num pensionato de meninas armênias e, aos nove anos de idade, a gente é temente a Deus — quero dizer, literalmente temente a Deus. Ainda assim, eu estava disposta a encontrar, de boa vontade, o meu Deus também naquele novo Evangelho que me era anunciado. Pois sua origem estava nas antigas Escrituras, tendo sido enriquecido pelos Apóstolos — que lhe acrescentaram, justamente, a dimensão do amor. E, veja — agora preciso dizer algo terrível: justamente porque essa dimensão do amor era algo que, aos nove, aos dez, aos onze, aos doze anos, era capaz de me conduzir ao êxtase — o grande e abrangente amor pela Criação de Deus e por todas as suas criaturas, pela Humanidade e por cada ser humano —, justamente por isso percebi que tinha dado um passo decisivo em direção à dissolução da crença. Compreendi, então, por que os judeus crucificaram Jesus — o senhor entende o que eu quero dizer com isso?"

Ela me olhou quase desesperada. "O senhor não deveria imaginar que, num pensionato armênio, a crença é ensinada de maneira menos literal do que numa escola talmúdica. Minhas colegas de escola entendiam de maneira literal cada uma das ladainhas. Todos os exercícios religiosos diários, desde a missa matinal até a bênção antes do jantar e, por fim, as rezas da noite, antes de dormir, eram, para elas, quase que uma necessidade física. Mas aquilo nada tinha a ver com crença, elas eram como marionetes manipuladas pelos fios dos seus rituais, e realmente acreditavam que acreditassem no caldo morno do amor, do amor de Deus, do amor ao Próximo, do amor a todas as criaturas de Deus, do amor ao Universo — a tudo e a todos. E é nisso", disse a srta. Alvaro com um sorriso tristonho, "é nisso que a força de sua crença se diluiu. Pelo menos é o que aconteceu comigo."

"E o que teria acontecido aos seus parentes se não fosse pelo amor?", perguntei, grosseiramente.

"Ah! É preciso que o senhor compreenda bem que o amor de minha tia era um amor judaico: egoísta, ciumento, ambicioso, insatisfeito, inescrupuloso, que não se detinha diante de nada — nem do Mal, nem da renegação, nem do engano, nem da mentira. Nesse sentido, ela permaneceu inteiramente judia — muito mais do que eu..." Agora ela empalidecera e parecia, outra vez, muito constrangida. "Provavelmente eu continuo a ser judia apenas na medida em que anseio pelo meu Deus, que o procuro, depois de ter lutado contra os anjos como Jacó. Mas é em vão: eu sei que ele não existe mais, o meu Deus — ou, pelo menos, que não existe mais para mim —, o Deus rigoroso, exigente, ambicioso, o Deus insatisfeito e ciumento. O Deus do Amor talvez exista: trata-se de um Deus que se encontra entre nós, ou seja, de um ídolo. Mas, ELE, o rigoroso Deus dos Mandamentos, não existe mais."

"Mas isso que nós encontramos aqui, em meio ao legado de seus parentes, não é uma prova de que, por meio do amor, ele pode ser levado a renascer?"

Todo o sangue voltou ao seu rosto. Mas ela balançou impetuosamente a cabeça e, pela primeira vez, reparei como eram finos e abundantes os seus cabelos. "Não foram só objetos de devoção que encontramos aqui, não é?", disse ela, olhando-me nos olhos. "O amor de meus parentes logo teria se tornado animalesco sem a hipocrisia deles. Pois, se o senhor considerar que a devoção religiosa os impedia de compreender o Evangelho do amor como se a sexualidade fosse o grande e venerável motor da Criação, e portanto a coroação de toda a beleza, de compreender que a religião deles exigia que a sexualidade fosse vista como algo feio, desprezível, algo a ser ocultado, em resumo: algo pecaminoso — então, meu caro amigo, essa feliz união entre coisas que, na verdade, não podem ser unidas adquire um gosto macabro." Ela deixou caírem os ombros. "E é isso o que me desanima tanto."

"Portanto, a senhora continua a acreditar em seu rigoroso Deus dos mandamentos e das proibições!", exclamei, em tolo triunfo. "E o nome dele é Jeová!"

"Não", disse ela, sem emocionar-se. "Eu acredito no diabo."

"Não é possível acreditar no diabo sem acreditar em Deus", disse eu, embora, no mesmo instante, me desse conta da banalidade do que estava dizendo.

"Sim", disse ela, então, já desviando-se de mim. "Eu sei. Isso corresponde à lógica. E se, ocasionalmente, eu me visse levada por impulsos poéticos, como Nietzsche, responderia: mas Deus envelheceu e não tem mais forças para enfrentar o diabo."

Ela voltou-se para o interior do aposento já quase vazio e começou a preparar uma mala de viagem com os últimos objetos que pretendia levar consigo. Eu a tinha persuadido a ficar com uma grande pasta com papéis para escrita, feita de couro vermelho, com inscrições em armênio gravadas entre os arabescos, que não éramos capazes de decifrar. Agora ela estava me entregando a pasta: "Quero lhe pedir que guarde esta pasta como uma lembrança e como um sinal totalmente insuficiente de minha gratidão".

Eu me inclinei para a frente e a beijei na face, e senti, imediatamente, um recuo involuntário e assustado. Tomei, então, sua mão e a beijei. Seus lábios estremeciam. Ela se voltou, subitamente, e fechou a mala.

Ao chegar à Pensão Löwinger, me deitei no divã do meu quarto e, de repente, senti que, desde os meus dias acima da Biserica Alba, nada tinha mudado. Encontrava-me no mesmo estado de melancolia de antes. A libertação de meu colarinho de gesso não representara um renascimento, mas apenas um frágil retorno à minha antiga existência desorientada. Não parecia haver escapatória: apenas uma fuga para a frente, a mesma fuga que a tia da srta. Alvaro tinha empreendido para escapar dos fantasmas do passado. Era preciso transformá-los em mitos.

Olschansky bateu à minha porta e entrou antes mesmo que eu fosse capaz de dizer "entre!". Quando ele quis apanhar um cigarro de minha cigarreira, viu a pasta sobre a minha escrivaninha. "Um troféu?", perguntou ele, com seu sorriso pérfido.

"De certa forma", disse eu.

"Então aconteceu?", perguntou ele, apressado.

"O quê?"

"Não se faça de idiota. Você sabe muito bem do que estou falando."

"Aconteceu muito mais do que você imagina."

"Então fale logo! Você traçou ela ou não?"

"O quê? Hoje? Ah, sim, também." Na verdade, eu disse aquilo por nojo, para obrigá-lo a calar-se. Não me perguntei se estava dizendo a verdade ou não. Pois era como se aquilo tivesse acontecido.

"Mas é claro, assim como em todos os últimos dias. Mais de uma vez por dia..."

"E as tetinhas dela são tão boas quanto eu disse que eram?"

"Ainda muito mais bonitas! Mas agora vá embora. Deixe-me em paz."

"Eu entendo: o senhor está se deleitando com suas lembranças. Meus parabéns! Mas não foi uma atitude camarada essa sua, de me esconder isso por tanto tempo."

Naquela noite tampouco fui capaz de adormecer, principalmente porque o cachorrinho dos Löwinger passou horas latindo como um louco no corredor até que, finalmente — suponho que tenha sido Tscherkounoff —, alguém veio e o levou consigo. Eu estava tão desperto que tive que voltar a me levantar da cama, para escrever uma carta à minha mãe. Já tinha preparado o papel de carta sobre a pasta que me tinha sido dada de presente pela srta. Alvaro. Várias camadas de folhas de mata-borrão dentro da pasta de couro estavam marcadas por sinais de escrita, mas uma última dessas folhas mostrava claramente as linhas de uma carta que — com sua caligrafia fina e convencional, inclinada para a esquerda, aliás, agora, para a direita — só poderia ter sido escrita pelo tio armênio. Apanhei meu espelho de barbear e li:

...peço a Vossa Eminência impedir nosso bom padre Agop de dar esse passo. Minha esposa provou ser, por tantos anos a fio, uma boa cristã — e o padre Agop, que durante todo esse tempo foi meu confessor e o confessor dela, pode testemunhar o que estou afirmando — que eu ouso alegar, diante de Vossa Eminência, que ela não teria sido capaz de fazê-lo melhor ainda que tivesse recebido na infância os sacramentos do Santo Batismo e da Crisma. Admito minha falha pecaminosa de nunca ter confessado que sabia de sua origem e que sabia do fato de que ela não era batizada. Ainda assim, permito-me apelar à compreensão espiritual de Vossa Eminência para que, suplico, isso não seja dito a ela. Se Vossa Eminência vir

qualquer possibilidade de realizar de alguma forma o batismo sem que eu fique sabendo...

Mal podia esperar pela manhã seguinte para revelar essa descoberta à srta. Alvaro. Tive que bater várias vezes à sua porta até que ela abrisse. Ela olhou para mim com um ar de nojo e de desprezo que me deixou sem palavras. "Não apareça mais na minha frente! Nunca mais!" Olhei por sobre o ombro dela e vi que suas malas estavam feitas. "Vou fazer de tudo para esquecê-lo. E vou conseguir, pode ter certeza. Nós, judeus, temos um bom treino nisso, como o senhor diria."

Ela bateu a porta na minha cara. Fui tomado por uma terrível suspeita. Fui até o quarto de Olschansky, não o encontrei, e acabei dando com ele no banheiro, que ficava à disposição dos residentes da Pensão Löwinger de acordo com uma grade de horários preestabelecidos. Ele estava debaixo do chuveiro e suas costas estavam horrivelmente desfiguradas pelos finos grãos de terra que, havia décadas, brotavam das feridas em sua pele. "Você foi falar com a Alvaro!", bufei.

Ele estava com o rosto levantado em direção à ducha, com os lábios e os olhos cerrados. "Sim, tomei essa liberdade!", gargarejou ele sob os jatos de água que lhe corriam sobre as faces. "Se eu tivesse esperado pela sua permissão, ela ainda seria virgem."

"Não me diga que você foi capaz de fazer uma coisa dessas!", gritei. Estava a ponto de me lançar sobre ele.

Ele voltou-se para mim, arregalou os olhos e então disse, com o mais pérfido dos sorrisos: "Eu sim. Mas ajudou-me o fato de você tê-la desvirginado para mim. O argumento de que, entre amigos, cada um tem seu turno é irresistível para uma professora".

Eu o agarrei pela garganta. Ele achou que eu estivesse brincando. Riu enquanto tentava livrar-se dos meus punhos, jogou água e espuma de sabonete em minha direção e grasnou: "Não fique tão nervoso, seu janota! Qual é o problema! Uma judiazinha haveria de interferir em nossa amizade?...". Eu o larguei.

No dia seguinte, a srta. Alvaro deixou a Pensão Löwinger. E eu também, poucas semanas mais tarde: em novembro de 1937. Depois de quase quatro anos, estava farto dos Bálcãs e tinha saudades de Viena. Cheguei lá a tempo de presenciar o Março de 1938.* Não voltei a ver Olschansky. Evidentemente, no entusiasmo dos meus vinte e três anos, me zanguei muito com ele, em minha imaginação, assim como reprovei meu próprio comportamento. O que sempre me assustou em toda essa história foi o fato de que eu, ao contá-la para ele, conjurei o seu final literário correto. Mas tudo isso logo — isto é, em março de 1938 — foi obliterado de minha vida por acontecimentos totalmente diferentes e, já à época dos meus passeios às margens do lago de Spitzing, já se encontrava muito distante no tempo, ainda que desenhado com a mesma clareza penetrante daquelas imagens da Torre Eiffel ou da Cúpula de São Pedro que se podia enxergar, através dos pequenos cristais, nas preciosas canetas de pena do sr. Löwinger.

---

* A 12 de março de 1938 ocorreu a anexação político-militar da Áustria pela Alemanha nazista.

Fidelidade

Para Niccolò Tucci

Quando aquele algo disforme passou silenciosamente pela janela, para logo golpear, com um baque surdo, o calçamento de pedras convexas da sonolenta travessa, no III Distrito de Viena, levando um bando de pombas ("elas são todas tuberculosas") a bater asas em direção ao azul estival do céu, acima dos telhados, minha avó agarrou, com a mão deformada pela artrite, na qual as unhas pintadas reluziam tanto quanto os brilhantes dos anéis que ela ainda conservava só porque já tinham se enraizado nos seus dedos, a sineta, que se encontrava para além do campo florido das cartas do jogo de paciência dispostas sobre a mesa, à sua frente, e a sacudiu impetuosamente. Décadas de impaciência e de irritação tinham tornado desajeitados seus gestos, e agora descarregavam-se, debilmente, num tênue tilintar de sons prateados que parecia ridicularizar, como uma risadinha de anão, a intenção da minha avó de alcançar os ouvidos surdos "da Marie". Apesar disso, como num número de vaudeville, a porta imediatamente se abriu e "a Marie" apareceu, aproximando-se, trêmula como um autômato. Com as pernas afastadas, com os joelhos retesados, com as panturrilhas inchadas como bulbos, como se fosse um pajem do período Tudor, e com os punhos apoiados sobre a costura do seu avental branco de criada, ela plantou-se diante da minha avó. Seu corpo diminuto estremecia, até a cabeça oscilante e grisalha, com uma contrariedade contida, causada por cinquenta anos de serviço na casa de uma família mais do que difícil. "Pois não?"

Minha avó voltou seu pescoço de tartaruga envolto por pérolas em direção à janela. "Vá ver, Marie! Alguma coisa caiu na rua, do andar de cima. Decerto os judeus lá em cima puseram os acolchoados de plumas para arejar na janela ou algo assim. Típico dessa gente!"

Protestando silenciosamente, como se quisesse dizer algo que acabou resolvendo não dizer, Marie apenas exalou, em protesto, pelo nariz. E então, com um ímpeto, libertou-se de sua paralisia trêmula e, com os movimentos picotados de uma marionete, zarpou em direção à janela, abriu-a e olhou para a rua. "Veja isto!", repetiu ela, apontando com um gesto de mão para a rua, por meio do qual dava a entender que já sabia de antemão que se tratava de um equívoco de minha avó. "Evidentemente não se trata de um acolchoado de plumas. É a jovem Raubitschek."

Minka Raubitschek, conhecida como a jovem Raubitschek, pertencia à geração mais jovem dos judeus que viviam no prédio, onde, sob as asas da minha avó, rodeado de gente velha, de coisas velhas, de velhos preconceitos, passei uma parte de minha juventude. Quando eu encontrava os pais dela, os Raubitschek velhos, na escada, eu os saudava com a mesma cortesia com a qual eles saudavam minha avó, para dela receberem uma saudação na qual se equilibravam, com grande sutileza, a cordialidade e a reserva. Ainda assim, tratava-se de gente culta. O pai era professor na universidade, e celebridades de todos os calibres entravam e saíam daquele apartamento e, todas as quartas-feiras, jorravam, do andar acima do nosso, os vapores abafados de uma apresentação de música de câmara bem escolhida, o que, invariavelmente, levava minha avó, que era muito sensível ao barulho, a repetir seu comentário irritado: "Aí estão eles, outra vez, tocando o *alérgico* de Beethoven!". Desde que um número tão grande de judeus passara a fazer sucesso na música, minha avó não mais a considerava inteiramente como uma das artes.

Não seria capaz de dizer se os concertos de câmara dos pais dela também davam nos nervos de Minka Raubitschek. Mas, seja como for, ela era uma moça temperamental e muito voluntariosa e certa vez, por ocasião de uma briga com a mãe, se debruçou na janela e saltou para a rua: "Exagerada, como é típico dessas crianças judias intelectuais", foi o comentário que minha avó fez diante desse acontecimento. Por sorte os ferimentos de Minka não tinham sido muito graves. Ela quebrou a bacia e, por causa disso, ficou um pouco manca. Anos depois, quando eu já tinha crescido tanto que a diferença de dez anos que havia entre nossas idades já tinha se equilibrado, e me tornei um de seus amigos, amparávamos suas descidas pela escada íngreme até o banheiro do American Bar na Kärntnerpassage por meio de uma corda de escalada alpina, mas o fazíamos não só por causa de sua bacia semiparalisada como também porque seu sentido de equilíbrio se encontrava perturbado pelo excesso de uísque. Ela agradecia com uma aula de história da arte. "Por acaso vocês sabem onde se encontram, seus leitões bêbados? Isto aqui é uma das primeiras obras de arte da arquitetura moderna! Foi Adolf Loos quem projetou este bar, um aluno de Frank Lloyd Wright" — o que não correspondia exatamente à verdade, mas quem é que queria contradizer Minka? —, "só para que umas quatro dúzias de ignorantes bêbados como vocês pudessem ficar dentro de uma sala onde, sob circunstâncias normais, não haveria lugar nem para uma dúzia de pessoas. A isso chama-se, também, de progresso."

Como neto de um arquiteto que, por meio de seus projetos de edifícios públicos, contribuiu bastante para adaptar as feições urbanas de Viena ao gosto que governou a grande expansão urbana do fim do século XIX, eu deveria ter prestado mais atenção no que ela dizia. Mas o que, de antemão, me interessava especialmente nessas frases de Minka era seu tom de desprezo, que se assemelhava àquele presente em certas declarações de minha avó. Minha avó era capaz de dizer, por exemplo: "É repugnante ver como você está ficando igualzinho ao seu pai. A única coisa na qual ele ainda é capaz de pensar são as caçadas dele. É um bárbaro. Você, provavelmente, vai se dedicar aos cavalos. Mas se pensarmos que dei às minhas filhas livros de Renan para ler e, afinal, elas chegaram ao espiritismo...".

O que se expressava dessa forma, porém, não era o *Kulturpessimismus** de minha avó, e sim um desastre de caráter muito pessoal. Por meio dessa frase ela se referia aos pontos nevrálgicos da sua existência: o casamento de sua filha mais velha, minha mãe, com meu pai, e as "ideias fantasiosas" das minhas tias solteiras.

Felizmente, minha avó nunca mais voltou a ver meu pai, pois ele vivia e caçava na Bucovina. E das vidas de minhas tias solteiras — que andavam vestidas com tailleurs imponentes de lã grossa, tinham cocker spaniels obesos e se interessavam por todos os tipos de ciências ocultas — da astrologia até a parapsicologia — minha avó se mantinha isolada. Ela jamais entrava nos dois quartos que, na parte dos fundos do apartamento, davam para um pátio interno, e aos quais ela renunciara, depois da morte de meu avô, em favor das duas solteironas que, por se dedicarem às suas artes espirituais, nada sabiam a respeito das obrigações e das tarefas femininas. Pois lá, também às quartas-feiras à noite, e acompanhadas pelos sons abafados dos concertos de música de câmara no apartamento dos Raubitschek, realizavam-se as sessões da comunidade esotérica reunida em torno do sr. Malik.

---

* Concepção que vê o progresso da civilização como um processo de decadência ou de destruição de uma cultura. Estabeleceu-se na Europa do fim do século XIX como um contraponto à crença positivista no progresso.

O sr. Malik era engenheiro, mas possuía poderes mágicos através dos quais ele era capaz de extrair, cuidadosamente, por meio de massagens, a alma de pessoas com tendências mediúnicas, de tal forma que o recipiente vazio do corpo pudesse ser preenchido com a alma livre de um morto que ainda não renascera. O espírito que era convocado dessa forma punha-se, então, a dizer asneiras pela boca do médium e minhas tias dedicavam-se a interpretá-las, teologicamente. A alma extraída do médium, conforme me foi explicado, passeava, enquanto isso, não sem enfrentar dificuldades, pelo reino de sombras dos mortos, dos que ainda não tinham renascido. Ela permanecia ligada ao corpo que lhe fora designado para sua existência terrena atual por meio de um cordão umbilical astral, que não lhe permitia muita liberdade de movimento, e o engenheiro Malik a trazia de volta, por meio de massagens, depois que a alma visitante tivesse anunciado sua mensagem. Quando eu ainda era criança, na casa da minha avó, quando, às quartas-feiras à noite, os membros da comunidade esotérica soavam à porta e eram conduzidos "pela Marie", em meio a protestos mudos e trêmulos, aos aposentos das minhas tias, eu me escondia atrás de uma cortina para poder vê-los. O engenheiro Malik tinha anunciado que, por meio de um treinamento autogênico suficiente, logo os médiuns poderiam abrir mão da sua ajuda, tornando-se capazes de sair e de voltar a si mesmos de maneira autônoma. Era muito estranho imaginar que eles pudessem ser capazes de conduzir suas almas por meio dos seus próprios cordões umbilicais astrais, assim como minhas tias conduziam seus obesos cocker spaniels pelas guias. Mais tarde, no bar na Kärntnerpassage, quando conduzíamos Mina Raubitschek, com a ajuda da corda de alpinismo, pela escada que levava ao banheiro, no subsolo, obtive muito sucesso com os ensinamentos do engenheiro Malik. "É apenas a matéria que desce às profundezas", eu explicava, "sua alma, enquanto isso, permanece aqui entre nós, agarrada a seu uísque. Mas tome cuidado, Mina! Não vá tropeçar em seu cordão umbilical astral!"

Espero que a alma hoje supostamente ainda não renascida, e portanto vagando livremente, do sr. engenheiro Malik me perdoe semelhante frivolidade. Eu ainda era jovem demais à época dessa afirmação e, em minha infância, pouco tinha sido feito para incutir em mim o respeito por gente como ele e por suas mensagens redentoras.

"Malik!", costumava dizer meu pai, a quem, claro, eu relatava os acontecimentos na casa da minha avó. "Malik?!" Ele sentia atentamente o sabor daquele nome para determinar, com grande sutileza, seu teor de conteúdos suspeitos. "Engenheiro Malik! Trata-se, sem dúvida, de um vigarista, que com certeza não é engenheiro. Provavelmente um judeu, cujo sobrenome verdadeiro é completamente diferente."

E assim o guru de minhas tias teria sido definitivamente desmascarado como um impostor barato e, além do mais, facilmente identificável, pois, na opinião do meu pai, os judeus, de um modo geral, nada mais eram senão isso — aliás, essa era a única opinião de meu pai com a qual minha mãe concordava. A simples suspeita de que alguém pudesse ter mudado seu sobrenome já fazia com que essa pessoa fosse vista como judia, desde que, é claro, não fosse inglesa, como o encantador Mr. Wood, que mudara seu nome para Lord Halifax. Evidentemente tratava-se de outra coisa. Os judeus, porém, mudavam seus nomes para se disfarçarem porque, como era de imaginar, não queriam ser considerados como judeus.

Isso era compreensível, e provavelmente nós teríamos feito o mesmo se estivéssemos no lugar deles. Até mesmo pessoas cultas deixavam transparecer sua antipatia, se não por meio de um constrangimento imediato, pelo menos por meio de uma reserva involuntária ou, como fazia minha avó quando se via diante dos velhos Raubitscheck, de uma jovialidade pérfida e dispersa, que de imediato se tornava um descaso, uma desatenção que se desviava vagamente em direção ao nada, como se o objeto do qual, por causa de uma boa educação que vinha do berço, ela tivesse acabado de tomar conhecimento tivesse, espontânea e rapidamente, se dissolvido no ar. E quem queria ensejar, nos outros, formas de comportamento tão complicadas quanto aquelas? Não, certamente era desagradável sentir-se como judeu! Mas, para nossa sorte, nós não éramos judeus, e se eles mudavam seus nomes, para torná-los parecidos com os nossos, aquilo era um atrevimento da parte deles, ao qual eram induzidos por causa de seu abominável tino comercial e por causa do seu desejo repugnante de ascensão social.

Dessas coisas eu sabia desde que começara a respirar, pois tinha nascido na Bucovina e havia passado ali a maior parte da minha infância e da minha adolescência, bem junto da Galícia, que era o lugar de onde vinha a maior parte dos judeus que, sendo chamados de "judeus poloneses", tinham uma fama particularmente ruim e, portanto, eram os que mais tinham motivos para querer se disfarçar. Assim como a Galícia, a Bucovina tinha sido parte da antiga Monarquia habsburga e, depois do colapso de 1919, tornara-se parte da Romênia, enquanto a Galícia voltara às mãos da Polônia. Mas, quando se falava de "judeus poloneses", que representavam a quintessência do judaísmo impertinente e ganancioso, tratava-se não apenas dos judeus da Galícia, como também daqueles da Bucovina. Entre nós, estava cheio de judeus. Eles eram parte determinante e decisiva da paisagem e das cidades. Os mais velhos e os bem velhos, em especial os que eram muito pobres, eram exatamente aquilo que eles eram, ou seja, judeus, iguais aos que se viam nos livros ilustrados: trajados em longos gabardos pretos, figuras subservientes, encurvadas, com longos cachos encaracolados que lhes desciam junto às orelhas e com uma espécie de olhar dissolvido, no qual uma tristeza milenar se acumulava em lagos escuros. Alguns dentre eles tinham transformado em algo belo sua tristeza, justamente por serem o que eram e por entregarem-se, sabiamente, a Deus. Tinham rostos de profetas emoldurados de prata, dos quais a cara de açougueiro do sr. engenheiro Malik se distinguia, de maneira extremamente desvantajosa. Mas os judeus jovens, sobretudo os que já se encontravam em meio a um processo de ascensão social, e em particular aqueles que já tinham enriquecido, os que já tinham obtido sucesso, comportavam-se com uma autoconfiança impertinente, atrevida e provocante, como se fossem iguais a nós. Eles reviravam as mãos enquanto falavam — vá lá, isso era oriental, isso lhes cabia, os italianos também reviram as mãos quando falam, muito embora não o façam com a mesma impertinência. Mas os judeus enriquecidos davam-se ares de quem sabe tudo melhor, eram arrogantes, ostentavam sua riqueza, vestiam-se como dândis, suas filhas cheiravam a perfume e se enchiam de joias, e algumas delas até levavam cães pela guia. Tinha-se a impressão de que eles eram caricaturas de nós mesmos.

Meu pai odiava os judeus e o fazia sem qualquer exceção. Até mesmo os velhos humildes. Tratava-se de um ódio antiquíssimo, enraizado, transmitido de geração em geração, para o qual não era mais necessário apresentar qualquer tipo de justificativa. Qualquer motivo, até mesmo o mais absurdo, bastava para lhe dar razão. É evidente que ninguém mais acreditava que os judeus tivessem a ambição de dominar o mundo porque esse domínio lhes teria sido prometido, muito embora eles de fato estivessem se tornando cada vez mais ricos e cada vez mais poderosos, segundo se dizia, especialmente nos Estados Unidos. Mas histórias a respeito de uma terrível conspiração, tal qual, supostamente, aquela que é descrita no livro *Os protocolos dos sábios de Sião*, eram consideradas lorotas, assim como aquelas histórias que diziam respeito ao roubo de hóstias e ao assassinato ritual de crianças inocentes, apesar do desaparecimento nunca esclarecido da pequena Esther Solymossian. Isso eram lendas que se contava às empregadas domésticas quando elas diziam que não aguentavam mais trabalhar em nossa casa e preferiam ir trabalhar para uma família judia, onde eram mais bem pagas e mais bem tratadas. Em ocasiões assim, porém, lembrávamos a elas, de passagem, que afinal os judeus tinham crucificado o nosso Salvador. Mas, para nós, isto é, para as pessoas cultas, era desnecessário mencionar argumentos tão consistentes quanto estes para considerar os judeus como pessoas de segunda categoria. Simplesmente não gostávamos deles e isso era tão óbvio quanto gostar menos de gatos do que de cachorros, ou menos de percevejos do que de abelhas. E nós nos divertíamos em apresentar, para esse ódio, as mais absurdas justificativas.

Assim, por exemplo, era bem sabido que, quando alguém a caminho de uma caçada encontra um judeu, tem azar. Mas como meu pai pouco fazia além de caçar, e como, diante da grande quantidade de judeus que viviam na Bucovina, era praticamente inevitável que, a cada vez, fossem vistos vários deles, meu pai tinha esse aborrecimento quase todos os dias, o que o incomodava quase tanto quanto uma unha encravada. Havia cenas terríveis entre ele e minha mãe porque, às vezes, ela presenteava algum trapeiro — por certo se tratava de judeus, os chamados *Handales* — com roupas velhas, o que atraía à nossa casa verdadeiros enxames deles.

Evidentemente não era possível vender as roupas velhas, o que meu pai era o primeiro a compreender. Mas era melhor jogá-las no lixo do que ajudar os judeus em seus negócios sujos e, assim, ainda por cima, facilitar sua repugnante ascensão social.

Pois os judeus comercializavam roupas velhas para poderem emigrar para os Estados Unidos. Eles chegavam lá com nomes como Iossel Tuttmann ou Moische Wasserstrom e logo juntavam uma soma em dólares suficiente para mudarem de nome. Wasserstrom transformava-se, evidentemente, em Wondraschek e, com o passar do tempo, em von Draschek. Por fim, eles retornavam à Europa como barões von Dracheneck e se dedicavam às caçadas no Tirol ou na Estíria. E aquilo era um insulto pessoal a meu pai, pois ele não podia dar-se ao luxo de uma caçada na Estíria e, por isso, acreditava que todos os seus privilégios tivessem sido usurpados pelos judeus. Em sua opinião, eles eram culpados pelo fato de que, como ex-austríaco, ele tinha sido forçado a permanecer na Bucovina, tornando-se romeno, o que fizera dele uma espécie de pessoa de segunda categoria.

Ele se sentia como um exilado na Bucovina — muito mais do que como um pioneiro. Sentia-se traído e abandonado. Via a si mesmo como um dos antigos funcionários coloniais da antiga Real e Imperial Dupla Monarquia, cuja missão era proteger a Europa das hordas do Oriente, que sempre voltavam a invadi-la. "Adubo cultural" era como ele chamava, com amarga ironia, a função que atribuía a si mesmo e a seus semelhantes: assentar-se na fronteira e, como baluarte da civilização ocidental, oferecer a própria cabeça ao caos oriental. Tinha chegado jovem à Bucovina, tendo crescido em Graz no auge do esplendor da Monarquia habsburga, e tudo o que, depois de seu colapso, em 1918, se tornara triste e estreito, ele associava ao país no qual tinha sido jogado.

A Bucovina é, sem dúvida, um dos lugares mais bonitos do mundo. Para meu pai, exceto pelos picos dos Cárpatos, cobertos de florestas, onde ele caçava, tratava-se de uma paisagem sem qualquer caráter. Ele chegava ao ponto de dizer que eu tampouco tinha caráter porque amava a Bucovina, apaixonadamente. "Não me admira", dizia ele com indisfarçado desprezo, "você já nasceu no âmago da corrupção — quero dizer, da corrupção do caráter. Se estas terras fronteiriças não contivessem, já desde sempre, o perigo da destruição do caráter, ninguém teria precisado de nós aqui, como adubo cultural."

Durante meus anos de meninice, sempre que eu pensava a respeito daquele assunto, era muito difícil para mim chegar a ter alguma ideia a respeito do que era, afinal, caráter. Para o meu pai — e ele repetia isso com frequência —, a região da Estíria tinha um caráter marcante. Evidentemente, eu era obrigado a supor que aquilo estivesse associado a seu "caráter montanhoso", a respeito do qual se falava nos livros que descreviam as diferentes regiões da Áustria. Em vez de caráter, ou de falta de caráter, aliás, falava-se também, ocasionalmente, de "coluna vertebral". "Esse menino não tem coluna vertebral", fui obrigado a ouvir quando me recusava a admitir alguma travessura cometida. Isso significava que a Estíria tinha caráter graças à sua coluna vertebral montanhosa. Mas a Bucovina também tinha uma coluna vertebral montanhosa, ainda que não fosse tão espetacular quanto os Alpes Tauern.* Mas aqui também, emergindo dos cones verdes dos Cárpatos florestados, erguiam-se, aqui e ali, picos rochosos, e a delicadeza poética das encostas floridas a seus pés transmitia uma imagem errônea acerca do caráter selvagem das florestas profundas sobre as quais eles estavam assentados. Se a palavra "caráter" significava aquilo que correspondia às minhas ideias a seu respeito, então essas florestas sombrias e imponentes, através das quais zumbiam as ventanias, tinham, no mínimo, tanto caráter quanto os maciços coroados de geleiras da Estíria.

Meu pai também foi obrigado a admitir que, na Bucovina, era-lhe possível caçar melhor, com mais aventuras e com mais primitivismo do que na Estíria. Ainda assim, ele sonhava com

---

* Os Alpes Tauern são um maciço montanhoso nas regiões do Tirol e de Caríntia, na Áustria, e na província italiana de Bolzano.

caçadas na Estíria. Quando, finalmente, eu lhe perguntei qual era, afinal, o significado de "caráter", ele respondeu, sem hesitar: "Fidelidade, em primeiro lugar".

Com isso eu imaginava ser capaz de entender a que ele estava se referindo. Pois a fidelidade era um fetiche muito mais claro do que o conceito irritante de caráter. Fui inoculado com sua idolatria, desde a mais tenra infância. Era claro: meu pai era incapaz de amar a Bucovina porque, com sua separação da Monarquia habsburga, ele tinha se tornado cidadão romeno. Tinha sido obrigado a cometer um ato de infidelidade, assim como o sr. engenheiro Malik, que mudara seu sobrenome. Só que, no caso de meu pai, o conflito adquiria proporções trágicas: por meio de sua fidelidade à caça, ele fora obrigado a tornar-se infiel à sua bandeira.

Naqueles anos a Grande Guerra ainda era um acontecimento recente. Em toda parte viam-se, no país, seus rastros e suas marcas: propriedades rurais arrasadas e cheias de marcas de tiros, cercas de arame farpado, trincheiras e bunkers nas profundezas das florestas, a desolação dos lugares que tinham sido arrasados pelas ofensivas russas. Quando eu via esse tipo de coisa, era tomado por uma excitação estranha, um misto de medo e de desejo que eu, projetando-o sobre o mundo que continha minhas vivências de então, via espelhado em certas atmosferas crepusculares. No azul pálido e acinzentado, opressivo e desesperado de entardeceres, por exemplo, assim como na dramaticidade vermelho-sanguínea e amarela como enxofre dos crepúsculos, eu vivenciava a comoção que a guerra causara na vida dos meus pais. Sob céus assim, em meio ao tumulto das batalhas, sucumbira a bandeira diante da qual tínhamos prestado juramento de fidelidade: a bandeira dourada com a águia negra de duas cabeças do Sacro Império Romano-Germânico, cujo sucessor era a Áustria imperial. E quem não tombara na guerra por aquela bandeira cometera um ato de infidelidade: continuava vivo, mas sem caráter.

Com a disposição de espírito típica da infância, sempre aberta para o sublime e para o arrepiante, eu a todo momento voltava a despertar em mim mesmo a catástrofe desse desaparecimento e dessa infidelidade involuntária. Só ela era capaz de explicar, para mim mesmo, o sentimento de luto estranhamente vazio das pessoas que viviam em meu entorno imediato, assim como sua postura resignada, capaz, apenas, de uma ironia reflexiva: era como se elas tivessem morrido, como se mal pudessem continuar a existir, melancolicamente, num cotidiano ofuscado por lembranças douradas, muito embora nada mais parecesse interessar-lhes num presente como aquele. Meu pai e minha mãe, na Bucovina, eram velhos e, portanto, pertenciam a uma época passada, tanto quanto minha avó e minhas tias solteironas e esquisitas em Viena. Os cachorros delas tinham cabeças grisalhas e tremiam quando andavam, tanto quanto a Marie. Elas só pareciam voltar a viver quando falavam dos tempos passados. O brilho dourado de suas lembranças provinha, unicamente, daquela bandeira dourada que sucumbira.

Era esse sucumbir também o que explicava, para mim, a tristeza da paisagem em meio à qual passei minha infância. Aquela região de florestas, cobertas pelo azul sedoso de um céu, no mais das vezes, sereno, era perseguida por uma melancolia: a melancolia da vastidão do Leste, que se insinuava em toda parte, no azul pálido e cinzento do entardecer, assim como nas ondas de calor que se abatiam sobre a terra fértil no verão, na entrega à vontade de Deus dos camponeses e dos judeus, nas suaves flautas dos pastores nas pastagens das encostas dos Cárpatos. Elas se calavam, essas flautas de pastores, quando, das estepes que pareciam ter se aproximado subitamente e dos desertos de altitude da Ásia, os ventos do inverno começavam a assoviar. Os judeus e os camponeses, então, curvavam-se, humildemente, ainda mais, enfiavam suas cabeças no meio dos ombros encolhidos, e a terra ficava petrificada sob a geada, enquanto as horas do entardecer já não eram mais o prelúdio sombrio de dramas mudos encenados pelas cores do céu, mas apenas um congelar-se e um escurecer cada vez mais profundo de esqueletos cinza e esbranquiçados. Essa era a paisagem da catástrofe: o lugar adequado para uma derrocada, cuja origem se encontra numa antiga discórdia de dimensões míticas. Pois não fora só um império que desaparecera quando sucumbiu aquela bandeira dourada. Não éramos só nós — ou, como dizíamos, "os nossos" — que tínhamos levado a cabo aquela catástrofe, mas também nossos inimigos, a Rússia tsarista. Não fora só o nosso kaiser que desaparecera, mas também o deles.

O mito que se encontrava na origem dessa grande tragédia me foi inculcado como uma ladainha. Tratava-se do mito do Sacro Império Romano dos Césares, que fora dividido em dois. A águia negra sobre o fundo dourado da bandeira que sucumbira, por isso, tinha, acima de seu peito coberto por um brasão, duas cabeças coroadas, em uma simetria monstruosa, porque o Império tinha duas capitais e duas cabeças: Roma e Bizâncio, a Constantinopla do imperador Constantino. A infidelidade encontrava-se na origem desse mito: a perda de uma das partes da unidade. Dois impérios foram criados a partir de um e logo começaram a hostilizar-se mutuamente, de forma sangrenta. Pois cada um deles via a si mesmo como o sucessor legítimo do antigo e uno Grande Império. Cada um deles representava essa alegação por meio dessa mesma bandeira. Sob sua égide, a Roma oriental e a Roma ocidental dividiam entre si, belicosamente, o mundo, até que, do Leste, se erguesse, novamente, uma daquelas tempestades que, desde sempre e para sempre, ameaçavam e ameaçarão o Ocidente, e Bizâncio caiu e acabou nas mãos dos pagãos.

E a Roma ocidental também enfrentara tempos sombrios e caóticos, que me eram, por assim dizer, historicamente escamoteados por meio do conceito, ávido por devorar o tempo, de "sombria Idade Média", insuficientemente tripulado por umas poucas figuras senhoriais, tais como Alarico e Odoacro. Dessa forma, saltava-se sobre vários séculos para, então, apresentar-me, de maneira ainda mais efetiva, uma figura luminosa: a de Carlos, o Grande, que fez renascer a ideia do Sacro Império e foi, na verdade, o fundador do Sacro Império Romano-Germânico.

Não sou capaz de pensar nos meus anos de meninice sem me lembrar da sua imagem. Sobre a escrivaninha do meu pai havia uma reprodução em bronze de uma escultura onde o imperador estava representado como cavaleiro, que eu com frequência observava, mergulhado em meus pensamentos. A ideia de que, passados mais de mil anos, até suas pantufas e suas luvas fizessem parte da coleção de relíquias do Império enchia-me de respeito. Ainda assim, com ele, as circunstâncias históricas não se tornavam mais claras e sim, ao contrário — pelo menos para a minha capacidade de compreensão —, cada vez mais complexas e frequentemente também contraditórias e atordoantes. Os acontecimentos deslocavam-se, com visível rapidez, dos países ensolarados da costa mediterrânea em direção ao noroeste — ou será que era simplesmente o campo de visão dos historiadores que se desviava dessa maneira? Mas, para o mito que me foi transmitido, e que eu interiorizei, como convém a alguém que acredita em milagres, aquilo não tinha uma importância decisiva. O Império voltava a florescer, essa era a questão. A parte que caíra dele, a parte infiel, que ostentava a mesma bandeira e que tinha as mesmas pretensões, de início caiu no esquecimento. Havia outros problemas nos quais pensar. Ainda assim, um enigma despertava dúvidas em mim: se Carlos, o Grande, era um franco e, portanto, a rigor um francês (e, como me assegurou, furiosa, uma governanta francesa, também continuava a ser considerado como tal pelos franceses), como era possível que ele fosse o fundador de um Império

Germânico? Óbvio que meu pai dispunha de explicações para esse fato, que não foram capazes de dissipar completamente as minhas dúvidas, mas que, pelo menos, desviaram minha atenção delas. Num sentido mais elevado, alegava ele, se poderia considerar Carlos, o Grande, como um imperador alemão porque seus descendentes e seus sucessores tinham sido, sem exceção, alemães. Alemães, sobretudo, da gloriosa dinastia dos Stauffer, que tinham ostentado sua coroa e marcado, para sempre, o Sacro Império Romano com o selo da germanidade. Aliás, acrescentou meu pai, numa dedução que não era exatamente lógica, durante a Idade Média, que agora se transformava de "Idade das Trevas" na luminosa "alta Idade Média" das catedrais e das cidades repletas de torres, dos cavaleiros e das damas, dos trovadores, dos mestres construtores agraciados com dons divinos e dos pintores de altares, diferenciações desse tipo não desempenhavam nenhum papel significativo. Àquela época, não existiam sentimentos nacionais no sentido atual da palavra. Cada qual seguia sua bandeira, era isso. Ou bem a pessoa nascera numa casta inferior e, portanto, estava sujeita à servidão a um senhor, a quem seguia cegamente, independentemente da direção por ele escolhida, e não pensava em nada que se encontrasse além dos limites de sua paróquia, ou bem a pessoa nascia como um cavaleiro e servia como fiel vassalo a um conde ou a um príncipe — o que era capaz de estender seus horizontes em direção a territórios um pouco mais amplos, mas, no fim das contas, dava no mesmo. A qual dos vários povos do Império esses senhores, assim como as bandeirolas de seus vassalos e dos seus servos, pertenciam, que língua falavam e que tipo de traje usavam era indiferente, pois todos eram vassalos e súditos do Imperador e do Império.

Eu era capaz de entender aquilo porque era fácil de imaginar. O mundo me parecia assim estar bem-ordenado. O Império era a quintessência da ordem. Desde o Imperador, em seu topo, e, em linha descendente, seus grandes vassalos, os vassalos destes, com seus subarrendatários e com seus servos, tudo estava hierarquicamente organizado na forma de uma pirâmide. Aquilo podia ser facilmente reproduzido em meus jogos e representado por meio das paradas dos meus soldadinhos de chumbo. Aquilo também podia ser compreendido de maneira abstrata. Era um mecanismo simples: cada um protegia o outro, o que se encontrava no degrau superior protegia o que estava no degrau inferior, enquanto este servia ao primeiro, isto é, ao que se encontrava imediatamente acima dele, e assim subia-se e descia-se pela escadaria, exatamente como acontece com a hierarquia dos anjos sob o trono do Todo-Poderoso, nos céus. E é por isso que o Império era sagrado: ele representava o Reino de Deus na Terra. Não se tratava simplesmente de uma construção política, de uma estrutura estatal que mantinha sob sua proteção unificada, sob sua liderança unificada e sob sua administração um território gigantesco, habitado por uma multiplicidade de povos e ameaçado por todos os tipos de perigos, e sim, muito mais, de uma ideia e de um ideal: uma representação da ordem do mundo, da sociedade humana, empenhada em tornar realidade a vontade de Deus. A graça divina do Imperador não era a pretensão ambiciosa de autocratas embriagados por sua sede de poder, que se sustentam sobre uma corja de gananciosos representantes dos poderes mundanos, como os políticos atuais, e sim a materialização e a manifestação da vontade divina relativa àquele Estado. Não eram simplesmente interesses de ordem material que mantinham a coesão desse Estado, e sim o princípio ético da fidelidade, da fidelidade do vassalo: da obediência incondicional que era parte do juramento prestado pelos vassalos a seus senhores e às suas bandeiras, assim como nós, que, como súditos imediatos dos Habsburgo, nos encontrávamos sob o poder de um juramento à Casa Imperial austríaca e à bandeira do Império, com sua águia de duas cabeças sobre um fundo dourado.

Quando ele chegava a esse ponto de suas explicações, minha mãe costumava deixar a sala. Ela já sabia de cor o que viria depois. E, com o passar dos anos, eu também passei a saber. Porém, era preciso tanta atenção para poder acompanhar as deduções de meu pai, e para refletir sobre as lacunas e as contradições em suas palavras, que esse tema sempre voltava a me fascinar. Aliás, nosso mito familiar e, em particular, meu mito pessoal passavam a ser abordados a partir daquele momento.

Segundo esse mito, nós não seríamos servos nascidos numa casta inferior e sim, já desde a Idade Média, membros de uma dinastia de cavaleiros. Dessa forma, explicava-se, primeiro, por que nós, como uma família de origem italiana, nos considerávamos austríacos. É verdade que não tínhamos chegado à Áustria na Idade Média — nem na "Idade das Trevas" nem na "alta Idade Média", e sim apenas em meados do século XVIII, quando, além de servos e de cavaleiros, também havia ali pequenos e grandes burgueses e, sobretudo, muita gente que podia dar-se à liberdade de mudar-se de um país para outro quando este oferecia melhores oportunidades de ascensão. Ainda assim, meu pai tinha certeza de que, desde a época do Reino das Duas Sicílias, nós tínhamos sido súditos dos Habsburgo e, de qualquer maneira, cidadãos do Império, e de que nosso antigo brasão familiar comprovava suficientemente o fato de que pertencíamos à nobreza. Os imperadores da Casa dos Habsburgo — se não os primeiros, pelo menos os últimos — tinham reconhecido oficialmente esse fato.

Provavelmente minha mãe evitava ouvir as explicações históricas do meu pai porque já previa seu conteúdo explosivo. Pois o que levara a uma tensão insuportável entre meu pai e a mãe dela, e o que acabou por criar um abismo que nunca mais seria transposto entre os dois, muito embora, em todos os outros sentidos, eles defendessem as mesmas visões, as mesmas opiniões e as mesmas convicções, e estivessem marcados pelos mesmos ideais, pelas mesmas ideias e pelos mesmos preconceitos, tinha sua origem no silêncio ostensivamente ausente, para não dizer entediado, de minha avó quando a conversação se voltava para o tema das origens de meu pai. Ela, por sua vez, descendia efetivamente de uma longa linhagem de antepassados que já não precisavam mais comprovar nada, porque tudo era óbvio e evidente e, muito embora meu pai reconhecesse esse fato, ele se salvava, alegando que esses ilustres antepassados não tinham sido grandes senhores do Império e sim, na verdade, seus inimigos, provindos da outra metade do Império, isto é, da sua metade bizantina, e, mais tarde, tinham se tornado vassalos turcos ou russos.

Não era sem um certo sentimento de culpa que eu percebia essa cisão em mim mesmo. Muito embora possa parecer ridículo, eu me sentia, apesar das origens nobres dos antepassados de minha mãe, um pouco como um bastardo — como alguém nascido para ser um traidor. Já a simples atração que eu sentia pela Bucovina era capaz de despertar em mim sentimentos de culpa. Eu me envergonhava por ser capaz de amar aquela paisagem — aquela paisagem que era o cenário do exílio de meu pai. É certo que ele jamais seria capaz de caçar tão bem quanto caçava ali se tivesse voltado à Estíria. Mas, como ele permanecera na Bucovina, cometera um gesto de infidelidade, traíra a Casa dos Habsburgo. Eu tentava descobrir o que nutria sua paixão obsessiva pelas caçadas. Era a tristeza pela bandeira que sucumbira, assim como por sua sobrevivência como traidor.

Aquilo não poderia ser compreendido de forma racional. Era preciso sentir — exceto para alguém que, como eu, já tinha aquilo no próprio sangue. Quando se começava a pensar àquele respeito, logo chegava-se às conclusões mais absurdas. Em primeiro lugar, meu pai não tinha traído a Casa dos Habsburgo, e sim a Casa dos Habsburgo é que o tinha traído, de certa forma, pois quando o último kaiser abdicara do trono, abandonara-o, juntamente com incontáveis outros pioneiros do velho Império, como se eles fossem adubo cultural obsoleto, e os deixara entregues a todos os tipos de novas bandeiras de cores berrantes. E, no entanto, foi uma sorte para meu pai ter se tornado súdito romeno. Aquilo correspondia muito melhor a todas as suas ideias do que qualquer coisa que ele teria sido capaz de encontrar na Estíria, se tivesse voltado para lá. Pois a Romênia permanecera como um reino, enquanto a Estíria se tornara parte de uma Áustria amputada que, depois de 1918, se tornou uma República. Na figura do rei da Romênia, meu pai poderia ver o suserano máximo que ele perdera com o desaparecimento do imperador da Áustria e da Hungria. Assim, de certa forma, ele permanecera em serviço, o que lhe restituía, de alguma maneira, sua consciência de membro da nobreza. Ainda assim, permanecer na Romênia como antigo austríaco significava ser parte da chamada minoria de língua alemã, à qual pertenciam, igualmente, sem dúvida, os judeus, enquanto os judeus que se podiam dar ao luxo das caçadas na Estíria não eram, ali, membros de nenhuma minoria, exceto a dos judeus, evidentemente.

Além disso, o rei da Romênia provinha da Casa dos Hohenzollern, e, ao deparar com esse nome, meu pai se enfurecia por motivos especiais, ainda que ele fosse bem capaz de distinguir entre a Casa Principal sul-alemã dos Hohenzollern-Sigmaringen e os Hohenzollern prussianos da Casa Imperial por graça de Bismarck. "Os Sigmaringen até permaneceram católicos, e só isso já basta para torná-los completamente diferentes dos outros. Mas", admitia ele, num instante de intimidade comigo, "afinal de contas eles são todos *Piefkes*."*

---

* *Piefke* é como os austríacos costumam referir-se, sarcasticamente, aos alemães. A palavra conota a rigidez e a disciplina dos prussianos, que conduziram o processo de unificação alemã, aos quais os austríacos se contrapõem com seus modos de ser bem mais maleáveis.

Não sou capaz de dizer até que ponto meu pai estava ciente de que, também nesse aspecto, suas ideias coincidiam com as da minha avó. Para eles os alemães do II Reich, do Reich de Bismarck, que eram conhecidos na Áustria como "os *Piefkes*", causavam quase tanto horror quanto os judeus. Assim como o olhar canino e os narizes aduncos deles (características injustificadamente vistas como negativas, pois nós amávamos esse olhar em nossos cachorros, nos quais era tomado como expressão de fidelidade, e os narizes aduncos eram uma das características hereditárias dos antepassados de minha mãe), os olhos próximos um do outro e os "dentinhos de serrote dos prussianos", que brotavam de suas boquinhas encolhidas, causavam repugnância à minha avó, e sua maneira seca e sussurrante de falar dava-lhe nos nervos ainda mais do que o falar impregnado de inflexões do iídiche dos judeus, que, comparado àquilo, lhe parecia quase agradável. Meu pai, evidentemente, em suas muitas horas de solidão, durante suas caçadas, talvez aproveitasse para explicar a si mesmo tudo aquilo e também qualquer outra coisa, conforme abstrusas leis de causalidade. Assim, ele também atribuía à sua aversão aos *Piefkes* origens historicamente comprováveis. Para meu pai, eles eram os coveiros do Império, os inimigos mortais da Casa dos Habsburgo, enfim, um povo de traidores.

O Império, explicou meu pai, tinha sido uma tentativa de tornar realidade a ordem da sociedade humana, desejada por Deus, e era católico no verdadeiro sentido da palavra. Portanto, o Império tinha que abranger a tudo, tinha que abarcar o mundo, expandir-se, de maneira imperial, sobre todos os países. E assim como qualquer ordem, tratava-se, antes de mais nada, de uma estrutura abstrata e, portanto, correspondentemente frágil e delicada. Já a sua primeira divisão, entre a Roma do Oeste e a Roma do Leste, desencadeara uma divisão da Cristandade em duas Igrejas. Como seguidores da Igreja oriental, os russos viam a si mesmos como os seguidores de Bizâncio e ostentavam a bandeira dourada com a águia negra de duas cabeças, assim como nós. Porém, a verdadeira crença permanecera em Roma, e quando Carlos, o rei dos francos, fez-se coroar kaiser pelo papa, ele se comprometeu não só a defender essa crença diante dos pagãos como também a difundi-la pelo mundo, de maneira cada vez mais abrangente, e, com ela, também a civilização do Império. Com isso, evidentemente, agravavam-se os perigos de dissensão e de traição.

O Império era uma estrutura frágil principalmente por causa de suas colônias, localizadas, todas, no mesmo continente. As colônias, primeiro, tinham que aprender a ser fiéis. A Bucovina, por exemplo, era uma delas, ainda que tardiamente incorporada ao Império: só em 1755 ela tinha sido "comprada"[†] dos turcos — portanto, dos pagãos, nossos inimigos, a quem deveríamos combater — e parcialmente povoada por alemães, enquanto os saxões da Transilvânia, que também tinham se tornado romenos depois de 1919, já tinham se mudado para aquelas lindas terras em 1240, sendo, portanto, muito mais dignos de confiança. As províncias alemãs do Báltico eram antigas colônias germânicas que tinham sido fundadas por Ordens Cavalheirescas, ainda que já tivessem sido incorporadas relativamente cedo pela Rússia imperial. Assim, também, as terras dos prússicos e dos eslavos, que mais tarde viriam a tornar-se a Prússia, não eram nada além de terras coloniais do Império — e meu pai disse isso com tanta ênfase que feriu os ossinhos dos dedos ao golpear com eles o canto da mesa. Esses prussianos que, sob os Hohenzollern, criaram um Estado dentro do Estado, um Estado tão bem organizado, militarmente tão disciplinado, que cada um de seus cidadãos, "em caso de necessidade" — isto é, quando se tratava de roubar um pedaço de terra do vizinho ou mesmo de atacá-lo

---

† Foi um presente da Sublime Porta em troca de um acordo de paz. [N. A.]

sem nenhum motivo visível e, principalmente, quando se tratava de aborrecer o pobre kaiser em Viena —, estava sempre disposto, sem a menor hesitação, a sacrificar por ele sua vida e seu sangue. Essa Prússia, exaltava-se meu pai, com seus súditos treinados como marionetes — todos eles sabichões cheios de impressionantes cicatrizes na face, adquiridas em duelos de espada, nos tempos de estudante, com ares de quem é muito importante, e que, com seus cabelos tosados repartidos ao meio por uma risca, querem dar-se a aparência de pessoas honestas —, evidentemente protestantes, causou ao Império ainda mais danos do que o próprio Martinho Lutero com sua Reforma e a decorrente Guerra dos Trinta Anos. Aliás, exclamava meu pai, enrubescido, tudo por causa da ambição desprezível dos Hohenzollern de Brandemburgo: "Esses gananciosos fizeram de tudo para enfraquecer a Casa dos Habsburgo, a Casa Imperial que, por mais de cinco séculos, geração após geração, ostentou a coroa de Carlos, o Grande, Imperadores hereditários do Sacro Império Romano. Mas esses pequenos funcionários coloniais não tiveram qualquer tipo de escrúpulo, nem em trair as próprias palavras de honra, nem em incitar, nem em envenenar as fontes e os poços, só para se tornar príncipes de Brandemburgo e, então, reis da Prússia e, finalmente, sob aquele pederasta, a quem eles chamam de seu 'grande e único' Fritz,* abalar, definitivamente, a casa do kaiser alemão. Um vassalo herético, um traidor infiel, que deveria ter sido posto no cadafalso, é isso o que é esse sujeito, montado em seu cavalo branco e cheio de peidos, chamado Condé, que certamente foi furtado de um dos estábulos do kaiser, veja o seu focinho, trata-se de um típico

---

* Frederico II (1712-86), chamado Frederico, o Grande, rei da Prússia de 1740 até sua morte, conhecido pelas vitórias militares, pela reorganização do Exército prussiano e pelo apoio às artes e ao Iluminismo na Prússia.

Kladruber, algo que os *Piefkes* não criam, porque têm orgulho demais de seus Trakehners...".

Aquele retrato da história era algo que, à minha época, já não era mais divulgado. Nos vários tipos de escolas às quais foi confiada minha educação, tive discussões acaloradas com meus professores a esse respeito, assim como com colegas de convicções nacionalistas alemãs, por exemplo, quando eu alegava, abertamente, que a Casa dos Habsburgo apenas abdicara da coroa de Carlos, o Grande, passando, então, a dar-se por satisfeita em reinar como imperadores da Áustria, reis da Hungria e da Boêmia, assim como soberanos sobre uma dúzia de outros territórios de altezas shakespearianas, como a Galícia, a Ilíria, a Lodoméria e o woyvodato da Bucovina ("uma decisão totalmente compreensível depois que, a exemplo dos irrequietos prussianos, em vez da antiga fidelidade dos vassalos, só o que se passou a ver entre os príncipes alemães foram traições e crimes"), por tédio e por antipatia diante das insuportáveis provocações dos prussianos ("desde a Primeira Guerra da Silésia até a batalha de Königgratz e a traição das armas de fogo disparadas por agulhas"). Meu pai dizia: "Reinar sobre inúteis e preguiçosos como esses, ao final, já não tinha mais graça nenhuma. Portanto, fora, façam sozinhos suas porcarias!", e eu repetia aquilo, literalmente. Mas a antipatia por uma maioria de súditos eticamente inferiores não era considerada como uma causa histórica plausível, e de nada adiantava eu acrescentar que os Habsburgo tinham se incumbido da difícil tarefa de, na qualidade de portadores de cultura, proteger o Império contra o Oriente. A Casa dos Habsburgo não gozava de popularidade na nova Áustria republicana, e eu me espantava com o fato de que, ainda assim, meu pai se lembrasse da Estíria com tanta saudade.

Mas eu desencadeava protestos ainda mais veementes quando, seguindo fielmente o seu entendimento da história — e ao citar literalmente suas palavras —, me deixava levar e dizia que havia, na ambição dos Hohenzollern, algo de judaico, pois para isso apontava claramente o fato de que a fundação do novo Reich por Bismarck, que transformara o rei da Prússia num simulacro a quem foi dado o nome de "imperador alemão" ("tipicamente judaica, aliás, essa deturpação das palavras, pois ele decerto não era imperador dos alemães, só quem era digno desse título eram os Habsburgo, que ostentaram, por seiscentos anos, a coroa de Carlos, o Grande. O *Piefke* era kaiser somente enquanto presidente de uma aliança, e não soberano do Império Alemão!"), tinha sido amplamente apoiada, de todas as maneiras possíveis, pelos judeus: "Onde quer que você olhe, encontrará um Bleichroder ou um Compagnon, que deixou o dinheiro à disposição dele. E o que é mais bonito em toda essa história é que os tolos góim nem sequer percebem como foram usados pelos judeus. Isso está explicado no livro *A vitória do judaísmo sobre o germanismo*, de Wilhelm Maars, e nos livros de Glagau, Dühring e até de Mommsen. O pastor de corte Stöcker já disse, em Berlim, em 1850: os judeus usam tudo e todos em nome da destruição, por ódio contra a criatividade germânica. Eles não são capazes de conceber uma ordem como a do Império e, por esse motivo, são impelidos a fazer de tudo para destruí-la. E, para tanto, fizeram uso dos prussianos, da maneira mais efetiva".

Eu acompanhava a apresentação dessas ideias com uma paixão tanto mais intensa quanto mais elas fossem desabafos contra os supostos motivos e as supostas causas do vazio e da tristeza que pairavam à minha volta, contra o caráter mórbido e defunto do ambiente no qual eu vivia. Estava sempre disposto a reforçar tais opiniões por meio dos meus próprios punhos quando meus colegas, que, embora estivessem de acordo com todos os tipos de suspeitas relativas aos judeus, tinham um grande respeito pela figura folclórica e guerreira de Bismarck, expressavam seu sarcasmo mordaz. E agora já não mais se trata, com efeito, da barba do kaiser à qual eles aludiam com seu gesticular, um apontando para as faces, outro revirando as pontas de longos bigodes imaginários sob o nariz: aquilo era totalmente indiferente, pois os dois tinham sucumbido igualmente, tanto o kaiser dos alemães do Sacro Império Romano-Germânico, que caíra mais de um século antes, quanto o da gloriosa Dupla Monarquia, que caíra na última guerra, assim como o kaiser alemão do infeliz Reich de Bismarck e, com eles também, o tsar de todos os russos, herdeiro das tradições de Bizâncio. As bandeiras douradas com suas águias estavam acumulando poeira nos museus, juntamente com as armas, as munições e os uniformes daqueles que por elas tinham lutado.

Mas a fidelidade supera a morte, dizia meu pai — e o exemplo vivo disso era sua paixão, orgulhosamente levada ao extremo, mas ainda assim privada de alegria e de coragem, pela caça. Minha mãe, por sua vez, exemplificava isso com seu medo loucamente possessivo, evidentemente derivado do sentimento de malogro que acompanhava sua vida de filha desobediente de pais exigentes, porém fracos. Já minhas tias de Viena eram um exemplo vivo por causa de suas ideias e de suas ocupações estranhas ao mundo e escapistas, enquanto minha avó, diante dos seus jogos de paciência, cujas cartas eram permanentemente recolocadas à sua frente por ela mesma, era um verdadeiro monumento a essa fidelidade que perdurava em direção ao vazio: pilhada e paralisada como um espantalho, um terrível sinal de advertência sobre a transitoriedade do mundo.

Às vezes, em momentos de solidão reflexiva, dos quais minha juventude tinha bem mais do que a da grande maioria dos meus contemporâneos, eu pensava a respeito do peso do desafio presente na palavra "fidelidade" e de suas tentadoras ambiguidades. Eu estava de acordo com a interpretação de meu pai, segundo a qual, na lenda dos Nibelungos, o vassalo Hagen, que vingou a honra de seu soberano, tinha um estatuto moral superior ao do falastrão Siegfried, incapaz de manter-se calado diante da esposa. Ainda assim, ao reler o episódio da traição de Wittig e de como ele assassinou traiçoeiramente o sobrinho de Dietrich, na batalha de Raben, na saga de Dietrich von Bern, eu sentia algo que era um pouco como uma excitação erótica. A traição não era apenas vergonhosa, e não era punida somente com a perda da honra. Havia algo de místico na traição, era uma transgressão de caráter metafísico, que transformava existencialmente o traidor, que obliterava sua identidade para substituí-la por uma nova, como uma marca fatal. Satã era um anjo caído: um traidor de Deus... uma ideia que, para mim, estava ligada ao pensamento estontenate de que a traição oferecia ao traidor uma espécie de alteza sombria, tanto maior quanto mais grave e mais criminosa fosse...

Eu me refugiava de semelhantes pensamentos heréticos por meio da decisão irreversível de, jamais, acontecesse o que acontecesse, trair meu pai. Ele era meu suserano, e eu haveria de segui-lo, cegamente, aonde quer que fosse, mesmo depois de sua morte, e até de minha própria morte. Graças a ele, eu era o portador de um nome do qual podia me orgulhar e cuja honra eu haveria de conservar, para legá-lo à geração seguinte, tão imaculado quanto o recebera. Aquele nome me atribuía um lugar determinado na ordem do mundo, com todos os deveres disso decorrentes. Ainda assim, era uma pena que este mundo não fosse mais organizado de forma tão simples e tão clara quanto o tinha sido na época de ouro do Sacro Império. Àquela época, a vida de um nobre era fácil: enquanto se era um menino, servia-se, primeiramente, como pajem nos aposentos das mulheres, de preferência, da corte de uma rainha, embora princesas e condessas também fossem possibilidades. O trabalho era fácil: serviam-se as refeições, oferecia-se vinho, tocava-se música, enfeitavam-se cabelos loiros com flores. Mais tarde, já na adolescência, quando começassem a surgir os primeiros fios macios de barba e um pomo de adão que dava ao menino ares de frango e o tornava inadequado para os aposentos das mulheres, passava-se a servir como escudeiro de um cavaleiro. Essa incumbência tampouco era exaustiva: um escudeiro era treinado nas artes da cavalaria, ou seja, aprendia a cavalgar, a lutar de todas as maneiras e também, evidentemente, a caçar, mas sua principal função era estar ao lado do cavaleiro, portando sua lança e seu escudo para, quando houvesse necessidade, entregá-los a ele. Se um escudeiro fosse capaz de dar provas de coragem, de probidade e de fidelidade, ele mesmo tornava-se cavaleiro, passando a lutar pelos fracos e pelos oprimidos, mas, especialmente, contra os pagãos. E assim ele se dedicava às caçadas, fosse na Bucovina, fosse na Estíria.

Infelizmente — e eu tinha essa consciência — minha vida não haveria de transcorrer de maneira tão simples e tão nítida. Mas não era isso o que importava. O que contava era o conteúdo sutil de fidelidade implícito nessa concepção de vida, que eu estava decidido a conservar. Muito mais tarde, e mesmo diante de Minka Raubitschek, eu estava disposto a reconhecer isso e a expressar a minha convicção de que esse mesmo espírito também deveria governar um funcionário das Ferrovias Estatais, a menos que se desejasse que o mundo saísse dos trilhos. Na minha meninice, porém, visões como essa, ainda que frequentemente contassem com os elogios dos meus educadores, eram bem diversas das da maioria dos meus contemporâneos, menos românticos, mais sóbrios, com visões de mundo mais triviais. Também dificilmente poderia contar com a compreensão deles em relação a coisas tão sutis como uma desconfiança de mim mesmo, por princípio: eu estava sempre em busca de vestígios de um germe de traição dentro de mim mesmo. Por exemplo, sabia muito bem o que estava fazendo quando dava a entender à minha avó, em certa medida tagarelando ingenuamente, qual era a opinião que meu pai tinha dos Hohenzollern. A momentânea paralisia dela, que não se tornava visível por meio de um endireitar-se do torso, já que este, de qualquer maneira, mantinha-se rigorosamente ereto como uma estaca diante de seu jogo de paciência, apenas se tornava perceptível graças a um certo congelamento na atmosfera à sua volta, uma hesitação, que perdurava por alguns segundos antes que ela começasse a se manifestar, enquanto seu olhar, aparentemente, se concentrava inteiramente na busca por alguma carta, e por meio do tom, apenas de modo sutilmente acelerado, com o qual ela começava a falar, para resolver logo, e de uma vez por todas, aquela questão. Mas, antes mesmo que ela pudesse começar a proferir aquelas palavras previsíveis, pelas quais eu aguardava, num misto de temor e de desejo, a resposta já me tinha sido dada: uma família entre cujos membros, desde 1125, havia condes, desde 1363, reis e que, em 1415, tinha sido agraciada com o título de príncipes eleitores, não podia ser considerada uma família de parvenus por alguém que tivesse algum senso de ridículo. Não era preciso que ela completasse: pelo menos, quem quisesse dizer aquilo, tinha a obrigação de ter algo de melhor do que os Hohenzollern a oferecer. Com esse argumento, com o qual encerrava suas poucas palavras, todas as alusões que ela pretendia fazer já estavam feitas, com suficiente clareza. Eu, então, voltava a me encolher no meu canto, para pensar nas minhas próprias ambivalências e na voz que tinha me sussurrado a tentação.

Ao que parece, a solidão faz parte de toda infância vivida com consciência. Tinha, à minha disposição, quantidades tão descomunais de solidão que não me custava qualquer esforço preenchê-las com os mais estranhos pensamentos, ideias, imaginações e fantasias. E também um grande estoque de observações, que se somava a tudo aquilo. É evidente que a solidão não favorecia meu relacionamento com pessoas da minha idade. Nas escolas — por causa das dificuldades crescentes de me adaptar aos programas de estudos, aos professores e aos colegas eu mudava de escola com frequência —, eu permanecia isolado: um estrangeiro proveniente de um lugar distante, nos Bálcãs, cheio de ideias esquisitas. Quando voltava para casa, para a Bucovina, tornava-me, ali — onde, de qualquer maneira, desde a infância fora tão protegido que mal tinha sido capaz de estabelecer algum tipo de ligação com o mundo exterior —, novamente um solitário: eu era o moleque mimado que tinha sido educado no exterior e que evitava, com orgulho, qualquer tipo de relacionamento com aqueles que eram diferentes dele. É desnecessário dizer que aquilo correspondia exatamente ao oposto do que eu pretendia. Desejava, com ardor, a possibilidade de estabelecer algum tipo de relacionamento com os outros, e imaginava amizades em meus incontáveis momentos de solidão. Só que era impossível, para mim, superar as barreiras em meio às quais eu ficava encerrado pela teimosia e pelas esquisitices do meu pai e pelo amor da minha mãe, que não era menos sufocante. Minha mãe também se sentia como uma exilada na Bucovina. Não porque se lamentasse pelo desaparecimento da bandeira imperial e do velho Império, mas porque o fato de que eles tinham sucumbido a separara de tudo o que ela amava: sua mãe e suas irmãs. Ela já não mais vivia no mesmo mundo que elas, e as fronteiras de seis novos Estados as separavam, e logo ela também já não mais falava a mesma língua que elas, só acompanhava a vida daquelas pessoas amadas e cada vez mais distantes por meio da abstração das notícias que chegavam em cartas, que, no melhor dos casos, eram amparadas por fotografias, além de impressões gerais sobre as mudanças trazidas pelos novos tempos provindas de reportagens fotográficas em revistas ilustradas. Enquanto isso, os anos de sua vida transcorriam ao lado de um marido a quem ela não amava, e aprofundavam, a cada dia mais, seu sentimento de culpa por ter se casado com ele contra a vontade de seus pais, para terminar daquele jeito. Enquanto a paixão de meu pai pela caça, já exacerbada até o grau da mania, também o afastava, cada vez mais, de até mesmo um resquício de vida familiar, os temores e os anseios insatisfeitos dela procuravam uma saída em sua preocupação não menos obsessiva comigo, seu filho temporão.

Ela vigiava cada um dos meus passos, examinava cada uma das minhas respirações, protegia-me de qualquer arzinho, controlava cada bocado de minha comida. Minha mãe me imaginava sob a ameaça de uma pneumonia aguda se eu desse apenas alguns passos rápidos demais e depois tomasse um copo de água; do contágio com a cólera se eu ingerisse frutas que não tivessem sido bem lavadas; do afogamento num lago se me aventurasse a bordo de um barco a remo; da infestação com piolhos ou da contaminação com o tifo se tivesse algum contato com os filhos do jardineiro, ou com a sífilis, por causa da gentileza de um oficial romeno que me acomodara na sela do seu cavalo. Assim, eu não me tornei exatamente aquilo que se poderia chamar de uma criança muito aberta a contatos. No inverno, quando me era permitido frequentar o grande rinque de patinação da cidade, eu desenhava ali meus círculos e minhas volutas sobre o gelo bem afastado do tumulto dos patins que tilintavam à minha volta, num canto, com um grosso cachecol de dois metros de comprimento enrolado seis vezes em torno do pescoço: um menino abrigado com um temor excessivo, irritado e arrogante, em meio à animação e à vivacidade que preenchiam, coloridas e ruidosas, o dia radiante de inverno.

A grande maioria dos patinadores era constituída de jovens da minha idade, mas, infelizmente, a maior parte deles eram judeus. Para a minha tristeza, havia, entre eles, meninas de beleza extraordinária, pelas quais eu me apaixonava perdidamente, e contra minha própria vontade. Esses sentimentos só tornavam ainda mais agudamente dolorosas as humilhações às quais eu ficava exposto diariamente, em decorrência do zelo de minha mãe. Pois, se ela mesma não viesse me apanhar no rinque de patinação, muito antes do anoitecer, enviava uma babá ou uma governanta para me buscar, para que, quando caísse a noite, eu estivesse seguro no abrigo do lar. Apesar de meus protestos veementes e de minhas tentativas de fuga, eu era capturado, dia após dia, e embrulhado em peles e em cobertores, de maneira a proteger dos resfriados, que pairavam nos vapores frios das noites de inverno, minha saúde, supostamente muito frágil. Eu sofria as dores do ódio impotente, da vergonha e do desapontamento. O desejo de poder ficar, pelo menos uma vez, até que o frio mundo à minha volta tivesse se tingido de índigo, e em meio ao qual as luminárias em forma de arco que se acendiam destacavam unicamente o tumulto colorido do rinque de patinação, logo intensificou-se a ponto de chegar às raias da obsessão. Minha resistência em ser apanhado cedo para voltar para casa transformou-se em ação, e logo esse espetáculo diariamente repetido se tornou um divertimento para os demais patinadores, de maneira que me era impossível olhar para qualquer um deles nos olhos sem me sentir constrangido, e sobretudo em relação às meninas, que eu admirava secretamente, tinha que estar ciente de que, se tivesse ousado dirigir-lhes a palavra, elas teriam gargalhado na minha cara, sem disfarçar.

Mas esse não era o pior dos meus sofrimentos. Mais devorador ainda era o sentimento de culpa. Pois tratava-se de judias, cujos olhos lindos e sorrisos brancos me atraíam, e meus ímpetos libidinosos representavam uma traição a tudo o que me havia sido inculcado. A possibilidade de imaginar a mim mesmo nos braços de uma judiazinha e de sentir todas as delícias do amor — e essa ideia instalava-se em mim das mais diferentes maneiras, e sempre com o mesmo ímpeto — efetivamente apontava para o fato de que me faltava caráter, de que me faltava uma coluna vertebral moral. A geografia de meu ser moral não tinha, por assim dizer, Cárpatos para ostentar. E, muito menos, Alpes Tauern. Evidentemente, eu não era um filho totalmente digno do meu pai.

Por certo havia gente que dizia, com um sorrisinho ambíguo: "Uma judia não é um judeu!". Mas estes eram uns camaradas bem ordinários. De acordo com uma maneira de pensar e, sobretudo, de se sentir limpo, deveria ser impossível apaixonar-se por uma judia. Aquilo significava tornar-se infiel à nossa bandeira. Era a própria traição. O sangue, o puro instinto, teriam que advertir-nos: o amor desperta o desejo de intimidade, conduz à mais direta de todas as formas de relação humana, e para alguém dos nossos seria simplesmente inimaginável estabelecer com uma judia uma relação humana tão direta. É certo que os judeus também eram seres humanos, naturalmente, e claro que ninguém chegaria a ponto de negar algo assim. Mas, afinal de contas, nós também não estabelecíamos relações humanas próximas com outras pessoas simplesmente pelo fato de elas serem pessoas. Meu pai nem mantinha relações humanas com os romenos, que sabidamente o consideravam como membro da mesma minoria à qual pertenciam os judeus, nem com os poloneses da Bucovina, que odiavam todos os austríacos, nem com os rutenos, que eram defensores do pan-eslavismo e que, portanto, pertenciam, assim como os russos, à metade bizantina do Império, que caíra, tampouco com os alemães da Bucovina, que tinham permanecido na Bucovina por interesses materiais e não por um motivo nobre como ele, ou seja, o motivo das caçadas. Isso, porém, de nenhuma maneira significava que nós não os considerássemos como seres humanos e que nós, de nossa parte, não nos portássemos diante deles como pessoas cultas. Cada saudação deles era respondida com uma cortesia extrema e finamente nuançada. Quando não havia como evitar, até chegávamos a apertar as mãos que eles estendiam em nossa direção, e era evidente que, se a situação tornasse imprescindível e inevitável, teríamos chegado a fazer o mesmo com judeus. Mas daí para um relacionamento humano mais próximo havia um longo, longo caminho.

Aliás, se disséssemos que odiávamos os judeus, não corresponderia exatamente à verdade. Aquilo era mais uma maneira de falar, enraizada, mais uma daquelas muitas expressões impensadas que jorravam como meras cascatas de palavras, por meio das quais nos encharcávamos mutuamente. É verdade que ditos como esses evidentemente acabavam por adquirir, ao longo de décadas de repetições, uma certa consistência real. Mas o ódio também é uma relação humana direta. As coisas não chegavam a tal ponto. Se realmente odiássemos os judeus, o motivo seria, no pior dos casos, sua pretensão tipicamente judaica e sua ganância por reconhecimento social. Nesse caso, evidentemente, éramos obrigados a experimentar, por acaso, um sentimento tão direto quanto o ódio,

Não, os judeus simplesmente eram pessoas que tinham nascido sob uma outra estrela, isto é, sob a estrela de David e de Sião. Pode ser que fosse uma estrela luminosa. Mas, para nós, infelizmente, ela brilhava abaixo da linha do horizonte. Por isso, apaixonar-se por uma jovem judia não poderia ser considerado como uma perversão desculpável, tal como a sodomia ou o fetichismo. Tratava-se de uma irrupção de irracionalidade, de uma súbita ruptura na capacidade de pensar, através da qual penetrava algo obscuramente metafísico, talvez algo ainda mais fatal do que a própria traição, do que a flagrante infidelidade. Tinha bons motivos para me envergonhar.

E logo haveria de ter mais motivos ainda. Durante meus anos escolares, na Áustria, eu tomara algumas aulas de patinação no gelo. Minhas volutas, meus círculos e minhas reviravoltas tinham se tornado visivelmente mais exatas e, além disso, eu também tinha aprendido a dar alguns saltos. Depois que voltei para casa, na Bucovina, eu os praticava no meu canto. Aquilo despertou a curiosidade de um bando de jovens — judeus, naturalmente — que tinham formado um selvagem time de hóquei. Uma bela tarde me vi cercado por eles, por todos os lados. Aquilo me provocou um certo incômodo, pois eles tinham uma aparência forte e agressiva, e eu não sabia o que queriam de mim. Portanto, fiz como se não estivesse percebendo nada, e continuei meus exercícios, descrevendo um "oito" sobre o gelo, seguido de um *loop*. Eles ficaram me observando por algum tempo até que, por fim, o maior entre eles disse: "Nada mau como você faz isso! Você gostaria de jogar conosco? Hóquei, você entende?".

"Muito obrigado", disse eu, imediatamente. "Acho que não."

"E por que não? Será que é porque somos judeus?"

Preferi não responder nada. Eles se aproximaram ainda mais. "E você?", perguntou outro, "O que você é? Romeno? Polonês?"

"Nem uma coisa nem outra", disse eu, prosseguindo com meus círculos.

"O quê, então? Alemão?"

"Não", respondi, monossilábico.

"Mas você fala alemão. Então o que você é, diabos? Será que também é judeu?"

Eu mesmo não seria capaz de dizer, mais tarde, por que não respondi nada. Por covardia não foi, pois era óbvio que eles não me queriam mal. É verdade que eu não gostava muito deles. Não só eles eram judeus como também eram diferentes de mim em todos os sentidos: mas, ainda assim, eles não me desagradavam, e aquilo era o pior de tudo. Eles tinham me perguntado se eu queria jogar no time deles, e faltava-me a coragem para lhes dizer, simplesmente: "Gostaria muito de jogar com vocês, mas não posso porque vocês são judeus e eu não sou — será que ainda é preciso explicar mais alguma coisa? Seja como for, muito obrigado por terem me perguntado". Eu seria incapaz de dizer algo assim, muito embora tampouco tivesse medo de ofendê-los. O que eu temia era o mal-estar que uma palavra franca como essa teria criado — sim, justamente uma relação humana direta. Afeição ou hostilidade, uma tanto quanto a outra, estaria, desagradavelmente, à flor da pele. Preferi manter-me calado.

"Vamos, diga logo, Bubi", disse um deles, aproximando-se a tal ponto de mim que nossos narizes quase se tocaram. "Você é ou não é judeu?"

Fiquei parado. Continuei calado, nós nos olhando nos olhos, fixamente, até que, por fim, ele disse: "Deixem-no em paz. Ele não é nada além de um goizinho mijão e metido a besta".

Ele lançou o disco sobre o campo, os demais partiram para o ataque, ele também. E eu permaneci, outra vez, sozinho no meu canto, praticando meus oitos precisos, com as seis voltas do cachecol grosso em torno do pescoço, à espera do instante em que minha mãe chegaria para me apanhar.

Acho que isso aconteceu no inverno de 1927. Àquela época, eu tinha treze ou quase catorze anos de idade. Mais tarde, fui persuadido de que, nessa idade, começa o difícil período de desenvolvimento que é conhecido como puberdade. Espero tê-la superado, a essa altura. Quando eu tinha quarenta e tantos anos, porém, ainda era capaz de observar em mim mesmo a maior parte dos seus sintomas. Seja como for, meus pais, indubitavelmente bem-intencionados, porém loucos, atribuíam, àquela época, meus assim chamados problemas a esse estágio desculpável do desenvolvimento e me enviaram, para corrigi-los, a um internato na Estíria, conhecido por seus métodos pedagógicos rigorosos. É à minha permanência ali que eu devo — juntamente com o desde então sempre em vão combatido hábito de fumar cigarros e de desprezar o meu próximo — um conhecimento profundo do folclore pornográfico alemão, assim como algum conhecimento do folclore pornográfico inglês e o conhecimento do fato de que, evidentemente, é um privilégio dos internatos na zona rural tornar vulgares, de uma maneira, digamos, ecológica, os espíritos dos jovens, proporcionando apenas àquelas naturezas que apresentam formas de reação extraordinariamente impetuosas alguma chance de escapar à banalização.

Em geral, eu passava minhas férias na Bucovina, agradecido pela grande solidão que me esperava ali. Eu me sentia feliz por poder passar algumas breves semanas de verão longe da horda dos meus colegas, sem ser incomodado pelas relações próximas demais com adolescentes em cujos cérebros e em cujos músculos já fermentava a pesada masculinidade que haveria de transformá-los em companheiros de mesa de taverna e em frequentadores de bordéis, e sem ser incomodado, tampouco, pelos professores conscienciosos que tinham transformado sua profissão, que era a de formar pessoas por meio da disciplina, em monstruosidades barrocas. Passava a maior parte do tempo com meu pai, nas florestas dos Cárpatos, vivia e caçava com ele numa concordância praticamente isenta de palavras, cada um de nós encapsulado em sua própria solidão. Se eu estava na cidade, em Czernowitz ou na bela Suceava, me perdia em passeios que se estendiam por horas a fio, e olhava e ouvia aquele mundo estranhamente familiar de uma antiga terra colonial, onde romenos, poloneses, alemães e rutenos viviam saciados, juntamente com dezenas de milhares de judeus

Esse mundo colorido e cheio de tensões foi, na verdade, o lugar onde adquiri minha formação. Estando de volta à escola, já praticamente não fazia nada. Realmente, não sei como fui capaz de ser aprovado nos exames de conclusão do curso secundário, pois minhas notas tinham sido, desde sempre, catastróficas. Também para meus familiares, foi uma tão grande surpresa que meu pai, ao receber a boa notícia, dirigiu-se, espontaneamente, aos Correios e Telégrafos para enviar-me uma mensagem da qual constava uma única palavra: *Ahi!* — uma exclamação por meio da qual os judeus da Bucovina costumavam expressar enormes surpresas. Mais tarde, meu pai me explicou, um pouco constrangido, que originalmente aquela era uma expressão dos cavaleiros. O iídiche, disse ele, tem sua origem principalmente no alemão medieval e, com o passar dos séculos, desenvolvera-se, com a adição de elementos hebraicos e poloneses, formando vários dialetos. Como exemplo poderia ser citada a expressão iídiche bastante corrente *nebbich*, uma palavra que designa menosprezo e que foi incorporada a esse patuá. Pois o significado verdadeiro dessa expressão era "escudeiro": o escudeiro portava o escudo e a lança de um cavaleiro e, em caso de necessidade, entregava a ele essas armas. *Nebbich* vem de *neben ich*, ou seja, "eu ao lado", e refere-se ao pequeno escudeiro que corria ao lado do cavalo do grande cavaleiro. Da mesma forma, *ahi* também era uma exclamação dos cavaleiros quando, por ocasião de seus jogos e torneios, eles empunhavam suas lanças e corriam, um em direção ao outro.

Não sem um certo constrangimento, meu pai me apresentou essas explicações. Decerto não era muito edificante ser obrigado a admitir que justamente os judeus tinham preservado tão fielmente a língua dos nossos antepassados míticos, que eram nossos modelos e paradigmas de comportamento nobre, enquanto, entre nós, ela tinha caído no esquecimento. Meu pai também não deixou de acrescentar, a seguir, que, na realidade, com o transcurso da história, observava-se uma trajetória descendente nas formas de falar, no comportamento e até mesmo nas vestimentas das classes superiores em direção às classes inferiores. Assim, por exemplo, as calças de seda até a altura dos joelhos e as perucas dos cavaleiros do rococó tornaram-se vestimentas de lacaios, o fraque tornara-se vestimenta de garçons e, da mesma forma, os gabardos negros dos rabinos, seus gorros forrados de pele de raposa, suas calças bufantes e suas botas nada mais eram do que os trajes medievais da nobreza polonesa. E os casamentos judaicos lembravam, em muito do seu cerimonial, a etiqueta da corte dos príncipes da Borgonha.

Absorvi esses ensinamentos com sentimentos confusos. De forma totalmente imprevista, uma espécie de intimidade linguística estabelecera-se entre os judeus e nós: e uma relação mais direta, se assim quisermos, do que aquela que existia com os demais falantes de alemão. Aquilo que eu já considerara como uma possibilidade de traição acabou por mostrar-se como algo que não era tão terrível assim. Pois eu não teria que morrer imediatamente de vergonha se acabasse num enfrentamento amoroso com uma jovem judia. Ao menos do ponto de vista etimológico existia, de antemão, entre nós, um acordo, que, portanto, nos destinava à troca de carícias.

Mas tudo não passava de sofismas cínicos que eu mesmo criava, influenciado pelo espírito do internato na Estíria, ao mesmo tempo que eu mesmo ria deles. Se alguém tivesse me perguntado seriamente acerca de minha disposição de espírito naquele tempo, eu teria sido obrigado a admitir que, na verdade, nada daquilo me interessava, nada daquilo dizia respeito à minha pessoa, judeus ou cavaleiros, judias ou outras amantes imaginárias: de alguma maneira, aquilo tudo eram apenas considerações teóricas, não eram coisas inteiramente reais, e só aconteciam em minha fantasia, exageradamente excitada. E se acontecessem realmente, aconteciam longe de mim, afastadas, como que observadas de longe. Eu vivia no mundo como se estivesse sob o abrigo de uma campânula. Era o ano de 1933 e eu tinha dezenove anos de idade.

Repetidas vezes antropólogos constataram as lacunas lamentáveis que nossa civilização apresenta em decorrência da inexistência, nela, de ritos de iniciação efetivos. Na verdade, o exame de conclusão do curso secundário é um substituto bastante insuficiente para procedimentos tão dolorosos e de efeitos tão duradouros quanto o limar de dentes ou as tatuagens nos testículos, por meio dos quais os povos primitivos dão a entender claramente a um jovem que ele se tornou um homem. No entanto, à minha época, ninguém hesitava em entender os exames de conclusão do curso secundário como a marca determinante dessa metamorfose. Ainda assim, com a concessão de uma espécie de prazo de remissão: como estudante universitário, a pessoa se encontrava num agradável estágio intermediário, durante o qual já podia desfrutar de quase todos os privilégios dos adultos, mas sem ainda ter que desempenhar nenhuma de suas pesadas obrigações. Quando, depois de longas férias na Bucovina, voltei a Viena para estudar arquitetura e para, se possível, seguir os passos de meu avô, foi-me oficialmente permitido tudo aquilo que, até então, eu me permitira de forma prepotente: poderia levantar-me e deitar-me quando e com quem eu bem entendesse, beber tanto álcool e fumar tantos cigarros quanto desejasse, até provocar a revolta de minhas entranhas, não precisava prestar contas a ninguém a respeito do que fazia ou do que pretendia fazer, podia dividir meu tempo e meu dinheiro tão economicamente ou com tanta prodigalidade quanto me parecesse apropriado. Curiosamente, daquele momento em diante, era-se muito mais tolerante com relação a traquinagens, vícios de puberdade e infantilidades do que até então. De um estudante esperava-se todos os tipos de excentricidades e, principalmente, um certo transbordamento de vitalidade. Também nisso fui uma decepção para meus familiares.

Meus pais não eram exatamente ricos. A paixão de meu pai pela caça mostrou-se, com o passar do tempo, onerosa e logo consumiu a maior parte daquilo que restara, depois da guerra, de uma antiga prosperidade. Contudo, as ideias acerca das quantias de que um jovem necessitava como mesada correspondiam, ainda, aos antigos padrões. O que eu recebia em um mês supostamente teria sido suficiente para alimentar, de maneira nada precária, uma família de sete judeus na Bucovina. Portanto, não fui obrigado a dar início aos meus estudos sob a pressão da carestia. Mas isso não trouxe consigo nenhuma mudança significativa em meus hábitos — tampouco em minha solidão, que já chegava às raias do grotesco e que logo, em vez de um simples hábito, tornou-se uma postura pessoal consciente, arrogante e orgulhosa.

Eu conhecia todos os tipos de pessoas, mas não tinha nenhum amigo declarado — nem desejava ter. Agradava-me representar o papel de solteirão consumado. Com isso, eu escondia aquilo que, na verdade, era desamparo e timidez, sobretudo diante das mulheres. Aliás, como minha mãe temia que eu pudesse imediatamente abusar de minha recém-adquirida liberdade e cair em exageros, ficou decidido que eu continuaria a morar na casa de minha avó. Desse modo, minha mãe foi obrigada a dizer a si mesma que estava, afinal de contas, fazendo um gesto de conjuração: a velha senhora estava excessivamente ocupada com seus jogos de paciência e excessivamente encerrada em sua própria solidão para se preocupar com um jovem, mas, em suas intenções piedosas, minha mãe contava com as irmãs, cujas ocupações esotéricas e ocultas eram por ela vistas como provas de suas qualidades morais elevadas. Talvez elas pudessem ser capazes de me impedir de perder-me no pântano dos vícios que, principalmente numa cidade grande, espreitava um jovem de dezenove anos de idade.

Ainda assim, àquela época me dei conta de como tínhamos sido injustos com o sr. Malik, por considerá-lo um judeu. Ao contrário, ele era um homem que tinha ideais éticos elevados, cuja origem não estava só nos seus belos esforços, mas também era, em certa medida, metafísica. Uma alma livre, ainda não renascida, especialmente importante, que dera ouvidos aos seus chamados e se instalara provisoriamente na casca

vazia do corpo de uma médium especialmente talentosa —
uma certa srta. Weingruber — anunciara à sociedade esotérica que grandes acontecimentos eram iminentes. O Universo, ensinara esse espírito por meio da boca da srta. Weingruber, era um trabalho conjunto da criação, cujo propósito, como um todo, era alcançar a perfeição eterna. Todos os seres vivos ambicionavam alcançar essa perfeição, e em todas as criaturas vivia o desejo de aproximar-se dela o máximo possível, de unir-se a ela. Mas como a perfeição somente era possível no espírito, nunca na matéria, todos os seres perdiam, cada vez mais, sua materialidade para, por fim, tornarem-se puro espírito e unirem-se a Deus. Pois a matéria era, na verdade, a morada do mal, anunciava o espírito por meio dos lábios trêmulos da srta. Weingruber, enquanto o branco dos seus olhos se tornava visível sob as pálpebras tomadas por pequenas convulsões. O que era urgente era entender o castigo de Deus para os que se afastavam dele: a perdição, o exílio do espírito na substância da Terra, um fardo, a maldição com a qual eram castigados os anjos caídos, aqueles que tinham se rebelado contra Deus. E, nesse sentido, nós todos seríamos anjos caídos, sofrendo sob o fardo de nossas existências terrenas, ansiosos pela liberdade perdida do espírito puro. Mas a morte ainda não significava a libertação definitiva desse peso. O espírito ainda não estava purificado, nem livre. Quando a pessoa morria, sua alma ainda pairava, por algum tempo, numa esfera que se encontrava além das dimensões de nossa percepção, e lá aprendia, por meio das explicações de uma espécie de curso especial de metafísica, o que, efetivamente, eram o bem e o mal, não de acordo com os equívocos do entendimento terrestre, mas aos olhos de Deus. Em particular, era-lhe apresentado tudo o que ela fizera de mau e de bom na Terra, sob a forma de existência que acabava de abandonar. Se ela tivesse feito muito de bom — o que era raro — poderia ingressar

numa nova existência, com menor densidade material — por exemplo, a de um professor universitário em vez daquela de um lixeiro. Se o bem e o mal estivessem equilibrados, a alma teria que retornar à mesma forma atribulada de existência, ingressando novamente no mundo sob circunstâncias de densidade equivalentes, sendo obrigada a suportar, mais uma vez, o mesmo peso material e, ao mesmo tempo, a tentar praticar mais o bem do que o mal, para assim espiritualizar-se. Porém, se em sua vida terrestre a pessoa tivesse sido pronunciadamente má, era banida em direção a uma forma de existência inferior, tendo que mergulhar num corpo que estava para o que ela ocupara até então como um hipopótamo estava para uma bailarina russa, ou, até mesmo, num corpo que, ao contrário dos nossos, feitos de carne e ossos, era feito de ferro — isso, porém, num outro planeta, que se encontrava num nível inferior e ainda mais pesado do que o nosso.

Seja como for, a busca por elevação continuava viva também ali, em meio àquela grande densidade. O desejo por uma forma de existência mais leve, mais livre, mais espiritual encontrava-se em todos os seres vivos, assim como a borboleta na lagarta. E se uma alma que caíra de seu lugar junto de Deus, há milhões de anos, tendo sido condenada à materialização, fosse capaz de portar-se, ao longo de incontáveis existências, de maneira a livrar-se de todo o peso material, ela se tornava puramente espírito e unia-se a Deus.

Não eram só os seres humanos que viviam sob o fardo de sua existência material, mas também todos os animais — cães e gatos que, como era sabido por todos aqueles que amam os animais, manifestam um visível esforço para se desenvolverem em nossa direção — tartarugas e algas de água doce, numa forma um pouco inferior, assim como todas as outras coisas que foram criadas — até as pedras do calçamento sobre as quais Minka Raubitschek quebrara a bacia.

E a cada coisa era dada a possibilidade de desenvolver-se, de galgar a escada espiritual e, portanto, de desmaterializar-se para, por fim, tornar-se puro espírito e ingressar na harmonia divina. Evidentemente as estrelas também tinham essa oportunidade, pois, entre elas, havia todos os graus de maior ou menor solidez, de maior ou menor proximidade com Deus, portanto, se todas as criaturas de uma estrela de categoria inferior se empenhassem a tal ponto em atingir a elevação que começassem a desmaterializar-se, ocorria de esta estrela "potencializar-se", como dizia o termo técnico: ela se tornava uma estrela de uma categoria mais elevada, feita de uma matéria menos densa e com habitantes mais elevados. E é isso o que está por ocorrer em nosso planeta, a Terra, anunciou o espírito convocado pelo engenheiro Malik, através da boca que já quase começava a espumar da médium, da srta. Weingruber.

Minhas tias revelaram-me essas informações em meio à mais alegre excitação. Elas disseram não haver dúvidas de que o informante do Além conjurado pelo sr. Malik dizia a verdade. Não era nenhuma novidade o fato de que existiam mundos de diferentes níveis. O mito da Idade do Ouro apontava claramente para um nível anterior e superior de nosso planeta que, por meio do comportamento pecaminoso da Humanidade, mergulhara na Idade do Ferro. Era evidente que, antes, nossa Terra tinha sido uma estrela de uma categoria superior, já que abrigara espíritos tão nobres quanto os dos antigos gregos. Porém, um terrível delito — cometido pela Humanidade como um todo, ou talvez até mesmo por todas as coisas que havia em nosso planeta — a fizera decair numa massa mais densa. À Idade do Ouro seguiu-se a Idade do Ferro, como um castigo pelas ofensas à harmonia divina.

Eram bem conhecidos os tempos nos quais os cavaleiros se cobriam de ferro e não pensavam em nada além de matar gente e animais. E, até hoje, esses cavaleiros ainda serviam como exemplos para algumas almas baixas. Não por meio do conteúdo ético da cultura da cavalaria, mas simplesmente para promover o assassinato em massa de criaturas inocentes como as renas e todos os tipos de aves selvagens. Ainda assim, nosso mundo, graças àquelas pessoas que viviam só para o espírito, aos poucos tinha sido capaz de potencializar-se novamente, estava começando a desmaterializar-se e, portanto, estava a ponto de transformar-se, tornando-se uma espécie de mundo de borboletas.

Minhas tias acrescentaram, significativamente, que algumas almas muito elevadas, que já tinham percorrido muitas existências, ao longo das quais sempre haviam sido capazes de desenvolver-se mais e mais em direção ao alto, tinham se disposto a tomar, conscientemente, sobre si mesmas, o fardo da existência terrestre e a mergulhar na massa pesada de uma criatura terrestre não só de maneira provisória, mas pelo tempo de uma existência terrena completa, para ensinar aos outros seres humanos o que era o bem e o que era o mal. Figuras como o Buda, Platão e Jesus Cristo seriam ajudantes como estes na ascensão da Humanidade em direção à harmonia. Cada um deles tinha sido anunciado por uma outra alma elevada. Assim como João Batista havia sido escolhido para anunciar o Salvador, o sr. Malik tinha vindo à Terra para anunciar um outro desmaterializado. O nome dele era Adolf Hitler. O nível no qual ele se encontrava já hoje poderia ser medido por meio do entusiasmo que sua aparição na Alemanha causara e pela boa vontade que um povo inteiro demonstrara para dar início ao processo de espiritualização e de desmaterialização, livrando-se, em primeiro lugar, dos portadores de todo o mal, os baixos e materialistas judeus.

Aquela notícia deixou-me um tanto espantado, pois, aos meus olhos, Adolf Hitler não era, exatamente, o portador daquela aura messiânica que não só os *Piefkes* do antigo Reich dos Hohenzollern lhe atribuíam, como também os membros de certos grupos austríacos, que ambicionavam uma restauração nacionalista e popular da antiga unidade imperial. O culpado por isso era meu pai, que, certo dia, chegou a nossa casa, na Bucovina, trazendo um semanário alemão — se não me engano, tratava-se da *Berliner Illustrierte* — e então nos mostrou uma série de fotografias do recém-empossado primeiro-ministro do Reich em sua cerimônia de inauguração no cargo, diante do presidente do Reich von Hindenburg. Pela primeira vez em minha vida vi meu pai tomado por dúvidas ao manifestar uma opinião política: "Tudo isso é muito bom e muito bonito", disse ele, batendo com as costas da mão na página com fotografias. "Quero dizer: não precisava, realmente, ser um pintor de paredes aquele que se propõe a restituir a vida ao antigo Reich, mas por favor!... A ideia de que é preciso começar jogando fora os judeus já era antiga e conhecida entre nós, e isso tudo é muito bom e muito certo. Mas olhe para a cara deste sujeito! Olhe para a postura dele! Se eu soubesse com quem ele se parece, com este topete de espertalhão em cima da testa! Eu não deixaria um sujeito assim nem mesmo caiar as paredes do meu curral de cabras...!"

Depois de observar rapidamente aquelas fotografias, cheguei à conclusão de que meu pai tinha razão. Mas o que me interessava esse pequeno-burguês subserviente, vestido com um terno, fazendo reverências diante do grandíssimo filistino com sua casaca? O que me interessavam os *Piefkes* de um modo geral e o que me interessava a ressurreição do mítico velho Reich? Aquilo tudo pertencia ao mundo teórico, no qual eu vivia como sob uma campânula de vidro, era uma realidade distante, que não se referia a mim, passava-se apenas no pano de fundo da minha própria experiência. Era só esse pano de fundo que era, por assim dizer, forrado com essas imagens tão movimentadas. Eu, que me encontrava no centro e era o cerne de minha própria experiência, não era afetado por aquilo. Pois ainda não vivia realmente, apenas me aproximava da vida e não sabia o que ela era.

Seja como for, o sr. Malik não era judeu, muito embora tivesse mudado seu sobrenome. Pois seu sobrenome atual provinha do Além. Malik significava "O Grande". Era o nome que lhe tinha sido dado no Além, para aludir à posição que ele ocupava lá. O nome de sua casca corporal, por ele deliberadamente adquirida do lado de cá, era Weingruber: ele era irmão da talentosíssima médium através de cuja boca o mensageiro do Além falara. Na verdade, segundo minhas tias, ambos, irmão e irmã, eram uma só alma superior, dividida em dois corpos.

A anunciada potencialização do mundo tornou-se perceptível na casa da minha avó porque, em parte por si só, essa casa livrou-se dos judeus. As sessões da Sociedade Esotérica de minha tia deixaram de ser marcadas pela música de câmara da casa dos Raubitschek porque, certo dia, o professor Raubitschek e sua mulher morreram, de forma totalmente inesperada, de gripe espanhola. Para minha avó aquilo também foi uma extravagância tipicamente judaica, pois, afinal, àquela época não havia nenhuma epidemia, como no ano de 1921, quando as pessoas morriam como moscas daquela doença. Portanto, não havia nenhum motivo visível pelo qual os Raubitschek devessem morrer de gripe espanhola, por assim dizer, fora de época, exceto pelo típico vício judaico de querer aparecer. Seja como for, eles morreram, e deixaram sozinha sua filha Minka.

O que, porém, se ganhou com a morte dos velhos Raubitschek — o fato de que, com ela, o prédio se tornara relativamente livre de judeus —, infelizmente foi perdido, novamente, por causa do comportamento escandaloso da jovem Raubitschek. Não só Minka tinha, abertamente, um amante, cujo carro esporte permanecia estacionado noite após noite, até o amanhecer, diante do portão do prédio, como também havia outros senhores que, às vezes, entravam no prédio e só na manhã seguinte deixavam o apartamento onde Minka permanecera depois da morte de seus pais. Aquilo tinha sido constatado várias vezes por Marie, que o anunciava, trêmula de indignação e de fraqueza, a quem quisesse lhe dar ouvidos. Em vez da música de câmara das quartas-feiras à noite, agora o que penetrava pelo teto do apartamento, quase todas as noites, era o barulho alegre de reuniões, maiores ou menores, porém mais íntimas e mais luxuriantes.

Eu gostava de Minka, embora apenas a conhecesse de vista. Ela era amigável quando nos encontrávamos na escadaria. Sua voz era calorosa e cheia, e ela tinha sempre um lindo sorriso à minha espera. Eu achava que ela se parecia com uma espanhola, com seus cabelos negros reluzentes e com seus grandes olhos negros sob as sobrancelhas delicadamente arqueadas. Sua pele era lisa e seus lábios — sempre pintados de um vermelho provocante — deixavam à mostra duas fileiras de dentes brancos e reluzentes. Ela se vestia muito bem, e até mesmo seu discreto mancar tinha um efeito atraente. Ela não tentava esconder aquilo, mas mancava, livre e contente. Aos domingos de manhã, quando me era concedido o privilégio de tomar o café da manhã em companhia de minha avó, eu via pela janela o amante fixo de Minka — um rapaz alto, loiro e atlético — chegando para buscá-la para seu passeio de fim de semana. Ele era um jogador de hóquei conhecido. Às vezes ele entrava em seu carro esporte já com todo seu equipamento de hóquei: paramentado como um cavaleiro com seus protetores de joelhos e de ombros e com seu uniforme heráldico, vermelho, branco e amarelo. Minka carregava os tacos dele como um escudeiro que carrega o escudo e a lança do cavaleiro. Era uma imagem alegre e colorida que deixava claro para mim como eu era solitário.

Minha existência, àquela altura, caíra, um pouco, num beco sem saída. Como bom neto de meu avô, eu pretendia estudar arquitetura. Mas me entediava a ponto de lacrimejar só de olhar para a Universidade Técnica. Em vez de educar meu sentido de harmonia, que teria me assegurado uma posição elevada na hierarquia dos espíritos do sr. Malik, eu era torturado com cálculos estatísticos. E desde sempre eu tinha sido desesperadoramente fraco em matemática. Logo comecei a cabular as aulas até que, por fim, parei completamente de frequentar a Universidade. Eu não tinha sido educado para frequentar os concertos ou os teatros, pois as Musas, sabidamente, tinham se tornado as donzelas prediletas do pior tipo de judeus poloneses. Exceto por algumas operetas com Fritzi Massary, eu nada sabia do excelente teatro que, supostamente, àquela época, fazia de Viena a metrópole das artes cênicas. Ainda assim, minha avó possuía, como um remanescente de um período de abundância extinto havia muito, um camarote na ópera, que ela não mais frequentava. Por isso eu cochilava ali, diante de apresentações de espetáculos como *O ouro do Reno* e *La Traviata*, e me perguntava por que, ocasionalmente, as pessoas gemiam de deleite e às vezes se curvavam como se tivessem sido feridas: para mim tudo aquilo soava excessivo, as vozes dos cantores, altas demais, e os violinistas e os trompetistas, exagerados. Assim como meu pai, eu gostava do som das cornetas de caça.

Mas — assim como em casa, nas cidades da Bucovina — eu passeava muito. Caminhava por Viena, atravessando a cidade de uma extremidade à outra, às vezes indo além de Döbling e Hietzing, o que me obrigava a tomar o bonde para voltar para casa. Durante horas a fio eu flanava pelo centro, principalmente à noite, quando aquela região adquiria feições de monstruosidade urbana afins ao clima espiritual daqueles anos. Eu observava os enxames de prostitutas e de cafetões na Kärntnerstrasse, que durante o dia era uma rua elegante, uma espécie de Faubourg St. Honoré, mas que, à noite, se transformava em algo como o Grand Boulevard de Marselha. Ou admirava a beleza muda do Josephplatz deserto, diante do precioso edifício da Biblioteca Imperial, concebido por Fischer von Erlach, e me perguntava se, algum dia, eu seria capaz de alcançar aquele mesmo grau de perfeição, já que nem meu avô fora capaz de alcançá-lo. Em casa, ninguém se incomodava com o fato de eu só chegar quando o dia já estava raiando, e Marie havia tempos que já tinha desistido de me despertar cedo. Ela sabia que, normalmente, eu dormia até a hora do almoço.

Evidentemente, eu era orgulhoso demais para admitir quão sozinho me sentia. Aquela era a última época da elegância masculina. As pessoas se preocupavam com o que vestiam, e era nisso que eu gastava quase todo meu dinheiro. Quando fazia meus longos passeios vespertinos, vestia-me como um jovem dândi que estivesse prestes a entrar em seu automóvel para dirigir-se ao concurso "O cavalheiro elegante e seu automóvel", no campo de golfe que ficava na reserva florestal de Lainz.

Às vezes, com um cravo vermelho enfiado na lapela, eu me dirigia ao Parque-Hotel Hübner, em Hietzing, para o chá das cinco. Mas não ousava me dirigir às damas que estavam sentadas nas mesas à minha volta, pois nunca tinha sido apresentado a elas, e como eu via que aceitavam de muito bom grado os convites de homens que certamente tampouco lhes tinham sido apresentados, logo imaginei que se tratasse de damas de aluguel. À noite, eu costumava sair de casa trajando um smoking e, às vezes, até, quando me dava vontade, um fraque, com um chapéu de seda sobre os cabelos muito bem penteados. Depois de caminhar por horas a fio por ruas vazias e por parques escuros, ao longo dos trilhos ferroviários ou às margens escuras do canal do Danúbio, no qual se refletiam as luzes das ruas, eu entrava no saguão do Hotel Imperial para tomar um café com conhaque, e secretamente descalçava meus sapatos de verniz por baixo da mesa para aliviar os pés. Quem me visse assim poderia facilmente considerar que estava diante de um jovem bon vivant dos círculos sociais mais exclusivos.

Certa vez, quando, trajando essas vestimentas tão mundanas — um fraque com um cravo branco, um cachecol de seda à Fred Astaire em volta do pescoço — cheguei em casa tarde, bem depois da meia-noite, me vi no portão com Minka, que revirava sua bolsa à procura da chave da porta do prédio. Ela murmurava, dizendo que ou a tinha esquecido em algum lugar, ou a tinha perdido. Mas ela não via aquilo como uma tragédia, ao contrário, parecia até diverti-la. Pois era um sinal de sua grande sorte o fato de, numa hora tão tardia, ter me encontrado ali para abrir-lhe a porta. Evidentemente, ela tinha bebido um pouco, seus olhos escuros faiscavam e seus dentes brilhavam, úmidos, sob seus lábios provocantemente pintados de vermelho. Não tardaria muito e eu mesmo viria a conhecer as peculiaridades dessa sua boca, famosa em toda a Viena: seus dentes pequenos, perfeitamente regulares, tinham uma mordida tão diminuta que, a título de cartões de visita, ela costumava deixar umas bolachas finas como hóstias, as *Karlsbader Oblaten*, em cuja volta ela dava pequenas mordidas ovaladas, até que seus contornos ficassem dentados como bordas de selos.

Àquela altura, eu apenas era capaz de intuir semelhantes capacidades. Elas me tranquilizavam um pouco. Eu já não tinha comprovado minha perturbadora falta de caráter ao me apaixonar, em casa, na Bucovina, pelas pequenas judias no rinque de patinação? Para minha avó e para minhas tias, Minka, apesar de todos os concertos de música de câmara à época em que seus pais ainda estavam vivos, era, afinal de contas, do mesmo clã dos *Handales* aos quais minha mãe dava roupas velhas de presente. E se os velhos Raubitschek tinham ido participar de caçadas na Estíria, eles eram os culpados pelo fato de que meu pai era obrigado a viver no exílio.

Eu pensava daquela forma, ironicamente. Não era exatamente o verdadeiro arqui-inimigo quem estava ali à minha frente, sorrindo, sedutor, mas, ainda assim, uma criatura proveniente de uma outra estrela. Claro que me portei como convém a um jovem bem-educado. Abri e segurei a porta do prédio para Minka com aquela mesma grande cortesia e com aquela mesma distância que observara em minha avó, e Minka Raubitschek sorria, de maneira ainda mais provocante, medindo-me de cima a baixo e dizendo que eu estava muito bem assim: onde é que eu estivera, vestido com esse terno tão elegante? Na casa de amigos, disse eu, vagamente. Certamente não eram pessoas que ela conhecesse. "Ah é?", disse Minka. "Qual é o nome deles?"

Aquele era o jeito tipicamente judaico de fazer perguntas, sem qualquer tato, e eu respondi, um pouco rígido, que se tratava de romenos de passagem por Viena, *en route* para Paris.

Minka disse que conhecia muitos romenos divertidos em Paris. Se eu tinha estado lá nos últimos tempos?

Não nos últimos tempos, respondi, e galguei, junto com ela, a escadaria. Como em muitos prédios antigos de Viena, os degraus ali eram baixos e eu me propus a prestar atenção naquilo se, no futuro, como arquiteto, viesse a projetar prédios, pois era muito agradável subir por uma escada daquelas. Ainda assim, Minka tinha certa dificuldade, mancava por causa de sua bacia e provavelmente era, também, a meia dúzia de drinques que ela tinha ingerido além da conta que se tornava visível então. Portanto dei-lhe o meu braço, que ela tomou, agradecida, nele apoiando-se sem nenhum constrangimento. Meu cotovelo sinalizava que ela não era ossuda, como era a moda no início dos anos 30. Era eletrizante sentir aquela carne firme de mulher, mas eu não tinha como recolher meu braço. Portanto, deixei-o como estava, e aquilo me causou certo constrangimento.

Quando alcançamos o primeiro andar, o chamado mezanino, onde se encontrava o apartamento da minha avó, parei, ela soltou meu braço e voltou a sorrir para mim. "Obrigada", disse ela. "O senhor é encantador."

"A senhora quer que eu a acompanhe até o seu apartamento, no andar de cima?", perguntei, mordendo, em seguida, o lábio porque imediatamente me dei conta de como era tosca aquela pergunta.

Ela riu: "Dá para perceber que estou bêbada? Eu mesma normalmente só costumo perceber isso quando sou obrigada a me arrastar de quatro por esta escadaria. Venha, meu belo jovem, dê-me, outra vez, o seu braço!".

Sua desinibição proporcionou-me um grande alívio. De minha parte, eu não era obrigado a perguntar-me, ininterruptamente, se meu comportamento diante dela era adequado. Quando ela voltou a apoiar-se no meu braço, eu a agarrei com mais força e a trouxe para mais perto de mim — evidentemente para apoiá-la melhor.

"Certa vez quebrei a bacia", explicou ela, apoiando-se com todo seu peso no meu braço, "por causa de uma história de amor — o senhor é capaz de imaginar algo assim? Se eu continuasse nesse mesmo estilo, hoje não restaria em mim mais nenhum osso inteiro. Mas talvez seja melhor o senhor me contar algo de si. Como andam as coisas com as garotas? Alguém com a sua aparência provavelmente mal consegue escapar delas, não?"

"A gente consegue, mesmo assim", disse eu, num tom suficientemente tímido para levá-la a acreditar que me sentia inibido demais para lhe contar toda a verdade.

"Hm! Compreendo." Ela deu uma risada alta e melodiosa. Não acrescentei nenhuma palavra. Não tinha certeza se ela já não havia entrevisto a verdade e se, agora, não estava se divertindo às minhas custas. Portanto, continuamos a galgar a escada em silêncio, e alcançamos a porta do seu apartamento. "O senhor gostaria de entrar para tomar algo?", perguntou ela.

"Muito obrigado!"

"Obrigado sim ou obrigado não?", perguntou ela, olhando-me nos olhos.

"Sim", disse eu, acenando com a cabeça, ao mesmo tempo que me sentia enrubescer. Ela me deu a chave da porta do apartamento e disse: "Pelo menos esta eu não perdi".

Destranquei a porta e a abri, deixando-a passar. Ela entrou e, com um movimento de ombros, deixou seu casaco de peles cair no chão. Eu o apanhei e o coloquei sobre uma cadeira. "Mas que boas maneiras tem o senhor", disse ela. "Deve ser muito agradável ter o senhor perto de si. Afinal, qual é a sua idade?"

Eu me sentia inibido em responder. "Dentro de dez meses terei vinte…", enganei-a. "vinte e três."

"É exatamente a idade de que eu mais gosto!", disse ela. "Lá, do outro lado, há um gramofone. Ponha um disco para tocar, se o senhor quiser ouvir um pouco de música. O que o senhor prefere? Uísque ou conhaque?"

"Um uísque com soda, por favor." Fui até o gramofone.

O apartamento era completamente diferente do que eu imaginava. Provavelmente ela mudara por completo a decoração depois da morte dos pais. Exceto por uma grande estante de livros preta, que correspondia ao estilo da música de câmara dos velhos Raubitschek, não havia nada que lembrasse os excessos típicos dos apartamentos de judeus de classe média, cujos interiores, às vezes, eu espiara através de janelas abertas, na Bucovina. Uma profusão de lindos buquês de flores me surpreendeu: seus amantes, aparentemente, eram generosos. Por uma porta aberta era possível ver seu quarto de dormir, que era alegre e feminino. Uma cama grande, com um acolchoado de plumas com forro floreado, transmitia uma impressão de feminidade, juventude e decência.

Enquanto ela enchia os copos, eu olhava seus discos. A maior parte deles estava jogada no chão, em torno do gramofone, discos de jazz misturados com discos de música clássica, e eu logo desisti de revirar aquela confusão porque, de qualquer maneira, não conhecia quase nenhum daqueles títulos. Escolhi um aleatoriamente e o coloquei para tocar. Em sua etiqueta eu lera algo como *Stardust*. Esperava que fosse alguma coisa de Mozart, e não algo tão pesado quanto o *Allergique* de Beethoven. Quando soaram as primeiras notas, que deixaram meu coração para sempre vulnerável a esse hit sentimental, ela aproximou-se de mim com os dois copos nas mãos. "Aqui está o seu uísque", disse ela, me entregando um dos copos. "Quero ver como o senhor dança."

Por um instante fiquei sem saber o que fazer com o copo até que, por fim, o segurei com a mão esquerda e coloquei o braço direito em torno da cintura dela. Dançamos alguns passos, e eu nem percebi que ela mancava.

"Nada mau", disse ela, libertando-se, delicadamente, dos meus braços. "Um pouco rígido. Há, porém, esperanças. Por causa de minha bacia não posso dançar muito. Mas gosto muito de dançar — só às vezes, uns passinhos, depressa." Tomei um gole do meu uísque enquanto ela deixou-se cair sobre um divã, cerrando os olhos. Subitamente, ela bocejou.

Enquanto ela o fazia, sua boca lindíssima estava tão aberta que era possível, para mim, ver a tonalidade fresca e rosada de suas amígdalas. Ela bocejou profundamente, e aquilo soava como um soluço melódico, como se ela estivesse chorando de felicidade. Então, ela soltou-se num suspiro de relaxamento e bem-estar. Tornou a abrir os olhos e disse: "O senhor é muito doce. Agora volte para a casa de sua avó e durma bem".

E, ao dizer isso, ela se levantou com uma agilidade surpreendente e entrou no seu quarto, já abrindo os botões do vestido.

Eu estava tão atordoado que não sabia como interpretar aquilo. Nem sequer sabia se tinha me apresentado a ela. Alguma outra coisa iria acontecer e se... o quê? Eu nem sabia onde pôr o copo nem se deveria dizer "até logo!" ou "até breve!". Ela parecia perceber minha insegurança, voltou-se e olhou para mim, ainda ocupada com seus botões.

"Se o senhor ainda não quiser ir embora, o senhor pode ouvir alguns discos. Mas não me leve a mal se eu adormecer. Estou morta de cansaço."

Me senti profundamente humilhado. A situação escapara inteiramente do meu controle, eu preferia não ter aceitado o convite dela para um drinque e nunca ter entrado com ela no apartamento. Era isso o que acontecia com quem se metia com gente de outras estrelas. Esses intelectuais judeus não eram gente do meu tipo. O que mais me incomodava neles era essa intimidade imediata, esse estabelecimento direto de uma relação humana com alguém que mal se acabara de conhecer. Talvez aquilo fosse desvantajoso para mim, mas eu não era capaz de sair de dentro de minha pele com tanta facilidade. Eu não era um judeu impaciente e intrometido.

Por outro lado, ela tinha sido tão gentil comigo, tão calorosa, e também era tão bonita que eu me sentiria um tolo se não tivesse deixado claro para ela que era só com muita má vontade que eu a deixava. Sua boca me deixara excitado. Será que era mesmo tão desprezível pensar que, afinal de contas, uma judia não era um judeu?

Naquela altura, ela se voltara totalmente em minha direção e me olhava, séria, e sem uma sombra sequer de escárnio. Com um gesto súbito de sua bacia manca ela veio em minha direção. Antes que eu pudesse dizer qualquer coisa, segurou minha cabeça com as duas mãos e me beijou, delicadamente, como uma irmã. E então olhou bem para mim: "O que significa isso? Você quer ficar aqui comigo?". Como eu não respondi nada, ela disse, delicadamente: "Então venha!".

Evidentemente ela logo percebeu qual era o meu grau de experiência, e aquilo pareceu comovê-la. Ela mostrou-se cheia de delicadeza e de compreensão e tratou-me com um tato e com uma intimidade doce como eu nunca conhecera antes e como nunca sequer teria sido capaz de imaginar. Aquilo era outro tipo de feminidade, algo muito diferente do que eu conhecera em minha infância quando, rijo, tentava resistir aos abraços impetuosos das minhas tias quando elas expressavam o êxtase que eu lhes proporcionava e voltavam a cobrir-me, repetidas vezes, com seus beijos pontiagudos como agulhas. Mas era, também, completamente diferente do mergulho na torrente de sentimentos que eu imaginava, em minhas fantasias, quando beijasse a primeira vez a donzela que eu amava e com quem, evidentemente, me casaria de imediato, para com ela viver feliz até o fim dos nossos dias. Tampouco tratava-se do turbilhão enlouquecedor de paixão selvagem que eu esperava em meu primeiro encontro erótico. Minka era de uma ternura inata, inerente aos seus sentidos, tão simples e natural, tão avassaladora e serena quanto a de um gatinho, e aquilo estabeleceu, de maneira imediata, uma intimidade entre nós, que eu não seria capaz de encontrar nem no grande amor dos meus sonhos, nem na mulher fatal de minhas visões eróticas. Se, àquela época, eu tivesse sido capaz de imaginar algo tão monstruoso, teria descrito nosso encontro como uma brincadeira de amor ingênua e alegre com uma irmã.

Mais uma vez pus para tocar o disco com a *Stardust* e permanecemos deitados no escuro, ouvindo.

"Será que sua avó não vai ficar indignada se ela descobrir que você passou a noite comigo?"

"E ela necessariamente tem que ficar sabendo disso?", perguntei.

"Não, claro que não. Porém, mais cedo ou mais tarde, ela vai perceber. Pois eu gostaria que você viesse aqui mais vezes. Você é muito querido e agradável."

Para evitar ter que dar uma resposta, perguntei: "Posso colocar o disco mais uma vez?".

"Você gostou tanto assim dele? Fique com ele então. Você pode ouvi-lo em sua casa até ficar satisfeito."

"Obrigado!"

"Ah! Se eu tivesse um pouquinho mais de dinheiro! Sempre quis ter um irmão mais novo, a quem eu pudesse mimar. Como é mesmo seu nome?"

"Arnulf."

"Como?" Ela começou a gargalhar. "Não pode ser verdade! Arnulf! Quem é que escolheu esse nome?"

"Meu pai", disse eu, sorrindo a contragosto. "O nome vem da família da mãe dele, que vem da Baviera. Acho que, com esse nome, ele queria me obrigar a ser fiel aos princípios da cavalaria." Eu mesmo estava me divertindo muito.

"Mas não é possível que você espere seriamente de mim que eu o chame de Arnulf", disse ela. "Eu não seria capaz de dizer esse nome sem ficar com cãibras de tanto rir."

"Eu tenho ainda mais uma boa meia dúzia de nomes de batismo. Você pode escolher algum outro!"

"Não, é melhor você não os mencionar. Suponho que os outros sejam ainda piores. Não, vou simplesmente chamá-lo de Brommy. Isso combina muito bem com você."

"Por quê?"

"Não sei, simplesmente acho que combina."

"Era o nome de algum cachorro seu?"

"Não, realmente não sei de onde tirei esse nome. Acho que há um marechal chamado assim. Mas não me lembro bem."

"E o que tenho eu a ver com um marechal?"

"Algumas coisas. Você me parece um jovem cadete que um dia vai se tornar marechal. Ou você prefere que eu chame você de Tegetthoff?"

Não pude conter meu riso. Aquilo me lembrava das piadas surrealistas sobre os rabinos engraçados da Bucovina, com sua peculiar lógica às avessas. Não tinha como deixar de me sentir inteiramente à vontade ali.

"Agora seja um bom menino e vamos dormir", disse ela, beijando-me na testa.

Ela não me expulsou. Simplesmente pôs seu braço à minha volta, aconchegou-se em mim, e logo adormeceu. Ela exalava um aroma precioso de cabelos e de pele bem tratados e de um bom perfume, e também um delicado cheiro de uísque. Fiquei deitado, desperto, por mais algum tempo, para ouvir o final de *Stardust*, o disco que, agora, pertencia a mim, e ria ao pensar que bastava entrar em contato com judeus para mudar o próprio nome. Em seguida, adormeci nos braços dela.

Mais tarde, muitas vezes, me perguntei se realmente cheguei a ter um relacionamento com Minka. Com certeza aquilo não podia ser chamado assim. Fosse lá o que fosse, aquilo não perturbava em nada sua vida particular e, muito embora tivesse transformado minha vida inteiramente, em nenhum momento senti que não podia fazer ou deixar de fazer o que eu bem entendesse. Mas a partir daquela primeira manhã, na qual despertei nos braços dela, e ela nos meus, envoltos pelo mesmo abraço no qual tínhamos adormecido, e observei seu rosto, recuperado e descansado, e ela abriu seus olhos escuros e perguntou, com um sorriso espantado: "Menino — quem é você? Não é aquele garoto do mezanino, o neto da velha louca?" —, a partir daquela manhã estivemos sempre juntos, noite e dia. "Me acostumei a tal ponto a tê-lo na minha cama", costumava ela dizer a seus amigos, dos quais alguns eram mais do que amigos, "como uma criança a seu ursinho de pelúcia. Ele é tão doce e tão apetitoso, não ronca, não esperneia, não dá chutes à sua volta como os outros rapazes. Simplesmente preciso dele, para meu bem-estar." E, voltando-se para alguma mulher qualquer do grupo: "Se alguma vez você quiser dormir especialmente bem, posso emprestá-lo a você".

Havia, porém, também ocasiões nas quais ela me dizia: "Escute, meu querido Brommy, um certo senhor vem de Paris para me visitar. Você me faria um grande favor se fosse esquiar com Bobby. Ele vai convidá-lo, para que você não seja obrigado a gastar, com isso, o dinheiro da sua mesada. E por favor não volte antes de sexta-feira".

Bobby era o seu amante oficial, o rapaz loiro e atlético que eu admirava. Ele esquiava como um profissional, jogava hóquei sobre o gelo, nadava e cavalgava como um campeão e, ainda assim, nos tornamos bons amigos.

"Sabe, meu velho", explicou-me ele, "se fosse qualquer outra garota, eu sentiria ciúmes. Mas com Minka é diferente. Em primeiro lugar, porque não serviria para nada. E em segundo lugar porque ela nem sequer permitiria. Ela deixa bem claro, desde o início, que você não a possui e que, na verdade, é ela quem possui você. E como ela mesma não é ciumenta, você tampouco tem o direito de sê-lo. É lógico e simples assim."

Também não fazia sentido tentar explicar a ele ou a qualquer outro que, de fato, nosso relacionamento era — pelo menos em sua maior parte — totalmente inocente. Quando eu me deitava na cama com Minka, era mais para nos aconchegarmos um ao outro e adormecermos um nos braços do outro do que por motivos eróticos. Ela precisava da proximidade de alguém porque tinha medo de ficar sozinha na cama. Ocorreu-me que, talvez, se tratasse de algum tipo de atavismo ou de tradição judaica, algo herdado por meio do sangue, como entre os nossos a paixão pela caça. Talvez seus antepassados tivessem dormido em seis numa única cama, como ocorria com frequência entre os judeus pobres da Galícia e da Bucovina, e por isso ela sentisse falta de algo quando se via sozinha na cama.

No entanto, uma explicação como essa dificilmente teria sido capaz de tornar compreensível para minha avó ou para minhas tias o meu afeto por Minka. Elas consideravam meu comportamento indubitavelmente escandaloso, e eu temia que meu pai pudesse vir a ficar sabendo, principalmente porque nem minha avó nem minhas tias davam o mínimo sinal de que soubessem do que estava acontecendo entre nós. Mas, na hostilidade trêmula da velha Marie, percebi que todos sabiam quando eu subia para o apartamento de Minka e quando descia de lá, sobretudo quando minhas estadias em meu próprio quarto eram muito breves se comparadas às muito longas no andar de cima, na casa de Minka. Só me restava rezar para que o ódio que minhas tias tinham de meu pai as impedisse de informá-lo. Talvez o que as impedisse ainda mais de fazê-lo era o fato de que não queriam lhe proporcionar a satisfação de poder dizer que não se surpreendia de eu me meter com judeus enquanto vivia com elas. Ele sempre tinha advertido minha mãe acerca da influência destrutiva da família dela. Era por culpa dela que eu me encontrava em Viena e não, como ele gostaria, em Graz, a capital da Estíria.

Há um preconceito amplamente difundido que nos leva a crer que, diante de uma mudança completa em sua vida, uma pessoa também precisa, necessariamente, mudar suas ideias. Mas isso nem sempre corresponde à verdade. A vida de uma pessoa pode ser transformada a ponto de tornar-se diametralmente oposta às suas próprias ideias e, ainda assim, essas ideias podem permanecer inalteradas. Durante um certo período, elas são como que enviadas para passarem férias em algum lugar.

Minha vida transformou-se completamente, mas eu continuava a não gostar dos judeus. Porém, agora, eu vivia em meio a eles, pois a maior parte dos amigos de Minka eram judeus. Um deles, um sujeito monstruosamente gordo, mas também extraordinariamente inteligente e divertido, um jornalista de Praga chamado Poldi Singer, que vinha com regularidade a Viena para escrever críticas de teatro, me deu a senha. Tínhamos encontrado um ator muito conhecido — que não era judeu — e que tinha tratado Singer com extrema cordialidade. Enojado, Poldi Singer voltou-se para mim e disse: "Minha mãe sempre me ensinou: mais do que com os antissemitas, meu filho, tome cuidado com os góim que fingem que amam os judeus".

Ela tinha razão, pensei eu, e gargalhei. Pois não gostar dos judeus não era uma ideia que pudesse ser trocada por outra melhor. Era uma forma de reação inata e natural diante de uma outra raça, mas não nos impedia de também gostar dessa raça, de uma certa maneira. Eu gostava enormemente de Minka e, se ela não fosse judia, teria me apaixonado loucamente por ela e, aos meus dezenove anos de idade (suponho que ela teria achado muita graça nisso), teria, de imediato, a pedido em casamento. Porém, mesmo quando despertávamos, eu em seus braços e ela nos meus, depois de termos dormido a noite inteira, havia um tabu que controlava meus sentimentos e, curiosamente, assim tudo se tornava ainda mais excitante, livre, leve, isento de sentimentalismo.

Eu me sentia livre de qualquer obrigação diante de Minka. Assim como ela dissera, sem qualquer constrangimento, que gostava de me ter perto dela, eu também admiti que gostava de estar com ela. Assim como provavelmente ela não me tomava por um amante sério, eu também não precisava tomá-la a sério como possível companheira de vida. Tínhamos prazer um com o outro, nos divertíamos, eu era o brinquedo dela e ela era minha professora, e tudo era despreocupado e simpático e livre de complicações, ela podia me chamar e me expulsar quando bem entendesse, e eu podia ir e vir sempre que tivesse vontade. Eu não lhe fazia perguntas e ela era capaz de me contar tudo, e vice--versa, e nós dois ríamos de nossas aventuras e de nossos azares, compartilhávamos nossos prazeres, nosso dinheiro e nossas dificuldades. Suas amigas eram atraentes e de uma ociosidade encantadora. Não sou capaz de me lembrar de nenhuma outra época em minha vida na qual tenha me divertido tanto e na qual tenha experimentado tanto prazer. Minka era muito estimada em determinados círculos sociais vienenses, era a soberana de um pequeno reino que, durante certo tempo, significou meu universo, e eu fazia as vezes de pajem.

O dia começava com seu banho e com sua toalete matinal, para a qual — se já não tivesse passado a noite em sua casa — eu costumava ir a seu apartamento, para lhe prestar meus serviços. Ela era exigente e impaciente, e logo eu passei a saber tanto a respeito do *boudoir* de uma dama quanto um travesti. Eu conhecia cada tipo de creme para a pele, cada perfume e cada peça íntima. Eu a acompanhava em suas idas à costureira, ao cabeleireiro, ia às compras com ela, e então a acompanhava num breve almoço no Café Rebhuhn, um estabelecimento frequentado regularmente por muitos artistas e intelectuais vienenses com os quais ela tinha amizade. Ela era altamente inteligente e interessava-se, vivamente, por tudo o que acontecia. Ela me levava consigo a museus, a concertos, ao teatro, a coquetéis, jantares e ao Heurigen.* O território regido por sua Alteza abrangia o melhor que a vida vienense dos anos 30 tinha a oferecer em termos de vida intelectual e diversão. Ele se tornou a sede de minha formação cultural.

Graças a Minka tive a sorte de ouvir Karl Kraus, aos dezenove anos de idade, e também a oportunidade de observar seu rosto, transfigurado pelo clarão de seu amor fanático pelo milagre da língua alemã e pelo seu ódio sagrado por todos que a falavam tão mal. Sentava-me à mesa juntamente com ela e com Poldi Singer, com Otto Tressler e com Else Wohlgemut, tomávamos chá na casa dos Thiemig e observávamos Hollitzer pintando. Os amigos de Minka entravam e saíam de seu apartamento como os pássaros na copa de uma árvore frondosa. Havia entre eles um jovem com dons musicais extraordinários, que não era judeu, com quem nós frequentemente insistíamos: "Vamos, Herbert, toque algo para nós no piano!". Anos mais tarde me lembrei que o nome dele era Herbert von Karajan.

---

* Tavernas tipicamente vienenses onde se servem refeições rústicas acompanhadas de vinho verde.

O que me dava o direito de estar em meio a todas essas pessoas famosas e cobertas de mérito, não só uma vez e por acaso, era um talento que Minka descobrira em mim. O fato de eu ter passado minha infância na Bucovina, perto da Galícia, tinha suas consequências. Quando eu flanara pelas ruas de Czernowitz, Suceava, Sadagura, ou também Lwów e Przemisl, estivera sempre de olhos e ouvidos bem abertos. O fato era que eu sabia falar iídiche melhor e conhecia mais sobre os costumes e as formas de comportamento dos assim chamados judeus "poloneses" do que a maior parte dos judeus cultos de Viena e até mesmo de Praga. Eu era um verdadeiro especialista em todas as nuances do dialeto judaico e em todas as formas e maneiras de expressão dos *Ostjuden* quando estes tentavam falar um alemão refinado. E quando alguém contava alguma história judaica — e aquilo tornara-se, àquela época, uma arte, especialmente entre os intelectuais judeus — e o fazia mal, se estivesse faltando qualquer uma dessas nuances, Minka interferia, interrompendo imediatamente: "Vamos, pare com isso! Você está nos entediando! Conte baixinho sua história ao Brommy e ele vai contá-la melhor, mais depressa e mais corretamente do que você".

Se, por algum motivo, Minka não fosse capaz de interromper o mau narrador, trocávamos um olhar breve e eloquente, como quando meus olhos encontravam os olhos de minha mãe, meu pai, minha avó ou minhas tias sempre que alguém que não era "do nosso jeito" cometia algum lapso em suas maneiras ou em sua fala. Quando, por outro lado, algum mestre naquela arte era capaz de contar com perfeição alguma história judaica, Minka me puxava pela manga: "Preste bem atenção, Brommy!". Brommy... Este era o nome de uma existência totalmente diferente, que corria em paralelo à minha existência como filho, neto ou sobrinho, num ambiente bem determinado: assim como o nome guru Malik designava, na

Sociedade Esotérica das minhas tias, uma existência diversa daquela do virtuoso engenheiro Weingruber, que, em sua vida paralela, era um pequeno-burguês, funcionário da fábrica de motores Styria. Certa vez, quando uma de minhas tias atendeu a um chamado telefônico para mim, ela me perguntou, desanimada: "Como é que os seus… amigos chamam você? Brommy? Mas você tem tantos nomes bonitos! Que lamentável falta de gosto!".

Inexplicavelmente, aquilo me deixou furioso. "Por favor cuide da sua própria vida!"

"Como você ousa?", exclamou ela. "Será que já chegamos a tal ponto que meninos da sua idade já podem falar desse jeito com os mais velhos? Você tem apenas dezenove anos de idade. Não se esqueça disso!"

Evidentemente eu não tinha me esquecido. Incomodava-me o fato de eu ter mentido a Minka a esse respeito. Certo dia, aquilo se tornou insuportável para mim. Estávamos justamente conversando a respeito da vida dela, que não era apenas um buquê de flores, de prazeres e de diversões, e ela disse: "É impressionante como você é compreensivo para alguém da sua idade, minha criança".

"Minka", disse eu, "preciso confessar-lhe uma coisa. Eu menti para você." "Você mentiu para mim?", perguntou ela, sorrindo. "Ah, entendo, você finalmente vai admitir que tem mais do que uma pequena gota de sangue judeu, menino?"

"Não", respondi, "infelizmente não. Mas eu tenho só dezenove anos de idade." "Ah, menino", disse ela, "e para mim você disse que já tinha vinte e três anos. Que grande diferença!"

Mas ela contou aquilo a todos os seus amigos, que, dali em diante, passaram a me considerar como uma espécie de menino-prodígio. "Incrível! Ele tem apenas dezenove anos de idade!" Provavelmente eles todos imaginavam que eu fosse judeu e estavam orgulhosos de minha precocidade.

Aquele esplendor, infelizmente, não duraria para sempre. Logo cheguei aos vinte anos e tinha a obrigação de prestar meu serviço militar, na Romênia. Meus dias em Viena acabaram de uma hora para outra e, dali em diante, seriam parte do meu passado. Mas aos vinte anos de idade o presente ainda é o mais forte. Estava feliz por estar de volta à Bucovina.

Para mim a Bucovina fora sempre uma antiga terra da Coroa habsburga. Agora, ocorreu-me que eu não sabia praticamente nada a respeito do país onde nascera, nem a respeito da nação da qual eu era cidadão. Para preencher as lacunas em minha formação, foi contratado um estudante romeno, que passou a me dar aulas de língua, literatura e história romenas. Evidentemente, logo me tornei seu amigo e, por meio dele, também fiz amizade com alguns outros jovens romenos, que perduram até hoje. Graças a eles, descobri a Romênia — um mundo novo e colorido. Apaixonei-me pela história dos três principados romenos: a Moldova (da qual fazia parte a Bucovina), a Muntênia e a Oltênia. Apaixonadamente, eu seguia suas lutas, que se estenderam ao longo de séculos e séculos, contra o domínio estrangeiro de turcos ou de russos, seu florescimento sob os soberanos fanariotas e seu empenho em se unir para formar o Reino da Romênia. A árvore genealógica de minha avó justificava meu recém-descoberto amor por esse país e minha ambição de fazer parte dele, não apenas como membro de sua minoria de língua alemã. Meu primeiro nome de batismo, Arnulf, cedeu diante do meu terceiro, Gregor: o nome de um antepassado da Bessarábia, meio grego, meio russo, que ostentara, orgulhosamente, uma mãe turca e uma mulher romena.

Meu pai observava minhas amizades romenas e minhas tentativas de me ligar genealogicamente a esse país com uma repulsa semelhante àquela que tinha sido manifestada pela velha Marie diante de minha amizade com a "jovem Raubitschek".

Mas, àquela época, justamente graças à jovem Raubitschek, eu adquirira um desejo intenso por independência e, quando meu pai, mais uma vez, declarou que abominava a Bucovina e que já a teria abandonado há muito tempo se não houvesse as caçadas nos Cárpatos, eu lhe respondi, ousado, que correspondia mais ao meu gosto poder olhar livremente para um lindo país com um vasto horizonte do que ficar com o nariz grudado em alguma muralha de pedra, e que a Estíria, especialmente, era um lugar que me desagradava muito, um lugar onde tantos bebês morriam de fome porque confundiam o bócio de suas mães com o seio. Diante disso, meu pai me deu as costas e, por várias semanas, ficou sem falar comigo.

No verão de 1937, voltei a Viena, chamando a mim mesmo de Gregor, com um grande bigode fanariota sob o nariz, cujas pontas, infelizmente, eu não era capaz de manter reviradas, e subi, correndo, a escadaria para abraçar Minka e para informá-la de que estava apaixonado. Infelizmente não se tratava de uma história de amor muito feliz, porque a referida senhora era casada e eu — o que tornava as coisas ainda muito piores — gostava, especialmente, do marido dela. Como de costume, Minka mostrou-se muito compreensiva, consolou-me e me deu boas sugestões. Passamos alguns dias felizes juntos, mas nenhuma noite. Eu tinha passado da idade na qual ainda era possível brincar comigo como com um ursinho de pelúcia e, além disso, dormir na cama de outra mulher, em vez de ficar sozinho morrendo de saudades de minha amada, teria me parecido uma traição. Em breve, eu haveria de encontrá-la em Salzburg, onde ela participaria do Festival. Minka me acompanhou até a estação ferroviária. Enquanto olhava para mim, da plataforma, e eu lhe sorria, junto à janela do vagão, ela percebeu minha excitação alegre. Seus olhos brilhavam com uma ternura mais profunda do que nunca. "Se você fosse esperto, meu menino", disse ela, "você desceria agora deste vagão para nunca mais voltar a ver sua amada."

"O que você quer dizer com isso?"

"Tudo o que você viveu até agora foi bonito, promissor e cheio de esperanças. Agora começam as tristezas." "Não diga tolices. Nós vamos ser muito felizes." "Espero que sim", disse ela. "Eu gosto muito de você, sabe? Muito, muito!"

O trem partiu, eu me deixei cair sobre o meu assento e me reclinei, um tanto atordoado. Será que era possível que Minka me amasse? Não, aquilo era impossível. Mas era uma ideia que me envaidecia. E, com ainda mais orgulho, segui viagem à procura da minha amada.

Era triste, mas no fim das contas Minka tinha razão. Nossa relação tornou-se a cada vez mais complicada, e Salzburg em 1937 estava terrível: inundada de judeus, dos quais os piores eram os refugiados da Alemanha. Apesar das pérolas e dos brilhantes, que, já de manhã, suas mulheres ostentavam, juntamente com seus trajes tradicionais de camponesas austríacas, de suas carteiras recheadas e dos seus pesados automóveis da marca Mercedes Benz, eles se comportavam como se fossem as vítimas de uma perseguição brutal, sentiam-se no direito de acomodar-se, em enxames, no Café Mozart e em falar em sua mistura horrenda de sotaque iídiche e de *Piefkes*, criticar tudo o que viam à sua volta e esperar que tudo o que desejassem estivesse à sua disposição, melhor, mais depressa, mais barato, quando não gratuitamente. Eles tornavam inverossímil tudo aquilo que, por ouvir falar, a gente parecia disposto a acreditar a respeito da crueldade da perseguição aos judeus no recém-criado Reich de Hitler. Além disso, eles falavam com uma arrogância berlinense que os identificava, de maneira constrangedora, com seus perseguidores, e que irritava até o tutano de qualquer um que tivesse um ouvido austríaco. Meu ouvido especialmente bem instruído era capaz de detectar, até nas mais resolutas frases prussianas, o cantarolar semita. Aquele era o arqui-inimigo potencial. Não eram só todos os ensinamentos elementares de meu pai que celebravam sua ressurreição, como também meu sangue turco que se revoltava contra o Povo Eleito. Minha vontade era de matá-los, todos. Sem hesitar, fugi para a Estíria e então segui minha amada de volta para a Romênia. Quando voltei a Viena, em fevereiro de 1938, o caos imperava ali. Minka apanhou-me na estação ferroviária e disse: "Meu pobre menino, você está chegando num momento terrível. Temo que o guru das suas tias tenha razão" — evidentemente eu lhe contara tudo a respeito da Sociedade Esotérica —, "os Weingrubers e Schicklgrubers e os Schweingrubers* logo vão estar governando o mundo".

Ela me contou que a maior parte dos seus amigos, inclusive Bobby, seu fiel amante, já tinha fugido para a Suíça, para a Inglaterra ou para a França. Ou, pelo menos, estava planejando deixar a Áustria, muito embora, em muitos casos, aquilo significasse a ruína econômica.

"Ora, não exagere", disse eu. "Eu vi os pobres emigrantes no verão em Salzburg. Vocês, judeus, logo se exaltam tanto. Do que se trata, afinal?"

"Poldi vai lhe explicar. Vou encontrá-lo à hora do almoço. Se você quiser vir junto, apenas tem que ouvir o que ele tem a contar."

Poldi Singer, o gordo jornalista de Praga, viajava regularmente como crítico de teatro não só para Viena como também para Berlim. Ele tinha emagrecido de maneira espantosa, e já não era mais nem a metade tão engraçado e tão divertido quanto antes. O que me dava nos nervos, sobretudo, era o fato de que, agora, ele se dirigia a mim com um ar de superioridade que me era insuportável, porque mirava, constantemente, as lacunas em minha formação cultural. "Vejo que conspiramos

---

* Schicklgruber era o sobrenome do pai de Hitler, Alois, e *Schwein* significa "porco".

contra o ancestral dos carolíngios", disse ele, ao me cumprimentar, "muito embora essa barba seja tipicamente merovíngia" — e, quando balancei a cabeça sem entender o que queria dizer, ele disse: "Me parece que agora já não mais nos chamamos Arnulf e sim Gregor. Bom, muito bom. Gregório, o Grande, foi conhecido como protetor dos judeus!".

Respondi, secamente, que não era por esse motivo que eu tinha recebido aquele nome e ele, então, prosseguiu: "Muito bem, muito bem, fiquemos então com os carolíngios. Nesse caso, o bispo Agobardo não está longe, e somos levados a pensar em tratados como *De insolentia judaeorum* ou, pior ainda, *De judaicis supersticionibus*, além de alguns libelos de sangue. Pois hoje os espíritos se dividem. Sou obrigado a dizer que existem apenas dois campos: um fora e o outro dentro dos campos de concentração. E ainda que o último seja extremamente desconfortável, é, ainda assim, o único lugar para as pessoas decentes".

"E eu prefiro acabar num deles do que ver Brommy sendo despachado para lá", disse Minka. "Mas conte-nos, agora a sério, como é a situação política. Ele veio da Idade Média, é preciso que você saiba. O pai dele vive lá nos Cárpatos."

Só então me dei conta de que a ironia de Poldi era apenas uma maneira de tentar disfarçar seus terríveis temores. A maior parte do que ele nos contou — sussurrando, olhando temerosamente à sua volta, para ver se não havia ninguém ouvindo — não fazia muito sentido para mim. Logo me dei conta de que, no mapa do meu mundo espiritual, a política era uma mancha em branco. Quanto a mim, ali, de qualquer maneira, eu não fazia parte do jogo. Eu era romeno, súdito de Sua Majestade, o rei Carol II, e tudo o que eu sabia a respeito da política, aliás, tudo o que precisava saber a respeito da política, era que eu era cidadão de uma Monarquia Constitucional e que o Parlamento romeno, que representava meus interesses como cidadão, tinha sua sede em Bucareste, onde os representantes dos partidos dos camponeses, dos liberais e sei lá quantos outros discutiam uns com os outros; todos eles, afinal, nada além de um bando de ladrões e de vigaristas, que tiravam o leite do Estado como se o Estado fosse uma vaca gorda. Evidentemente também havia judeus no país, que eram comunistas e que, por isso mesmo, mereciam ser tratados como eram, ou seja, como espiões e como provocadores russos. Mas, por sorte, havia alguns jovens romenos que, liderados por um certo sr. Cuza — um bom nome, na Romênia, muito embora apenas tivesse sido adotado por esse senhor —, de tempos em tempos surravam todos esses judeus para mantê-los dentro dos limites das coisas e impedi-los de continuar com suas provocações e com sua propaganda comunista. Para mim, com isso, o mundo estava em ordem, e o que acontecia por ali ou na terra dos *Piefkes*, no chamado Reich, não me interessava muito. Evidentemente eu sabia, desde os meus tempos de escola, que na Áustria havia muitos socialistas, os chamados "vermelhos", gente antipática porque queria tornar o mundo inteiro pobre. Mas a Heimwehr os mantinha em xeque. A Heimwehr era uma tropa de defesa que tinha ideias nacionalistas e cuja tarefa era a preservação dos valores éticos da Estíria, do Tirol, da Caríntia, do Vorarlberg e dos demais estados da República da Áustria. Com a ajuda da Heimwehr, o chanceler Dollfuss tinha batido na cabeça dos vermelhos, porém, mais tarde, ele foi assassinado a tiros por um nazista.

Aquilo era típico dos nazistas austríacos. Eles eram brutamontes que explodiam cabines telefônicas e perpetravam outros atos de terrorismo para assustar os judeus. Por esse motivo, ninguém os levava muito a mal. Mas não era possível compará-los aos nazistas alemães, que, afinal, tinham sido capazes de construir um Estado, onde imperavam o direito e a ordem, um Estado de bem-estar social, que precisava ser saudado, muito embora Adolf Hitler não fosse nada além de um proletário horroroso. Enquanto isso, meu pai tinha descoberto com quem ele se parecia: com um criado doméstico vindo da Boêmia a quem, certa vez, minha avó tinha dado emprego, desconsiderando a opinião dele. Como logo ficou comprovado, tratava-se de um ladrão que tinha roubado, dentre outros objetos de valor, as abotoaduras do meu pai e uma faca de caça especialmente bonita. Só gente alheia ao mundo, como os membros da família de minha mãe, seria capaz de deixar-se enganar por um rosto como aquele, disse meu pai. E esse Hitler, aliás, não passava de um traidor, pois, como antigo austríaco, ele empregara o talento político, que indubitavelmente possuía, para colocar-se à disposição dos prussianos, em vez de servir à sua terra natal, a Áustria.

Portanto, a política tinha sido algo que, até então, me parecera muito simples, enquanto aquilo que me era apresentado por Poldi Singer me soava confuso e nada convincente. Se deixássemos de lado a questão judaica, com a qual ele, evidentemente, estava envolvido, os nazistas tinham a vantagem de se oporem aos "vermelhos". Os "vermelhos" eram proletários malvados que queriam acabar com gente como nós. Aquilo tinha sido visto com suficiente clareza na Rússia. Os judeus tinham uma atração fatal pelos "vermelhos", assim como o próprio Poldi Singer, e se Minka, a quem eu não queria desagradar, não estivesse conosco, eu lhe teria dito abertamente que achava certo manter os judeus sob um certo temor, para evitar que se excedessem em sua propaganda em favor dos proletários. Era preciso admitir que os nazistas também eram proletários, mas pelo menos eles tinham ideias saudáveis, como por exemplo a do *Arbeitsdienst** e a das medidas tomadas para fixar os agricultores no campo, evitando o êxodo em direção às cidades. Além disso, eles tinham

---

* O Reichsarbeitsdienst foi uma organização criada na Alemanha nazista em 1935 com o objetivo de mitigar os efeitos do desemprego na economia alemã, militarizar a força de trabalho e introduzir na classe trabalhadora a doutrinação nazista.

construído esplêndidas estradas de rodagem e promulgado decretos exemplares relativos à caça, portanto, era bem compreensível que contassem com tantos simpatizantes, e eu mesmo teria dado preferência a eles. Poldi vituperava também contra a *Landwehr* e, para distraí-lo um pouco, permiti-me contar a ele a piada sobre os integrantes dessa organização, aqueles bebês da Estíria que tinham tido a sorte de não terem morrido de fome por alcançarem com suas bocas o bócio de suas mães em vez do seio. Mas ele não achou graça nenhuma naquilo e Minka até se enfureceu comigo. Ainda assim, Poldi parou com seus sussurros conspiratórios que, de qualquer forma, já haviam se tornado muito entediantes. Para evitar que ele voltasse à carga, sugeri irmos até o Kärntnerbar tomar um uísque. Se era verdade o que Poldi dizia, que agora os alemães realmente queriam conquistar a Áustria, tanto melhor, pois então todos os povos de língua alemã estariam novamente unidos, como no Sacro Império Romano de Carlos, o Grande. Eu tinha a intenção de expressar, oportunamente, minha opinião a Poldi. E, se os judeus tinham medo, bem feito, porque, assim, não só eles deixariam de ser espiões russos e propagadores das ideias comunistas, como também passariam a se comportar melhor nos festivais de Salzburg. E quanto às reações dos franceses, dos ingleses e das demais nações invejosas, eles que se ocupassem com seus próprios assuntos. Em minha opinião, não havia nenhum motivo para dar início a uma guerra só porque os alemães, assim como antes deles os tchecos, os poloneses ou os romenos, desejavam sua unidade nacional. À sua maneira tipicamente judaica, Poldi via tudo aquilo de forma muito exagerada. Mas, em consideração a Minka, eu não lhe disse nada. Minka o amava muito e aquilo a teria magoado. Portanto, fomos ao Kärntnerbar.

Sempre que Minka entrava no Kärntnerbar, era uma festa. Fomos obrigados a ajudá-la a descer com a corda de alpinismo e a voltar a içá-la várias vezes, e Poldi tornou-se de novo tão divertido quanto antes. Às três horas da manhã estávamos, outra vez, no subsolo da Cervejaria Paulaner para comer alguma coisa. Um homem bêbado, à mesa, anunciava, aos berros, que tinha sido oficial da Cavalaria e que fora condecorado com a Medalha de Ouro de Bravura. "Não preciso dizer qual é o meu nome", exclamava ele, fazendo caretas convulsivas como se houvesse moscas andando sem parar sobre a sua pele. "Qualquer aluno de escola primária sabe quem é o herói Von Zaleszczyki!" Uma prostitutazinha tímida, que eu conhecia de meus passeios noturnos pela Kärntnerstrasse, acomodara-se ao seu lado e ele a tratava com uma galanteria incisiva. Mal tínhamos engolido uma colher de nossa sopa de goulash e tomado um gole de cerveja quando um sujeito grandalhão, com a barba por fazer, se postou à nossa frente e gritou, em nossas caras: "Fora, judeus!".

Antes que qualquer um de nós fosse capaz de reagir, o herói Von Zaleszczyki ergueu-se, com sua dignidade rija, e anunciou que se sentia ofendido por ser chamado de judeu, e convidou o cavalheiro a acompanhá-lo, imediatamente, ao banheiro masculino para ali acertar a hora, o lugar e as condições do inevitável duelo. Agarrando-o pela lapela, Poldi o lançou de volta à sua cadeira e o outro murmurou que, de qualquer forma, estava abaixo de sua dignidade duelar com um proletário, voltando-se, muito cavalheiresco, para a prostitutazinha e dizendo-lhe: "Perdão, ó nobre senhora, mas tenho a impressão de já tê-la visto em algum lugar".

"Onde será que ele a viu?", disse Poldi, atenciosamente, para o brutamontes. "Decerto no puteiro." O brutamontes estava parado em pé à nossa frente, cego de tão bêbado. Então ele desabou sobre uma cadeira ao lado da prostitutazinha e ficou ali fitando, com o olhar parado, a mesa de madeira.

"Onde pode ter sido, nobre senhora?", prosseguia o herói Von Zaleszczyki, e a putinha disse, tímida: "Não me chame de 'nobre senhora', eu não sou casada".

"Virgem, portanto", retrucou o herói Von Zaleszczyki, muito cavalheiresco. "Não, escorpião", respondeu ela com uma voz quase inaudível.

Como se aquilo fosse uma senha secreta, o brutamontes ergueu a cabeça, subitamente, e fixou-me com o olhar. "Mas vejam só este filho da puta! Você não se lembra de mim, seu porco?", berrou ele. "Arnulf! Eu sou Oskar. Oskar Koloman."

Então eu o reconheci. Mal podia acreditar nos meus próprios olhos. Era um dos meus colegas de internato na Estíria, só que consideravelmente mais velho do que eu, de uma turma que se formou pouco tempo depois da minha chegada. Eu jamais esperaria que ele fosse se lembrar de mim. "O que é que você está fazendo aqui?", perguntei, sem muita presença de espírito.

Ele então levantou-se, ereto. "Você quer mesmo saber?" E quase caiu sobre a mesa ao tentar me segurar pelo ombro. "Venha comigo até o banheiro. Lá você vai ficar sabendo o que eu estou fazendo aqui."

"Acho que é melhor você acompanhá-lo", sussurrou Minka. "Enquanto isso, o Poldi e eu vamos sumir."

Acompanhei meu colega de escola até o porão. Ele espremeu-se, passando com grosseria por uma fileira de homens que estavam com as costas voltadas para nós, urinando diante do paredão coberto de piche. Quando encontrou um espaço livre, onde era possível nos posicionarmos lado a lado, passou a aliviar-se duplamente: sua história também começou a jorrar de dentro dele. Ele acabara de ser libertado de Kaiersteinbruch, um campo de concentração para nazistas ilegais na Áustria do chanceler Schuschnigg. Meu amigo Koloman, membro de um grupo nazista, tinha explodido uma cabine telefônica em Graz e havia sido apanhado. Passara três anos no campo.

"Por causa de uma ninharia assim", berrava ele na minha cara e tentava, tão bem quanto era capaz com seus dedos grossos, mostrar quão minúscula era aquela ninharia. "Por causa de uma coisinha à toa assim fui obrigado a passar semanas a fio limpando as privadas! Você sabe o que significa isso, Arnulf? Alguém de vocês sabe o que é isso, um campo de concentração?"

Eu me senti tentado a lhe dizer que os judeus da Alemanha sabiam muito bem o que era um campo de concentração, mas, sabiamente, me contive. Ele esmurrava a parede coberta de piche. "E eles nos deixaram na mão, os nossos irmãos no Reich! Eles nos deixaram agachados na merda, enquanto eles mesmos se tornaram grandes e poderosos. Hoje fomos libertados, depois de três anos — três anos que nos quebraram as costas, que nos privaram de toda a nossa coragem. E agora eles vêm e tomam o poder aqui também, aqueles cachorros!" Ele encostou a testa na parede coberta de piche e pôs-se a soluçar amargamente. Koloman no Muro das Lamentações. Eu o deixei sozinho ali e fui para casa.

Assim, então, era a Áustria. Estava decepcionado. Imaginava que minha volta seria diferente. Minka também tinha mudado, insuportavelmente tomada pelo pânico que vigia entre os judeus. Eu sentia que o efeito que pretendia causar com a minha volta como adulto me havia sido roubado. Afinal de contas, então eu já tinha quase vinte e quatro anos de idade. Eu... eu esperava outro tipo de recepção. Mas o tempo não me era favorável.

Voltei a fugir para as montanhas da Estíria, para esquiar por umas duas semanas. De qualquer maneira, não me restava nada a fazer a não ser esperar. A mulher que eu ainda amava estava tentando separar-se do marido. Tínhamos marcado um encontro em Viena para o dia 11 de março. Cheguei na véspera e, em vez de me hospedar na casa de minha avó, fui para um hotel. Da janela do meu quarto olhei para a rua e me senti como se estivesse num hospício. O que se passava ali era como uma revolução organizada segundo as leis do trânsito. De um dos lados da Kärntnerstrasse passeava gente com cruzes gamadas presas às casas dos botões, ou até em braçadeiras vermelhas, gritando: "Heil!" e fazendo caretas hostis para os que andavam do outro lado da rua, onde, sob os olhos vigilantes dos gordos policiais vienenses, com seus longos casacos verde-garrafa, jovens operários, dentre os quais muitos judeus, mostravam seus punhos aos nazistas e gritavam: "Front vermelho!". Tentei telefonar para Minka, mas não consegui encontrá-la. Ela estava na casa de parentes em Mödling e os ajudava a se arrumar para sua viagem, segundo me contou alguém no Café Rebhuhn. Eles estavam se preparando para a emigração. Lembrei dos emigrantes em Salzburg. Naquela altura os pobres coitados haveriam de estar em Monte Carlo.

Fui à casa de minha avó, onde encontrei um telegrama da minha amada. Ela também já tinha chegado a Viena e queria me encontrar na noite seguinte, às dez horas, no seu apartamento no Opernring. "Mais detalhes por telefone."

Como eu não tinha escrito a ela para avisar que ficaria hospedado no hotel, passei o dia seguinte inteiro na casa da minha avó, à espera do telefonema que me informaria sobre a situação. Evidentemente me ocorriam os pensamentos mais impossíveis à medida que passava o tempo. Um telegrama com um horário marcado com tanta precisão, evidentemente só poderia significar que algo tinha dado errado. Esperei, muito inquieto. Mas o telefone permaneceu mudo. Em algum canto da casa, a velha Marie andava para lá e para cá como um caranguejo, mais trêmula do que nunca.

Quando deixei o apartamento da minha avó, às quinze para as dez, as ruas estavam estranhamente vazias e escuras. No caminho da Florianigasse até o Burgtheater, e de lá até o Ballhausplatz, passei pela colunata do Parlamento, uma das obras-primas discretas de meu avô. Diante do Parlamento vi-me, subitamente, em meio a uma assustadora procissão. Marchando em blocos que se mantinham unidos como se fossem uma só peça, em sua disciplina de ferro fundido, iam dezenas de milhares de homens, em completo silêncio. Não havia uma única mulher à vista. Só o que se ouvia eram as batidas surdas e ritmadas dos seus pés. Sobre o silêncio que se abatera sobre Viena pairava algo como um lento e sinistro grito, uma espécie de reação peristáltica a esse silêncio, mas contida, cheia de sinuosidades, como uma serpente. A procissão parecia vir de algum lugar nos bairros mais afastados — era possível vê-la chegando bem ao longe, na Alsterstrasse —, depois circundava o Parlamento e seguia, em arco, em direção à Ópera — de qualquer forma, um rugido palpitante que vinha daquele lado fazia supor que estivesse passando diante da Ópera também. Marchas de protesto e manifestações nunca foram uma raridade em Viena. Na maioria das vezes, eram lideradas por uma delegação de condutores de bondes urbanos e protestavam contra isto e contra aquilo: contra o desemprego ou contra o aumento nos preços do leite ou dos pãezinhos, ou contra a poluição das águas das fontes nas montanhas. Mas aquilo era outra coisa. Tinha um caráter assustador, fatal, definitivo. Tentei cruzar aquelas fileiras para chegar ao outro lado da rua, mas não consegui. Perguntei a dois ou três homens o que estava acontecendo: "Por favor, contra o que é esta manifestação?". Mas nenhum deles me respondeu. Aquilo me deixou muito nervoso. Eu temia chegar atrasado ao meu encontro, que, para mim, era mais importante e mais decisivo do que a política austríaca. Portanto, coloquei-me na última fileira de um dos blocos e passei a marchar também, mas logo fui expulso. Tentei a sorte no bloco seguinte. Perfis férreos. Ninguém sequer se dignava a me lançar um olhar de soslaio. "Por que diabos vocês estão marchando?", indaguei a um dos homens que ia ao meu lado. "Pelo *Anschluss*", latiu ele, de volta, de perfil.

Então eu estava no lugar certo, era exatamente isso o que eu estava procurando: *Anschluss.** Queria ligar-me aos camisas

---

* *Anschluss* significa, literalmente, "ligação", embora o termo tenha se tornado sinônimo da anexação da Áustria pela Alemanha de Hitler em 1938. Há aqui um jogo de palavras, pois o termo também pode referir-se à ligação entre pessoas.

pretas e com eles seguir até a Ópera, para chegar à casa de minha amada. Mas eles não me permitiam. Bloco após bloco, eles me expulsavam depois de uns poucos passos. Ainda assim, eu tinha avançado suficientemente para poder ver toda a altura da torre do Parlamento. Alguns dos perfis tinham se voltado para ela e a olhavam com olhos luminosos. Eu sabia que seu topo estava coroado com um cavaleiro com todas as armas, do qual eu gostava muito e que, desde a infância, estava em meu coração, porque correspondia à imagem ideal que eu tinha de mim mesmo. Esperançoso, eu olhava para ele. Uma colossal bandeira vermelha adejava abaixo dos seus pés. No centro de um círculo branco tremulava uma cruz gamada preta, inclinada.

Portanto, acontecera: a Áustria anexara-se ao Reich. Aquilo não foi uma surpresa. Havia semanas que não se falava de outra coisa. Mas como é que os camisas pretas que marchavam em blocos sabiam que aconteceria naquela noite? Como é que cada um deles sabia exatamente o seu lugar nas fileiras dos blocos? É certo que tinham sido treinados por meses a fio, por anos a fio. Onde tinha acontecido esse treinamento? Nos subterrâneos, obviamente: os nazistas, até o dia da libertação de Oskar Koloman de Kaisersteinbruch, tinham sido um movimento clandestino. Evidentemente todos sabiam de sua existência, a maior parte deles — com exceção dos judeus e dos vermelhos, é claro — com secreta simpatia, ou mesmo com simpatia aberta. Todos os bons austríacos eram favoráveis ao *Anschluss*. Porém, que a aprovação popular tivesse chegado a ponto de lhes proporcionar uma oportunidade para realizar aquela parada, por meio da qual sua ascensão da clandestinidade para a superfície era comemorada, foi algo que me surpreendeu muito. E, ainda assim, aquilo acontecera, não havia dúvidas. Eles eram tão fabulosamente disciplinados que nem mesmo era possível, para mim, acompanhar as últimas fileiras de sua muda parada. E tampouco era possível vislumbrar o final dessas fileiras. Toda a população de Viena, pelo menos a população masculina de Viena, marchava ali, em obtuso silêncio, com os perfis paralisados voltados para a frente, ao longo do Ring.

Senti-me, subitamente, rejeitado. O que significava aquilo?! Afinal, eu era um austríaco nato tanto quanto eles, que tinha vindo ao mundo sob a égide da águia de duas cabeças. Ainda que eu tivesse me tornado cidadão romeno, parecia-me injusto que me negassem um lugar em suas fileiras, como se eu fosse um vermelho ou um judeu. Do ponto de vista político, minhas posições não diferiam muito das deles. Eu estava de acordo com o *Anschluss* ainda que não gostasse dos *Piefkes*. Eles provavelmente tampouco gostavam dos *Piefkes*, pois Oskar Koloman já tinha expressado sua decepção para com eles. Seja como for, a unidade do Reich tinha sido restabelecida. O sonho de um século tinha, finalmente, se realizado. Aliás, uma mudança política seria capaz de mudar muita coisa e talvez até mesmo de influenciar a decisão de minha amada. Se ela se divorciasse do marido, muito embora, infelizmente, eu gostasse dele, nós poderíamos nos casar. Era estranho. Apesar da escuridão e do silêncio, pairava no ar algo que se parecia a uma promessa, uma promessa louca: todas as esperanças pareciam ter chances de se concretizarem, de uma maneira até sinistra. Não havia dúvidas de que ali se passava algo de muito importante. Aquela manifestação não era simplesmente um protesto contra o fato de que os croissants em Viena tinham se tornado um centímetro menores ou contra alguma outra coisa desse tipo: o silêncio, cortado apenas pelos passos ritmados, significava o alvorecer de uma nova era — e aquilo, pelo menos, serviria como desculpa para meu nervosismo quando, finalmente, eu me encontrasse cara a cara com a minha amada. E era também algo que serviria como desculpa para o nervosismo dela, se ela tivesse que me dar alguma má notícia.

Portanto, marchei tão longe quanto pude junto a diferentes blocos, mantendo o passo firme, para evitar que os perfis enfileirados percebessem que eu não era um deles. Era como se estivesse sendo levado por uma esteira rolante que sempre voltava a me empurrar para fora enquanto eu voltava sempre, teimosamente, a me enfiar entre seus membros. Mas, por fim, cheguei, dessa forma, ao Opernring e subi correndo as escadarias do prédio em cujo interior eu sabia que se encontrava minha amada. E lá estava ela, finalmente, e nós dois nos pusemos a rir histericamente: "Você esperava por algo assim? Que grande encenação para comemorar nosso reencontro!".

Mas aquilo se tornou, na verdade, nossa despedida. Em meio a muito drama sentimental e a muitas lágrimas, ela me confessou que jamais se separaria daquele homem a quem nós dois estimávamos tanto, apesar de seu grande amor por mim. Ela estava casada com ele havia tempo demais, era uma história já muito antiga, que já começara com o noivado, tratava-se de um casamento arranjado, apoiado pelos pais de ambos, fora inútil ela logo ter percebido que não queria se casar com ele, quando ela quisera lhe dizer, ele tinha ido viajar e, enquanto ela esperava pela sua volta, para lhe dizer o que sentia realmente, ele lhe enviara as mais encantadoras cartas de amor... por fim, ela acabou se casando. E ele sempre tinha sido amoroso e generoso e cheio de compreensão por ela, e fabulosamente decente e também respeitado por todos, ela era incapaz de fazer algo assim com ele — e eu compreendia, que mais poderia fazer? Eu compreendia.

Na manhã seguinte, estávamos os dois na janela, olhando para baixo, para o Opernring agora deserto — *lendemain du bal*: a noite tinha transcorrido numa orgia de entusiasmo De tanto baterem com os pés ao ritmo surdo dos passos de sua marcha, os blocos dos camisas pretas tinham acabado por provocar um carnaval. Subitamente, as pessoas começaram a sair de suas casas para as ruas, juntando-se às colunas mudas, dançando à sua volta, em êxtase, em júbilo, acenando bandeiras, abraçando-se mutuamente, chorando, estendendo os braços para os céus como possuídos, saltitando, espumando em delírio. E o silencioso cortejo dos perfis de ferro continuava a bater os pés ritmicamente, seguindo pelo Ring, em direção ao Schwarzenbergplatz e ao Volksgarten.

E agora era manhã, a manhã de um dia radiante, ensolarado, gelado, anormalmente frio para aquela época do ano, ninguém teria coragem de deixar um cão na rua por mais de cinco minutos, tamanho era o frio que fazia. E o vazio. O Opernring estava vazio. Só uma velha, coberta por camadas e camadas de jaquetas, saias, cachecóis e casacões, como uma cebola, supostamente uma florista do mercado, corria, como louca, pela rua deserta, lançando violetas e amores-perfeitos pelo ar e gritando: "Heil! Sieg Heil!...".

A mulher de quem eu tinha que me despedir, muito embora achasse que a amava mais do que a mim mesmo, estava junto a uma janela e eu junto a outra. Eu a olhei e vi seu rosto pálido e feliz, e o espanto vazio com o qual olhava para a florista enlouquecida, e então compreendi que ela não estava tão abatida por minha causa, e sim por causa do vazio gelado e transparente como vidro que se apossara de Viena. Tive uma inspiração súbita. Sem pensar em quão terrível era aquilo que eu estava dizendo, disse a ela: "Eu sei como você está se sentindo".

Ela voltou-se bruscamente para mim e olhou-me de maneira quase hostil.

"Como no dia do seu casamento. Não é assim?"

As lágrimas jorravam dos seus olhos, que permaneciam imóveis.

"Esse casamento era seu destino", disse eu, desajeitado, e então me calei porque era desnecessário dizer qualquer outra coisa.

Eu poderia ter voltado para a Romênia, ou ter ido para qualquer outro lugar. Mas me sentia estranhamente paralisado. Dia após dia eu dizia a mim mesmo que era hora de, por fim, começar a fazer alguma coisa sensata. Já tinha perdido tempo demais, abandonara meus estudos no meio — se é que alguma vez realmente os tinha começado a sério —, os anos que passara na Bucovina, e depois também em Bucareste, tampouco tinham sido exatamente edificantes no sentido de estabelecer uma vida bem-ordenada.

Mas tudo aquilo, agora, me parecia estranhamente longe, aquilo mal parecia ser meu próprio passado.

O tempo tinha mudado estranhamente, como se estivesse paralisado. O ar estava cheio de promessas, mas tudo apontava, de alguma maneira, para o vazio, e até mesmo o entusiasmo dos mais crentes, dos mais exaltados e dos mais fiéis se congelara. Até mesmo a chegada do grande Führer de um Reich agora finalmente reunido tinha sido um ato de inauguração estranhamente malogrado. Acima da cabeça dos milhões que se comprimiam no Heldenplatz, formando uma massa compacta, sua voz trovejava por meio dos alto-falantes como numa tempestade, mas tudo o que ele tentava dizer submergia sob a onda de gritos de "Sieg Heil! Sieg Heil! Sieg Heil!". Portanto, a única coisa que ele foi capaz de gaguejar foi: "Eu... eu... eu... eu estou tão feliz!" — uma comunicação de caráter privado, de interesse secundário, teria dito meu pai. E, ainda assim, aquilo era o começo de uma nova realidade: mais clara, mais aberta, mais dinâmica, mais enérgica — certamente tudo isso. Só que também desprovida de um cerne, abstrata, por assim dizer, sem conteúdo vital. O ar fresco da Estíria tinha chegado até Viena, o ar das geleiras, o ar alpino de Salzburg, do Tirol, do Vorarlberg — certamente, certamente. Mas com ele tinham vindo também os alemães, primeiramente marchando em blocos, que tinham uma rigidez de ferro fundido ainda muito maior, que eram mais silenciosos, que marchavam com muito mais precisão ao ritmo das batidas, e seus perfis sob os capacetes de ferro eram ainda muito mais paralisados e rigidamente voltados para a frente do que os dos camisas pretas da noite do *Anschluss*. E, depois deles, vinham os civis, com suas vozes secas e com seus cabelos curtos, úmidos e penteados, repartidos ao meio por riscas afiadas. O ar fresco da montanha era burocraticamente compreendido, racionado e distribuído.

O que era mais surpreendente entre os irmãos do Reich era sua objetividade diante do Partido Nacional Socialista dos Trabalhadores Alemães (NSDAP) e diante de seu grande Führer, Adolf Hitler. Nem um nem outro lhes eram sagrados. Eles não se abstinham de manifestar suas críticas cheias de desprezo aos grandes líderes do Partido, não se furtavam de contar as piadas mais sujas a respeito do unificador do Grande Reich Alemão, sempre dando a entender, com uma piscadela, que sabiam bem em quem podiam confiar: "Entre nós, rigorosamente!", diziam-se, cobrindo, comicamente, a boca encolhida com a mão. Os austríacos que haviam sido reintegrados ao Reich — agora eles se chamavam oficialmente "residentes da Ostmark" — certamente tinham a impressão de que só a eles cabia se mostrarem entusiasmados. E, durante algumas semanas, eles o fizeram com muita coragem, principalmente minhas tias, que negligenciaram, naqueles dias, suas ligações com os finados e com os ainda não renascidos, para poderem dedicar-se, inteiramente, aos propósitos das associações femininas nacional-socialistas. Elas ostentavam as insígnias do partido em seus trajes montanheses como se fossem condecorações e ordens, e seus olhos faiscavam quando falavam do guru Malik. Pois o sr. Malik não só se tornara chefe de divisão na fábrica de motores da Estíria (que se associou a uma empresa alemã e assim deixou de existir) como também major da SS, uma pessoa extraordinariamente influente, destacavam minhas tias, motivo pelo qual eu faria melhor em me colocar em bons termos com ele, em vez de continuar alegando que, na verdade, ele se chamava Schweingruber e era primo do Schicklgruber. A velha Marie, em cujos olhos senis as runas da vitória das insígnias da SS pareciam o número 44, o vira envergando o uniforme e passou a considerá-lo como um oficial do 44º Regimento de Infantaria, cujos homens ela tinha desejado em sua juventude. A partir daquele dia, ela também reconciliou-se com ele. Só minha avó tinha se retirado, definitivamente, para seus aposentos e não recebia mais ninguém.

Isso era muito estranho porque, afinal, Viena tornara-se totalmente livre de judeus — ainda que, claro, graças aos *Piefkes*, mas o que se podia fazer! No entanto, uns brutamontes a tinham insultado numa manhã de domingo, quando ela estava voltando da missa e se deteve para observar um grupo de judeus que ainda não tinham emigrado e estavam sendo obrigados a apagar pichações com exortações à luta, da Heimwehr de Schuschnigg, das paredes de um edifício. Entre eles, encontrava-se um médico que, muitos anos antes, tinha tratado, com muita delicadeza e com muito sucesso, de uma inflamação muito dolorosa no ouvido médio de uma de minhas tias. Minha avó tentou persuadir o homem que vigiava aqueles que estavam sendo humilhados daquela maneira de que aquilo já estava indo longe demais, pois, diante de judeus cultos, cabia portar-se como gente culta. E quando os rapazes da SA começaram a rir na cara dela, ela os atacou com seu guarda-chuva. Um golpe no peito a derrubou e, em seguida, um policial a deteve e a levou para a delegacia. Apenas a interferência do major Malik a salvou de maiores dificuldades.

Quanto a Minka, ela estava desesperada. Evidentemente eu a encontrei logo depois de me despedir de minha amada. Passamos juntos pelos grandes acontecimentos, como a chegada dos alemães e do Führer a Viena. Também passamos juntos a noite na qual a notícia do *Anschluss* foi divulgada, solenemente, pelo rádio. Quando ouvimos pela primeira vez o hino da Alemanha, "*Deutschland, Deutschland, über alles*", ela se pôs a chorar.

"Ouça, querida", disse eu, "as coisas não vão ficar tão ruins assim para vocês. Afinal, ainda há pessoas razoáveis em número suficiente, que serão capazes de evitar o pior. Isto que estamos vendo agora é só uma erupção de um antigo ódio, que vocês conhecem, mas você não precisa se preocupar, eles vão se acalmar. Acho que a única coisa que eles querem é, efetivamente, estabelecer a ordem e a disciplina." Furiosa, ela gritou comigo: "Você não está ouvindo, seu idiota, o que eles estão tocando? É o antigo hino da Áustria Imperial, o '*Gott erhalte*', composto pelo nosso Haydn, do qual eles se apropriaram, traiçoeiramente, para usá-lo como marcha para a mania de grandeza da sua imunda Grande Alemanha".

Ela disse "traiçoeiramente", me pareceu, sem se dar conta e sem pensar como esse termo era perigoso. Por alguns dias ela me deixou pensativo. Estava certa. O que se passava ali à nossa volta era um gigantesco ato de traição — mas o que exatamente estava sendo traído? Já se tinha a impressão de que a grande confiança e o grande entusiasmo com os quais esse *Anschluss* tinha sido desejado e, então, saudado, quando efetivamente ocorreu, eram atos de traição. A fidelidade foi traída, pensei. Por exemplo, a fidelidade ao antigo Império. Este novo Reich tinha tão pouco a ver com o meu sonho do Sacro Império Romano-Germânico quanto com a gloriosa Dupla Monarquia dos Habsburgo. Mas logo me cansei de pensar a respeito desse assunto. Afinal de contas, eu era romeno e, ainda que fosse austríaco, dificilmente teria sido capaz de impedir a marcha daquele desastre, que todos os outros austríacos tinham saudado de maneira tão intempestiva. Minka e todos os nossos amigos, assim como todos os judeus, me causavam uma pena sincera, mas aquilo acontecera como acontecera, e cada qual tinha que pagar por algo com que talvez já não tivesse mais nada a ver. O melhor que eu tinha a fazer por todas essas pobres pessoas era aproveitar minhas relações na SS no caso de elas se envolverem em dificuldades sérias.

Pois o major Malik não era o único fio que eu tinha à minha disposição para contatar a corporação negra de Hitler. Um belo dia, reencontrei meu antigo amigo de escola, Oskar Koloman, que, dessa vez, estava muito bem-arrumado e causava uma boa impressão em seu uniforme negro com debruns prateados. Até onde eu era capaz de compreender os símbolos hierárquicos que ostentava, ele era mais do que major. "Heil, Arnulf!", disse ele. "Como é possível que eu esteja vendo você trajado de civil? Você não colabora conosco?"

"Eu sou romeno, você sabe."

"Mas isso não significa nada. Você nasceu na Ostmark. Mais cedo ou mais tarde todos os falantes de alemão vão voltar para seu lar nacional, no Reich. Para mim, é bem fácil arranjar as coisas para que você se torne alemão."

"Obrigado, vou pensar a esse respeito."

"Você sabia patinar bastante bem e também não era mau cavaleiro, se bem me lembro. Temos alguns cavalos excelentes, na SS Montada. Se você quiser, pode cavalgar com eles de vez em quando. E o que mais você anda fazendo?"

"Andando para cá e para lá, principalmente. Estou tentando me aproximar de novo da arquitetura, mas ela me aborrece até as lágrimas."

"Aí estamos novamente! Meus estudos também me entediavam. Foi por isso, também, que, para me distrair, explodi uma cabine telefônica. Bem, isso me custou três anos. Mas agora, olhe para mim! Nada mau, não? Você também poderia ter um assim, se quisesse. Mas diga…", ele me observou, desconfiado. "Você não tem contatos com judeus? Da última vez que nos encontramos você tinha ao seu lado uma garota de cabelos pretos — que, portanto, não me parecia ariana."

"Ah, ela é turca", disse eu, rindo.

"Ah, turca, entendo." Ele riu, também. "Claro, uma judia não é um judeu, e uma turca, menos ainda. Entendo, seu porco. Agora deixe de ser tolo e venha cavalgar conosco. O resto, vamos arranjar."

Fui. De fato, eles tinham alguns cavalos excelentes, especialmente um puro-sangue que antes pertencera aos Rothschild, um animal esplêndido. E os cavaleiros da SS também eram muito bons, ainda que fossem uns *Piefkes* pavorosos. Eles batiam os calcanhares com estardalhaço, apressavam-se em estender um braço sob o nariz e berravam: "Heil Hitler!" sempre que me viam. Aquilo era tão ridículo que, às vezes, surgia em mim a suspeita de que eles não tomavam a si mesmos com seriedade demais, mas se esforçavam em fazer parecer sério aquilo que faziam. Quando observados mais de perto, eles se mostravam pessoas bastante inofensivas, felizes em seus uniformes e em seu sentimento de que eram muito importantes.

Para evitar perguntas incômodas e talvez, também, para dar-se ares importantes ao meu lado, Oskar lhes contara que eu era um agente secreto com uma incumbência especial na Romênia. Não fiz nada para dissipar essa lenda, e era sempre tratado com um respeito mítico, como se fosse alguém que possibilitaria ao Führer em breve unir a Transilvânia à Estíria. E podia contar com a discrição de Oskar no que dizia respeito a esse assunto. Numa hora de fraqueza, ele me confessara que seu grupo, formado por velhos nazistas austríacos do movimento clandestino, tinha sido enganado pela gente do Reich e que ele e seus amigos não tinham sido, em absoluto, favoráveis ao *Anschluss*, e sim a uma Áustria nazista separada, sob a liderança do seu próprio Führer, o dr. Rintelen, e que tampouco tinham desistido completamente desse plano. Quando, no dia seguinte, ele se deu conta do poder sobre si mesmo que me outorgara dessa maneira, tentou me fazer jurar que eu jamais trairia seu segredo. Eu o peguei pelo braço e, em tom de inquebrantável fidelidade e amizade, disse, em alto e bom som: "Oskar, eu penso que nós somos fiéis um ao outro há tempo suficiente e que nossa fidelidade já passou por todos os tipos de provações para que não seja necessário falar sobre a confiança que temos um no outro!".

"Arnulf", disse ele, de maneira igualmente sonora, "eu sempre soube que você é uma excelente pessoa, ainda que...", e ele riu, "às vezes você seja visto em companhia de turcos um pouco mais frequentemente do que seria desejável. Aliás, eu gostaria de conhecer sua amiga turca, ela me agradou bastante. Claro que só se você não se importar, porcalhão!"

Contei a Minka sobre esse desejo. Ela só precisava olhar para Oskar com um ar amigável e ele, imediatamente, a declararia como ariana honorária. "Eu estou cagando e andando para todos os arianos!", respondeu ela, de mau humor. "Já não suporto mais olhar para eles. Quanto antes eu receber meu visto de entrada para a Inglaterra, melhor. Tenho que ir embora daqui. Eu sei que isso vai me partir o coração, mas eu simplesmente preciso ir embora daqui." Assim como muitos dos nossos amigos, ela estava à espera de um visto britânico, o que não era fácil de conseguir porque os ingleses apenas os concediam a pessoas que estivessem dispostas a trabalhar como empregados domésticos. Um rapaz esperto, evidentemente judeu, tivera a ideia de abrir uma escola de mordomos na Praterstrasse. Havia muitos interessados, e nós fomos até lá para ver como intelectuais judeus, que costumavam passar a vida inteira nos cafés, e corretores da Bolsa de Valores aprendiam a servir lordes em estilo conveniente. Rimos convulsivamente ao ver velhos banqueiros que limpavam pratarias com as cinturas envoltas por aventais, equilibravam em seus braços bandejas pesadamente carregadas e enchiam decantadores com o conteúdo de garrafas de vinho tinto. Meu talento especial para parodiar os judeus me levou a inventar um número no qual um lorde escocês, que fora informado, por meio dos jornais, sobre o trágico destino dos judeus de Viena, resolveu despedir todos os maravilhosos criados que herdara de seus antepassados, gente proveniente dos Highlands escoceses, que exalava perfume de lavandas, substituindo-os pelo dr. Pisko-Bettelheim, por Jacques Pallinker, Yehudo Nagoschiner e por outros judeus vienenses. O apartamento sempre tão hospitaleiro de Minka tornara-se um ponto de encontro para aqueles poucos judeus que ainda permaneciam em Viena, assim como para uns poucos arianos que, como eu, eram infiéis às próprias convicções. Diante deles, apresentei aquele número. Poldi Singer, no papel do velho Nagoschiner, que, como mordomo-chefe, apresentava a seu lorde palavras da sabedoria judaica enquanto lhe servia o chá, recebeu aplausos intempestivos. Aquilo era, sem dúvida, humor negro, pois a situação da maior parte dos judeus era sombria, eles tinham sido privados das muitas possibilidades de ganhar dinheiro em quantidades maciças, como antes, e estavam, de um modo geral, assustados. Mas, naquela comunidade de moradores das catacumbas que se criara em torno de Minka, imperava um senso de humor desesperado e o tom geral era espirituoso, engraçado e mercurial, ainda que o humor, evidentemente, fosse negro. Nunca vou esquecer o riso que um jovem homossexual provocou quando contou que, um dia, estando num banheiro público, viu-se ao lado de um gigantesco homem da SS alemã, que olhou para ele, de suas alturas, e disse: "Você é judeu, não é?". Só lhe restou assentir, muito assustado. E o homem da SS assentiu, também: "Então venha cá me dar um beijo!...".

Durante aquele verão e aquele outono de 1938, a maior parte dos judeus que eu conhecia seguiu, um depois do outro, para o estrangeiro ou simplesmente desapareceu — alguns deles foram presos, voltaram, depois de um tempo maior ou menor, contando histórias arrepiantes a respeito de audiências na Rossauerlände,* outros simplesmente sumiram e nunca viemos a saber se tinham sido presos ou despachados para algum dos muitos campos de concentração ou se, no último instante, tinham sido capazes de fugir. Às vezes eu tentava compreender o que realmente estava se passando à minha volta e o que estava se passando comigo. O tempo estava esplêndido, de maneira quase ininterrupta, o mundo parecia ter recebido uma nova camada de tinta, mas tudo aquilo era tão estranhamente abstrato, tão desconexo, que era como se a vida estivesse transcorrendo num vácuo ou numa espécie de devaneio: eu não tinha como escapar das ideias a respeito do limbo onde residiam as almas dos mortos ainda não renascidas com as quais o guru Malik costumava relacionar-se. Algo da anunciada desmaterialização do mundo parecia ter se constelado, mas, infelizmente, o estágio superior de espiritualização e de união com Deus ainda não tinha sido alcançado. Às vezes eu pensava em minha casa e em meu pai, mas essa minha casa também já me parecia estranhamente distante e irreal, como se a Bucovina fosse na Lua, se é que realmente existia. Quando eu imaginava que meu pai estava me vendo ali, em meio a todas aquelas coloridas figuras judaicas, num acordo já quase conspiratório com elas, numa espécie de comunidade clandestina e infringindo, já quase que pela força do hábito, todas as regras que, antes, em tempos melhores, eram parte dos meus ideais mais sagrados, eu me apanhava na mesma disposição de espírito desprezível, sarcástica e hostil que considerava cínica

---

* A delegacia de polícia e prisão da Rossauerlände era um lugar onde judeus eram aprisionados e interrogados e, mais tarde, também deportados para os campos de concentração e extermínio.

e tipicamente judaica. Mas, para meu grande espanto, eu sabia que meu pai não teria me desprezado por isso. Eu tinha certeza de que até mesmo o ódio que ele tinha pelos judeus teria se distanciado daquilo que se passava por ali; teria parado no instante em que começara a se tornar antiestético.

Ainda assim, aquilo que eu estava fazendo era, por assim dizer, um verdadeiro pecado capital, pois se tratava de um pecado contra o espírito. Certa vez, quando Poldi Singer falava, no tom muito sério de um profundo conhecedor, a respeito do núcleo místico do nazismo, que era o do sonho indestrutível do Sacro Império, eu o ouvi dizer, para meu grande espanto: "E o que seria isto senão uma ideia originalmente judaica — uma ideia messiânica" — e, diante dessas palavras, fui tomado por aquele desejo sombrio e proibido que, na infância, eu sentira ao pensar em traição. Imaginei que compreendia o que se passava com os demoníacos carrascos dos judeus trajados com os uniformes negros da SS quando eles viviam o seu sadismo frio e certamente nada erótico: eles sentiam o prazer do afastamento de Deus. Eles se sentiam como anjos caídos. Às vezes insinuava-se, em mim, a tentação de fazer algo monstruoso, de acabar com aqueles encontros de judeus na casa de Minka, que já tinham se tornado quase secretos, de entregar todos eles à faca.

Mas, talvez, ainda mais monstruoso era o fato de eu não fazer aquilo, de eu não fazer nada, nem por eles, nem contra eles, de eu simplesmente observar o que acontecia como se, fatalmente, tivesse que ser daquela forma. Certamente, era terrível, era preciso admitir. Mas assim é o mundo. Nem todas as pessoas são boas, algumas são brutais, outras são ciumentas, outras são coléricas ou misóginas e, afinal de contas, as vítimas nem sempre eram as ovelhas mais imaculadas. Certa noite apresentou-se, no aconchego das catacumbas de Minka, um antigo advogado que se pôs a relatar histórias arrepiantes a respeito do tratamento que era dispensado pela SS àqueles que eram capturados. Quando lhe perguntaram se aquilo acontecera na infame Rossauerlände, ele disse, com sua voz de gralha, muito orgulhoso: "Mas, senhores, o que é isso? Eu não fui preso porque sou judeu. Eu sou um criminoso!".

Justamente porque o mundo não era constituído apenas por figuras luminosas, apesar das promessas de potencialização do planeta formuladas pelo major Malik-Weingruber, era preciso mantê-lo sob ordem rigorosa — assim, pelo menos, argumentavam os nazistas. E é preciso admitir que eles eram capazes de estabelecer a ordem. Naquele verão, fui passar uns dias em Salzburg e a cidade parecia ter acabado de ser varrida, não havia vivalma na rua, o Café Mozart estava deserto. Viena também estava como se tivesse sido varrida, reluzente e abandonada. Oskar Koloman se queixava de que até mesmo o vinho verde parecia ter perdido o gosto. Cavalgávamos um ao lado do outro pelo Prater deserto. Certo dia ele me perguntou, num acesso de reflexão: "Você se lembra da biblioteca da nossa escola? Ali havia um livro cujo título era *Die Stadt ohne Juden*.* Evidentemente eu nunca li esse livro — será que você o leu? Seja como for, é assim que Viena me parece agora. Virou uma cidade — como poderia dizer? — tão sem sal. Não há mais ninguém que se possa odiar".

Naqueles dias, havia um jovem que frequentava muito a casa de Minka. Era um rapaz de talento musical extraordinário, embora não se tratasse de Herbert von Karajan, e sim de um judeuzinho cujo nome era Walter Heilbronner, que tinha por mim uma simpatia incomum. Ele era inteligente, divertido, muito culto — mas assim era a maior parte dos amigos

---

* *A cidade sem judeus*, do escritor judeu austríaco Hugo Bettauer. Publicado em 1924, constitui-se de uma descrição imaginária do que seria Viena sem a comunidade judaica, que representava, à época, cerca de 11% da sua população. É um retrato desolador de uma cidade sem vida, sem gosto e sem cultura.

de Minka. Apesar de todo seu senso de humor, Walter tinha também uma tristeza que me aproximava dele. Tocava piano de maneira encantadora e, com sua disposição de espírito intimista e poética, prometia tornar-se um grande artista — "um Schubert judeu", disse Poldi Singer. Minka o colocara debaixo das suas asas, assim como fizera comigo em épocas mais felizes. Mas o que me comovia nele era sua confiança incondicional em mim — talvez, em meu tempo, eu comovera, exatamente dessa mesma forma, o amante fixo de Minka, Bobby. Era como se, espiritualmente, ele se sentasse em meu colo e se revirasse ali, feliz como um cãozinho. Como tinha parentes nos Estados Unidos, obteve, com certa facilidade, um visto americano e estava se preparando para a emigração. Resolvemos organizar-lhe uma festa de despedida.

Escolhemos uma taverna afastada, mantida por viticultores, atrás do Kobenzl, que só era conhecida por uns poucos iniciados, todos eles dignos de confiança. A taverna tinha o bonito nome de Häusl am Roan, ou seja, casebre no Roan. Tínhamos convidado só os amigos mais íntimos, ao todo pouco mais de uma dúzia de pessoas, dentre as quais algumas garotas muito atraentes. Um carro, que um de nós ainda possuía, nos levou até lá, em duas viagens. Estávamos despreocupados e de bom humor, como nos bons tempos. Walter tocava ao piano típicas canções de taverna vienenses, Poldi representava o papel do mordomo Yahudo Nagoschiner, enquanto eu servia frango assado temperado com pérolas da sabedoria judaica. Aos nossos pés, para além das videiras e das encostas, que cheiravam a feno recém-cortado, brilhavam as luzes de Viena.

Senti um calafrio na medula quando uma voz que me era bem conhecida irrompeu em meio àquele idílio: "Ah! Então finalmente peguei você em flagrante, seu canalha!".

Junto à porta aberta estava Oskar, com um grupo de homens corpulentos atrás dele. Muito embora estivessem em trajes civis, não havia dúvidas sobre a corporação à qual pertenciam. Meus pobres amigos judeus, alguns em pé, outros sentados, ficaram petrificados. Oskar, e com ele seus silenciosos acompanhantes, aproximou-se de mim. Enquanto andava, ergueu os braços e latiu: "Mas por que interromper a festa? Eu sou um velho colega de escola do Arnulf" — um nome que era desconhecido de todos os presentes, à exceção de Minka e de Poldi Singer —, "e eu queria mostrar a estes meus amigos do Reich como é uma verdadeira taverna vienense".

Era quase incrível, mas era verdade. Ele não tinha vindo para me prender, ou para prender qualquer um de nós. Quando perguntei como ele tinha descoberto o lugar onde eu estava, ele respondeu, rindo ostensivamente: "Meu querido, você já deveria saber: nós sabemos de tudo".

"Vamos, pare de fazer gracinhas. Quem contou a você?"

"Sua avó."

"Minha avó?"

"Sim, aquela bruxa velha com a voz trêmula que atende o telefone."

A velha Marie. Uma luz acendeu-se em mim.

Eu era um tolo. Havia semanas que, todos os dias, eu a avisava exatamente sobre todos os lugares onde estaria, na esperança de que uma chamada telefônica de Bucareste fosse capaz de me dar a boa notícia de que tudo tinha se resolvido da melhor maneira e de que o divórcio era só uma questão de dias.

Eu era mais do que um tolo. Era um caso desesperado de pessoa incapaz de perceber o que se passava à minha volta. E me tornei consciente daquilo da maneira mais incômoda possível no instante em que Oskar me deu uma cotovelada nas costelas e, lançando aos seus amigos um olhar muito eloquente, trovejou: "Você não quer, finalmente, nos apresentar sua linda amiga turca?".

"Ela é minha esposa", respondi. "Estamos comemorando o nosso casamento."

Os senhores do Reich mostraram-se muito contentes com isso, bateram os calcanhares, nos felicitaram, um depois do outro, e quase deslocaram nossos braços ao apertarem nossas mãos, impetuosamente. Um deles tinha um primo em Istambul. Ele se sentou ao lado de Minka, para poder lhe contar mais sobre ele, e Oskar bateu em meu ombro e disse, piscando, com cumplicidade: "Cuidado para não fazer nas calças, Arnulf. Diga ao judeuzinho ao piano para tocar algumas canções de taverna para nós. Porque, na verdade, estamos cagando e andando para os malditos chefões do Reich e para suas leis raciais e para todo o resto. Somos nós quem decidimos quem vamos foder e quem vamos matar".

Fiz um sinal a Walter, para que continuasse a tocar: parecia que quem estava sentado ao piano era a velha Marie, de tanto que ele tremia. Mas, depois de algum tempo, ele se recuperou e passou a tocar com mais paixão do que nunca. Logo, os senhores do Reich já estavam muito bêbados, aquele que tinha um primo em Istambul competia com Oskar em seu flerte com Minka, enquanto os outros dançavam com as belas garotas judias. Por fim, um deles deu um salto malogrado sobre uma mureta de pedra no jardim, tropeçou, caiu e quebrou a perna, como se ela fosse um palito de dentes. Eles tiveram que levá-lo imediatamente ao hospital mais próximo, voltaram a apertar nossas mãos, bateram com os calcanhares e berraram: "Heil Hitler!" e "Longa vida a Kemal Pascha Atatürk!", desaparecendo, então, tão depressa quanto tinham surgido. Oskar, de pé no Mercedes conversível, ainda ficou nos acenando por um bom tempo e gritando: "Até breve!".

"Seu merda!", disse-me Minka. "Não aguento mais você!"

Ela saiu para o vinhedo e se sentou sobre uma pedra. Eu a segui. "Desculpe, Minka. Sei que não sou nada além de um burro irresponsável."

"Não faz mal. Afinal, até que foi divertido. Você reparou no querido pequeno Walter? Ele tocou como se o próprio demônio estivesse atrás da nuca dele."

Ela riu, com sua risada melodiosa e encantadora. "Ainda assim... o que isso significa...", disse ela, respirando profundamente e inclinando-se para trás. Já começava a amanhecer. Em meio à neblina, Viena começava a surgir: primeiro, as pontas das torres, depois a roda-gigante no Prater, as igrejas, os monumentos, os telhados e as ruas. Permaneci agachado, ao lado de Minka, com o braço em torno dos seus ombros, olhando para a cidade lá embaixo, com ela. Um ruído estranho surgiu de sua garganta. Temi que ela estivesse soluçando, mas na verdade estava gargalhando. "Você sabe o que aconteceu com a Friedel Süssmann? Eu contei a você que ela se casou com um marinheiro inglês no Consulado Britânico, um homem a quem ela nunca tinha visto antes, só para conseguir um visto. Quando chegou à Inglaterra, ela foi recebida por alguns senhores muito dignos, trajados de preto, que lhe informaram que o marido dela, infelizmente, caíra do mastro e quebrara o pescoço. Agora ela recebe uma pensão mensal de viúva de algumas libras."

"Ouça, Minka", disse eu. "Afinal de contas, eu sou romeno. Não preciso dizer a você o que isso significaria para os meus pais, e você sabe também que eu amo uma outra mulher... mas se for para ajudá-la, isto é, para que você possa receber um passaporte que lhe permita sair daqui, e desde que nos divorciemos imediatamente depois.... portanto, se quiser, nós podemos nos casar. Mas, mesmo que eu quebre o pescoço, você não vai receber nenhuma pensão."

Aos poucos ela se pôs novamente ereta, olhou para mim com os olhos arregalados, segurou meu rosto com as duas mãos, como tinha feito da primeira vez em que entrei no seu apartamento, e me beijou com muita ternura. "Você sabe, meu amado Brommy, que você é mais importante para mim do que qualquer outra pessoa neste mundo. Eu amo você como se fosse meu irmão. Você é um canalha, isto é sabido, mas gosto de você mesmo assim. Beije-me, uma vez... beije-me com ternura."

Sua boca estava tão linda quanto sempre, e eu a beijei. Sentia por ela mais do que sentia por uma irmã, desde sempre. Naquele instante compreendi que seria capaz de amá-la tão profundamente quanto a mulher que eu perdera, ou até mais ainda, se ela não fosse judia. Ainda assim, senti uma pequena pontada, algo como uma prazerosa dor na consciência, como se estivesse traindo a minha bandeira.

"Bem", disse ela, sóbria. "É isto. Ainda assim, você não precisa temer que eu aceite sua generosa oferta. Pois nunca seria capaz de me casar com você. Independentemente do fato de que isso seria uma ofensa a seus pais e de que você ama outra mulher. Sou dez anos mais velha do que você e não fui feita para o casamento. Mas tampouco é esta a causa. Eu não *quero* me casar com você, se é que entende o que eu quero dizer. Infelizmente você é um gói. Ainda assim, eu gosto de você, gosto até muito."

"Minka, eu... eu..."

"Não diga isso", ela me interrompeu. "Isso já está parecendo o discurso histórico do seu Führer: eu...eu...eu... Vamos ver o que os outros estão fazendo."

Passados alguns dias, ela recebeu seu visto e, dentro de duas semanas, tudo o que ela tinha foi vendido, até a estante de livros entalhada do professor Raubitschek e o gramofone no qual eu tinha ouvido *Stardust* pela primeira vez, ao lado dela. Ela foi para Londres.

Lá eu a reencontrei em 1947. Deus sabe como consegui encontrá-la, de onde eu morava — àquela época, perto de Hamburgo. Seja como for, recebi uma carta dela. Ela escrevia que estava bem, que tinha se casado com um homem que cuidava dela com muito carinho, um professor de filologia e um grande admirador de Karl Kraus — um não judeu, aliás. Eles pretendiam emigrar para a América e seria lindo se ainda pudéssemos nos encontrar antes da sua viagem. Junto com a carta havia uma passagem para Londres e todos os documentos que permitiriam a um ex-romeno apátrida e sem passaporte como eu obter um visto para a Inglaterra.

Seu marido foi me apanhar na estação ferroviária, me observou com atenção discreta e propôs: "Vamos primeiro comer alguma coisa. Ela não sabe que o senhor chegou hoje. Eu não lhe contei nada para não a deixar nervosa".

"Por quê? Ela não está bem de saúde?"

"Ela está sempre em meio a problemas com a bacia. Ao que parece, agora a coluna vertebral também foi atacada por uma espécie de artrose, se não for coisa pior. Ela sofre muitas dores, coitada, e o senhor terá que ter muita paciência com ela."

Eles moravam numa casinha estreita, dividida em três andares, no Cadogan Square. Seu marido abriu a porta para mim, ofereceu-me um drinque e, voltando-se para cima, chamou: "Minka! Você se importaria de descer um instante? Um amigo seu está aqui". Com muita dificuldade ela desceu passo a passo a escada, uma mulher grisalha, encurvada pelas dores horrendas causadas por um câncer ósseo. "Quem é?", perguntou ela, impaciente. E então ela me viu. "Brommy!", exclamou, cobrindo o rosto com as mãos. Seu pobre corpo, torturado pelas dores, foi sacudido por uma convulsão e as lágrimas escorriam por entre os dedos com os quais ela encobria os olhos.

Na véspera de sua partida para a América todos os que tinham sobrado dos nossos velhos amigos vieram para se despedir dela. Eles se espantaram ao me verem ali, como se eu fosse uma criatura de um outro planeta. Eles não paravam de perguntar sobre Viena e sobre a aparência da cidade quando eu a vira pela última vez, e se lembravam de coisas das quais eu já tinha me esquecido havia tempo. "Oskar tinha sobrevivido? O quê?

Ele tinha sido enforcado na Polônia? Coitado. E o guru Malik, a respeito de quem eu sabia contar tantas histórias engraçadas? Não! Ele tinha mesmo sido desmaterializado por uma bomba? Que sorte para ele!" Cada um deles trouxera um presente para mim, coisas de que, à época, eu tinha necessidade urgente, em sua maior parte, roupas usadas. E depois que dei um beijo de despedida em Minka — o último, nós dois sabíamos —, voltei para o meu hotel encardido, carregando duas sacolas cheias de roupas velhas, como um *Handale*, na esperança de poder vendê-las barato, para poder seguir Minka em sua ida aos Estados Unidos. Lá, passados alguns meses, ela morreu.

Pravda

Para Kasmin

Como se tivesse ido parar na ilha dos comedores de lótus, ele parecia ter se esquecido de sua terra-mãe... Onde mesmo ficava? De onde lhe vinha essa ideia de terra-mãe? Aquilo tinha o tom rapsódico das lembranças, mas ele não tinha certeza se aquelas lembranças lhe pertenciam, ainda que, gramaticalmente, soassem como se o fizessem: também suas lembranças não podiam mais ser narradas simplesmente num pretérito imperfeito sussurrante. Para tanto, era necessário recorrer ao "como se", apenas aludido por meio das formas do condicional: os acontecimentos eram consequências de acontecimentos anteriores, as cadeias de motivos remetiam a séculos passados, recuavam até o início dos calendários, mas deixavam tudo em aberto, todas as possibilidades. Só uma coisa era certa: o tempo passara e o que acontecera não tinha se cristalizado numa forma visível. A memória, porém, de certo modo, escorrera por entre os dedos. Passara-se muito tempo.

E ele vivera a plenitude dos dias, como se essa plenitude fosse inesgotável e, principalmente, como se ele fosse inesgotável: pois não fora simplesmente uma vida o que formara aqueles dias e continuava a formá-los (não mais por muito tempo, dizia ele consigo mesmo, talvez mais uma década, no melhor dos casos, mais uma década e meia), e sim meia dúzia de vidas diferentes, vividas em diferentes países, em diferentes línguas, sempre em meio a pessoas completamente diferentes, seu nome tinha sido pronunciado de diferentes maneiras, com seus alfaiates e com seus barbeiros, seus hábitos tinham se transformado muitas vezes, pessoas que vinte anos antes eram suas conhecidas, com as quais se encontrava com frequência, agora eram incapazes, mesmo com a melhor das boas vontades, de se lembrarem de que, um dia, o tinham conhecido: provavelmente, aos sessenta anos de idade, a aparência dele se tornara diferente da que tivera aos quarenta, mostrava outras características, no sul, seus gestos haviam se tornado mais vivazes do que tinham sido no norte, lá ele fumara cachimbos, aqui, cigarrilhas, lá bebera uísque, aqui, vinho, lá os cabelos negros reluzentes de uma mulher o eletrizavam, aqui eram o cachos perfumados de uma loira...

Ainda assim, inabalável, ele continuara a chamar a si mesmo de "eu", nunca tivera dúvidas sobre a própria identidade, e erguia as sobrancelhas com ironia quando lia ou ouvia a frase de que alguém estava em busca de sua própria identidade, como de alguém que se perdera, ou de algo que nunca fora realmente possuído, mas que era seu de direito. Ele sentia um prazer sarcástico quando alguém tentava expressar sua perplexidade, sua frustração ou sua falta de capacidade de estabelecer relacionamentos perguntando, no mais eloquente inglês norte-americano: *"You're looking for your lost identity, aren't cha?"* — muito embora ele mesmo dificilmente tivesse sido capaz de informar no que exatamente consistia essa sua identidade.

O que, na verdade, tinha aquele homem grisalho, muito corretamente vestido, que, naquela manhã estonteante de inverno, caminhava por uma Via Veneto deserta, levando, embaixo do braço, uma grande caixa de *marrons glacés* para ir visitar uma tia russa de sua atual, sua terceira esposa, uma italiana, uma visita que ele repetia regularmente havia anos, uma vez por semana — e o que tinha ele a ver com o menino que, cinquenta anos antes — a metade de um século —, estivera deitado sobre a grama, no alto de alguma montanha, em algum lugar dos Cárpatos florestados, sonhando com uma vida ao estilo de Jack London: como dono de uma grande fazenda na África do Sul, as buganvílias em torno da casa avizinhavam-se de opulentas plantações, as plantações avizinhavam-se da estepe de Massai, avestruzes e manadas de zebras, milhares de antílopes, às vezes os negros chegavam correndo para chamar o *Bwana* — o senhor — com sua infalível espingarda porque um leão invadira o curral das vacas —, tudo aquilo, àquela época, ainda não tinha mergulhado no âmbito do impossível, tudo aquilo ainda existia na realidade, ainda ontem mesmo, mas hoje não passava de um romantismo que tornava a pessoa ridícula e que a punha na categoria dos eternos passadistas...

Aliás, ele aprendeu a adaptar-se a tais mudanças de mundo: na infância, na Bucovina, a uma distância que facilmente poderia ser coberta a pé do rio Dniester, do outro lado do qual começava a Rússia, certa vez ele tinha sido acordado no meio da noite. Os austríacos tinham se retirado, os romenos, aos quais foi concedida a Bucovina, ainda não tinham chegado, temia-se que os bolcheviques pudessem invadir, pelo menos para saquear, já havia hordas deles vagando pelo país, os armazéns dos exércitos austríacos já tinham sido pilhados por eles. Durante toda sua vida, as impressões daquela noite o acompanharam: mãos trêmulas, sobretudo. As mãos trêmulas da babá que o despertara e o vestira, as mãos trêmulas da sua mãe, que guardava suas joias numa caixa metálica para escondê-las, as mãos trêmulas dos empregados, porque seu pai, o eterno Dom Quixote, estava distribuindo pistolas...

E se ele tivesse adormecido, àquela hora, como Rjip van Winkle, para só voltar a despertar no mundo de hoje, teria enlouquecido de desespero: o que acontecera com este mundo, no tempo que separava o antigamente, 1919, do hoje, 1979, era tão gigantesco, o transformou de maneira tão radical, que tudo se tornou muito, muito pior do que se poderia imaginar então. A verdade vermelha como sangue dos bolcheviques transbordava, hoje, de vitalidade, em comparação com a realidade cinzenta e anêmica das democracias, que se esfarelavam, enquanto o sangue continuava a jorrar, hoje como sempre. O sangue sempre jorrou, em rios, durante a sua vida inteira. Se não foi o seu próprio, isso se devia apenas a circunstâncias do acaso, que nem sequer poderiam ser chamadas de felizes: a única dignidade que pôde ser preservada durante todo esse tempo foi aquela de pertencer ao grupo das vítimas. Diante de circunstâncias tão mutáveis, necessariamente percebemos que ocorrem metamorfoses em nós mesmos — o que, por exemplo, poderia levar a supor que ele, que caminhava pela Via Veneto sob o dia cinzento de inverno, era aquele mesmo homem que, vinte anos antes, era um recém--chegado ali: um sedutor bigodudo, trajando uma camisa esporte colada ao corpo, que, com a habilidade de um caçador e com um olhar aguçado, conseguira encontrar um lugar numa mesinha de um daqueles cafés apinhados que já não existem mais e olhava, com olhos arregalados, diante do seu *granito*,* para todos os gigolôs e para todas as prostitutas de beleza cinematográfica que passeavam por ali, imaginando, em cada um deles, o protagonista de uma *dolce vita* de tirar o fôlego. Ele mesmo, apesar de todo seu aparente conhecimento do mundo, era um tolo, para quem Roma era uma festa que se renova a cada dia, para quem a vista do Castelo de São Ângelo era um ato de devoção, à noite ele levava os amigos que vinham de fora à Piazza dei cavalieri di Malta, assim como quem leva crianças para verem um presépio, mostrava-lhes, através do buraco da fechadura do portão de um jardim, a cúpula da Catedral de São Pedro, que surgia no ponto de fuga de uma alameda de ciprestes, mostrava-lhes o nascer do sol no

---

* Drinque preparado com conhaque, licor *triple sec*, suco de limão e água gasosa.

Capitólio, exaltando-se, como se fosse parte do círculo de amizades de Goethe...

Não é preciso meio século para que tudo isso se transforme — a pessoa tanto quanto a cidade. A Eterna Roma é eterna apenas em sua mutabilidade: onde foi parar o esplendor da Cinecittà? O brilho da Itália de então? O príncipe Massimo casa-se com a pequena atriz de cinema Dawn Adams e por meio desse casamento duas eras se ligaram mutuamente. A época em que ele viveu foi uma época tão efêmera quanto todas as outras: os ecos da velha Europa no mundo de opereta dos Bálcãs, o início e o fim da selvagem década de 20, os elegantes anos 30, Barbara Hutton casa-se com o conde Hagwitz-Reventlow, o rei da Inglaterra casa-se com Mrs. Simpson, o "Sporting and Shooting Club" no Castelo de Mittersill, na Áustria, atrai o grupo mais frívolo da alta sociedade dos dois continentes, Adolf Hitler constrói, em Berchtesgaden, seu Berghof, o ministro da Propaganda do Reich compromete Lydia Barowa — aliás, todos os acontecimentos de real importância passam a concentrar-se, cada vez mais, na Alemanha, em Berlim, tudo é levado para lá, como num rodamoinho, que o suga também, e começa a época dos abrigos antiaéreos, que acaba e abre espaço para a época dos russos estupradores de mulheres, da divisão em zonas e das cidades em escombros congeladas, o tempo do mercado negro, da fome na Alemanha, na França o existencialismo triunfa, a Greco canta para Jean-Paul Sartre em Saint-Germain-des-Prés, aqui na Itália surge a *musica leggera*. O *new look* de Dior conquista Brindisi, os uniformes verde-oliva dos americanos retiram-se, cada vez mais, de circulação e, em compensação, logo a paisagem de Roma é tomada por uns tipos bem mais coloridos...

Mas, onde foram parar estes, também, os bandos de quarentonas amarrotadas, mascaradas com óculos negros com contornos de asas de borboleta, como se fossem máscaras de

Carnaval, com os cabelos pintados de azul cobertos com touquinhas de matronas finas como teias de aranha e com ninhos de marimbondos entre as pernas? Onde foram parar seus *escorts* e *consorts*, meticulosamente escanhoados com produtos da marca Mennen, limpos como quem passou por um lavador de cadáveres, trajando suas calças cor de framboesa, seus paletós de palhaços, com grandes estampas xadrez, seus mocassins brancos como a neve em seus grandes pés e seus dentes brancos como porcelana de privada em suas bocarras?

Ainda assim, é preciso considerar que os que nasceram àquela época hoje têm vinte anos de idade: se, para quem se encontra no começo da vida, basta uma década para transformar o mundo, o que dizer de duas décadas? Vistos a partir do fim da vida, porém, duas décadas passam como passou a semana passada — e, ainda assim, os troncudos trasteverinos, com seus músculos peitorais estufados sob as camisetas grudadas na pele, de então, hoje são os funcionários dos correios que sofrem do fígado ou os arrendatários de bares de espresso, Anita Ekberg e a Lollobrigida nos levam a supor que não compartilham do segredo hermético de Dorian Gray, o tempo se insinua. Enquanto isso, os que nasceram àquela época hoje se metem em brigas e, armados com chaves de fenda e com correntes de bicicleta, se espancam até se aleijarem uns aos outros, assaltam funcionários públicos conscienciosos no meio da rua, assassinam a rajadas de metralhadoras juízes pouco condescendentes e, ao mesmo tempo, não se trata de uma época muito viva, e sim estranhamente estagnada, não colorida, mas absolutamente cinzenta, como o tempo do inverno: quanto mais perto de nós explodem os coquetéis Molotov e as bombas de fabricação caseira — editores inspirados por ideias filantrópicas oferecem as instruções para a fabricação de semelhantes artefatos por preços muito convenientes —, quanto mais sangue escorre das calçadas para os bueiros, quanto mais apressadamente as *pantere* dos *carabinieri* com suas sirenes gritando e com suas luzes azuis piscando correm pelas esquinas, mais provincianas se tornam nossas vidas, mais vazias em sua compulsória modéstia doméstica e pequeno-burguesa. Quem ainda possui uma conta bancária com oito ou nove dígitos, não ousa mais sair na rua depois do fechamento das lojas. Diante das portas das casas, encontram-se guarda-costas com suas pistolas destravadas, as crianças estão na Suíça (aliás, a maior parte do dinheiro também), o entretenimento noturno vem pela televisão, é tão excitante quanto paralisante: quanto mais caótica é a situação política e econômica, mais mesquinhos se tornam os discursos dos políticos e dos condutores da economia, constelando um *Biedermeier* dos círculos governamentais, em meio a crises do petróleo, em meio a crises de abastecimento. Enquanto isso, a paixão nacional pelo futebol começa a dar lugar à paixão pelas greves e, quanto mais visíveis se tornam os mecanismos dos manipuladores por trás da cena, graças ao incansável trabalho de esclarecimento prestado pelo jornalismo, mais anonimamente esses manipuladores recuam para o interior de um território opaco...

Enquanto isso, nuvens de gás tóxico liberado acidentalmente transformam rostos de crianças em brotos de cactos, as praias apodrecem sob as toneladas de peixes mortos trazidas, boiando, pela correnteza, o clima do sul da Itália assemelha-se ao da Escócia, porém a ciência assegura que não há nenhuma ligação com o tráfego cada vez mais intenso de aviões a jato na estratosfera — talvez seja compreensível que os jovens de vinte anos de idade, hoje, estejam inquietos, enquanto nós, que já passamos por tanta coisa, nos conformamos com isso tudo também — principalmente, aprendemos a nos conformar, a nos deixarmos conformar. Mas os jovens, os que nasceram àquela época em que ele chegou a Roma — os que têm a idade do seu filho, em uma palavra, se ele tivesse sobrevivido, coitadinho...

Imediatamente, ele afasta aquele pensamento: ele já não pensa mais em seu filho, proíbe-se de pensar nele — onde foi mesmo que parei, com meus pensamentos? Ah, sim, nos jovens de hoje. Com o que sonham eles? Com o socialismo finalmente realizado? Com o heroísmo na aventura da revolução? Ou com a fama mundial de um cantor de rock? Com corridas de Fórmula 1?... Certamente não sonham com o amor: tudo, para eles, é fácil demais nesse sentido, eles começam a copular mal iniciada a puberdade, ainda de calças curtas e de suspensórios, por assim dizer, e, aos vinte anos de idade, eles já têm a mesma experiência sexual de um quarentão ativo dos tempos dele, aquilo é invejável, sem dúvida, mas é também prejudicial ao erotismo: os sentimentos, necessariamente, se tornam obtusos diante de tantas possibilidades de atividade sexual pouco interessada, indiferente, ao menos é isso o que a inveja nos leva a supor, e é muito pouco provável que algum deles sonhe com o grande amor, cuja imaginação, nos tempos dele, se constelava por meio de sensações simultâneas na cabeça, no abdome e na virilha, numa intimidade doce e pungente — que sonhe com o amor que preenche a vida, por meio do qual se alcança a felicidade na Terra, com o grande amor que é o objetivo realizado da fidelidade, da fidelidade a uma bandeira que adeja sobre uma vida. De qualquer forma, era o que todos achavam que estava acontecendo, e aquilo era confirmado por pesquisas de opinião pública e por estudos estatísticos.

Mas, seja como for, com alguma coisa eles certamente sonham, esses jovens, ainda que seja, apenas, com a aquisição de uma identidade. Pois o que tornava ele, aquele homem de cabelos grisalhos, com uma caixa de *marrons glacés* debaixo do braço, que caminhava pela Via Veneto para fazer uma visita a uma tia russa de sua esposa atual, a terceira, uma italiana, idêntico ao quarentão que chegara ali, vinte anos antes, ávido por Roma e confiante no futuro, recém-divorciado de sua segunda esposa, uma judia, achando que receberia a guarda do filho pequeno, o que o fazia sentir que ainda era o mesmo menino que estivera no topo de uma montanha nos Cárpatos, meio século antes, e, ainda antes disso, o menino que fora despertado no meio da noite porque se temia que os bolcheviques estivessem chegando, e também o mesmo que ficava esperando o fim das tempestades de bombas sobre Berlim, dentro do abrigo antiaéreo, e o pirata do interregno dos intelectuais, durante a era do gelo que se abateu sobre as cidades em escombros da Alemanha, e o autor de roteiros de cinema na Paris dos anos 1950, e ainda várias outras formas adquiridas por meio de suas múltiplas metamorfoses, era o fato de que ele sonhava. Quando ele pensava em "eu", percebia a si mesmo como um sonhador: *Somnio, ergo sum* — sonho, logo sou.

Aquilo era totalmente independente do fato de que seus sonhos tivessem mudado de acordo com as transformações que ele sofrera ao longo do tempo. O ato de sonhar permanecia idêntico a si mesmo, fosse por meio da visão de uma existência de fazendeiro na África do Sul, fosse por meio da fama mundial como artista plástico ou como jóquei, ou por meio da felicidade do amor realizado e de outros desejos, cuja banalidade, supostamente, era tudo menos uma prova da sua própria coerência e da sua própria originalidade. O que lhe permitira sentir-se ininterruptamente como "eu", apesar de todas as transformações, não era o que ele sonhava, mas como sonhava: com um tipo de autoengano que já se tornara uma arte, uma que o ajudava a evitar qualquer tipo de choque excessivamente duro com a realidade.

Da primeira vez que ele vira uma tourada — não na Espanha, para onde fora impedido de viajar até bem tarde, por causa de acontecimentos de caráter histórico, e sim no México, sob a forma provisória de um representante de vendas de uma marca de automóveis —, quando ele vira, sob a proteção do poderoso *sombrero* que levava à cabeça, ao lado de uma amante americana que mascava chicletes, cuja beleza era de tirar o fôlego, o contorno da arena sombreada onde o matador fazia os chifres do touro voltarem sempre a atacar o tecido vermelho da *cappa* para, assim, conduzi-lo outra vez de encontro ao nada, a um fio de cabelo de distância do próprio corpo, ele reconhecera, surpreso, que empregava, consigo mesmo, essa mesma tática, tendo-a levado àquele mesmo grau de maestria. Aquilo não era covardia e não era alienação do mundo. Era, antes, o oposto. Pois ele próprio também era capaz de encarar a realidade, melhor do que todos os outros, pois sabia quão perigosa ela era. Mas a arte de contrapor-lhe sempre uma nova possibilidade, de cobrir-se sempre com uma nova ficção a respeito de si mesmo, e a habilidade, a agilidade de sempre voltar a escapar dela, de privá-la, no último instante, da ficção, antes que se desse o choque, nisso, ninguém era capaz de imitá-lo. Talvez até — dizia-se ele em momentos nos quais precisava de consolo — ao fazê-lo ele não fosse capaz de mentir para si mesmo mais do que todos os outros. Pois as identidades deles, supondo-se que acreditassem possuir alguma identidade, eram, no melhor dos casos, como uma máscara de ferro, que se grudara aos seus rostos. Ele tirava a sua própria quando bem entendia, observava-a atentamente, deixava-a de lado e a trocava por outra, com a qual também se examinava atentamente, pois elas não eram feitas do ferro de uma história de vida cheia de caráter, e sim da mais leve das substâncias, uma substância com a qual era possível fazer experimentos e que podia ser substituída por outras substâncias, e além do mais não tinha se entranhado em sua carne: em outras palavras, ele sabia que estava enganando a si mesmo. E sabia também por que enganava a si mesmo. E, por sabê-lo, e quanto mais ele o soubesse, menos estaria mentindo para si mesmo.

Aliás, nem a si mesmo, nem aos outros. Com indiferença, ele deixara por conta de sua esposa atual, a terceira, a italiana, adivinhar o motivo pelo qual, regularmente, todas as quartas-feiras à tarde, ele ia visitar a tia russa dela, que já tinha quase noventa e quatro anos de idade. Aquilo não era um prazer livre de perturbações. Havia anos que ela estava acamada, rodeada por bugigangas empoeiradas, desgastadas, estragadas, deformada, enormemente gorda, com um minúsculo turbante sobre a cabeça calva, uma coroação efêmera de seu rosto pesado, em forma de pera, com enormes bochechas pendentes que, em compensação, eram cobertas por uma barba densa, ainda que branca. E o que se encontrava, oscilando, se agigantando e já começando a apodrecer, sob o colarinho pregueado de sua camisola, ele preferia não imaginar: mulheres de noventa e quatro anos de idade têm um direito muito mais inquestionável sobre seu próprio corpo do que senhoras mais jovens, cuja decadência muitas vezes parece quase obscena, pois quem alcança uma idade bíblica torna-se soberano, é como se aquilo fosse um cadáver escamoteado da morte, com toda a sua pletora de fermentações, intumescimentos, umidades, apodrecimentos que são administrados ali... e, ainda assim, aquele seu corpo ainda manifestava, com grande clareza, as necessidades da matéria viva: a avidez com a qual ela agarrava a caixa de *marrons glacés*, rasgava o pacote, dele arrancando, uma depois da outra, as bolinhas envoltas em açúcar fundido, em forma de rins, com delicadas pontinhas, para com elas encher sua boca de roedora, sob o bigode branco e macio de líder cossaco, saciando-se, enquanto alegava que nunca dera muita importância a doces, tinha algo de mítico, como a alimentação de uma rã primitiva. Depois, na maioria das vezes, ela adormecia, e eram cada vez mais raras as ocasiões em que se punha a lhe falar sobre São Petersburgo, Tbilisi ou Paris ou Londres de antes da virada do século, mas, às vezes, aquilo ainda acontecia, e era por esse motivo que ele continuava a visitá-la: ela também vivera uma meia dúzia de vidas, algumas delas em meio a grande esplendor: em sua juventude, frequentara a corte do tsar; como mulher de um diplomata que ocupara postos nas metrópoles, vivera num mundo de felicidade digno de um conto de fadas. Ela o presenteava com todas as bugigangas coloridas das suas lembranças, por meio das quais, depois, ele poderia aprovisionar suas próprias com mais vivacidade, como alguém que acrescenta uma nota fantasiosa à própria morada por meio de objetos adquiridos num mercado de pulgas — as lembranças de sua infância, sobretudo, dos seus anos de juventude na Romênia — ou, melhor: a figuração de uma possibilidade de si mesmo naquela fase de suas múltiplas metamorfoses foi extraordinariamente enriquecida por meio de tudo o que essa russa branca arquetípica lhe legou em termos de anedotas, descrições, observações, maneiras de pensar e expressões. Sua própria história tornou-se, assim, cada vez mais completa, verossímil, verdadeira. Pouco lhe importava que sua mulher atual, a terceira, a italiana, continuasse a interferir quando ele usava, na descrição de uma celebração da Páscoa na Bucovina, um detalhe que ela reconhecia como tendo sido usurpado: "Isto, você tirou da minha tia Olga!". E por que não? Só porque ela tinha com a própria tia um parentesco de sangue, aquilo não lhe dava os mesmos direitos que ele tinha sobre aquelas lembranças, pois aquelas lembranças combinavam muito melhor e com maior verossimilhança com o mundo dele, elas tinham um parentesco muito mais próximo com o mundo dele do que com o mundo dela e, além disso, aqueles dois mundos, o da tia russa e o dele, tinham desaparecido, igualmente, tanto o mundo da Rússia tsarista quanto o mundo folclórico e colorido dos pastores dos Cárpatos, ambos havia muito tempo se encontravam na penumbra do mitológico, do fabuloso, portanto, nada mais certo do que emprestar à descrição de uma celebração de Páscoa numa aldeia de Huzulos, nos Cárpatos, ocorrida meio século antes — um meio século que se distanciara de anacronismos como aquele mais do que vários dos séculos anteriores — um pouco do dourado das missas da ressurreição e do florido da atmosfera da primavera em Zarskoje Selo: os arminhos, os diademas, os uniformes ornamentados com galões de lá não eram nada além de metáforas, assim como as camisas bordadas e os casacos de peles, as flores de açafrão e as prímulas sobre os prados daqui. Com isso, ele não queria simplesmente tornar mais precioso o colorido da sua origem, e sim representar melhor a atmosfera solene de uma celebração religiosa e, para tanto, tomava algumas tintas emprestadas em sua paleta. E pouco lhe importava se alguém considerasse aquilo como uma tentativa vazia de dar ao que escrevia ares pitorescos, ou mesmo como uma trapaça: tais considerações críticas não só lhe pareciam obtusas e medíocres como também simplesmente tolas.

Era isso, também, entre outras coisas, o que ele era incapaz de perdoar à sua ex-esposa, a segunda, a judia. A anterior, a primeira, vinda da Prússia Oriental, logo reconhecera seu costume de apropriar-se das memórias alheias, desde que elas fossem adequadas e suficientemente coloridas. Ela, porém, a primeira, mantivera-se calada a esse respeito, como, aliás, mantivera-se calada diante de quase todas as outras coisas, especialmente aquelas por meio das quais teria sido capaz de saciar sua necessidade de desprezá-lo. Pois ela o amara e fora desapontada e, para não compartilhar da culpa por isso, sempre precisava conservar os defeitos dele diante de seus próprios olhos. Mas a segunda, judia (a quem ele via como um *intermezzo* que quase nem era digno de nota entre a primeira, a prussiana do Leste, e a atual, a italiana: o casamento não chegara a durar um ano, só fora celebrado porque ela estava grávida e se recusara a abortar o produto de um acaso; finalmente, dois dias antes do parto, eles tinham ido ao juiz de paz, um gesto absolutamente ridículo, vergonhoso, e depois, durante quatro anos, tinham brigado pelo divórcio e pela infeliz criança), ela, desde o início, o atacava por causa de sua falta de escrúpulos em relação às propriedades biográficas alheias, e o fazia com tamanha fúria que ele se sentia atingido, incapaz de explicar a veemência com a qual ela se engajava naquela luta por autenticidade, por verdade comprovável, por meio de documentos, de cada um dos detalhes da autobiografia dele ("Até mesmo em detrimento da beleza?", perguntara ele certa vez, irônico, e ela respondera, como uma fanática: "Sim! Sim! Sim!"). Aquilo não combinava com a paixão que ela tinha pela arte, com a sua devoção ardente à arte, a todas as formas de arte. Ela se aproximava de um quadro cheio de manchas de Pollock na ponta dos pés, assim como o fazia diante da *Pietà* na Catedral de São Pedro, ouvia uma peça de música atonal com a mesma reverência que manifestava diante de uma sinfonia de Beethoven, acompanhava uma peça de teatro de Beckett com a mesma tensão sufocante com que seguia uma apresentação entediante de matar do *Wallenstein* de Schiller, um poema de Eliot a levava ao êxtase tanto quanto o balé Bolshoi em *O lago dos cisnes*. E, em meio a tudo isso, ela engolia qualquer quantidade de romances, Grass tanto quanto Canetti, Bellow com tanta intensidade quanto Muriel Spark. "Você se embebeda com essas coisas assim como os outros fazem com cerveja", disse ele, para provocá-la, e ela logo retrucou, apresentando àquele ignorante uma conferência sobre o romance, que começava com *A princesa de Clèves* e terminava com Robbe-Grillet, e ele a ouviu, até o final, para então lhe responder: "E você consome tudo isso. Já eu, invento. E tudo o que você me fala a respeito da necessidade de identificar-se com o herói — ou, mais recentemente, com o anti-herói —, para mim, isso se dá sem nenhum tipo de esforço, porque eu sou meu próprio protagonista, desde o início".

Pois ele a amara e fora desapontado, e para não compartilhar da culpa que sentia por isso, ele sempre precisava conservar os defeitos dela diante de seus próprios olhos: ela era, simplesmente, uma tola. E, além do mais, alguém que se achava uma intelectual. Ele odiava o caráter mesquinho de suas críticas, que se voltavam sobre os detalhes sem dar atenção ao todo, odiava a ingenuidade de sua crença no conteúdo literal dos textos, odiava a subserviência do seu interesse pelas artes e pelas "coisas do espírito". Evidentemente a psicologia profunda, cujas regras básicas ela conhecia tão bem quanto uma boa aluna de um colégio de freiras conhece o catecismo, também desempenhava um papel importante em sua formação, só que ela se fiava naquilo com muito mais ardor do que a escolar no catecismo, e não hesitava, nem por um instante, antes de estabelecer seus julgamentos definitivos por meio dos esquemas freudianos. Ele não era nem mesmo capaz de começar a ouvir o que ela tinha a dizer a respeito de sua relação tênue com a "realidade". "Deixe-me em paz: eu sou o melhor guardião de loucos de mim mesmo. Também não se pode exigir demais de mim: sou um filho de sonâmbulos, que passou a infância num mundo de sonhos e, em parte, também, de pesadelos bem suculentos, sou alguém que, já de antemão, parecia predestinado a todos os tipos de perda do sentido de realidade, por causa daquilo que se passou à minha volta antes e, sobretudo, durante a minha vida: realidades como Auschwitz e Treblinka dificilmente podem ser reconciliadas com aquilo que você entende por 'realidade', mas, antes, com aquilo que eu entendo por 'realidade'. Justamente você, como judia, deveria ser capaz de entender isso, mas você é a judia mais gói que eu já conheci, só que não quero entregar, por sua causa, minhas necessidades de devaneios e de fantasias, certamente condicionadas pela libido e impregnadas de traumas, em troca de uma psicose semelhante à sua."

Seu tom colérico era diretamente proporcional ao grau de sua decepção, pois ele a amara muito, houve momentos nos quais se ajoelhara diante dela: por exemplo, quando ela lhe contara como fora obrigada a esconder-se, durante a guerra: na sua pequena cidade natal na Turíngia aquilo não teria sido possível, pois lá todos a conheciam, sabiam de sua origem, seus pais já eram vistos andando pelas ruas com a estrela amarela no peito, e ela também não seria mais capaz de mergulhar na clandestinidade numa cidade grande, ainda que tivesse sido capaz de contornar as dificuldades com o registro na polícia e com a obtenção dos cupons de racionamento: sua aparência era chamativa demais, ela era bonita demais, as pessoas se voltavam, na rua, para olhá-la. Seu corpo era esplendidamente desenvolvido e voluptuoso, seu sorriso desinibido era ofuscante, assim como o brilho dos seus olhos cinzentos e as oscilações voluptuosas dos seus cachos vermelhos como ferrugem... Com um atestado médico de que era portadora de tuberculose, obtido por meio de súplicas, ela se internara num minúsculo sanatório no alto das montanhas de Allgäu, cujo médico-chefe sabia de seu segredo, e por algumas semanas ela pôde descansar de suas andanças incessantes de lugar em lugar, de esconderijo em esconderijo — mas, justamente, só por algumas semanas: certo dia, ao amanhecer, ela olhou pela janela e deparou com um grande acampamento sobre a ravina diante do sanatório: estava cheio de soldados da SS, que o tinham montado... Em medo pânico, ela correu, descendo a escadaria dos fundos, para fugir, pela cozinha e pela porta de serviço, para fora, para a floresta, para as montanhas — mas foi apanhada por um sujeito enorme, trajando um uniforme negro, o comandante do batalhão, ele a segurou pela mão, com punho de ferro, a puxou para fora e a apresentou, diante de seus homens, mandou prenderem-na numa gaiola, a colocou sobre uma mesa e exclamou: "Homens, isto é para que vocês vejam que aparência deve ter uma garota alemã!".

Ele a venerou quando ela lhe contou aquilo — em instantes como aquele, ele estaria disposto a fazer por ela qualquer tipo de sacrifício. Ele entendia quão importante era, para ela, o fato de ele ser "autêntico" e "genuíno". Depois de também superar suas próprias resistências ao casamento com ele — por causa da criança, que não tivera a coragem de abortar —, ela deu, por assim dizer, uma guinada de cento e oitenta graus, passando a esperar do casamento o máximo em ligação espiritual, a total entrega mútua, o viver para o outro incondicional e exclusivo. O menor mal-entendido, talvez causado apenas por algum lapso de audição, a menor diferença de opinião — fosse a respeito do direito dos norte-americanos de se envolverem com a guerra na Coreia, fosse a respeito da escolha do tecido da cortina —, enchiam seus olhos de dor, como se ele a tivesse espancado. Ela chorou por um dia inteiro só porque ele se esquecera de ligar o rádio na hora certa, para ouvir a transmissão do mesmo concerto que ela ouvia quando, certa vez, ficaram separados um do outro por quarenta e oito horas — "mas você tinha me prometido, e em cada nota que eu ouvia, eu pensava em você, eu pensava que estava sentindo as mesmas coisas que você…". Decerto a única coisa que lhe importava era poder confiar cegamente nele, confiar nele na vida e na morte. Depois do que ela tinha vivido por doze anos a fio, nos anos terríveis de sua juventude, agora a única coisa que servia, para ela, era o absoluto.

Evidentemente, ela de imediato começara um relacionamento com aquele oficial da SS que a mostrara a seus homens. E quando, então, ela lhe confessara que era judia, ele ficou arrasado. Ele não podia passar nem mais uma hora sequer com ela, nunca mais poderia voltar a vê-la, nunca mais poderia voltar a pensar nela. Sua honra era a fidelidade.* Ele prestara um juramento de fidelidade ao seu Führer, à sua bandeira, ao Terceiro Reich, fidelidade à sua crença na pureza da raça alemã. Seu amor infeliz o impedia de entregá-la como, evidentemente, era seu dever — a tragédia, a catástrofe daquele amor. Ele se curvava sob aquele amor como sob o fardo de um destino infeliz, como sob uma maldição: que sua carne tivesse sido capaz de se enganar, ao desejá-la, ainda era algo aceitável. Mas que ele tivesse que amá-la, "de maneira genuína e sincera", que visse, nela, "sua própria imagem feminina", que sua alma se tornasse "sensível" a ela, era capaz de levá-lo ao desespero... Ele tomou sobre si as consequências do que lhe acontecera. Ainda no mesmo dia, voluntariou-se para ir para o front, expôs-se à chuva de balas, lá onde ela caía com mais intensidade, e, passadas algumas horas, estava morto. Mas a vida dela, ele a salvou, arranjou-lhe documentos falsos, provisões, um esconderijo seguro...

O homem grisalho com a grande caixa de *marrons glacés* debaixo do braço, cujo conteúdo teria sido suficiente para matar um cavalo, se ele o comesse de uma só vez, para não falar de uma mulher de noventa e quatro anos de idade, ergue o colarinho do casaco. Está garoando, ele está com a cabeça descoberta porque chapéus, boinas e toucas não lhe caem bem e dão a seu rosto um ar estranhamente assexuado, a masculinidade, supostamente, se encontra em sua testa e no topete cinzento como ferro, sempre bem aparado, acima desta. Sua boca tornou-se feminina, macia, depois que tirou o bigode, ele sabe disso, ainda que seus lábios, que nunca tinham sido muito carnudos, com o passar dos anos tenham se reduzido a um traço: uma boca de velha, para resumir. Não se trata de um rosto agradável, ele é obrigado a admitir, ainda que lhe

---

* O lema da SS era *Meine Ehre heisst Treue*, ou seja, "minha honra é a fidelidade".

deem a entender que, em sua expressão, quando ele fala, em sua vivacidade, esperteza, maldade digna de um fauno, também há às vezes muito de sedução, um grande charme, "seu maldito charme", como dizia sua efêmera segunda mulher, a judia: "O seu charme detestável e suspeito".

Ele vê a si mesmo de outra forma. Frequentemente vê, por trás desse seu charme suspeito, que, com bastante frequência, lhe parece detestável, uma ingenuidade muitas vezes admirável — e mais evidente na medida em que contrasta com o sedutor bigodudo que, há vinte anos, esteve sentado aqui, na Via Veneto, com sua elegância provocante, com a descontração de suas roupas incomuns, escolhidas deliberadamente, vaidosamente, roupas típicas das férias (como se logo por trás das muralhas da Roma dos papas já se encontrasse o azul do Mediterrâneo, como se, logo ali, já estivessem as palmeiras de Hamamed), um conhecedor do mundo, um homem vivido, aparentemente, habituado a enfrentar todo tipo de situação, que tinha passado por todo tipo de coisa e também havia sofrido, ao longo de uma existência muito movimentada, todos os tipos de tormentos — e, ao mesmo tempo, com os olhos arregalados de uma credulidade infantil.

E assim, agora, ele se vê em meio a todos os tipos de prostitutas e de gigolôs: sempre disposto a transfigurar o mundo à sua volta, sempre disposto a transformá-lo, por meio de sonhos, naqueles mundos que lhe tinham sido prometidos em estágios anteriores das metamorfoses de sua existência — ainda que, também então, apenas prometidos naqueles sonhos que transfiguravam o mundo, apenas prometidos como eternas imagens do desejo —, ainda assim, ele não se cansa de reinventar-se, ele está sentado aqui e sabe que está cercado por exemplares de todas as variantes da prostituição — desde a prostituição honesta e livre de falsificações da carne das mulheres, da carne dos rapazes, até a prostituição intelectual, a prostituição da beleza, do talento, da ambição —, ele vê tudo isso com olhar aguçado e preciso e, a esse respeito, não se ilude, sabe apenas que, da abundância de imagens que absorve, assim como uma baleia absorve seu plâncton, ele vai derivar seu alimento: os pigmentos por meio dos quais poderá transfigurar Roma.

Pois ele está decidido a amar esta cidade, ele a escolheu como seu último refúgio, como o único canto colorido de uma Europa doente de leucemia, e está decidido a descobri-la assim, com relativamente pouca ajuda de suas próprias capacidades criadoras de ambientes. Esta é a única herança que ele tem para legar a seu filho, e está decidido a legá-la ao infeliz, ao pequeno bastardo, deseja que, pelo menos, ele seja europeu, já que, de outros pontos de vista, ele se parece com ele apenas de uma forma um tanto sombria, um tanto fantasmagórica. Que, pelo menos, nesse aspecto, eles falem a mesma língua, que, pelo menos nesse aspecto, impere, entre eles, alguma forma de acordo semântico...

Ele estava disposto a lutar com ainda mais energia por esse filho do acaso (ainda assim, seu único filho!) agora, depois que o divórcio tinha sido decretado e a guarda da criança atribuída à mãe, queria tentar, por todos os meios legais e, se preciso, por meios ilegais, trazê-lo para cá, para Roma, e colocá-lo sob sua guarda. Chegou até a pensar em raptá-lo, se não houvesse outro jeito.

Pois ele queria protegê-lo dela: da sua inquietação, da sua compulsão, do seu (como ele dizia, nem sempre decente) fanatismo. Quando ela retrucara, aos berros, depois que ele tentara, ainda pacificamente, chegar a um acordo relativo à forma como o menino seria educado, "eu é que sou a mãe!", ele mesmo perdera as estribeiras e gritara, de volta: "É exatamente desse tipo de mentiras que eu quero protegê-lo!" — para, no entanto, imediatamente, desarmado pela incompreensão e entregue à ironia, afastar-se, dando de ombros, e ela, com uma sonora gargalhada teatral e com os gestos de uma atriz trágica, gritara de volta, em tom de desprezo: "Você?! Você?!...".

"Então — estou à sua espera", dissera ele, maldoso, respondendo-lhe por sobre o ombro. "Isso não pode se resolver apenas com dois 'vocês!' ditos assim, dramaticamente. Agora você deveria descer do alemão do grande teatro até o iídiche e acrescentar: 'Justamente você!'. Sua sensibilidade estilística deveria obrigar você a isso. Neorrealismo no lugar de Weimar."

Uma pena. Mas a burrice é imperdoável. Aliás: o fato de chegarem ao ponto de atacarem um a carne do outro de tal maneira, com unhas e dentes, já começara muito antes, mal a criança nascera. Ele se lembra da pontada que sentiu no coração ao receber a notícia de que era um menino e não uma menina. Uma menina seria ela mesma, seria a própria imagem dela multiplicada ao lado dele, uma criatura adorável. Com todas as forças, ele desejara que fosse uma menina. Que fosse um menino lhe parecera um golpe do destino. Até hoje, ele é incapaz de explicar por que a mistura de raças lhe parecia uma bênção quando se tratava de uma menina, mas uma maldição quando se tratava de um menino. Naquela época ele tampouco foi capaz de compreender que as brigas cada vez mais sérias que a partir dali começaram a surgir entre ele e ela giravam, sempre, em torno de um mesmo assunto: o entendimento sobre o que era a "realidade". Nem ele nem ela davam um ao outro explicações a esse respeito.

Tampouco quando as brigas já tomavam proporções criminosas. Ele se lembrava de um dia: o pequeno, aos cinco anos de idade, estava com alguma doença infantil, sarampo ou algo do gênero. Ele tende a diminuir a importância desse tipo de coisas, tomando-as por ninharias, pois quer poupar o menino das torturas que lhe foram infligidas por meio dos temores maníacos de sua mãe. Sem dúvida as circunstâncias são completamente diferentes: enquanto ele mesmo tinha sido uma criança bastante robusta, seu filhinho — ele quase teria dito, resignado, "naturalmente!" — é uma criança muito delicada, muito frágil. Seja como for, o menino está acamado, alegrou-se tanto com sua visita que sua febre subiu, de maneira preocupante — ele já não mora mais com a mulher e com o filho, ainda assim visita o pequeno sempre que pode, mas está sempre tão ocupado com seu trabalho que raramente é capaz de fazê-lo. Agora, ele está sentado junto à caminha do doente e lhe conta — lhe conta, enquanto ele o observa com seus olhos inquietantemente grandes e negros como os frutos da beladona — sobre as florestas dos Cárpatos, sobre sua infância ali: muitas coisas admiráveis e assustadoras a respeito de doninhas, de corças, de perdizes, de ursos e de linces, de pastores que tocam flautas, de caçadores e de bandidos escondidos nas florestas incomensuráveis.... e ela, a mãe, grita para o menino, cheia de ódio: "Não acredite em uma só palavra do que ele está dizendo. É tudo mentira!".

Tratava-se da pergunta de Pilatos, e ele pensou, irônico: "O que é a realidade?". Na verdade, não valeria mais do que um simples dar de ombros, se ele não tivesse sentido que aquilo "tinha uma importância em si mesmo": que, por trás dos motivos, dos argumentos, da lógica e da rabulística de suas discussões, havia um conflito fundamental, que, de certa forma, projetava a disputa em torno do tema "realidade" sobre uma outra dimensão e a investia de um peso metafísico: aquilo se tornava uma questão capaz de abalar a existência espiritual, a existência moral, uma questão da qual dependiam a danação ou a serenidade. Ainda hoje, quando ele é capaz de saber e de ver tão melhor do que antes — estando esclarecido em seus juízos sobre ela tanto quanto sobre si mesmo, estando esclarecido a respeito de suas paixões —, ainda hoje, ele é incapaz de compreender com clareza os significados de suas disputas, apenas é capaz de intuí-los, pressente o que se encontrava por detrás delas, com todas as suas consequências, assim como alguém que pressente o mar por detrás das dunas numa paisagem praiana; assim como, em sua infância, na Bucovina, ele pressentia a Rússia e, depois da Rússia, a Ásia, por detrás das florestas que se estendiam até o horizonte.

Ainda assim, aquilo lhe proporciona uma satisfação ridícula, pequena e vã, que ele imediatamente percebe em si mesmo com ironia. Portanto, ele pode dizer a si mesmo: aquilo não foi apenas a história banal de um casamento logo fracassado, mas um argumento para uma tragédia clássica. As disputas incessantes com ela, sua segunda mulher, a judia, que logo se tornaram insuportáveis para todos, que amarguraram cinco anos de sua vida e o levaram a outro país, a outra cidade — pois, estranhamente, seu ambiente de então parecia ter pressentido o caráter transcendente do conflito, seus amigos, seus conhecidos, os amigos dela, os conhecidos dela, participavam daquilo apaixonadamente, tomavam partido, dividiam-se em campos opostos: de repente ele se viu apartado de pessoas que até então lhe queriam bem, porque supostamente tinham descoberto que ele era um impostor, que, na verdade, seu nome não era o que ele alegava, talvez ele mesmo fosse judeu e se portava, diante de sua encantadora esposa, de forma tipicamente antissemita; outros, por sua vez, aproximavam-se dele, confidencialmente, para informar-lhe que todos, na cidade, sabiam que ela não podia ser considerada normal, que estava havia anos em tratamento psiquiátrico, já passara longos períodos em sanatórios para doentes mentais e, aparentemente, em breve teria que ser de novo internada, num hospital psiquiátrico fechado — esse conflito incessante, cruelmente doloroso, vergonhoso, indisfarçável, que, naturalmente, mobilizava, primeiro, os mais tolos e — o pior de tudo — transcorria às custas de uma criança e se manifestava na alma perturbada dela, e provavelmente acabou por matá-la, não girava apenas em torno de questões pessoais e particulares, e sim em torno de algo que tinha um caráter muito mais geral e decisivo. Aquilo poderia ser definido pela maneira como se pronunciava a mesma frase simples duas vezes, com significados diversos: se "é possível que duas pessoas se entendam"... Evidentemente, enquanto se tratava da srta. Meier e do sr. Müller, aquilo tinha uma importância relativamente diminuta. Mas, falando em termos gerais, perguntar se "é possível que duas pessoas se entendam" era uma questão que dizia respeito aos fundamentos da existência humana.

Uma coisa, ao menos, era certa: entre ele e sua segunda mulher, a judia, a compreensão mútua, infelizmente, não só logo se tornara impossível como aquilo lhe parecia tanto mais incompreensível quanto mais ele pensava àquele respeito, quanto mais pensava em como era possível que as coisas tivessem chegado a tal ponto, depois de uma concordância inicial em tantos assuntos, sobretudo em todas as questões que diziam respeito ao humano por excelência, que tanto o surpreendera. A causa, portanto, de seu total estranhamento e, por fim, de sua hostilidade, deveria ser teológica, sim, aquilo era, claro, uma disputa teológica. No que dizia respeito à concordância sobre o puramente humano, não havia falta de nada, como já foi dito: às vezes, essa concordância chegava a alcançar níveis suspeitos. Ele se lembra de como a segurara nos braços e de como a ninara como uma criança quando ela lhe contara, trêmula, que o pai dela tinha sido preso. Amigos o tinham escondido numa casa de campo e lhe tinham instruído a não deixar um determinado aposento, sob nenhuma circunstância, porque eles pretendiam mostrar claramente que ele não estava dentro da casa. Mas, em seu pânico, ele se enfiara num outro aposento, que lhe parecera mais adequado para lhe servir de esconderijo, e que provavelmente o era. E, quando seus amigos, justamente para mostrar que até mesmo um aposento tão apropriado para servir de esconderijo estava vazio, abriram a porta, para assim tentar ludibriar seus perseguidores, ali estava ele, agachado.

Ela lhe contara tudo aquilo, trêmula, e ele a acariciara e esperara que ela terminasse de contar e se tranquilizasse, e dissesse, por si mesma, aquilo que ele não poderia ousar dizer — e ela o fez: ergueu o olhar em sua direção e perguntou: "Você acha que meu pai foi tolo? Até minha mãe, que quase enlouqueceu ao ficar sabendo do que aconteceu, voltava sempre a dizer: ele morreu por causa de sua mania tola de sempre achar que sabia tudo melhor. E com isso, evidentemente, os amigos, que tentaram salvá-lo, se foram, junto com ele...".

O entendimento entre os dois chegava ao ponto de concordâncias tão perigosas quanto aquela, e para tentar explicar a si mesmo como era possível que tudo aquilo tivesse sido arrasado por alguma discussão abstrata a respeito de dois entendimentos diversos do conceito de "realidade", por uma discussão moral que, até então, nenhum dos dois considerara relevante — para tanto, naturalmente, ele tampouco se remetera aos pensamentos acerca da raça, da mesma forma como hoje, depois de Auschwitz e de Buchenwald, qualquer pessoa normal se sente no dever moral de fazer. Por que negar? Ele realmente acreditava na possibilidade de uma hereditariedade espiritual por meio do sangue: uma disposição mental típica de uma raça, transmitida de geração em geração — por que, se narizes tortos ou aduncos eram transmitidos de uma geração a outra, por que, se olhos claros ou escuros ou cabelos escuros ou claros sempre voltavam a manifestar-se, tenazmente, segundo as leis de Mendel, em intervalos cada vez maiores, mas, ainda assim, com uma constância opressiva, quando menos se desejava que eles aparecessem — seu pequeno filho, por exemplo, tinha cabelos muito mais loiros do que os dele, quando ele era criança, mas, em compensação, tinha aqueles olhos estranhamente reluzentes, de um negro profundo, profundamente tristonhos em suas expectativas infantis, ainda que, em sua família, até onde ele era capaz de se lembrar, todos tinham cabelos escuros e olhos azuis como relâmpagos, e ela também, a mãe do pequeno, ainda que reconhecidamente judia, olhava para o mundo com dois olhos claros como os de um cartaz de propaganda — qual estudioso arquimelancólico do Talmude da galeria de seus ancestrais manifestava, ali, sua hereditariedade? Por que, seria de perguntar, sem maiores problemas, diante de fatos tão indesejáveis, por que as estruturas mentais e psicológicas não haveriam de ser igualmente hereditárias — ou, pelo menos, as tendências a elas? O ambiente e a educação não são as únicas coisas que formam um ser humano: seria uma tolice negar esse fato, ainda que, com os nazistas, pensar dessa maneira tivesse se transformado num tabu impronunciável — aliás, por causa daqueles asnos, já não era mais possível pensar na questão judaica de uma forma mais ou menos razoável, era-se obrigado a fazer como se essa questão simplesmente não existisse, mas, ao mesmo tempo, ele estava persuadido de que, por exemplo, deveria ser possível, de maneira totalmente isenta de polêmicas, apenas cientificamente e sem qualquer juízo de valor, estabelecer as diferenças características das formas de pensamento judaicas das não judaicas, se possível independentemente das circunstâncias sociológicas que, em geral, determinam tais formas de pensamento — sobretudo aqui em Roma, onde tudo o que era relevante para uma pesquisa assim se encontrava ao alcance das mãos, desde o melhor pesquisador da Bíblia até o mais versado conhecedor do Talmude, aqui deveria ser possível obter as informações necessárias a partir das fontes mais puras — mas quem é que se dá ao trabalho de fazer uma pesquisa tão aprofundada, aliás, quanto mais perto se vive das fontes, mais se

fica indiferente ao seu jorro, infelizmente isso é algo de que se sabe há muito tempo — quantas vezes, enquanto morava em Milão, ele tinha ido ao Scala? Quantas vezes, em seus dias de Paris, ao Louvre?...
Além disso, tudo aquilo teria sido irrelevante no caso de sua segunda ex-mulher, a judia, pois ela não era, em nada, tipicamente judia, ao contrário, na verdade: era a *schickse* mais gói que ele jamais tinha encontrado: sem qualquer tradição judaica, evidentemente, filha de pais emancipados, o pai tinha sido historiador da arte, portanto, ela era alguém que já, desde a infância, tinha sido impregnada de material relativo às visões de mundo cristãs, mergulhada na salmoura das atmosferas católicas: ela, ao contrário dele, o suposto antissemita, jamais vira o interior de uma sinagoga, não tinha a mais vaga ideia a respeito dos rituais que eram realizados ali — a mãe, antiga participante dos grupos de dança de Laban, era, claro, seguidora de algum culto naturista livre-pensante, e via em suas sandálias um conteúdo religioso. Ela, a filha, de qualquer forma, apenas sabia de Moisés e de David graças a Michelangelo e, muito tempo antes de tornar-se consciente de que era membro do povo eleito, teve o privilégio de estar entre aqueles que conheciam tão bem os mosaicos de Ravenna e o esplendor barroco da abadia de Ottobeuren quanto as outras pessoas conheciam a graxa para sapatos da marca Schmoll e o creme dental Kalodont. E então, evidentemente, esse seu outro privilégio, o de ser judia, lhe foi trazido à consciência de uma maneira tão categórica que a inoculou com um desprezo inconsciente por ele: ainda quando ela era uma escolar, um professor a colocou diante da classe inteira e exclamou: "Vejam bem a pequena Ruth! Ela pertence ao povo que crucificou nosso Salvador!", assim, claramente, e sem fazer qualquer tipo de referência ao tanto que a arte cristã deve à tematização daquele acontecimento. A autoconsciência ariana do

III Reich não era exatamente favorável à construção de algum tipo de orgulho nacional judaico. Apesar de todos os motivos para o desprezo pelo nazismo, que sem dúvida ela tinha, decerto ela desejava, secretamente, ser igual às outras, pertencer ao grupo das loiras agitadoras de espigas trajadas com suas lindas blusas brancas, que participavam da renovação da Alemanha, desejava poder marchar junto com elas quando cantavam suas lindas canções — ela mesma ostentava, como seria comprovado apenas alguns anos mais tarde no Allgäu, todas as características corporais exigidas para tanto, na mais absoluta medida, era invejavelmente ariana, para não falar de sua disposição para o patriotismo, e evidentemente não era por acaso que, em seu desprezo pela maneira desleixada dele relacionar-se com a realidade, ela estava absolutamente de acordo com a primeira ex-mulher dele, a prussiana do Leste, de quem tudo poderia ser dito, menos que não fosse ariana: o mais puro sangue prússico...

Mas então aconteceu aquela fantasmagoria à qual ele deu o nome de "invenção da realidade", por causa da qual, nem mesmo por um instante, ele duvidou de que a "realidade", sua compreensão da "realidade", estava correta — um procedimento repetido com frequência em sua vida movimentada, que ele sempre voltara a observar, com o arrepio causado pelo sinistro, e que sempre tornava a fortalecer sua tendência às concepções místicas: como, durante suas brigas, eles começassem a odiar-se mutuamente, eles se empenhavam em conhecer um ao outro de maneira cada vez mais aprofundada, pois precisavam proporcionar alimento ao seu ódio, assim como motivos e argumentos. E à medida que passaram a olhar um para o outro de maneira cada vez mais intolerante, passaram a inventar-se mutuamente em novas formas, mais impiedosas — e essas formas se tornaram realidade. De qualquer maneira, ele acolhera a trajetória psicológica da infância, adolescência e juventude dela como pária, como judia no III Reich — primeiro, por amor, depois, apenas para compreendê-la ainda mais intimamente e para identificar-se mais profundamente com ela, e então para ter à sua disposição armas contra ela, que ela mesma preparava para seu uso: ele a reinventou como uma judia necessariamente acometida de uma doença mental, e ela se transformou naquilo, visivelmente, dia após dia, cada vez mais e, a cada hora que passava, mais evidentemente. Cada vez com maior frequência acontecia que algum dos seus amigos ou algum dos amigos dela lhe dissesse: "Você precisa ter compreensão com ela: ela tem terríveis complexos, não é possível que ela não os tenha, a coitada, sendo tão judia quanto ela é, já é um espanto que tenha sido capaz de sobreviver!". E havia cada vez mais vozes que lhe diziam "Sim, infelizmente você tem razão: ela é mesmo extraordinariamente burra. Pena, uma moça tão bonita. Mas quando a burrice se soma ao complexo judaico, os resultados são realmente insuportáveis".

E, por outro lado, no que dizia respeito a ele mesmo, ele passou a perceber, cada vez mais claramente, em certas atitudes gélidas de determinadas pessoas, em certas ironias ocasionais, em certas provocações e na arrogância com a qual era tratado, que ela tinha sido capaz de representá-lo como uma personalidade altamente suspeita, de origem totalmente duvidosa e de um caráter pouco confiável — e, aos poucos, ele reconheceu, com pavor, que a invenção dela se tornava cada vez mais real: passou a surpreender a si mesmo com invencionices cujo propósito, com efeito, era o de emprestar à história de sua origem um brilho que dificilmente poderia ter qualquer verossimilhança, refugiava-se, para corrigir esse erro, numa autoironia duvidosa, que o tornava ainda mais suspeito, aliás, àquela época, diante de seus rendimentos inconstantes, ele vivia bem acima de suas possibilidades e via-se também, com frequência, oprimido da maneira mais humilhante pelos seus credores, às vezes reagindo com covardia e outras vezes com tola arrogância — em suma: ele se tornou aquilo que se dizia que ele era. Certo dia, eles encontraram o Príncipe — o Príncipe em cujo castelo paterno eles tinham se conhecido e aprendido a se amar, aliás, sob circunstâncias absurdas.

Ele conhecera o pai de Sua Alteza num hotel em Munique. Já passava da meia-noite, fazia muito calor e ele estava sentado em seu quarto, seminu, junto à máquina de escrever, e já esperava que, a qualquer instante, alguém fosse bater na parede, para protestar contra os estalos da máquina. Efetivamente, ouviu as batidas, porém na porta. Ele gritou "entre!" e, no limiar da porta, surgiu uma figura quase incrivelmente alta, esbelta, em torno da qual esvoaçavam ares de nobreza antiga, como gralhas esvoaçam em torno de uma torre envolta por hera, que se apresentou, dizendo um nome histórico, que remontava à época dos Stauffer. Ele se cobriu, tão bem quanto pôde, declinou o próprio nome, perguntou em que poderia lhe ser útil, pediu desculpas por incomodar, com os estalos de sua máquina de escrever, o sono do Príncipe. "Não, não", disse o Príncipe, afastando aquelas desculpas, foi apenas por curiosidade que ele bateu à porta. "É que, lá fora, no corredor, à porta do quarto, vi um par de sapatos, e esses sapatos são idênticos aos que só nós e os nossos usamos. E, depois, ouvi a máquina de escrever, e escrever à máquina é algo que os nossos não sabem fazer, então, fui obrigado a ver quem estava hospedado aqui..."

Ficou muito lisonjeado em saber que compartilhava com gente da primeira divisão do Calendário de Gotha* sua paixão por sapatos feitos à mão, ainda que usá-los também implicasse o risco de ser tomado por um impostor. Porém, descobriram

---

* Livreto em que se encontram listados os nomes das famílias aristocráticas do mundo de língua alemã.

que tinham outras coisas em comum: o Príncipe conhecia os Cárpatos, chegara a caçar ali. Eles também compartilhavam da constatação humorada de que, àquela época, nos dias felizes, quando se podia caçar à vontade em torno da região das nascentes do Bistriz "rápido" e do Bistriz "dourado", os lugarejos estavam coalhados de judeus, e o Príncipe considerou que o perigo que eles representavam, apesar das limpezas que foram feitas também ali, ainda não tinha desaparecido completamente: seu filho, o Príncipe Herdeiro, que, pela herança materna, tinha um caráter suspeito — o Príncipe supôs que, evidentemente, ele soubesse quem era a mãe do Príncipe Herdeiro e qual era a herança suspeita por ela introduzida na família: "Ora, especialmente a linhagem dos Lützelburger sempre manifestou uma tendência às amizades perigosas, daí, também, sua ligação fatal com os Hohenzollern. Seja como for, o Príncipe Herdeiro se encontrava inteiramente entregue às mãos de uma conspiração judaica: com seu próprio dinheiro, aliás, muito dinheiro, ele se deixara convencer a participar da produção de um filme, e agora só andava cercado por judeus, aliás, convidara para a caçada não só o armador grego Niarchos como também o barão *de* Rothschild, o Príncipe, que conhece quinze idiomas, permitira-se a brincadeira de se dirigir ao armador Niarchos em grego antigo e ao barão *de* Rothschild em hebraico — "A surpresa dos dois foi preciosa: nunca vi olhos tão arregalados!...". Agora o Príncipe continua a falar em romeno, um romeno que, na verdade, só se pode compreender à custa de um certo esforço, pois, assim como as outras catorze línguas que conhece, ele a aprendeu por meio dos livros, mas, ainda assim, aquilo basta para que transmita o que pretende transmitir: "Eu adquiro a impressão de que o senhor, escrevendo, da mesma forma, roteiros de cinema, pessoalmente esteja envolvido com o negócio do cinema" — sim, pode-se dizer que sim — para simplificar as coisas, o Príncipe passa a falar em alemão: "Então faça-me o favor e venha, em algum desses dias, visitar-nos em nosso castelo e venha ver com seus próprios olhos a *mischpoche** com a qual meu filho se cercou, aquela gente está aninhada há semanas na ala Gundlach da minha propriedade, que é impossível de ser trancada, e em seu interior encontram-se todos os tipos de objetos de valor, o que é que a gente sabe...".

Ele foi visitá-lo no histórico castelo, que tem trezentos cômodos — só na ala de Gundlach, são mais de cinquenta — para conhecer o Príncipe Herdeiro — alto, loiro, de faces redondas, ele faz movimentos um pouco nervosos com a cabeça, mas tem olhos divertidos e reluzentes, tem um grande senso de humor, principalmente quando se trata daquele tipo de humor maldoso e cruel — e os conspiradores judeus: um rato de cinema, cheio de fantasia, meio louco, que foi escolhido para ser arrancado do peito de sua mãe, morta de fome em Buchenwald, e levado a um orfanato em Reims, aluno destacado no Liceu, depois estudante na École Normale Supérieure, assistente de direção de todos os diretores famosos da nouvelle vague, agora chefe de produção de uma firma recém-fundada, evidentemente séria — sim, e ela: a primeira impressão foi causada pelo seu riso maravilhosamente livre, que irradiava felicidade ("Posso me sentir tão feliz quando me sinto feliz!", disse ela, certa vez, de si mesma).

O almoço foi oferecido, em companhia do Príncipe, na antiga ala Loitpurg do castelo: atrás da cadeira em forma de trono do Príncipe, encontra-se uma gigantesca tela, escurecida como um cachimbo de sepiolita usado, onde está representado um homem que porta um brasão, deitado em meio a uma paisagem

---

* *Mischpoche* é uma palavra em iídiche que corresponde à antiga pronúncia dos judeus da Europa Central e do Leste da palavra hebraica *mishpachá*, que significa "família".

cheia de montanhas, fortalezas, cidades, aldeias, ravinas repletas de animais selvagens, e de cujo órgão sexual nasce, na forma de um carvalho, a árvore genealógica da Casa Principal e, como cerejas, os brasões pendem dos galhos e dos ramos, fileira sobre fileira, geração sobre geração, crescendo em direção ao céu... o Príncipe apenas a ele dirige a palavra, ao novo hóspede, enquanto o Príncipe Herdeiro se diverte, sem tentar disfarçar, com as maneiras preciosamente descontraídas, às vezes até atrevidas, do rato de cinema diante do Príncipe. Às vezes aquilo se acirra a tal ponto que ele já espera que o Príncipe expulse da mesa o atrevido, porém uma educação de aço ainda é capaz de manter sob controle semelhante situação, mesmo em seus momentos mais precários. Ainda assim, o Príncipe, por sua parte, se torna visivelmente hostil, relaciona a história de sua família, a respeito da qual, até então, vinha falando muito detalhadamente, com o velho Reich e constata que as influências catastróficas da Emancipação dos judeus sobre o declínio do velho Reich ainda não foram suficientemente reconhecidas nem estudadas pelos historiadores: já o Édito de Tolerância da Áustria, de 1782, teria sido um suicídio, era fácil ver como, a partir dali, os judeus tinham se aproveitado, cada vez mais, da dissolução do velho Reich. O reconhecimento mais amplo de seus direitos de cidadania dera-se passo a passo: em 1808, sob o rei Jerôme ("típico") na Vestfália; em 1814, na Prússia, onde já em 1850 tinham obtido a plena igualdade de direitos ("Dentre os *Piefkes*, evidentemente!"); depois, a traiçoeira fundação do Reich de Bismarck, sob a proteção dos judeus: "Segundo as leis do Reich de 1869, todas as restrições ainda existentes aos direitos civis e aos direitos de cidadania dos judeus foram suspensas...".

Ele conhece esse discurso, ele o conhece de cor desde seus tempos de jardim da infância: se agora ele fechasse os olhos, poderia acreditar que estava em sua própria casa, até as vozes, o jeito de falar, os ruídos que, sem qualquer constrangimento, as pessoas fazem com os lábios ao comer, entre uma e outra daquelas palavras, são os mesmos... e ele se sente envergonhado quando o Príncipe Herdeiro, com seus olhos brilhantes e divertidos, toma o fio da conversa e começa a fazer uma operação matemática simples, enquanto explica, a ele e ao rato de cinema, seus convidados pessoais, a árvore genealógica na parede: "Cada um de nós tem dois pais, quatro avós, oito bisavós, dezesseis trisavós e assim por diante, não é verdade? Quando eu era criança, uma vez, calculei que nossa árvore genealógica, que se estende por trinta e cinco gerações, contém trinta e três bilhões, quinhentos e trinta e seis milhões, quinhentos e trinta e oito mil e cento e oitenta e seis pessoas, que são nossos antepassados, ou seja, bem o contrário do que está representado aqui neste quadro, onde somos todos descendentes de um só homem, e nos espalhamos como um carvalho. Se continuarmos essa conta, digamos, até a sexagésima geração, o que significaria recuar mais ou menos até a época do nascimento de Cristo, chegaremos à casa dos trilhões. Porém, a população da Europa até o século XVIII mal alcançava a cifra dos cento e cinquenta milhões — não é assim, papai? Peço-lhe corrigir-me se eu estiver dizendo besteiras — e cada um deles, portanto, teria que ser, por muitos milhares de vezes, nosso antepassado. E os judeus de Heidelberg foram poupados das perseguições da Inquisição porque, por meio de pedras tumulares, foram capazes de provar que, à época da crucificação de Cristo, não se encontravam em Jerusalém, e sim em Heidelberg — tendo chegado ali junto com os romanos, não é assim, papai? Portanto, certamente, em nossas veias, deve correr o sangue de todos os judeus que, àquela época, viviam na Europa...".

Ele tem inveja desse filho e de sua coragem, de sua independência, de sua liberdade diante do próprio pai: em sua juventude, ele jamais teria ousado portar-se assim. Ele se torna amigo do Príncipe, passa a morar na ala Gundlach: à noite, bebe-se muito, principalmente o rato de cinema, mas ele suporta mal o álcool, se torna fantasmagoricamente engraçado, lança-se, agitando os braços numa espécie de dança de morcego, pelas arcadas das salas de armas e canta: "Eles veem sua própria morte em nós, os descendentes dos cavaleiros — nós somos os vermes das suas árvores genealógicas — há! Eu sou o anjo da morte da casta dos Senhores, do povo dos Senhores, a morte de todos os Senhores — eu sou o *Malacahamowes** dos pretensos Senhores...".

E, diante disso, ela ri seu riso maravilhoso e livre, lança para trás sua cabeça coberta de cachos castanho-avermelhados — ele não sabe exatamente o que ela está fazendo ali, qual função desempenha no projeto do filme no qual se está trabalhando — ele já conhece aquilo, oitenta por cento de todos os projetos de filmes são ninhos construídos nas nuvens — seja como for, ela é muito bonita e não é preciso buscar uma explicação melhor para sua presença ali...

E o Príncipe Herdeiro, para quem parece ser importante dar de beber a seus hóspedes até que eles caiam debaixo da mesa, deixa que seus olhos maldosos brilhem e lhe diz: "Parabéns: meu pai está totalmente à mercê do seu charme". E, enquanto isso, eles já se tratam por "você", e já estão na terceira garrafa de uísque. "O pobre papai está totalmente isolado: está brigado com a família, odeia os demais nobres, é incapaz de se relacionar com os burgueses, a quem chama de filisteus — o que lhe falta é, justamente, um perfeito bobo da corte, ele ficará muito agradecido a você..."

---

* *Malachamowes* corresponde à antiga pronúncia dos judeus da Europa Central e Oriental do hebraico *Malach-há-mawet*, isto é, o "anjo da morte".

Ele permanece em silêncio diante de tal perfídia, apenas troca um olhar irônico com ela: aquele é o primeiro olhar de cumplicidade e de concordância mútua dos dois.

E então, com a testa coberta por gotas de suor e já dando os primeiros sinais de uma certa dificuldade em falar, passa ao tema do antissemitismo em sua família e conta de uma avó da linhagem de Lützelburger, que se recusava, terminantemente, a pôr o pé na casa de judeus — algo que, à época, na Berlim do fim do século XIX, muitas vezes acabava se tornando difícil. Mas, certa vez, não houve maneira de escapar. Ela foi, comeu todos os pratos servidos ao longo de um jantar pomposo, sem trocar uma palavra sequer com o anfitrião, ao lado de quem estivera sentada, e sem sequer tomar conhecimento da existência da anfitriã. No caminho de volta para casa, seu marido lhe perguntou: "Então, afinal de contas, não foi tão ruim assim?". Ela balançou a cabeça, satisfeita. "Não, porque encontrei uma solução inteligente: paguei pela refeição. Enfiei o dinheiro debaixo do prato antes de me levantar da mesa."

E então ele se levantou e disse: "Acho que chegou a hora de eu ir embora". E voltando-se para ela: "Para a senhora também? Se a senhora quiser, posso acompanhá-la até a cidade".

Ele estendeu a mão em sua direção, e ela a tomou: saíram juntos, de mãos dadas.

E agora eles estão, outra vez, diante do Príncipe. Passaram-se mais de três anos — é evidente que, daquela vez, o Príncipe enviara um grande buquê de rosas com mil pedidos de desculpas por sua imperdoável embriaguez ("Eu sabia: ele é o homem mais cavalheiresco que eu conheço — uma vez me senti mal à mesa e fiquei horrivelmente constrangida diante do velho, mas não consegui mais me conter, mal e mal consegui chegar até a porta da sala de jantar, e lá fui forçada a vomitar, e ele, então, colocou seu braço à minha volta e disse: 'Você tem toda a razão: não dá mais para engolir isso que esse nosso cozinheiro tem a ousadia de nos preparar!'. E uma vez fomos passear no parque, e Jacques, a quem você chama de rato de cinema, tinha, outra vez, bebido demais, e precisava urinar — justamente no instante em que o velho apareceu. Claro que ele fez como se não tivesse percebido nada, mas o desprezo era tão claramente perceptível que eu até fiquei tonta — e, imediatamente, o jovem se colocou ao lado de Jacques, para urinar também...") — e eles tornaram a vê-lo, o cavalheiro, ainda que cada vez mais raramente depois de se casarem, a última vez tinha sido há bastante tempo. Por meio de sua postura, pudera-se entender claramente — estas cabeças coroadas têm um jeito de se exprimirem sem dizer palavras que é espantoso — que ele estava informado exatamente a respeito das suas brigas, e também estava de acordo com a recriação mútua das suas personalidades, coisa na qual ele sempre acreditou e que sempre expressou, pois conhecia bem as pessoas, isso era seu ponto forte — eles se encontraram no foyer do teatro, ela estava trajando um vestido preto e seu único ornamento era um broche de esmeralda, que ele lhe dera de presente por ocasião do nascimento da criança, e o Príncipe fez um cumprimento, elogiando a beleza do broche. "É um dos primeiros presentes que recebi de meu marido", disse ela, com uma certa ambivalência, e o Príncipe sorriu e disse: "Ah! E a pedra é verdadeira?".

E ele não deu um bofetão na cara do outro, mas girou sobre os próprios calcanhares e saiu do teatro e, ao chegar em casa — ou ao apartamento que, à época, ainda compartilhavam —, fez as malas e partiu, para, por fim, depois de alguns desvios e de algumas estadias provisórias, chegar aqui, em Roma, divorciado dela, enfim, decidido a fazer de tudo para arrancar o filho pequeno de sua influência nefasta.

Hoje, passados vinte anos — agora o menino já teria quase vinte e cinco anos de idade —, ele é incapaz de imaginá-lo como um jovem de vinte e cinco anos de idade, não quer imaginá-lo assim, só volta, sempre, a ver o rosto pálido de criança anêmica com os enormes olhos negros à sua frente, e aquilo, a cada vez, lhe provoca uma pontada dolorosa no coração, e ele se tranquiliza ao pensar que, em muitos sentidos, em todos os sentidos, é melhor que o pequeno tenha morrido... Hoje ele volta seu olhar sobre tudo aquilo como se não fosse sua própria história: de fato, aquilo tudo aconteceu a uma pessoa que não é aquele homem que agora caminha pela Via Veneto, com uma caixa de *marrons glacés* debaixo do braço, para visitar, provavelmente pela última vez, a tia de noventa e quatro de idade de sua terceira mulher, a italiana: pois, dificilmente, ela ainda haverá de resistir por muito tempo, *la cara zia Olga*, seus espíritos vitais, já da última vez, tinham se debilitado de maneira a provocar sérias desconfianças...

Ele pensa como é estranho que alguém sinta o poder do presente com tanta intensidade quanto ele, neste instante. O passado é sempre o reino dos contos de fadas — como era possível que ela, sua esposa de então, a segunda, a judia, não tivesse percebido aquilo? Era preciso admitir que um passado no qual uma escolar é apresentada por seu professor a seus colegas de classe como a crucificadora de Cristo, para, tempos depois, ser apresentada a uma manada de brutamontes da SS como modelo de jovem alemã, enquanto teme ser violentada oitenta vezes, no instante seguinte, e então ser enforcada num galho da árvore mais próxima, não é algo de que a pessoa seja capaz de se livrar com tanta facilidade, nem é algo muito fácil de ser reinventado como lenda. Também sua primeira ex-mulher, a prussiana do Leste, era incapaz de se livrar das imagens de sua fuga dos russos, e aquilo certamente era incomparavelmente menos terrível do que as lembranças da segunda... Ainda assim, ele também dispõe de uma boa quantidade de imagens de horror, a Alemanha sob a tempestade de bombas, era capaz de fornecê-las com grande abundância, mas elas pertenciam a uma outra existência — provavelmente porque, já à época em que ele as presenciara e sofrera suas impressões, as vira como se fosse alguém outro que estivesse vendo...

Evidentemente, agora, a partir da distância de um homem de sessenta e cinco anos — muito embora, ainda, com uma certa ingenuidade infantil em seu olhar azul-celeste, que é parte do seu charme irresistível —, ele sente também que as forças que o tornam capaz de reinventar a realidade começam a ceder — tanto as forças para reinventar a realidade do presente quanto as forças para transfigurar o passado e transformá-lo em lenda. Está garoando sobre Roma, nem mesmo um inverno decente foi concedido a esta cidade imunda: uma cidade em negativo, em todos os sentidos: uma cidade de fantasmas, feitos de carne humana vulgar, percorrida por um sangue grosso, o tráfego, sempre agitadíssimo, como se, à sua volta, imperasse a diligência de todas as indústrias alemãs do vale do Ruhr, quando, na verdade, nada acontece aqui, absolutamente nada: uma cidade de administradores abstratos, de advogados, de cardeais com suas túnicas cor de púrpura — uma sorte que seu filho pequeno tenha escapado de crescer aqui...

Se agora ela estivesse aqui, sua segunda ex-mulher, a judia — ela gostava tanto de Roma, talvez ele mesmo tivesse se mudado para cá com o propósito específico de aborrecê-la, porque ele vivia aqui e ela não... se agora ela estivesse com ele, ele a levaria para o Doney, ali ainda era possível sentar-se, embora um tanto incomodamente, como num terraço de verão virado do avesso, mas agora, lá, ela poderia tomar um sorvete de trufas de que tanto gostava, e ele poderia segurar sua mão e dizer: "Você ainda sabe por que... por que nós brigamos? Fique quieta, eu também o sei, e também sei que aquilo não era tão inofensivo, não era tão irrelevante como eu queria que parecesse — não se pode brincar com o terrível poder da imaginação: um louco é capaz de criar uma realidade capaz de conduzir milhões de pessoas à loucura, eu sei, eu sei... Mas, ainda assim, é preciso que você admita que foi grotesco quando, entre nós dois, você, a judia, defendeu o absoluto e o incondicionado e eu, o gói, defendi o relativo, como se eu fosse um aluno de um rabino... E veja: minha traição à pura verdade — essa traição é uma possibilidade para que um anjo caído torne o mundo mais transparente. Você, que acredita na arte assim como Santa Cecília acreditava na ressurreição de Cristo — você deveria saber que minhas transfigurações, minhas lendas, que eu criei a partir das imagens do meu próprio passado e do passado de outros, foram um ato de amor — e o amor, nós dois sempre soubemos bem disso, o amor é a identificação, não é verdade? Pois só assim, por meio da transfiguração, eu seria capaz de me identificar comigo mesmo. Se não fosse assim, eu teria sido obrigado a odiar a mim mesmo em demasia — mas, por outro lado, por meio do meu ódio e por meio do meu amor, fui capaz de tornar algo mais transparente, não?... Sim, eu sei", ele teria dito, rapidamente, "psicologicamente, nós não podemos avançar dessa maneira sobre as coisas, trata-se de generalizações excessivas — o que é a realidade? Evidentemente, não no sentido de se perguntar se é verdade que este garçom, tão jovem, já tem pés chatos, mas por meio da expansão desse conceito em direção a uma dimensão metafísica — da maneira como a tia russa da minha mulher atual, que agora ele está indo visitar, para finalmente levá-la a morrer de tanto comer *marrons glacés*, se refere quando diz '*pravda*', pronunciando essa palavra com uma dessas vozes eslavas, que sempre soam queixosas, que sempre estão sob um grande peso, como pepinos azedos debaixo de uma pedra dentro de um barril, de maneira que há, em torno da palavra, um certo ar de sacralidade, são sons de sinos de Páscoa — como quando eu contei a você, na época em que nós ainda nos amávamos, que na palavra '*Skutschno*' não há apenas saudade e nostalgia, mas também, longe, longe, por trás dessa palavra, para além dos horizontes crepusculares, a saudade e a nostalgia de Deus... mas, com a mão sobre o coração, minha linda mulher: por acaso nós somos russos? Quero dizer com isso: acreditamos em Deus? Ou só fazemos como se acreditássemos, de vez em quando, porque gostamos de nos ver assim, da mesma forma que gostamos de agir, às vezes, como se fôssemos russos, quando tomamos vodca ou ouvimos os cânticos dos cossacos do Don... Olhe bem nos meus olhos e diga-me: o que é a verdade?...".

E agora, provavelmente, ela repetiria, sorrindo, o que rosnara, àquela época: "Você tem sempre razão quando fala. Mas mal você sai da sala e nada do que disse é verdade!".

Exatamente. É como quando a gente termina de ler um livro. Quando cai o pano, no teatro...

Nunca ele será capaz de esquecer a dor que havia nos olhos do seu filhinho quando este foi obrigado a ouvir: o papai está mentindo. Mas talvez também estivesse ali o medo de que papai passaria a buscar a verdade, torturando-se — por exemplo, ao ver, nos olhos negros como os frutos da beladona, o estudioso do Talmude e, na fragilidade pálida da criança anêmica, sempre enfermiça, a casa de judeus onde os antepassados de sua mãe se deitavam às dúzias, na mesma cama, tossindo, um na cara do outro, e contaminando-se, uns aos outros, com os bacilos da tuberculose. Uma vez, quando ele mentira, alegando que inventava a si mesmo, nas fases anteriores da sua vida, tão belo, tão bom, tão corajoso, tão provado pela vida, em nome dele, em nome do filho deles, ela retrucara, entre os dentes: "Ele vai apreciar você mais se se apresentar a ele tal e qual você é!...".

"Como?", perguntara ele. "Como antissemita?"

Não, era bom que o jovem tivesse morrido cedo, eles o teriam despedaçado com suas brigas encarniçadas. Ele o teria transformado num psicopata, impondo-lhe exigências nas quais o menino, evidentemente, teria sido capaz de identificar expectativas que nem sequer eram inconscientes, que apenas eram muito mal disfarçadas — bastava que ele completasse um pouco as frases que ouvia: "Não me diga que você não tem coragem suficiente para pular deste murinho" — isto não vai deixar suas perninhas de judeu tortas para sempre. Ou: "Você não gosta de presunto? Nunca gostou ou foi sua mãe quem convenceu você disso?" — não porque ela queria que você só comesse comida kosher, mas porque a espiritualidade dela exige uma alimentação vegetariana. Ou: "Esse seu jeito de pensar não serve para alguém como nós" — pelo menos na minha casa, na Bucovina, eram só os vendedores de quinquilharias judeus que pensavam assim — não os rabinos, por favor, todo o respeito diante dos rabinos, tiro o chapéu diante dos rabinos — não, também isso está errado, coloco o chapéu diante dos rabinos — tudo o que a gente faz diante desses judeus sujos está errado...

Sem nenhum esforço, ele teria sido capaz de completar dessa maneira cada uma das suas frases, seu pequeno filho, desde que, naturalmente, ele tivesse herdado, junto com o espírito desconfiado, ágil e atento dos talmudistas, também as tendências autodestrutivas dos anjos caídos — dela, da judia, de qualquer maneira, ele tinha herdado a beleza, uma beleza ariana, de nariz arrebitado, apesar de seus olhos de frutos de beladona, como de um menino Jesus de Rafael (embora nesse caso também dificilmente tivesse sido possível falar de uma descendência puramente ariana...). Aquilo era comovente, sem dúvida, mas se estava destinado a perdurar para além da puberdade era algo questionável — e ele não gostava de pensar que o Menino Jesus de Rafael poderia se transformar num maoísta lançador de coquetéis Molotov.

Pois é evidente o que sonham, hoje, os que têm vinte, vinte e cinco anos de idade: sonham com o socialismo realizado, com a revolução que instaurará o reino de Deus sobre a Terra — é com isso que eles se identificam, é essa a realidade que querem inventar para si mesmos, assim como, a seu tempo, houvera uma geração que quisera inventar a realidade da ressurreição do Reich: com o mesmo desejo fanático de absoluto, com a mesma busca incondicional por um grande amor, capaz de dar sentido à vida, com o mesmo desejo pela grande verdade última, em nome da qual se morre e, principalmente, se mata aqueles que ousam perguntar se aquela é, mesmo, a verdade única...

Não, ele prefere pensar no menino pequeno e anêmico, com seus gigantescos olhos escuros, que se tornavam cada vez maiores e cada vez maiores à medida que o pobre coitado se aproximava de sua morte prematura: pensa no amor idólatra que ele lhe devotava, ao seu papai — ele jamais será capaz de esquecer como, uma vez, eles estavam passeando por um parque no inverno e o pequeno estendeu a mão, para que ele o conduzisse: ele lhe entregou seu indicador, e ainda hoje sente como aquele punho diminuto o envolveu e o agarrou.

E ainda hoje ele sente como, certa vez, na Berlim de 1943, no bonde, ele também entregara a um homem já de certa idade, já com mais de cinquenta anos, aquele mesmo indicador: o comportamento estranhamente intimidado do homem lhe chamara a atenção, ele levava uma mochila às costas e, várias vezes, perguntara pela estação Tiergarten. Ao fazer um movimento desajeitado, a lapela da sua jaqueta se ergueu e revelou a grande estrela amarela dos judeus, que ele tinha tentado esconder — e então ele compreendeu que se tratava de um daqueles pobres-diabos que tinham que se reunir na estação Tiergarten para de lá serem despachados para "o Leste". Ele enrolara uma nota de cinquenta marcos e a enfiara, secretamente, na mão do homem, e o homem segurara seu indicador, o tempo todo, até chegarem à estação Tiergarten...

Estes, meu filho, foram os meus bons atos: isso, posso guardar a meu favor. E você pode acreditar: é a verdade...

Ainda que Pilatos provavelmente tivesse respondido à pergunta que se seguiu da única maneira possível, isto é, por meio de um questionamento filosófico — se a tia de noventa e quatro anos de sua esposa atual, a terceira, a italiana, hoje ainda tivesse um momento de lucidez, ele queria falar com ela a este respeito: a respeito da memória. O fato de que sua memória se voltava, cada vez mais, sobre a própria infância, e lhe trazia cada vez mais impressões provindas daquele grande acúmulo de objetos encalhados naquela vida tão distante, o levara a pensar que era chegada a hora de voltar para casa. Antes, seus sonhos se voltavam para o futuro; depois, recuavam para o passado. E, de fato, ele voltou para casa. Certo dia — há apenas alguns dias —, ele embarcou num avião para Bucareste: de volta à terra natal, não para o lar, pois lá ele não tinha mais nenhum lar. Mas que estava voltando para casa já lhe ficou claro desde o instante em que o avião aterrissou: ainda que a paisagem em torno do aeroporto já não fosse mais igual à que ele tinha em suas lembranças — era muito mais plana, muito mais elementar — será que no seu tempo, quando vivia ali, ele não tinha percebido como era sóbrio, como era privado de romantismo e nada pitoresco aquele país, como se ali nada tivesse ênfase? Só o que o impressionou foi a vastidão, mas ele já esperava por ela... e ainda que os soldados, lá fora, com suas metralhadoras prontas para disparar e com grossos tapa-ouvidos sob seus gorros de pele moscovitas, vigiando a aproximação do avião, em nada lembrassem os jovens camponeses de faces coradas e uniformizados que, durante um verão pacífico e feliz, ele comandara, como um tenente de opereta, ele sabia: estou em casa.

Ele o sabia, também, porque ali tudo lhe parecia tão evidente. Ele não estava nem um pouco excitado. Pensou: passaram-se quarenta anos desde que estive aqui pela última vez. Não há dúvida de que muita coisa mudou — não há dúvida. Mas nem as expectativas nem as esperanças o oprimiam. Nem mesmo a expectativa de se ver decepcionado e a curiosidade a respeito do tipo de decepção que o aguardava. E aquilo ocorrera já no instante em que colocara seus pés no solo.

Bucareste — sim, ali estava a Schossea Khisseleff, praticamente inalterada. Só que, no lugar da pista de corridas de cavalos, onde ele costumava cavalgar, havia um gigantesco edifício em estilo stalinista. O centro da cidade: em torno do antigo Palácio Real surgira um espaço vazio, o Café Corso desaparecera, diante do Palácio havia outro palácio, mais novo, mais gigantesco (igualmente em estilo stalinista): a sede do Partido. A Biserica Alba permanecia inalterada. O prédio onde ele residira estava apenas um pouco mais encardido.

"Esta era a realidade subjacente aos meus sonhos de quarenta anos atrás", queria ele dizer à velha de noventa e quatro anos, "*vous comprenez, ma chère*: eram sonhos tão avassaladoramente banais — sim, sem dúvida, faltam as cores de antigamente: a senhora sabe por que um país agrícola, um rico país de camponeses, está sendo industrializado com toda a força? Não para produzir bens de consumo, mas para criar um proletariado. A Romênia, meu país agrário de outrora, tornou-se um país de proletários, com consciência de classe, e é claro que isso introduz algumas nuanças de diferença em sua aparência — mas o país permanece inalterado, como o país onde eu nasci, onde eu vivi, que eu amei e com o qual sonhei por quarenta anos a fio — inalterado em sua essência, quero dizer, idêntico, em sua banalidade avassaladora. Agradeça ao Criador por ele não tê-la levado de volta a São Petersburgo..."

Evidentemente ele tinha sido incapaz de deixar de procurar pelo amor de sua juventude — o grande amor de sua vida, uma prima distante, carne de sua carne (ainda que, tendo-o herdado da avó que tinham em comum, tivesse um nariz grande e adunco) — agora, evidentemente, não mais tão cheia de frescor como há quarenta anos, mas ainda assim inalterada — quero dizer, inalterada em sua essência: banalmente idêntica. Àquela época, ela rejeitara seus cortejos, casara-se tarde, só depois da guerra, seu marido era um judeu, primeiro muito respeitado no Partido, depois preso, encarcerado por anos a fio, ela não fazia muita questão de vê-lo, vivia muito retraída, sempre muito carente de proteção — sua nuca tinha ainda o mesmo contorno orgulhoso, seu nariz de águia continuava a cortar o ar, ousado, como antes. Sim, eles tinham um filho, que agora tinha vinte e cinco anos de idade.

Ela tentara evitar um encontro com ele em qualquer lugar onde pudesse ser vista por alguém em companhia de um estrangeiro. Para se encontrarem num lugar o mais neutro possível, eles se dirigiram ao Museu da Aldeia, na Schossea Khisseleff. "Aqui nossa juventude permanece conservada: você se lembra como as garotas se encostavam em cercas como estas quando nós passávamos?" Ela se lembrava. As blusas bordadas, que ela usara à época, hoje tinham se transformado em preciosos objetos de coleção, mas o Estado as requisitava dos colecionadores particulares. "Mas é verdade que havia casas de madeira assim nos Cárpatos?" Sim, era verdade. E o que mais?

No terceiro dia, ela enviou seu filho para acompanhá-lo ao aeroporto. Ele se assustou ao ver quão judaica era a aparência do rapaz. O nariz adunco, porém, ele herdara do sangue que ambos tinham em comum. Também tinha cabelos escuros e olhos azuis e reluzentes. Ele era gentil e profundamente indiferente. O velho do Ocidente não lhe interessava a mínima. Teria sido inútil dizer-lhe que ele poderia ter sido seu filho. À hora da despedida, mal trocaram um aperto de mãos. E então o avião ergueu-se sobre a paisagem desnuda, na qual piscavam incontáveis poças d'água.

"Agradeça a seu Salvador, *ma chère*, que a senhora não tenha voltado a ver Zarskoje Selo…", ele diria à velha russa.

Quando ele chegou ao prédio da velha senhora, a porteira estava no corredor, diante da escadaria, como se estivesse à sua espera. "Acabei de falar por telefone com sua mulher", disse ela, e o olhou com um ar de quem estava à espera de sua tristeza antes mesmo que ela proferisse a má notícia. "A velha condessa, hoje" — ele compreendeu: desapareceu, pois ela disse: "*la vecchia contessa e mancata*" — só uma fração de segundo mais tarde, ele se deu conta de que se tratava de uma forma delicada de expressão, para evitar a rude palavra "morreu". Ah, sim. Mas já havia semanas que isso era esperado.

A porteira tinha cuidado dela durante aquele tempo. As coisas tinham ido morro abaixo bem depressa: "Já havia alguns dias que eu queria informá-lo, mas o senhor tinha ido viajar, disse-me sua esposa". Hoje cedo a condessa ainda tinha se erguido mais uma vez e dito, em voz alta: "*Pravda!*", e então desfalecera, morta.

"Trata-se de uma palavra russa", disse ele, enquanto desembrulhava a caixa de *marrons glacés*.

"Eu sei", disse a porteira. "Meu marido é membro do Partido Comunista há trinta anos. É o nome de um jornal moscovita."

"Sim. Significa 'A verdade'. Aqui — a senhora aceita uma castanha? Fique com a caixa inteira, eu como no máximo uma, a senhora sabe, na minha idade, é preciso ter cuidado."

O destino judaico de um antissemita

Luis S. Krausz

Gregor von Rezzori (1914-98) é o último dos escritores abordados por Claudio Magris em seu clássico e magistral estudo sobre a literatura austríaca do século XX, *Il mito absburgico nella letteratura austriaca moderna*, de 1963. Na escrita de Von Rezzori, as longas sombras da realidade desaparecida da Monarquia habsburga se projetam, ainda vivas, sobre o século XX tardio, com sua vivacidade e frescor intactos. Magris, no início dos anos 1960, certamente não imaginava que, além das obras que Von Rezzori ainda estava por escrever, outros autores também viriam a se voltar para as sombras das sombras deixadas por esse colosso desaparecido da realidade europeia, o Império Austro-Húngaro, cujos rastros e sinais foram cada vez mais rapidamente obliterados, primeiro pelos nacionalismos dos anos 1930, depois pela Segunda Guerra Mundial e, finalmente, pela Guerra Fria, que se acirrava cada vez mais na década de 1960. Sombras de sombras porque autores como Elias Canetti e Aharon Appelfeld, por exemplo, que voltaram ao tema da Monarquia habsburga, o fizeram apenas indiretamente, ao descreverem, em suas obras, já não mais a memória do Império em si, mas lembranças das marcas profundas, determinantes, que tal memória impôs sobre as novas realidades políticas e culturais que surgiram nas antigas terras da coroa habsburga, desmembradas, fragmentadas e divididas em várias pequenas repúblicas nas décadas de 1920 e 1930. Von Rezzori talvez tenha mesmo sido o último a construir parte de seu legado literário a partir de uma experiência em primeira mão daquela realidade imperial desaparecida, usando-a como matéria-prima, transformando-a em mito. Magris destaca, entre as virtudes da escrita de Von Rezzori, "a descrição daqueles territórios eslavos-alemães-romenos-judaicos que, ainda iluminados pela luz crepuscular da Dupla Monarquia e atingidos por um distante reflexo da cultura europeia, foram soprados para longe por um selvagem vento mongólico".*

Esse "selvagem vento mongólico", que de fato triunfaria sobre a Bucovina natal de Von Rezzori, hoje desaparecida dos mapas europeus e incorporada ao território ucraniano, nada mais é do que aquilo que sempre foi execrado e desprezado pela ideologia dominante da Monarquia habsburga, essa ideologia baseada na conciliação, no acordo, no aplainamento de arestas e na submissão a uma ordem percebida como reflexo da própria ordem cósmica. Aliás, a cidade natal de Von Rezzori, Czernowitz, em seu tempo capital da província austro-húngara da Bucovina, era como que a representação geográfica e a materialização desse espírito da Dupla Monarquia: Karl Emil Franzos (1848-1904), escritor que ali passou parte de sua infância e juventude, descreveu-a com as seguintes palavras: "Não há dúvidas de que a intensidade e a riqueza da cultura de Czernowitz estão em sua diversidade. Uma aldeia da Floresta Negra, um gueto da Podólia, um subúrbio de Graz, um pedaço da mais profunda Rússia e um pedaço da mais moderna América convivem ali".** Uma riqueza que foi completamente arrasada pelo nacionalismo romeno, pelo nazismo e pelo stalinismo.

Memórias de um antissemita, romance de Gregor von Rezzori publicado pela primeira vez em 1979, reúne cinco narrativas, em

---

* Claudio Magris, *Der habsburgische Mythos in der modernen österreichischen Literatur.* Viena: Zsolnay, 2000, p. 358. ** Karl Emil Franzos apud Helmut Braun (org.), *Czernowitz:die geschichte einer untergegangenen Kulturmetropole.* Berlim: Ch. Links Verlag, 2006, p. 8.

parte baseadas na biografia do autor. Nele, as palavras de Magris (a quem, aliás, Von Rezzori dedica uma das cinco partes do livro) revelam-se proféticas: é na descrição das longas sombras que a Monarquia habsbuga, desaparecida em 1918, projetou sobre a história europeia do século XX que a escrita de Von Rezzori atinge seu zênite, e é aí, também, que adquire seu interesse duradouro.

Pois tudo o que se passou na Europa desde 1918 jamais poderá ser compreendido adequadamente por alguém que não saiba o que representou a Monarquia habsburga e o que era o espírito dessa Monarquia enquanto legatária do milenar Sacro Império Romano-Germânico. Foi a maior potência europeia do século XIX, portadora e herdeira de uma ideia imperial católico-ecumênica, que pretendia instalar, em seu território, uma sociedade ideal, fundada numa visão transcendente e perene.

A ideia de uma civilização capaz de conter e de resolver as diferenças e os conflitos entre distintos grupos étnicos, linguísticos, religiosos e culturais, a ideia de uma civilização que não era resultado da natureza, ou do simples nascimento, mas sim de um processo de aprendizado, de aquisição e refinamento de uma cultura universal específica, ocupava um lugar central na ideologia dominante da sociedade austríaca do século XIX. O Império Austro-Húngaro tomava para si uma espécie de papel de missionário, de portador de uma mensagem dirigida à humanidade como um todo, de implementador de um plano divino, por meio do qual justificava sua presença em vastos territórios do Leste Europeu, entendidos como carentes de cultura, ordem e, justamente, de "civilização". Pois um império é, por definição, o portador de uma ideia imperial — e não simplesmente uma unidade territorial-nacional.

É nesse sentido que a presença habsburga num âmbito bem distante das fronteiras do mundo germânico propriamente dito, avançando sobre o Leste Europeu, não pode ser entendida como simplesmente voltada para a exploração econômica, à maneira dos neocolonialismos do século XX: não se tratava, apenas, de extrair vantagens econômicas de um território percebido como bárbaro, mas sim de expandir, sobre um Oriente europeu visto como ameaçador, selvagem e, sobretudo, marcado pela tirania, um novo ensinamento, um novo entendimento da humanidade, um novo conceito de sociedade e de convívio entre grupos sociais. Ou seja: uma nova concepção de indivíduo e um novo modelo de suas relações com o poder e com o Estado.

Esse aspecto ideal e ideológico do Império não deveria, porém, nos levar à errônea conclusão de que, no âmbito eslavo-alemão-romeno-judaico da Bucovina — a distante província oriental na qual nasceu e cresceu Gregor von Rezzori —, esses quatro elementos étnico-culturais distintos convivessem na paz e na harmonia eventualmente sonhadas pelos imperadores e pelos formuladores da ideologia imperial. A distância existente entre o Ser e o Dever Ser, entre o que ocorre *de facto* e o que se prevê *de jure*, a distância entre o desejado e o real, é um aspecto da condição humana: ideais são, como se sabe, só parcialmente alcançáveis. As tensões crescentes entre os diferentes grupos que formavam a Monarquia habsburga, não obstante sua aparente coesão e solidez inabalável, só fizeram crescer a partir das últimas duas décadas do século XIX, e são as fissuras e brechas causadas pelo crescimento de semelhantes tensões que acabaram causando seu desmoronamento.

Nesse sentido, a Bucovina, em particular Czernowitz, a cidade natal de Von Rezzori, era exemplar do paradoxal equilíbrio entre as forças conciliadoras e os ódios entranhados em diferentes grupos étnico-culturais. Em nenhuma outra região do Império Austro-Húngaro o conflito entre o Ocidente germânico e o Oriente eslavo foi travado com tanta intensidade, justamente porque Czernowitz foi eleita pelos imperadores austríacos, já a partir da década de 40 do século XIX, para ser um polo irradiador da cultura austro-germânica — e com ela a ideia habsburga de civilização —, numa região à qual os habitantes da capital imperial se referiam ironicamente como *Bärenland* ("Terra de ursos"). Implícita aí estava a ideia de que não só era possível aprender a ser austríaco, como era *necessário* ensinar a ser austríaco, o que significava transformar a população do *Bärenland* em pessoas civilizadas, educadas, incorporadas a uma cultura e a um projeto imperial percebidos como capazes de aprimorar o ser humano e de levá-lo a desenvolver ao máximo suas potencialidades.

Em seu ensaio "O significado da Áustria imperial", Franz Werfel evoca a figura do príncipe Eugênio de Savoia (1663-1736), que, italiano de origem e francês de nascimento, serviu, durante mais de 52 anos, aos imperadores austríacos Leopoldo I, José I e Carlos VI. Tendo sido alçado ao cargo de *Feldmarschall* (marechal de campo), o príncipe Eugênio infligiu uma pesada derrota aos turcos otomanos na Batalha de Zenta, em 1697, tornando-se, então, figura conhecida e admirada em todas as cortes da Europa. A ele refere-se Werfel com as seguintes palavras:

> O príncipe Eugênio é o melhor exemplo daquilo que, na monarquia, costumava ser chamado de *gerlernter Österreicher*, isto é, alguém que aprendeu a ser austríaco. Quando se compreende essa ideia em toda sua extensão e profundidade, chega-se à conclusão de que um bom austríaco só pode ser alguém que aprendeu a ser austríaco, isto é, só pode ser alguém que se tornou austríaco, e não alguém que nasceu austríaco. Pois ser austríaco significa exatamente isto: transcender os instintos ligados ao sangue, transcender o demoníaco, para então renascer, como ser humano ocidental e universal, na tradição do Império.*

---

* Franz Werfel, "An Essay about the Meaning of Imperial Austria". In: *Twilight of a World*. Nova York: Viking Press, 1937, p. 36.

É nesse mesmo sentido que Joseph Roth, ao lado de Franz Werfel, um dos mestres incontestes na arte da rememoração da velha Áustria, refere-se à Monarquia habsburga não como uma nação, mas como uma *Übernation*: "A Áustria não é um Estado, nem uma pátria, nem uma nação. É uma religião e como tal a única *Übernation* que jamais existiu".[*]

O "vento mongólico" ao qual Magris se refere, evocando a memória traumática de Gengis Khan e de seus invasores, corresponde também àquela ameaça que o príncipe Eugênio de Savoia afastou: a de que a Europa sucumbisse, mais uma vez, ao domínio asiático; a de que a civilização ocidental fosse reduzida a cinzas, um temor ancestral que remonta, pelo menos, ao tempo das guerras entre gregos e persas. Como uma região de fronteira, às bordas da Ásia, a Bucovina deveria, na opinião dos soberanos austríacos, servir como um posto avançado da "civilização", como um polo de atração cultural e ideológica, cuja população, devidamente educada, criaria uma barreira humana, uma fortaleza humana, capaz de afastar cada vez mais a barbárie — dentro e fora das pessoas.

Mais uma vez, a distância entre o Ser e o Dever Ser precisa ser enfatizada: se a ideia de superioridade da cultura ocidental, austro-germânica, sobre as culturas do Leste Europeu era, na velha Áustria, um consenso, ao mesmo tempo a ênfase ideológica sobre o aprender, sobre a capacidade de adquirir essa cultura nem sempre era tida como evidente. Antes, como nos mostra o narrador de *Memórias de um antissemita*, frequentemente a regra era, entre os ocidentais, uma atitude de desprezo e de desrespeito com relação não só aos que permaneciam aquém das exigências impostas por essa cultura como — e sobretudo — aos que, não tendo nascido no cerne da cultura

---

[*] Joseph Roth, *Die Kapuzinergruft*. Colônia: Kiepenheuer & Witsch, 1999, p. 422

austro-germânica, a ela tentavam se assimilar. Especialmente se esses que se empenhavam na assimilação e na aculturação fossem judeus, os eternos excluídos das sociedades europeias, que, na Bucovina, eram, em grande parte, aderentes ao projeto imperial de "tornarem-se austríacos": "Diante dos judeus nos víamos numa situação semelhante à dos ingleses em seus lares diante de um *foreigner*: permitiam-lhe portar-se de maneira diferente da deles mas, quando tentavam imitá-los, tornavam-se suspeitos. Aquilo parecia artificial. Não combinava com eles. Assim como os ingleses veem um *foreigner* que se dá ares de britânico, víamos nos assim chamados judeus assimilados nossos macacos de imitação",* escreve Von Rezzori, do ponto de vista de um membro de uma família aristocrática austríaca que olha de cima para baixo para as pessoas em meio às quais vive. Ou: "Os judeus enriquecidos davam-se ares de quem sabe tudo melhor, eram arrogantes, ostentavam sua riqueza, vestiam-se como dândis, suas filhas cheiravam a perfume e se enchiam de joias, e algumas delas até levavam cães pela guia. Tinha-se a impressão de que eles eram caricaturas de nós mesmos".**

Aos nobres ideais de integração de todos os cidadãos de um "Estado de muitos povos", à ideia imperial, teoricamente fundamental à cultura dominante, contrapunham-se, de fato, como se vê, os limites impostos pelos preconceitos e pela antiga estratificação social da Áustria, uma sociedade de raiz feudal, dividida em castas, da qual os judeus estavam, por definição, excluídos. O que não significa, porém, que essa ideia imperial deixasse de ser respeitada, ao menos em tese e dentro de certos limites. Pois à rigidez da separação em castas, a história austríaca do século XIX passou a contrapor, cada vez com maior intensidade, o conceito de *Bildung*, de formação pessoal, cultural e estética, como uma espécie de passaporte

---

* Nesta edição, ver página 157. ** Ver página 262.

para a mobilidade social, capaz de levar seu portador, pelo menos teoricamente, a atravessar as antigas fronteiras estabelecidas entre as castas: o ideal transformador e redentor de *Bildung* era entendido como o instrumento capaz de levar à criação de uma nova sociedade, marcada pelo consenso e pela coesão. Foi nesse ideal que sobretudo os judeus do Império apostaram, imaginando que por meio dele seriam capazes de superar, definitivamente, sua antiga condição marginal.

Era esse ideal que determinava também os limites para ódios tão entranhados quanto o próprio antissemitismo austríaco, de origem religiosa, cristalizado pelos séculos. Como nos mostra Von Rezzori, seu pai e sua avó materna, ambos antissemitas até a medula, respeitavam, no entanto, os limites impostos pela *Bildung* à expressão de seus sentimentos, por definição negativos, em relação aos judeus. Sobre seu pai, Von Rezzori escreve que o que se passava com os judeus na Áustria pós-*Anschluss* de 1938 o teria revoltado: "Eu tinha certeza de que até mesmo o ódio que ele tinha pelos judeus teria se distanciado daquilo que se passava por aqui; teria parado no instante em que aquilo começara a se tornar antiestético".* E sua avó, ao testemunhar, naquele mesmo ano, as humilhações que os nazistas impunham aos judeus nas ruas de Viena, detendo-os a esmo e obrigando-os a limpar ruas e paredes, indignou-se e dirigiu aos perpetradores palavras de protesto: "Minha avó tentou persuadir o homem que vigiava aqueles que estavam sendo humilhados daquela maneira de que aquilo já estava indo longe demais, pois, diante de judeus cultos, cabia portar-se como gente culta".** Assim, a cultura, a *Bildung*, funcionava como um limite e como um contrapeso ao preconceito e ao ódio entre castas, e como o cimento por meio do

---

* Nesta edição, ver página 346. ** Ver página 339.

qual se imaginava, ainda antes do desmembramento do Império, manter sua coesão.

Que essa ideia imperial fundamentada na formação e na educação fosse ser derrotada, em 1918, justamente pelas forças que pretendia domar e subjugar — as dos "instintos ligados ao sangue" sobre as quais se baseavam todos os movimentos nacionalistas que prosperaram no antigo território da Monarquia habsburga —, significou não só o desaparecimento de um mundo, mas também o destronamento de uma determinada concepção de humanidade, de uma determinada concepção de Europa. Foi por meio desse destronamento e desse desaparecimento que se criou o enorme vácuo de valores logo preenchido pelos totalitarismos responsáveis pelas grandes catástrofes europeias do século XX.

Memórias de um antissemita demonstra, com rara clareza, de que maneira a ascensão de Hitler e do nazismo (e a entusiástica acolhida de Hitler pelos austríacos, por ocasião do *Anschluss*, em 1938) está umbilicalmente ligada ao malogro e ao naufrágio da Monarquia habsburga e dos seus princípios e ideais. Ao mesmo tempo, destaca em que medida fora exercido o papel "civilizatório" da cultura e da ideologia da Áustria imperial, sobretudo num Leste Europeu marcado por antigas rivalidades, por ódios entranhados, por preconceitos tenazes.

No romance, o pai do narrador, assim como o próprio pai de Gregor von Rezzori, é um funcionário público imperial em Czernowitz que vê sua própria presença naquela província distante como a de um representante de uma cultura superior, porque supostamente eterna e definitiva. Com o desmembramento da Monarquia habsburga, porém, o inimaginável acontece: a família aristocrática austríaca, radicada na província distante, vê-se, de um dia para outro, privada de sua cidadania e, com ela, de sua identidade original. Pois, conforme os termos dos acordos internacionais que dividiram a Europa Central após o término da Primeira Guerra Mundial, os direitos de cidadania passaram a ser atribuídos aos indivíduos de acordo com seus lugares de residência. E como Czernowitz se tornou parte do território romeno, os Von Rezzori se tornaram, bem a contragosto, romenos.

Nada poderia ser mais humilhante para alguém que via a si mesmo como o arauto de uma civilização superior em meio a um território bárbaro do que tornar-se, de um dia para outro, formalmente idêntico aos "colonizados": tornar-se romeno significou, para o pai do narrador (assim como para o pai do próprio Von Rezzori), uma espécie de expulsão, um trauma, um insulto, um precipitar-se no abismo de um exílio irresolúvel.

Incapaz de integrar-se a uma nação cuja língua ele desprezava e desconhecia, e onde era irremediavelmente visto como o pai do narrador (novamente, assim como o pai de Von Rezzori) rompe, cada vez mais, seus vínculos com a realidade, refugia-se, cada vez mais, no idílio selvagem de suas caçadas, acabando por tornar-se uma espécie de figura fantasmagórica.

Incapazes de se adaptar à nova realidade e de nela encontrar algum significado para suas próprias existências, os personagens descritos por Von Rezzori aferram-se, cada vez mais, aos valores herdados de um mundo desaparecido, assim como aos remanescentes de uma cultura fragmentária, deslocada, anacrônica, cada vez mais idiossincrática: uma cultura de exílio cuja matriz, assim como aconteceu com os judeus quando da derrota da Judeia ante os exércitos romanos, se tornou para sempre desterritorializada e deslocada.

Entre esses personagens daí por diante privados de um país e, ao mesmo tempo, expulsos da República Austríaca (que não teria como acolher, em seu diminuto território, toda a população do que, um dia, fora um imenso império), o antissemitismo, ou uma forma particular de antissemitismo, passa a ganhar importância crescente, ao mesmo tempo que o destino judaico do desterro, do deslocamento, do ser e sentir-se permanentemente estrangeiro, torna-se, mais e mais, o pão de cada dia e o destino desses mesmos personagens.

O antissemita, que é o narrador, parece identificar-se, inconscientemente, com a sina judaica, e a consequência disso são suas repetidas paixões e casos amorosos com mulheres judias, dos quais o último resulta num casamento malogrado e num filho morto na infância.

Um europeu cujo solo natal foi destruído para sempre, um errante de país em país, que trocou de cidadania, de língua e de costumes várias vezes ao longo de sua trajetória; alguém que conheceu a abundância e a miséria, que foi atirado de um lado para outro por forças que é incapaz de compreender ou controlar; alguém que foi atropelado pelo curso de uma história catastrófica e que busca recolher os fragmentos, reconstituir os escombros, inventariar as perdas enquanto uma tempestade incessante o arrasta para lugares cada vez mais distantes do mundo perdido que ele contempla com seu olhar retrospectivo — assim é o narrador que encontramos, ao final do livro, na Roma da década de 1970, assolada pelo terrorismo das Brigadas Vermelhas.

E esse é um destino que, por paradoxal que possa parecer, facilmente poderia ser identificado como judaico.

Denkwürdigkeiten eines Antisemiten © 1979, Gregor von Rezzori
All rights reserved

Todos os direitos desta edição reservados à Todavia.

Grafia atualizada segundo o Acordo Ortográfico da Língua Portuguesa de 1990, que entrou em vigor no Brasil em 2009.

capa
Raul Loureiro
preparação
Ana Cecília Agua de Melo
revisão
Jane Pessoa
Livia Azevedo Lima

crédito das imagens
[capa] Koloman Moser, Entwurf für Weberei. wunsch-"Hutlein", Ver Sacrum, Heft 4, 1899 / cortesia de Roberto Rosenman

Dados Internacionais de Catalogação na Publicação (CIP)
— —
Rezzori, Gregor von (1914-1998)
Memórias de um antissemita: romance em cinco contos: Gregor von Rezzori
Título original: *Denkwürdigkeiten eines Antisemiten: ein Roman in fünf Erzählungen*
Tradução: Luis S. Krausz
São Paulo: Todavia, 1ª ed., 2018
416 páginas

ISBN 978-85-93828-92-8

1. Outras literaturas 2. Romance 3. Áustria
I. S. Krausz, Luis II. Título

CDD 890
— —
Índice para catálogo sistemático:
1. Outras literaturas: Romance 890

todavia
Rua Luís Anhaia, 44
05433.020 São Paulo SP
T. 55 11. 3094 0500
www.todavialivros.com.br

fonte
Register*
papel
Munken print cream
80 g/m²
impressão
Ipsis